U0115740

PRIDE AND PREJUDICE

简·奥斯丁文集

傲慢与偏见

[英] 简·奥斯丁 著

孙致礼 译

译林出版社

图书在版编目（CIP）数据

傲慢与偏见 ／（英）简·奥斯丁（Jane Austen）著；
孙致礼译. —南京：译林出版社，2023.8（2023.12重印）
（简·奥斯丁文集）
ISBN 978-7-5447-9707-8

Ⅰ.①傲… Ⅱ.①简…②孙… Ⅲ.①长篇小说－英
国－近代 Ⅳ.①I561.44

中国国家版本馆 CIP 数据核字（2023）第 075204 号

傲慢与偏见 ［英］简·奥斯丁／著 孙致礼／译

责任编辑 鲍迎迎
装帧设计 所以设计馆
校　对 孙玉兰
责任印制 颜　亮

原文出版 The Oxford University Press,1988
出版发行 译林出版社
地　址 南京市湖南路 1 号 A 楼
邮　箱 yilin@yilin.com
网　址 www.yilin.com
市场热线 025-86633278
排　版 南京展望文化发展有限公司
印　刷 中华商务联合印刷（广东）有限公司
开　本 1150 毫米 ×840 毫米 1/32
印　张 14
插　页 6
版　次 2023 年 8 月第 1 版
印　次 2023 年 12 月第 2 次印刷
书　号 ISBN 978-7-5447-9707-8
定　价 69.00 元

目录

译序　　　　　i

第一卷　　　　1

第二卷　　　　153

第三卷　　　　273

简・奥斯丁年表　　　　432

译　序

早在 20 世纪后期,美国著名文艺评论家埃德蒙·威尔逊认为:最近一百多年以来,"英国文学史上出现过几次趣味革命,文学口味的翻新影响了几乎所有作家的声誉,唯独莎士比亚和简·奥斯丁经久不衰"。[1]

威尔逊此言绝非过甚其词。奥斯丁所著六部小说,经过二百多年的检验,受到一代代读者的交口称赞,部部堪称上乘之作。尤其是这部脍炙人口的《傲慢与偏见》,实属世界文库中不可多得的珍品,难怪毛姆将其列为世界十大小说名著之一。

简·奥斯丁生于 1775 年,卒于 1817 年。其间,英国小说正处于一个青黄不接的过渡时期。18 世纪上半叶,英国文坛涌现了菲尔丁、理查森、斯特恩、斯摩莱特四位现实主义小说大师,但是到了 70 年代,这些小说大师都已离开人世,接踵而至的是以范妮·勃尼为代表的感伤派小说,和以拉德克利夫夫人为代表的哥

1　见伊斯·沃特编辑的《简·奥斯丁评论集》第 35 页。

i

特传奇小说。这些作品虽然风靡一时，但是终因带有明显的感伤、神奇色彩，而显得有些苍白无力。由于有这种作品充斥市场，英国小说自18世纪70年代至19世纪头十年，四十年间没有产生任何重要作品。1811年至1818年，奥斯丁先后发表了《理智与情感》(1811)、《傲慢与偏见》(1813)、《曼斯菲尔德庄园》(1814)、《爱玛》(1815)、《诺桑觉寺》(1818)、《劝导》(1818)六部小说。这些小说以其理性的光芒照出了感伤、哥特小说的矫揉造作，使之失去容身之地，从而为英国19世纪30年代现实主义小说高潮的到来扫清了道路。

《傲慢与偏见》属于作者的前期作品。初稿写于1796年10月至1797年8月，取名《初次印象》。1797年11月，作者的父亲乔治·奥斯丁写信给伦敦出版人卡德尔，说他手头有"一部小说手稿，共三卷，与勃尼小姐的《埃维利娜》篇幅相近"，不知对方能否考虑出版，如作者自费出版，需付多少钱？遗憾的是，卡德尔正热衷于出版拉德克利夫夫人的哥特小说，对别类书稿概无兴趣，于是便回绝了乔治·奥斯丁。大约在1811年冬，简·奥斯丁将《初次印象》改写成《傲慢与偏见》，1812年秋以110英镑的价格将版权卖给了出版人埃杰顿。1813年1月28日，《傲慢与偏见》出版，封面注明："一部三卷小说/《理智与情感》作者著/1813年"。有资料显示：第一版可能印刷了1 500册，每册定价18先令。

奥斯丁曾自称，《傲慢与偏见》是她"最宠爱的孩子"。1813年10月，埃杰顿发行了该书第二版；1817年，又出了第三版。但跟《理智与情感》再版时不同，奥斯丁对《傲慢与偏见》的这两次再版，都没做出什么修订，倒是出版人在发行第三版时，将小说由三卷改为两卷，章数重新编排，定价降为 12 先令。

奥斯丁将这部小说的初稿取名《初次印象》，显然是受到拉德克利夫夫人的小说《尤多尔弗的奥秘》的启发。在这部小说最后一章的开头处，圣勃特告诫自己的女儿："不要相信初次印象，只有养成沉稳、端庄的心性，才能抵消强烈情感的作用"。这本来非常符合《傲慢与偏见》的道德说教意义，但有研究者指出：很可能是由于霍尔福德夫人于 1801 年"抢先"使用了《初次印象》作她小说的名字，奥斯丁便决定放弃这个书名。而她后来将书名改为《傲慢与偏见》，很可能是受范妮·勃尼的小说《西西丽亚》的启发：在小说的结尾处，"傲慢与偏见"被用大写字母在一段里重复了三次。在《西西丽亚》中，"傲慢与偏见"都集中在男主角身上，而女主角是无可指摘的；可在奥斯丁的《傲慢与偏见》中，"傲慢"属于男主角达西，"偏见"则来自女主角伊丽莎白。

与作者的其他五部小说一样，《傲慢与偏见》以男女青年的恋爱婚姻为题材。然而，同其他作品不同的是，这部小说以男女主人公的爱情纠葛为主线，共计描写了四桩姻缘，是作者最富于喜剧色彩，也最引人入胜的一部作品。

英国文艺批评家安·塞·布雷德利指出："简·奥斯丁有两个明显的倾向，她是一个道德家和一个幽默家，这两个倾向经常掺混在一起，甚至是完全融合的。"[1] 显然，奥斯丁在本书中通过四桩婚事的对照描写，提出了道德和行为的规范问题。

首先，作者明确划定了婚姻的"好坏"标准。照奥斯丁看来，

1　见朱虹编选《奥斯丁研究》第63页。

不幸的婚姻大致有两种情况：一像夏洛特和柯林斯那样，完全建立在经济基础上；二像莉迪亚和威克姆那样，纯粹建立在美貌和情欲的基础上。夏洛特本是个聪明女子，只因家里没有财产，人又长得不漂亮，到了二十七岁还是个"老姑娘"。她之所以答应嫁给笨伯柯林斯，只是为了能有个"归宿"，有个能确保她不致挨冻受饥的"保险箱"，婚后尝不到任何伉俪情深之乐，她倒也"无所谓"。这在一定程度上反映了妇女的可悲命运。莉迪亚是个轻狂女子，因为贪婪美貌和感情冲动的缘故，跟着威克姆私奔，后经达西搭救，两人才苟合成亲，但婚后不久即"情淡爱弛"，男的常去城里寻欢作乐，女的躲到姐姐家里寻求慰藉。与夏洛特、莉迪亚相反，伊丽莎白和简的婚事则是建立在爱情的基础上，这是真正的美满姻缘。诚然，伊丽莎白与达西也好，简与宾利也好，他们的结合并不排除经济和相貌方面的考虑，但是他们更注重对方的丽质美德，因而结婚以后，尽管在门第上还存在一定差异，夫妻却能情意融洽，恩爱弥笃。尤其是伊丽莎白，她对达西先拒绝后接受，这充分说明："没有爱情可千万不能结婚。"

其次，作者认为，恋爱婚姻既然是关系到终身幸福的大事，那就一定要严肃谨慎，切不可让表面现象蒙住眼睛。伊丽莎白因为受到达西的怠慢，便对他产生了偏见，而当"风度翩翩"的威克姆向她献殷勤时，她便对他萌发了好感，直至听信他的无耻谰言，进一步加深了她对达西的偏见和憎恶。事实证明："初次印象"是不可靠的，而偏见又比无知更可怕。

另外，作者还向我们表明，恋爱婚姻不仅是个个人问题，而且也是个社会问题。莉迪亚的私奔引起了全家人乃至所有亲友的惊恐，因为大家都明白，这件丑事假若酿成丑闻，不但会害得莉迪亚身败名裂，还会连累亲友们，特别是她的几个姐姐，将因此而很难找到体面的归宿。后来，多亏达西挽救，莉迪亚才没有"一失足成千古恨"。与此相反，伊丽莎白和简圆满出嫁之后，自然给另外两个妹妹带来了希望和机会。这就告诉我们：人们考虑婚姻大事，不能光顾自己，还要对亲友负责，对社会负责。

英国学者 H. 沃尔波尔有句名言："这个世界，凭理智来领会是个喜剧，凭感情来领会是个悲剧。"[1] 奥斯丁凭借理智来领会世界，创作了一部部描写世态人情的喜剧作品，这一部部喜剧作品犹如生活的一面面镜子，照出了世人的愚昧、盲目和自负。

书中有两个滑稽人物。贝内特太太是个"智力贫乏、孤陋寡闻、喜怒无常"的女人，因为嫁女心切，完全生活在一厢情愿的幻觉之中，每遇到一个"有钱的单身汉"，她便要将其视为自己某位女儿的"合法财产"。与贝内特太太不同，柯林斯牧师是个集自负和谦卑于一身的蠢汉，他一方面对贵族德布尔夫人自卑自贱，另一方面又对他人自命不凡，经常生活在妄自尊大的幻觉之中。他到朗伯恩，准备施恩式地娶贝内特家一个女儿为妻，借以"弥补"将来继承财产对其一家造成的损失。贝内特太太一听大喜，于是两个蠢人导演了一出笑剧。小说把两个蠢人刻画得惟妙惟肖。类似这种滑稽场面，在小说中俯拾皆是。

奥斯丁的讽刺艺术，不仅表现在某些人物的喜剧性格上，也不仅表现在众多情节的喜剧性处理上，而且还融汇在整个故事的

1　转引自《简·奥斯丁评论集》第4页。

反讽构思中，让现实对人们的主观臆想进行讽刺。男主角达西最初断定，贝内特家有那么多不利因素，几个女儿很难找到有地位的男人，可后来恰恰是他娶了伊丽莎白。而伊丽莎白呢，她曾发誓决不嫁给达西，可最后还是由她做了达西夫人。再看看那个不可一世的凯瑟琳·德布尔夫人，为了阻止伊丽莎白与她外甥达西攀亲，她不辞辛劳，亲自出马，先是跑来威吓伊丽莎白，继而跑去训诫达西，殊不知正是她这次奔走为两位默默相恋的青年通了信息，促成了他们的美满结合。更令人啼笑皆非的是，就在这几位"智者"受到现实嘲笑的同时，书中那位最可笑的"愚人"贝内特太太，最后却被证明是最正确的。她认为："有钱的单身汉总要娶位太太，这是一条举世公认的真理。"这种荒谬与"真理"的滑稽转化，尽管超越了一般意义上的是非观念，但却体现了作者对生活的深刻思索。

对话，是文学创作塑造人物形象的基本材料和基本手段。奥斯丁在创造人物对话时，一方面注意运用对话来刻画人物形象，另一方面又善于利用说话人、听话人、读者在动机和理解上的差异，制造多层次语调，致使她的对话具有既鲜明生动、富有个性，又含意丰富、耐人寻味两大特色。例如第一卷第十章，达西趁宾利小姐弹起一支苏格兰小曲的当儿，邀请伊丽莎白跳舞："贝内特小姐，你是不是很想抓住这个机会跳一曲里尔舞？"达西这话说得虽然有些傲慢（"很想抓住"四个字足以表明这一点），但他主观上还是想讨好伊丽莎白。可是伊丽莎白听起来却不以为然。她认为里尔舞是一种乡土舞，达西请她跳这种舞，是想蔑视她的"低级趣味"，于是正颜厉色地说道："我压根儿不想跳里尔舞——现在，你是好样的就蔑视我吧。"达西回答了一声:"实在不敢。"这句答话可能做出多层解释:伊丽莎白仅仅看作对方是在献殷勤,宾利小姐可能理解成想结"良缘"的表示,而读者只要多读几段便会发现,达西心里可能在想,"这位迷人的小姐着实厉害,我这次只得认输,以后可得谨慎从事"。最后,达西和伊丽莎白正是克服了"傲慢与偏见"的缺点,才真正两心相悦,终于结成伉俪。

奥斯丁在《诺桑觉寺》第一卷第五章,曾用饱含激情的语言赞扬了新小说:"……总而言之,只是这样一些作品,在这些作品中,智慧的伟力得到了最充分的施展,因而,对人性的最透彻的理解,对其千姿百态的恰如其分的描述,四处洋溢的机智幽默,这一切都用最精湛的语言展现出来。"其实,若用这段话来概括《傲慢与偏见》,倒是再恰当不过,因为该书的确运用"最精湛的语言",展现了作者"对人性的最透彻的理解",四处洋溢着"机智幽默",令人感到"光彩夺目",情趣盎然。

第 一 卷

第 一 章

有钱的单身汉总要娶位太太，这是一条举世公认的真理。

这条真理还真够深入人心的，每逢这样的单身汉新搬到一个地方，四邻八舍的人家尽管对他的心思想法一无所知，却把他视为自己某一个女儿的合法财产。

"亲爱的贝内特先生，"一天，贝内特太太对丈夫说道，"你有没有听说内瑟菲尔德庄园终于租出去啦？"

贝内特先生回答说没有。

"的确租出去啦，"太太说道，"朗太太刚刚来过，她把这事一五一十地全告诉我了。"

贝内特先生没有理睬。

"难道你不想知道是谁租去的吗？"太太不耐烦地嚷道。

"既然你想告诉我，我听听也无妨。"

这句话足以逗引太太讲下去了。

"哦，亲爱的，你应该知道，朗太太说内瑟菲尔德让英格兰北部的一个阔少爷租去了；说他星期一那天乘坐一辆四轮马车来看房子，看得非常中意，当下就和莫里斯先生讲妥了；说他打算赶在米迦勒节[1]以前搬进新居，下周末以前打发几个用人先住进来。"

"他姓什么？"

"宾利。"

"成家了还是单身？"

"哦！单身，亲爱的，千真万确！一个有钱的单身汉，每年有四五千镑的收入。真是女儿们的好福气！"

"这是怎么说？跟女儿们有什么关系？"

"亲爱的贝内特先生，"太太答道，"你怎么这么令人讨厌！告诉你吧，我在琢磨他娶她们中的一个做太太呢。"

"他搬到这里就是为了这个打算？"

"打算！胡扯，你怎么能这么说话！他兴许会看中她们中的哪一个，因此，他一来你就得去拜访他。"

"我看没有那个必要。你带着女儿们去就行啦，要不你索性打发她们自己去，这样或许更好些，因为你的姿色并不亚于她们中的任何一个，你一去，宾利先生倒可能看中你呢。"

"亲爱的，你太抬举我啦。我以前确实有过美貌的时候，不过现在却不敢硬充有什么出众的地方了。一个女人家有了五个成年的女儿，就不该对自己的美貌再转什么念头了。"

"这么说来，女人家对自己的美貌也转不了多久的念头啦。"

"不过，亲爱的，宾利先生一搬到这里，你可真得去见见他。"

---

1 米迦勒节：9月29日，英国四大结账日之一。雇用用人多在此日，租约也多于此日履行。

贝内特夫妇

"告诉你吧，这事我可不能答应。"

"可你要为女儿们着想呀。请你想一想，她们谁要是嫁给他，那会是多好的一门亲事啊。卢卡斯爵士夫妇打定主意要去，还不就是为了这个缘故，因为你知道，他们通常是不去拜访新搬来的邻居的。你真应该去一次，要不然，我们母女就没法去见他了。"[1]

"你实在过于多虑了。宾利先生一定会很高兴见到你的。我可以写封信叫你带去，就说他随便想娶我哪位女儿，我都会欣然同意。不过，我要为小莉齐[2]美言两句。"

"我希望你别做这种事。莉齐丝毫不比别的女儿强。我敢说，论长相，她没有简一半漂亮；论脾气，她没有莉迪亚一半好。可你总是偏爱她。"

"她们哪一个也没有多少好称道的，"贝内特先生答道，"她们像别人家的姑娘一样，一个个又傻又蠢，倒是莉齐比几个姐妹伶俐些。"

"贝内特先生，你怎么能这样糟蹋自己的孩子？你就喜欢气我，压根儿不体谅我那脆弱的神经。"

"你错怪我了，亲爱的。我非常尊重你的神经。它们是我的老朋友啦。至少在这二十年里，我总是听见你郑重其事地说起它们。"

"唉！你不知道我受多大的罪。"

"我希望你会好起来，亲眼看见好多每年有四千镑收入的阔少

1　按英国当时的习俗，拜访新迁来的邻居，得先由家中男主人登门拜访之后，女眷才可以去走访。

2　莉齐系二女儿伊丽莎白的昵称，伊莱扎也是她的昵称。

爷搬到这一带。"

"既然你不肯去拜访，即使搬来二十个，那对我们又有什么用。"

"放心吧，亲爱的，等到搬来二十个，我一定去挨个拜访。"

贝内特先生是个古怪人，一方面乖觉诙谐，好挖苦人；另一方面又不苟言笑，变幻莫测，他太太积二十三年之经验，还摸不透他的性格。这位太太的心性就不那么难以捉摸了。她是个智力贫乏、孤陋寡闻、喜怒无常的女人。一碰到不称心的时候，就自以为神经架不住。她人生的大事，是把女儿们嫁出去；她人生的快慰，是访亲拜友和打听消息。

第二章

贝内特先生是最先拜访宾利先生的人儿之一。本来，他早就打算去拜访他，可在太太面前却始终咬定不想去。直到拜访后的当天晚上，贝内特太太才知道实情。当时，事情是这样透露出来的。贝内特先生看着二女儿在装饰帽子，便突然对她说道：

"我希望宾利先生会喜欢这顶帽子，莉齐。"

"既然我们不打算去拜访宾利先生，"做母亲的愤然说道，"我们怎么会知道人家喜欢什么。"

"你忘啦，妈妈，"伊丽莎白说道，"我们要在舞会上遇见他的，朗太太还答应把他介绍给我们。"

"我不相信朗太太会这样做。她自己还有两个侄女呢。她是个自私自利、假仁假义的女人，我一点也瞧不起她。"

"我也瞧不起她，"贝内特先生说道，"我很高兴，你不指望她来帮忙。"

贝内特太太不屑搭理他，可是忍不住气，便骂起一个女儿来。

"我希望宾利先生会喜欢这顶帽子，莉齐。"

"别老是咳个不停，基蒂[1]，看在老天爷的分上！稍微体谅一下我的神经吧。你咳得我的神经快胀裂啦。"

"基蒂真不知趣，"父亲说道，"咳嗽也不拣个时候。"

"我又不是咳着玩的。"基蒂气冲冲地答道。

"你们下一次舞会定在哪一天，莉齐？"

"从明天算起，还有两个星期。"

"啊，原来如此。"母亲嚷道，"朗太太要等到舞会的前一天才会回来，那她就不可能向你们介绍宾利先生啦，因为她自己还不认识他呢。"

"那么，亲爱的，你就可以占你朋友的上风，反过来向她介绍宾利先生啦。"

"办不到，贝内特先生，办不到，我自己还不认识他呢。你怎么能这样戏弄人？"

"我真佩服你的审慎。结识两周当然微不足道。你不可能在两周里真正了解一个人。不过，这件事我们不抢先一步，别人可就不客气了。不管怎么说，朗太太和她侄女总要结识宾利先生的。因此，你要是不肯介绍，我来介绍好了，反正朗太太会觉得我们是一片好意。"

姑娘们都瞪大了眼睛望着父亲。贝内特太太只说了声："无聊！无聊！"

"你乱嚷嚷什么？"贝内特先生大声说道，"你以为替人家做做介绍讲点礼仪是无聊吗？我可不大同意你这个看法。你说呢，玛

1　基蒂系四女儿凯瑟琳的昵称。

丽？我知道，你是个富有真知灼见的小姐，读的都是鸿篇巨著，还要做做摘记。"

玛丽很想发表点高见，可又不知道怎么说是好。

"趁玛丽深思熟虑的时候，"贝内特先生接着说道，"我们再回头谈谈宾利先生。"

"我讨厌宾利先生。"太太嚷道。

"真遗憾，听见你说这话，可你为什么不早对我这么说呢？假使我今天早上了解这个情况，我肯定不会去拜访他。非常不幸，既然我已经拜访过了，我们免不了要结识他啦。"

正如他期望的那样，太太小姐们一听大为惊讶，尤其是贝内特太太，也许比别人更为惊讶。不过，大家欢呼雀跃了一阵之后，她又声称：这件事她早就料到了。

"亲爱的贝内特先生，你真是太好啦！不过我早就知道，我终究会说服你的。你那么疼爱自己的女儿，绝不会不去结识这样一个人。啊，我太高兴啦！你这个玩笑开得真有意思，早上就去过了，直到刚才还只字不提。"

"好啦，基蒂，你可以尽情地咳嗽啦。"贝内特先生说道。他一边说，一边走出房去，眼见着太太那样欣喜若狂，他真有些厌倦。

"孩子们，你们有个多好的爸爸啊。"门一关上，贝内特太太便说道，"我不知道你们怎样才能报答他的恩情，也不知道你们怎样才能报答我的恩情。我可以告诉你们，到了我们这个年纪，谁也没有兴致天天去结交朋友。但是为了你们，我们是什么事情都乐意去做。莉迪亚，我的宝贝，虽说数你年纪最小，可是开起舞会来，宾利先生肯定会跟你跳。"

"哦！"莉迪亚满不在乎地说，"我才不担心呢。虽然年纪是我最小，个子却数我最高。"

当晚余下的时间里，太太小姐们猜测起宾利先生什么时候会回拜贝内特先生，盘算着什么时候该请他来吃饭。

第 三 章

贝内特太太尽管有五个女儿帮腔，宾利先生长宾利先生短地问来问去，可丈夫总不能给她个满意的回答。母女们采取种种方式对付他——露骨的盘问，奇异的假想，不着边际的猜测：但是，任凭她们手段多么高明，贝内特先生都一一敷衍过去，最后她们给搞得无可奈何，只能听听邻居卢卡斯太太的二手消息。卢卡斯太太说起他来赞不绝口。威廉爵士十分喜欢他。他年纪轻轻，相貌堂堂，为人极其随和，而最让人高兴的是，他打算拉一大帮人来参加下次舞会。真是再好不过啦！喜欢跳舞是谈情说爱的可靠步骤，大家都热切希望去博取宾利先生的欢心。

"我要是能看到一个女儿美满地住进内瑟菲尔德庄园，"贝内特太太对丈夫说道，"看到其他几个女儿也嫁给这样的好人家，我也就心满意足了。"

几天以后，宾利先生前来回访贝内特先生，跟他在书房里坐了大约十分钟。他对几位小姐的美貌早有耳闻，希望能够趁机见见她们，不想只见到了她们的父亲。倒是小姐们比较幸运，她们围在楼上的窗口，看见他穿着一件蓝外套，骑着一匹黑马。

过了不久，贝内特先生便发出请帖，请宾利先生来家吃饭。贝内特太太早已计划了几道菜，好借机炫耀一下她的当家本领，不料一封回信把事情给推迟了。原来，宾利先生第二天要进城，因此无法接受他们的盛情邀请。贝内特太太心里大为惶惑。她想不出宾利先生刚来到赫特福德郡，怎么又有事要进城。她开始担心他是否总要这样东漂西泊，来去匆匆，而不会正儿八经地住在内瑟菲尔德。幸亏卢卡斯太太兴起一个念头，说他可能是到伦敦去多拉些人来参加舞会，这才使贝内特太太打消了几分忧虑。顿时，外面纷纷传说，宾利先生要带来十二位女士和七位男士参加舞会。小姐们听说这么多女士要来，不禁有些担忧。但是到了舞会的头一天，又听说宾利先生从伦敦没有带来十二位女士，而只带来六位——他自己的五个姐妹和一个表姐妹，小姐们这才放了心。后来等宾客走进舞厅时，却总共只有五个人——宾利先生，他的两个姐妹，他姐夫，还有一个青年。

宾利先生仪表堂堂，很有绅士派头，而且和颜悦色，举止随和，毫不做作。他的姐妹都是窈窕女子，仪态雍容大方。他姐夫赫斯特先生只不过像个绅士，但是他的朋友达西先生却立即引起了全场的注意，因为他身材魁伟，眉清目秀，举止高雅，进场不到五分钟，人们便纷纷传说，他每年有一万镑收入。男士们称赞他一表人才，女士们声称他比宾利先生英俊得多。差不多有半个晚上，人们都艳羡不已地望着他。后来，他的举止引起了众人的厌恶，他在人们心目中的形象也就一落千丈，因为大家发现他自高自大，目中无人，不好逢迎。这样一来，纵使他在德比郡的财产再多，也无济于事，他那副面孔总是那样讨人嫌，那样惹人厌，他压根儿比不上他的朋友。

宾利先生很快就结识了全场所有的主要人物。他生气勃勃，无拘无束，每曲舞都跳，只恨舞会散得太早，说他自己要在内瑟菲尔德庄园再开一次。如此的好性子，自然不言自明，人人看得出来。他跟他的朋友形成多么鲜明的对照！达西先生只跟赫斯特夫人跳了一次，跟宾利小姐跳了一次，有人想向他引荐别的小姐，他却一概拒绝，整个晚上只在厅里逛来逛去，偶尔跟自己人交谈几句。他的个性太强了。他是世界上最骄傲、最讨人嫌的人，人人都希望他以后别再来了。其中对他最反感的，要算贝内特太太，她本来就讨厌他的整个举止，后来他又轻慢了她的一个女儿，她便由讨厌变成了深恶痛绝。

由于男士人数少，有两曲舞伊丽莎白·贝内特只得干坐着。这当儿，达西先生一度站在离她不远的地方，宾利先生走出舞池几分钟，硬要达西跟着一起跳，两人的谈话让她无意中听到了。

"来吧，达西，"宾利先生说，"我一定要你跳。我不愿意看见你一个人傻乎乎地站来站去。还是去跳吧。"

"我绝对不跳。你知道我多讨厌跳舞，除非有个特别熟悉的舞伴。在这样的舞会上跳舞，简直让人受不了。你的姐妹在跟别人跳，这舞厅里除了她俩之外，让我跟谁跳都是活受罪。"

"我可不像你那么挑剔，"宾利嚷道，"绝不会！说实话，我平生从来没有像今天晚上这样，遇见这么多可爱的姑娘。你瞧，有几个非常漂亮。"

"你当然啦，舞厅里仅有的一位漂亮姑娘，就在跟你跳舞嘛。"

达西说道，一面望望贝内特家大小姐。

"哦！我从没见过像她这么美丽的姑娘！不过她有个妹妹，就坐在你后面，人很漂亮，而且我敢说，也很讨人爱。让我请我的舞伴给你俩介绍介绍吧。"

"你说的是哪一位？"达西说着转过身，朝伊丽莎白望了望，等伊丽莎白也望见了他，他才收回自己的目光，冷冷地说道："她还过得去，但是还没漂亮到能够打动我的心。眼下，我可没有兴致去抬举那些受到别人冷落的小姐。你最好回到你的舞伴身边，去欣赏她的笑脸，别把时光浪费在我身上。"

宾利先生听他的话跳舞去了。达西随即也走开了，伊丽莎白依旧坐在那里，对他着实没有什么好感。不过，她还是兴致勃勃地把这件事讲给亲友们听了，因为她生性活泼，爱开玩笑，遇到什么可笑的事情都会感到有趣。

总的说来，贝内特一家这个晚上过得相当愉快。贝内特太太发现，内瑟菲尔德那帮人非常喜爱她的大女儿。宾利先生同她跳了两次舞，他的姐妹们也很看得起她。简和母亲一样，觉得非常得意，只是不像母亲那样唧唧喳喳。伊丽莎白也为简感到高兴。玛丽听见有人向宾利小姐夸奖自己，说她是附近一带最有才华的姑娘。凯瑟琳和莉迪亚也很走运，每曲舞都有舞伴，这是她们参加舞会最看重的。因此，母女们兴高采烈地回到了朗伯恩，她们就住在这个村上，可谓是村里的重要成员。她们发现，贝内特先生还没睡觉。他这个人，平素只要有本书，就会忘记时间。可眼下他倒是出于好奇，很想知道母女们寄予厚望的这个晚上，究竟过得怎么样。他满以为太太会对那位贵邻感到失望，但他立刻发

"她还过得去。"

觉，事情并非如此。

"哦！亲爱的贝内特先生，"太太一进房便说道，"我们这一晚过得太快活了，舞会棒极了。你没有去真可惜。简成了大红人，真是红得不得了。人人都说她长得漂亮，宾利先生认为她相当美，跟她跳了两次舞！你就想想这一点吧，亲爱的，他确确实实跟她跳了两次！整个舞厅里，只有她一个人受到了他第二次邀请。他最先邀请卢卡斯小姐。我见他跟卢卡斯小姐跳舞，心里真不是滋味！不过，宾利先生对她丝毫没有意思。其实，你也知道，谁也不会对她有意思。简走下舞池的时候，宾利先生好像完全给迷住了。他打听她是谁，让人做了介绍，然后请她跳下两曲舞[1]。第三轮他是跟金小姐跳的，第四轮跟玛丽亚·卢卡斯，第五轮又跟简，第六轮跟莉齐，还有那布朗热舞[2]——"

"他要是多少体谅体谅我，"贝内特先生不耐烦地嚷道，"他就不会跳那么多，一半也不会！看在上帝的分上，别再提他的舞伴啦。嗐，他要是跳头一场舞就把脚踝扭伤了有多好！"

"哦！亲爱的，"贝内特太太接着说道，"我倒是非常喜欢他，他长得漂亮极啦！他的姐妹们也很讨人喜欢。看看人家的衣着，我一辈子也没见过比她们更讲究的。我敢说，赫斯特夫人衣服上的花边——"

她说到这里又给打断了。贝内特先生不愿听她絮叨华装丽服。因此她不得不另找个话题，非常尖刻而又有些夸张地说起了达西

1　按英国当时风俗，男女之间相邀跳舞，每轮总是连跳两曲。

2　布朗热：法国的一种轻快的乡间舞蹈，跳舞者排成两排对舞。

先生令人震惊的粗暴态度。

　　"不过我可以告诉你，"她又说道，"莉齐不中他的意倒没有什么可惜的。他是个最讨厌、最可恶的人，压根儿不值得去巴结。那么高傲，那么自大，叫人无法忍受！一会儿走到这，一会儿走到那，自以为非常了不起！还嫌人家不漂亮，不配跟他跳舞！亲爱的，你要是在场就好了，狠狠教训他一顿。我厌恶透了这个人。"

第 四 章

简本来并不轻易赞扬宾利先生，但是当她和伊丽莎白单独在一起的时候，她却向妹妹表白了自己多么爱慕他。

"他是一个典型的好青年，"她说道，"有见识，脾气好，人又活泼，我从没见过这么讨人喜欢的举止！——那么端庄，那么富有教养！"

"他还很漂亮，"伊丽莎白答道，"年轻人嘛，只要可能，也应该漂亮些。因此，他是个十全十美的人。"

"他第二次请我跳舞的时候，我高兴坏了。我没想到他会这样抬举我。"

"你没想到？我可替你想到了。不过，这正是你我之间大不相同的地方。你一受抬举总是受宠若惊，我可不这样。他再次请你跳舞，这不是再自然不过的事情吗？他不会看不出，你比舞厅里哪个女人都漂亮好多倍。他为此向你献殷勤，你犯不着感激他。他的确很可爱，我也不反对你喜欢他。你以前可喜欢过不少蠢货呀。"

"亲爱的莉齐！"

"哦！你知道，你通常太容易对人产生好感了。你从来看不出别人的短处。在你眼里，天下人都是好的，都很可爱。我生平从没听见你说过别人的坏话。"

"我不愿意轻易责难任何人。不过我总是讲心里话。"

"我知道你讲心里话，而你让人奇怪的也正是这一点。你这样聪明的人，竟然真会看不出别人的愚蠢与无聊！假装胸怀坦荡是个普遍现象——真是比比皆是，但是，坦荡得毫无炫耀之意，更无算计之心——承认别人的优点，并且加以夸耀，而对其缺点则绝口不提——这只有你才做得到。这么说，你也喜欢那位先生的姐妹啦？她们的风度可比不上他呀。"

"的确，初看是比不上。不过，你跟她们攀谈起来，她们也都很讨人喜欢。宾利小姐要与她哥哥住在一起，替他料理家务。我敢肯定，她会成为我们的好邻居。"

伊丽莎白一声不响地听着，但是心里并不服气。那姐妹俩在舞厅里的举动，并非想要讨好众人；伊丽莎白观察力比姐姐来得敏锐，脾性也不像姐姐那么柔顺，凡事自有主见，不会因为人家待她好而随意改变，因此她绝不会对那两人产生好感。其实，她们都是很优雅的女性，高兴起来并非不会谈笑风生，适意的时候也不是不会讨人喜欢，但是为人骄傲自大。她们长得十分标致，曾在城里一家一流私立学校受过教育[1]，拥有两万镑的财产，花起

---

1 私立学校：尤指私立女子学校，青年女子在这里读书写字，弹琴唱歌，学习缝纫之类。

钱来总是大手大脚，喜好结交有地位的人，因而才得以在各方面自视甚高，瞧不起别人。她们出生于英格兰北部一个体面的家庭，这个情况她们总是铭记在心，相比之下，她们兄弟和她们自己的财产全是靠做生意赚来的这件事[1]，给她们的印象却比较淡薄。

宾利先生从父亲那里继承了将近十万镑的遗产。父亲本来打算购置一份房地产，不想心愿未了就与世长辞了。宾利先生也有这个打算，有时还择定了在哪个郡购置。不过，眼下他已经有了一幢好房子，还有一座庄园供他打猎，了解他性情的人都知道，他是个随遇而安的人，说不定以后就在内瑟菲尔德度过一生，购置房地产的事留给下一代人去操办。

他的两个姐妹都热切希望他能有一份自己的房地产。不过，尽管他现在仅仅是以房客的身份在这里住了下来，但宾利小姐还很愿意替他掌管家务，而那位赫斯特夫人嫁了个家财不足、派头有余的男人，因而一旦得便，也很情愿把弟弟的家当作自己的家。当时宾利先生成年还不满两年，因为偶然听人推荐，便情不自已地要来看看内瑟菲尔德家宅。他里里外外看了半个钟头，房子的位置和主房间都很中他的意，加上房东又把房子赞美了一番，他听了越发满意，于是便当即租了下来。

他与达西虽然性情截然不同，彼此之间却有着始终不渝的交谊。达西之所以喜欢宾利，是因为宾利为人和易、坦率、温顺，尽管这与他自己的性情大相径庭，而他也从不觉得自己的性情有什么不好的地方。宾利对达西的友情坚信不疑，对他的见解也推

1　在当时的英国社会，靠做生意维生的人受到上流社会的蔑视。

崇备至。从智力上看，达西更胜一筹。虽说宾利一点也不愚笨，但是达西着实聪明。达西同时还有些趾高气扬，不苟言笑，爱挑剔人，虽然受过良好的教育，举止却不受人欢迎。在这方面，他的朋友倒占有很大优势。宾利无论走到哪里，都会招人喜爱，达西却总是惹人讨厌。

两人谈论梅里顿舞会的方式，就很能表明他们的不同性格。宾利从没遇见过这么可爱的人们，这么漂亮的姑娘；每个人对他都极其和善，极其关心；大家既不拘谨，也不刻板；他很快便与全场的人混熟了；至于贝内特小姐[1]，他无法想象还会有比她更美丽的天使。与他相反，达西发现这些人既不漂亮，又无风度，谁也没有使他产生丝毫的兴趣，谁也没有对他表示关注，或是博得他的欢心。他承认贝内特小姐长得漂亮，可她太爱笑了。

赫斯特夫人姐妹俩同意这种看法——可她们仍然羡慕她，喜欢她，说她是个甜妞儿，不妨与她结个深交。于是，贝内特小姐被认定为一位甜妞儿，她们的兄弟听了这番赞美，觉得以后可以随心所欲地去思念她了。

1　按英国当时的习惯，姓加"小姐"是对大小姐的正式称呼，二小姐以下或称教名，或称教名加姓。所以，本书中的"贝内特小姐"，一般指大小姐简·贝内特。

第 五 章

　　离朗伯恩不远住着一户人家，与贝内特家关系特别密切。威廉·卢卡斯爵士先前在梅里顿做生意，发了不小一笔财，任镇长期间上书国王，荣获爵士称号[1]。也许他把这荣誉看得过重，心里便讨厌做买卖了，讨厌住在这小集镇上。他放弃买卖离开了小镇，全家搬到了离梅里顿大约一英里远的一座房子里。从那时候起，这里便取名卢卡斯小屋。在这里，他可以乐滋滋地寻思一下自己的显赫地位，并且能摆脱事务的羁绊，一心一意地向世人讲起文明礼貌来。他虽然为自己的爵位感到高兴，却没有变得忘乎所以，相反，他对人人都很关心。他生来就是个老实人，待人和善诚恳，自从进宫觐见国王之后，越发温文尔雅了。

　　卢卡斯太太是个很和善的女人，因为不太机灵，倒不失为贝内特太太的一个宝贵的邻居。这夫妇俩有好几个孩子。老大是位聪明伶俐的小姐，年纪大约二十七岁，是伊丽莎白的密友。

1　爵士：英国国王授予的荣誉称号，其地位低于从男爵，不能世袭。

每次舞会之后，卢卡斯家的小姐们与贝内特家的小姐们非得凑到一起谈谈不可。就在这次舞会后的第二天早晨，卢卡斯家的几位小姐便赶到朗伯恩，好听听朋友的见解，讲讲自己的看法。

　　"昨晚你可开了个好头啊，夏洛特。"贝内特太太很有克制地、客客气气地说道，"你可是宾利先生的头一个舞伴呀。"

　　"不错。可他似乎更喜欢他的第二个舞伴。"

　　"哦！我想你是指简吧——因为他跟简跳过两次。当然，他的确像是很喜欢简——我认为他真喜欢简——我听到点传闻——可不知道是怎么回事——关于鲁宾逊先生的传闻。"

　　"也许你是指我无意中听到的他和鲁宾逊先生的谈话吧？难道我没向你提起过？鲁宾逊先生问他喜不喜欢梅里顿的舞会，问他是否认为舞厅里有许多漂亮姑娘，以及他认为哪一位最漂亮？宾利当即回答了最后一个问题——'哦！毫无疑问是贝内特大小姐。在这一点上不会有什么异议。'"

　　"敢情是呀！——的确很明显——的确像是——不过，你知道，也许会化为泡影。"

　　"伊莱扎，我听到的话比你听到的更能说明问题。"夏洛特说，"达西先生说话不像他的朋友那样中听，是吧？——可怜的伊莱扎！仅仅是过得去。"

　　"我求你不要提醒莉齐，让她为达西的无礼举动而生气。达西是个令人讨厌的家伙，讨他喜欢才倒霉呢。朗太太昨晚告诉我，达西在她身边坐了半个钟头，没有开过一次口。"

　　"你这话靠得住吗，妈妈？——一点出入也没有？"简说道，"我分明看见达西先生跟她说话了。"

"嘻——那是因为朗太太后来问他喜不喜欢内瑟菲尔德，他不得不敷衍一下。朗太太说，他气呼呼的，好像是在怪朗太太不该跟他说话似的。"

"宾利小姐告诉我，"简说道，"他一向话不多，除非跟亲朋好友在一起。他对亲朋好友就异常和蔼可亲。"

"这话我一点也不信，亲爱的。他要是真正和蔼可亲，就该跟朗太太说说话。不过，我猜得出是怎么回事。人人都说他傲慢透了，他准是听说朗太太家里没有马车，临时雇了辆车来参加舞会的。"

"他没跟朗太太说话，我倒不在意，"卢卡斯小姐说道，"可他不该不跟伊莱扎跳舞。"

"假如我是你，莉齐，"那做母亲的说道，"下一次我还不跟他跳呢。"

"我想，妈妈，我可以万无一失地向你担保，我绝不会跟他跳舞。"

"他骄傲，"卢卡斯小姐说，"不像一般人骄傲得让我气不过，因为他骄傲得情有可原。这么出色的一个小伙子，门第好，又有钱，具备种种优越条件，也难怪会自以为了不起。依我说呀，他有权利骄傲。"

"那倒一点不假，"伊丽莎白答道，"假使他没有伤害我的自尊，我会很容易原谅他的骄傲。"

"我认为，"玛丽一向自恃见解高明，因而说道，"骄傲是一般人的通病。从我读过的许多书来看，我相信骄傲确实很普遍，人性特别容易犯这个毛病。因为有了某种品质，无论是真实的还是假想的，就为之沾沾自喜，这在我们当中很少有人例外。虚荣与骄傲是两个不同的概念，虽然两个字眼经常给当作同义词混用。一个人可以骄傲而不虚荣。骄傲多指我们对自己的看法，虚荣多指我们想要别人对我们抱有什么看法。"

"要是我像达西先生那么有钱，"卢卡斯家一个跟姐姐们一道来的小兄弟大声嚷道，"我才不在乎自己有多骄傲呢。我要养一群猎狗，每天喝一瓶酒。"

"那你就喝得太过量了，"贝内特太太说道，"我要是看见你喝酒，马上就夺掉你的酒瓶。"

孩子抗议说，她不能夺；贝内特太太再次扬言，她一定要夺。这场争论直到客人告辞时才结束。

第 六 章

　　朗伯恩的女士们不久就去拜访了内瑟菲尔德的女士们。内瑟菲尔德的女士们也照例做了回访。贝内特小姐的可爱风度，越来越博得赫斯特夫人和宾利小姐的好感。尽管那位母亲让人无法忍受，几个小妹妹也不值得攀谈，可内瑟菲尔德的姐妹俩还是表示，愿意与贝内特家两位大小姐做个深交。简万分喜悦地领受了这番盛情；可是伊丽莎白仍然认为她们对众人态度傲慢，甚至对她姐姐也不例外，因而无法喜欢她们。虽说她们对简还比较客气，但那多半是由于她们兄弟爱慕她的缘故。他们俩一碰到一起，人们都看得出来，宾利先生的确爱慕她。伊丽莎白还看得出来，简从一开始就看中了宾利先生，现在真有些不能自拔了，可以说深深爱上了他。不过，她想起来感到高兴的是，这事一般不会让外人察觉，因为简尽管感情热烈，但是性情娴静，外表上始终喜盈盈的，不会引起鲁莽之辈的猜疑。伊丽莎白向自己的朋友卢卡斯小姐谈起了这件事。

　　"这件事要能瞒过众人也许挺有意思，"夏洛特回答道，"但是，遮遮掩掩的有时也划不来。要是一个女人采用这种技巧向心上人隐瞒了自己的爱慕之情，那就可能没有机会博得他的欢心。这样一来，即使她自以为同样瞒过了天下所有的人，也没有什么好欣慰的。男女恋爱大都含有感恩图报和爱慕虚荣的成分，因此听其自然是不保险的。开头可能都很随便——略有点好感本是很自然的事情，但是很少有人能在没有受到对方鼓励的情况下，敢于倾心相爱。十有八九，女人流露出来的情意，还得比心里感受的多一些。毫无疑问，宾利喜欢你姐姐，可是你姐姐不帮他一把，他也许充其量只是喜欢喜欢她而已。"

"简在自己性情许可的范围内，确实帮他忙了。她对他的情意连我都看得出来，而他却看不出来，那他未免太傻了。"

"别忘了，伊莱扎，他可不像你那样了解简的性情。"

"一个女人爱上一个男人，只要女方不有意隐瞒，男方准能看得出来。"

"要是见面多的话，也许他准能看得出来。宾利和简虽然经常见面，但是从没在一起接连待上几个钟头。他们每次见面总是跟一些杂七杂八的人混在一起，不可能允许他们谈个不休。因此，简就得充分利用一切时机，让他一心一意关注她。一旦能把他抓到手，再尽情地谈情说爱也不迟。"

"假如一心只想嫁个有钱的男人，"伊丽莎白答道，"你这个办法倒挺不错。倘若我决心找个阔丈夫，或者随意找个什么丈夫，那我一定采取你的办法。可惜简没有这样的思想，她可不会使心计。如今她还拿不准她究竟对宾利钟情到什么地步，钟情得是否得体。她认识他只不过两个星期。在梅里顿跟他跳了四曲舞，有天上午去他府上跟他见过一面，后来又跟他一起吃过四次饭。就凭着这点交往，叫她怎么能了解他的性格呢。"

"事情并不像你说的那样。假如仅仅跟他吃吃饭，简兴许只会发现他胃口好不好。可你别忘了，他们还在一起待了四个晚上呢——四个晚上的作用可就大啦。"

"是呀。这四个晚上使他们摸透了彼此都喜欢玩二十一点，不喜欢玩科默斯[1]。至于其他主要性格特征，我看他们彼此之间还了解得不多。"

"唔，"夏洛特说，"我衷心希望简获得成功。即使她明天就嫁给宾利先生，我认为她也会获得幸福，其可能性并不亚于先花上一年工夫去研究他的性格。婚姻幸福完全是个机遇问题。双方的脾气即使彼此非常熟悉，或者非常相似，也不会给双方增添丝毫的幸福。他们的脾气总是越来越不对劲，后来就引起了麻烦。你既然要和一个人过一辈子，最好尽量少了解他的缺点。"

"你这话说得真逗人，夏洛特。不过，这种说法不合情理。你也知道不合情理，你自己就绝不会那么做。"

伊丽莎白光顾得注意宾利先生向姐姐献殷勤的事，却万万没有料到，宾利先生的那位朋友渐渐对她自己留起神来。达西先生起初并不认为她有多漂亮：他在舞会上望见她的时候，心里并不带有爱慕之意；第二次见面的时候，他打量她只是为了吹毛求疵。但是，他刚向自己和朋友们表明她的容貌一无可取，转眼之间，

1　科默斯：一种法国牌戏，每人发牌3张，可互换，直至换到有人赢牌为止。二十一点，也是始于法国的一种牌戏，使用除了大小王之外的52张牌，玩者的目标是使手中的牌的点数之和不超过21点且尽量大。

他又发现她那双黑眼睛透着美丽的神气，使整个脸蛋显得极其聪慧。继这个发现之后，他又从她身上发现了几个同样令他气馁的地方。虽说他带着挑剔的目光，发觉她身条这儿不匀称那儿不完美，但他不得不承认她体态轻盈，招人喜爱。尽管他一口咬定她缺乏上流社会的风度，可他又被她那洒脱自如的调皮劲儿所吸引。伊丽莎白全然不明了这些情况。在她看来，达西只是个到处不讨人喜欢的男子，他还认为她不够漂亮，不配和他跳舞。

达西开始希望多与她交往。为了争取与她攀谈，他总是留神倾听她与别人的谈话。他这般举动引起了她的注意。那是在威廉·卢卡斯爵士家，当时他府上宾客满堂。

"达西先生是什么意思？"伊丽莎白对夏洛特说道，"我跟福斯特上校谈话要他来听？"

"这个问题只有达西先生能够回答。"

"他要是再这样干，我一定要让他明白，他那一套瞒不过我。他一个心眼就想挖苦人，我要是不先给他点厉害瞧瞧，马上就会惧怕他的。"

过了不久，达西又朝她们走来。虽然他看上去不像是要说话的样子，卢卡斯小姐还是挑逗朋友把这个问题向他提了出来。伊丽莎白经她这么一激，立刻转过脸对达西说道：

"达西先生，我刚才跟福斯特先生开玩笑，要他在梅里顿开一次舞会，难道你不觉得我的话说得非常得体吗？"

"说得非常带劲。不过，这件事总是使得小姐们劲头十足。"

"你对我们太尖刻了。"

"这下子该她受人讥笑了。"卢卡斯小姐说道，"我去打开琴，伊莱扎，你知道下面该怎么办。"

"你这种朋友真是世上少有！——不管当着什么人的面，总是要我弹琴唱歌！假使我存心要在音乐上出风头，那我真要对你感激不尽。可事实上，诸位来宾都听惯了第一流演奏家，我实在不敢坐下来献丑。"然而，经不住卢卡斯小姐再三请求，她只好又说道："好吧，既然非得献丑，那就献献吧。"接着，她又板着脸瞥了瞥达西，说道："有句老话说得好，在场的人当然也都很熟悉这句话：'留口气吹凉粥'，我就留口气唱唱歌吧。"

她的表演虽然称不上绝妙，却也颇为动听。唱了一两支歌之后，大家要求她再唱几支，谁想她还没来得及回答，她妹妹玛丽急巴巴地早就坐到了钢琴跟前。原来，贝内特家五姐妹中，只有玛丽长得不好看，因此她便发奋钻研学问，增长才干，总是迫不及待地想要卖弄卖弄。

玛丽既没有天赋，又缺乏情趣，虽然虚荣心促使她勤学苦练，但是也造就了她的迂腐气息和自负派头。有了这种气息和派头，即使她取得再高的造诣，也无济于事。伊丽莎白虽说琴弹得远远不如她，但她仪态大方，毫不造作，因此大家听起来有趣得多。再说玛丽，她弹完一支长协奏曲之后，她的两个妹妹要求她演奏几支苏格兰和爱尔兰小调。玛丽正想博得众人的夸奖和感激，便高高兴兴地照办了。这时，她那两个妹妹和卢卡斯家的几位小姐以及两三个军官，急匆匆地跑到房那头跳舞去了。

达西先生就站在他们附近。他闷声不响，眼看着就这样度过一个晚上，相互也不攀谈攀谈，心里不免有些气愤。他光顾得想心事，竟然没有察觉威廉·卢卡斯爵士就站在他旁边，最后还是威廉爵士先开了口：

"达西先生，这是年轻人多么开心的一种娱乐啊！说来说去，什么也比不上跳舞。我认为这是上流社会最高雅的一种娱乐形式。"

"当然，先生。跳舞是不错，即使在下等社会里也很风行。每个野蛮人都会跳舞。"

威廉爵士只是笑了笑。"你的朋友跳得相当出色，"过了一会儿，他看见宾利也来跳舞，便接着说道，"毫无疑问，你也是舞技精湛啦，达西先生。"

"我想你看见我在梅里顿跳过舞吧，先生。"

"的确看见过的。看你跳舞真令人赏心悦目。你常到宫里去跳舞吗？"

"从没去过，先生。"

"难道你不肯到宫里去赏赏脸？"

"但凡能避免的，我哪里也不去赏这个脸。"

"我想你在城里一定有房子吧？"

达西先生点了点头。

"我一度曾想在城里定居——因为我喜欢上流社会。不过，我不大敢说伦敦的空气是否适宜卢卡斯太太。"

威廉爵士停了停，指望对方回答。可是达西却无意回答。恰在这时，伊丽莎白朝他们走来，威廉爵士灵机一动，想趁机献一下殷勤，便对她叫道：

"亲爱的伊莱扎小姐，你怎么不跳舞呀？达西先生，请允许我把这位小姐介绍给你，这是一位十分理想的舞伴。面对这样一位姣丽的舞伴，我想你总不至于不肯跳吧。"说着拉起伊丽莎白的手，准备交给达西先生，而达西先生尽管万分惊奇，却也并非不愿意接住那只手，不料伊丽莎白急忙将手缩了回去，有些心慌意乱地对威廉爵士说道：

"先生，我确实一点也不想跳舞。你千万别以为我是跑到这边来找舞伴的。"

达西先生恭恭敬敬地请她赏脸跟他跳舞，可是徒费口舌。伊丽莎白决心已定，任凭威廉爵士怎么劝说，她也毫不动摇。

"伊莱扎小姐，你跳舞跳得那么出色，不让我饱饱眼福，这未免有些冷酷吧。再说，这位先生虽然平常并不喜欢跳舞，可是赏半个小时的脸，总不会有问题吧。"

"达西先生太客气了。"伊丽莎白含笑说道。

"他的确太客气了。不过，亲爱的伊莱扎小姐，鉴于有这么大的诱惑，也难怪他多礼。谁不想找你这样的舞伴呢？"

伊丽莎白调皮地瞟了他们一眼，然后扭身走开了。她的拒绝并没有使达西记恨她，相反，他倒有些甜滋滋地想着她。恰在这时，宾利小姐走过来招呼他：

"我猜得出来你在沉思什么。"

"我看不见得。"

"你在想：就这样跟这种人一起度过一个又一个晚上，真叫人无法忍受。我跟你颇有同感。我感到腻味透了！这些人，枯燥乏味，却又吵闹不堪，无足轻重，却又自命不凡！我多想听你指责他们几句啊！"

"告诉你吧，你完全猜错。我想的是些美好的东西。我在琢磨：一个漂亮女人脸上长着一双美丽的眼睛，究竟能给人带来多大的快乐。"

宾利小姐顿时拿眼睛盯住他的脸，希望他能告诉她，哪位小姐能有这般魅力，逗得他如此想入非非。达西先生毫不畏惧地回答说：

"伊丽莎白·贝内特小姐。"

"伊丽莎白·贝内特小姐！"宾利小姐重复了一声，"我真感到惊奇。你看中她多久啦？——请问，我什么时候可以向你道喜啊？"

"我早就料到你会问出这种话。女人的想象力真够敏捷的，一眨眼工夫就能从爱慕跳到恋爱，再从恋爱跳到结婚。我早知道你会向我道喜的。"

"唔，你这么一本正经，我看这件事百分之百定啦。你一定会有一位可爱的岳母大人，当然，她会始终跟你住在彭伯利。"

宾利小姐如此恣意打趣的时候，达西先生完全似听非听。她见他若无其事的样子，便觉得万无一失，喋喋不休地戏谑了他半天。

第 七 章

贝内特先生的财产几乎全包含在一宗房地产上，每年可以得到两千镑的进项。也该他的女儿们倒霉，他因为没有儿子，这宗房地产得由一个远房亲戚来继承。至于她们母亲的家私，虽说就她这样的家境来说不算少，却很难弥补贝内特先生收入的不足。她父亲曾在梅里顿当过律师，给了她四千镑遗产。

她有一个妹妹嫁给了菲利普斯先生，此人原是她们父亲的秘书，后来就继承了他的事务。她还有个兄弟住在伦敦，从事一项体面的生意。

朗伯恩村距离梅里顿只有一英里路，这对几位年轻的小姐来说，是再便利不过了。她们每周通常要去那里三四次，看看姨妈，顺路逛逛一家女帽店。两个妹妹凯瑟琳和莉迪亚，往那里跑得特别勤。她们的心事比姐姐们的还少，每逢找不到有趣的消遣时，就往梅里顿跑一趟，既为早晨的时光增添点乐趣，也为晚上提供点谈资。尽管乡下一般没有什么新闻，她们总能设法从姨妈那里打听到一些。就说眼下吧，附近一带新开来了一个民兵团[1]，她们的消息来源当然也就丰富了，心里感到异常高兴。这个团整个冬天都要驻扎在这里，团部就设在梅里顿。

现在，她们每次去拜访菲利普斯太太，都能获得一些最有趣的消息。她们每天都能打听到几个军官的名字和社会关系。军官们的住所不久就成了公开的秘密，后来小姐们也陆续认识了他们。菲利普斯先生拜访了所有的军官，这就为外甥女们开掘了一道前所未有的幸福源泉。她们开口闭口都离不了那些军官。宾利先生尽管很有钱，一提起他来贝内特太太就会眉飞色舞，但在小姐们眼里却一钱不值，压根儿不能与军官的制服相比。

一天早晨，贝内特先生听见她们滔滔不绝地谈论这个话题，便冷言冷语地说道：

"我从你们的说话神气看得出来，你们确实是两个再蠢不过的傻丫头。我以前还有些半信半疑，现在可是深信不疑了。"

凯瑟琳一听慌了神，也就没有回答。莉迪亚却完全无动于衷，继续诉说她如何爱慕卡特上尉，希望当天能见到他，因为他明天上午要去伦敦。

"我感到惊奇，亲爱的，"贝内特太太说道，"你怎么动不动就说自己的孩子蠢。我即使真想看不起谁家的孩子，那也绝不会是我自己的孩子。"

"要是我的孩子是愚蠢，我总得有个自知之明。"

"你说得不错，可事实上，她们一个个都很聪明。"

1　民兵团：在1793—1815年间，英法两国一直处于交战状态，为了提防法军入侵，英国建立了机动武装部队，主要在南方流动设防。

"我很高兴，这是我们唯一的一点意见分歧。我本来希望，我们的意见在每点上都能融洽一致，可是说起我们的两个小女儿，我却绝不能赞同你的看法，我认为她们极其愚蠢。"

"亲爱的贝内特先生，你不能指望这些女孩子像她们的父母一样富有理智。等她们长到我们这个年纪，她们准会像我们一样，不再去想什么军官了。我记得有一度我也很喜欢红制服[1]——而且说真的，现在心里还很喜欢。要是有一位年轻漂亮的上校，每年有五六千镑的收入，想娶我的一个女儿，我绝不会拒绝他。那天晚上在威廉爵士家里，福斯特上校穿着军服，我看真是一表人才。"

"妈妈，"莉迪亚嚷道，"姨妈说，福斯特上校和卡特上尉不像刚来时那么常去沃森小姐家啦。她近来常常看见他们站在克拉克图书馆里。"

贝内特太太刚要回答，不料一个男仆走了进来，给贝内特小姐拿来一封信。信是从内瑟菲尔德送来的，仆人等着取回信。贝内特太太喜得两眼闪亮，女儿读信的时候，她急得直叫：

"简，是谁来的信？什么事？怎么说的？简，快告诉我们，快点，宝贝！"

"是宾利小姐写来的。"简说，然后把信读了出来：

亲爱的朋友：

　　如果你今天不发发慈悲，来与路易莎和我一道吃晚饭，我们俩就要结下终身怨仇了。两个女人整天在一块谈心，到

1　指英国军人。

头来没有不吵架的。接信后请尽快赶来。我哥哥及其朋友要
上军官们那里吃饭。

永远是你的朋友

卡罗琳·宾利

"上军官们那里吃饭!"莉迪亚嚷道,"奇怪,姨妈怎么没告诉
我们这件事。"

"上别人家去吃饭,"贝内特太太说,"真晦气。"

"我可以乘车子去吗?"简问。

"不行,亲爱的,你还是骑马去吧,天像是要下雨,那样一
来,你就要在那儿过夜了。"

"你要是肯定他们不会送她回来的话,"伊丽莎白说,"那倒是
个好主意。"

"哦!男士们要乘宾利先生的马车去梅里顿,赫斯特夫妇光有
车没有马。"

"我还是愿意乘马车去。"

"乖孩子,我敢说你爸爸腾不出马来。农场上要用马,贝内特
先生,是这样吧?"

"农场上常常要用马,可惜让我弄到手的时候并不多。"

"如果今天让你捞到手,"伊丽莎白说,"就会了却妈妈的
心愿。"

最后,她终于敦促父亲承认,几匹拉车的马都已派了用场。
因此,简只得骑着另外一匹马去,母亲把她送到门口,喜气盈盈
地连声预祝天气变坏。她果然如愿了。简走后不久,天就下起了

大雨，妹妹们都替她担忧，母亲反倒为她高兴。大雨整个晚上都下个不停，简当然也没法回来。

"我这个主意出得真妙！"贝内特太太一次次说道，好像能让老天下雨全是她的功劳。不过，她的神机妙算究竟造成多大幸福，直到第二天早晨她才知道。刚吃完早饭，内瑟菲尔德那里就打发仆人，给伊丽莎白送来一封信，内容如下：

最亲爱的莉齐：

今天早晨我觉得很不舒服，我想这是昨天浇了雨的缘故。好心的朋友要我等身体好些再回家。他们还非要让琼斯先生来给我看看——因此，你们要是听说他来给我看过病，请不要惊讶——我只不过有点喉痛和头痛，并没有什么大不了的毛病。

你的……

"亲爱的太太，"等伊丽莎白念完信，贝内特先生说道，"假如你女儿得了重病，假如她送了命，我们心里倒也有个安慰，因为那是奉了你的命令，去追求宾利先生引起的。"

"哦！我才不担心她会送了命呢。人哪有稍微伤点风就送命的。人家会好好照料她的。只要她待在那儿，保管没事。要是有车子的话，我倒想去看看她。"

伊丽莎白却真焦急了，尽管没有车子，还是决定非去看看姐姐不可。她不会骑马，唯一的办法只有步行。她把自己的决定告诉了大伙。

"你怎么能这么傻，"母亲嚷道，"路上这么泥泞，亏你想得出来！等你到了那里，你那副样子就见不了人啦。"

"我只要见得了简就行。"

"莉齐，"父亲说道，"你的意思是不是要我派马套车？"

"当然不是。我不怕走路。只要有心去，这点路算什么，只不过三英里嘛。我晚饭前赶回来。"

"我敬佩你的仁爱举动，"玛丽说道，"但是千万不能感情用事，感情应该受到理智的约束。依我看，做事总得有个分寸。"

"我俩陪你走到梅里顿。"凯瑟琳和莉迪亚说道。伊丽莎白表示赞成，于是三位年轻小姐便一道出发了。

"我们要是赶得快，"三人上路后，莉迪亚说道，"兴许还能赶在卡特上尉临走前见上他一面。"

三姐妹到了梅里顿便分手了。两个妹妹朝一位军官太太家里走去，剩下伊丽莎白独自往前赶。只见她急急忙忙，脚步匆匆，穿过一块块田地，跨过一道道栅栏，跳过一个个水洼，最后终于看见了那幢房子。这时，她已经两脚酸软，袜子上沾满了泥浆，脸上也累得通红。

她被领进了早餐厅，只见众人都在那里，唯独简不在场。她一走进来，众人都大吃一惊。照赫斯特夫人和宾利小姐看来，这么一大早，路上这么泥泞，她竟然独自步行了三英里，简直让人不可思议。伊丽莎白料想，他们准会因此而瞧不起她。然而，他们却十分客气地接待了她。那位做兄弟的表现得不仅客客气气，而且非常热情友好。达西先生少言寡语，赫斯特先生索性一言不发。达西先生心里有些矛盾，一方面爱慕她那因为奔波而更显娇艳的面容，另一方面又怀疑她是否有必要独自打那老远赶来。至于赫斯特先生，他一门心思只想吃早饭。

伊丽莎白问起了姐姐的病情，得到的回答却不大妙。贝内特小姐夜里没睡好觉，现在虽然起床了，但身上还烧得厉害，不能出房门。让伊丽莎白高兴的是，他们立刻把她领到了姐姐那里。简原先只是担心引起家人的惊恐或不便，才没在信里表示她多么盼望有个亲人来看看她，眼下一见妹妹来了，心里感到非常欣喜。不过，她没有力气多说话，等宾利小姐走出去，屋里只剩下她们姐妹俩的时候，她只能说几句感激主人的话，因为他们待她实在太好了。伊丽莎白静悄悄地侍候着她。

早饭吃过之后，宾利家的姐妹俩也来陪伴她们。伊丽莎白看到她们对姐姐那么亲切，那么关怀，也对她们产生了好感。医生赶来了，检查了病人的情况，不出众人所料，说她患了重感冒，必须尽力调治好。他还嘱咐简上床休息，并且给她开了几样药。医嘱被立即执行了，因为病人的热度又升高了，而且头痛得十分厉害。伊丽莎白片刻也不离开姐姐的房间，另外两位女士也很少走开，因为男士们都不在家，她们到别处也是无所事事。

时钟打三点的时候，伊丽莎白觉得应该走了，便勉勉强强地说了一声。宾利小姐提出派马车送她，伊丽莎白打算稍许推谢一下就接受主人的盛意，不料简表示舍不得让她走，于是宾利小姐只得改变派马车的主意，请她在内瑟菲尔德暂且住下。伊丽莎白感激不尽地答应了。随即宾利小姐便差遣仆人去朗伯恩，把伊丽莎白留下的消息告诉她家人，同时带回些衣服来。

第八章

　　五点钟的时候，主人家两姐妹出去更衣。到了六点半，伊丽莎白被请去吃饭。大家都很讲究礼貌，纷纷探问简的病情，其中宾利先生表现得尤为关切，伊丽莎白见了十分欢喜，只可惜她做不出令人鼓舞的回答。简一点也没见好。那姐妹俩听到这话，便三番五次地说她们多么担忧，患重感冒多么可怕，她们自己多么讨厌生病，然后就把这事抛到了脑后。原来，简不在面前她们就对她漠不关心，这就使伊丽莎白重新滋生了对她们的厌恶之情。

　　的确，这伙人里只有她们的兄弟能使她感到满意。他显然是在为简担忧，对伊丽莎白也关怀备至。本来，伊丽莎白觉得别人将她视为不速之客，但是受到这般关怀之后，她心里也就不那么介意了。除了宾利先生之外，别人都不大理睬她。宾利小姐一心扑在达西身上，她姐姐差不多也是如此。再说赫斯特先生，他就坐在伊丽莎白身旁，可他天生一副懒骨头，活在世上就是为了吃喝和玩牌，后来见伊丽莎白放着五香菜炖肉不吃，却去吃一盘家常菜，便不再搭理她了。

伊丽莎白一吃过饭，就立即回到简那里。她一走出饭厅，宾利小姐就开始诽谤她，说她太没有规矩，真是既傲慢又无礼；说她寡言少语，仪态粗俗，情趣索然，模样难看。赫斯特夫人也有同感，而且还补充了两句：

"总而言之，她除了擅长走路之外，没有别的长处。我永远忘不了她今天早晨的那副样子。简直像个疯子。"

"她真像个疯子，路易莎。我简直忍不住笑。她这一趟跑得无聊透了！姐姐伤了点风，犯得着她在野地里跑跑颠颠吗？她的头发给弄得多么蓬乱，多么邋遢！"

"是呀，还有她的衬裙。你们要是看见她的衬裙就好了。我绝对不是瞎说，那上面沾了足足六英寸泥。她把外面的裙子往下拉了拉，想遮住衬裙，可惜没遮住。"

"你形容得也许非常逼真，路易莎，"宾利说道，"可我却一点也没有注意到。我觉得，伊丽莎白·贝内特小姐今天早晨走进屋的时候，样子极其动人。我可没看见她那沾满泥浆的衬裙。"

"你一定看见了，达西先生。"宾利小姐说，"我想，你总不愿意看见令妹出这种洋相吧。"

"当然不愿意。"

"踏着齐踝的泥浆，孤零零一个人跑了三英里，四英里，五英里，谁知道多少英里！她这究竟是什么意思？依我看，这表明她狂妄放肆到令人作呕的地步，一点体面也不顾，乡巴佬气十足。"

"这正表明了她对姐姐的手足之情，非常感人。"宾利说。

"我很担心，达西先生。"宾利小姐低声怪气地说道，"她的冒失行为大大影响了你对她那双美丽的眼睛的爱慕吧？"

"毫无影响，"达西答道，"经过一番奔波，她那双眼睛越发明亮了。"说完这话，屋子里沉默了一阵，随即赫斯特夫人又开口了：

"我特看得起简·贝内特，真是个挺可爱的姑娘，我衷心希望她能嫁个好人家。只可惜遇到那样的父母，又有些那么低贱的亲戚，恐怕没有什么指望了。"

"我好像听你说过，她们有个姨父在梅里顿当律师。"

"是的。她们还有个舅舅，住在奇普赛德一带[1]。"

"那真妙极了。"做妹妹的补充了一句，于是姐妹俩都纵情大笑。

"即使她们的舅舅多得能塞满奇普赛德街，"宾利嚷道，"也丝毫无损她们的讨人喜爱。"

"不过，要想嫁给有地位的男人，机会可就大大减少了。"达西回答说。

宾利没有搭理这句话，可是他的两个姐妹听了却非常得意，她们又拿贝内特小姐的低贱亲戚尽情取笑了一番。

不过她们一离开饭厅，便又重新装出一副温柔体贴的样子，来到简的房间，一直陪她坐到喝咖啡的时候。简仍然病得厉害，伊丽莎白始终不肯离开她，直到夜色已深，见她睡着了，她才放下心，觉着尽管有些不乐意，还是应该下楼去看看。她走进客厅，发现大家正在玩卢牌[2]，大家当即请她来玩，她怕他们玩大赌[3]，便

1　奇普赛德：伦敦街名。此地以销售珠宝、绸缎著名。

2　卢牌：系法国一种赌钱的牌戏，输家要将赌金交入总赌注额里。

3　当时英国赌风甚盛，无论男女，经常玩大赌，有时一次可输数百镑。

谢绝了，推说放心不下姐姐，只在楼下待一会儿，还是找本书消遣消遣。赫斯特先生惊讶地望着她。

"你宁可看书也不玩牌？"他说道，"真是少见。"

"伊莱扎·贝内特小姐瞧不起玩牌，"宾利小姐说道，"她是个了不起的读书人，对别的事情一概不感兴趣。"

"我既领受不起这样的夸奖，也担当不得这样的责备。我可不是什么了不起的读书人，我对很多事情都感兴趣。"

"毫无疑问，你就很乐意照料你姐姐。"宾利说道，"但愿你姐姐快些复原，那样你就会觉得更快乐了。"

伊丽莎白由衷地谢了他，然后朝一张摆着几本书的桌子走去。宾利立即表示要给她再拿些来，把他书房里的书全拿来。

"我要是多藏些书就好了。既可供你阅读，我面子上也光彩些。不过我是个懒虫，虽说藏书不多，却也读不过来。"

伊丽莎白跟他说，房间里这几本书足够她看的了。

"我感到很惊奇，"宾利小姐说，"父亲怎么只留下这么一点点书。达西先生，你在彭伯利的那个书房有多气派啊！"

"那有什么好稀奇的，"达西答道，"那是好几代人努力的结果啊。"

"可你也添置了不少啊。你总是一个劲地买书。"

"如今这个时代，我不好意思忽略家里的书房。"

"忽略！但凡能为那个壮观的地方增添光彩的事情，你肯定一桩也没有忽略！查尔斯，你给自己盖房子的时候，但愿能有彭伯利一半美观就行了。"

"但愿如此。"

"不过，我还真要奉劝你就在那一带买块地，照彭伯利的模式盖座房子。英国没有哪个郡比德比郡更美的了。"

"我十分乐意这么办。要是达西肯卖的话，我想索性把彭伯利买下来。"

"我是在谈论可能办到的事情，查尔斯。"

"我敢说，凯瑟琳，买下彭伯利比仿照它另盖一座房子，可能性更大一些。"

伊丽莎白被他们的谈话吸引住了，没有心思再看书了。不久，她索性把书放在一旁，走到牌桌跟前，坐在宾利先生和他姐姐之间，看他们玩牌。

"自春天以来，达西小姐又长高了好些吧？"宾利小姐说道，"她会长到我这么高吗？"

"我想她会的。她现在大约有伊丽莎白·贝内特小姐那么高，或许还要高一点。"

"我真想再见见她！我从没碰到过这么讨我喜欢的人。模样那么俊俏，举止那么优雅，小小年纪就那么多才多艺！她的钢琴弹得棒极了。"

"真叫我感到惊奇，"宾利说道，"年轻小姐怎么有那么大的能耐，一个个全都那么多才多艺。"

"年轻小姐全都多才多艺！亲爱的查尔斯，你这是什么意思？"

"是的，我认为她们全是这样。她们都会装饰台桌，点缀屏风，编织钱袋。我简直就没见过哪一位不是样样都会，而且每逢听人头一次谈起某位年轻小姐，总要说她多才多艺。"

"你列举这些平凡的所谓才艺，"达西说道，"真是再恰当不过了。许多女人只不过会编织钱袋，点缀屏风，也给挂上了多才多艺的美名。我绝不能赞同你对一般妇女的评价。在我认识的所有女人中，真正多才多艺的只有半打，再多就不敢说了。"

"当然，我也是如此。"宾利小姐说。

"那么，"伊丽莎白说，"照你看来，一个多才多艺的妇女应该具备很多条件啦。"

"是的，我认为应该具备很多条件。"

"哦，当然。"达西的忠实羽翼嚷起来了，"一个女人不能出类拔萃，就不能真正算是多才多艺。一个女人必须精通音乐、唱歌、绘画、舞蹈以及现代语言，才当得起这个称号。除此之外，她的仪表步态、嗓音语调、谈吐表情，都必须具备一种特质，否则她只能获得一半的资格。"

"她必须具备这一切，"达西接着说道，"除了这一切之外，她还应该有点真才实学，多读些书，增长聪明才智。"

"难怪你只认识六个才女呢。我倒怀疑你可能连一个也不认识吧。"

"你怎么对你们女人这么苛求，竟然怀疑她们不可能具备这些条件呢？"

"我可从没见过这样的女人。我可从没见过哪个女人像你说的那么全面，既有才干，又有情趣；既勤奋好学，又风仪优雅。"

赫斯特夫人和宾利小姐一齐叫起来了，抗议伊丽莎白不该表示怀疑，并且郑重其事地说，她们就知道不少女人完全具备这些条件。话音未落，赫斯特先生便叫她们别吵了，厉声抱怨说，她们对打牌太不专心了。

就这样，众人都闭口不语了，没过多久，伊丽莎白便走出了客厅。

门关上之后，宾利小姐说道："有些年轻女人为了博得男人的青睐，不惜贬低自己的同胞，伊莱扎·贝内特就是这样一个女人。这种手段确实迷惑了不少男人。但是，我认为这是一种拙劣的手腕，卑鄙的伎俩。"

"毫无疑问，"达西听出这话主要是说给他听的，便回答道，"女人为了勾引男人有时不惜玩弄种种诡计，这些诡计全都是卑鄙的。凡是带有狡诈意味的举动，都是令人鄙夷的。"

宾利小姐不大满意他这个回答，因此也就没有再谈下去。

伊丽莎白又到他们这里来了一趟，只是想说一声：她姐姐病得更重了，她不能离开她。宾利催着立即去请琼斯先生，可是他的两个姐妹认为乡下郎中不中用，主张赶快派人到城里去请一位名医来。伊丽莎白不赞成这么做，但是又不愿意拒绝她们兄弟的建议，于是大家商定：如果贝内特小姐明天早晨还不见好，就立即派人去请琼斯先生。宾利心里非常不安，他的姐妹也声称十分担忧。不过，吃过夜宵之后，姐妹俩演奏了几支二重奏，终于消除了烦闷，而宾利却找不到有效的办法解除焦虑，只有关照女管家尽力照料病人和她妹妹。

第九章

当晚，伊丽莎白大部分时间是在姐姐房里度过的。第二天一大早，宾利先生就派女佣来问候。过了不久，他两个姐妹也打发两个文雅的侍女来探询。伊丽莎白感到欣慰的是，她总算可以告诉他们：病人已经略有好转。不过，尽管如此，她还是要求主人家差人替她往朗伯恩送封信，想让母亲来看看简，亲自判断一下她的病情。信立即送出去了，信上说的事也很快照办了。刚吃过早饭不久，贝内特太太便带着两个小女儿赶到了内瑟菲尔德。

假若贝内特太太发现简真有什么危险，那她倒要伤心死了。但是一见女儿病得并不怎么严重，她又有些得意了，反而希望女儿不要立即复原，因为一复原，她就得离开内瑟菲尔德。所以，当女儿提出要她带她回家时，她听也不要听。再说，差不多与她同时赶到的医生，也认为这不妥当。母亲陪着简坐了一会儿，宾利小姐便来请客人去吃饭，于是她就带着三个女儿一起走进早餐厅。宾利迎上前来，说是希望贝内特太太发觉，贝内特小姐并不像她想象中病得那么严重。

"我真没想到会这么严重，先生。"贝内特太太回答道，"她病得太厉害了，根本不能接她走。琼斯先生说，千万不能把她接走。我们只得多叨扰你们几天啦。"

"接走！"宾利嚷道，"绝对不行。我相信，我妹妹绝不肯让她走的。"

"你放心好啦，太太。"宾利小姐冷漠而不失礼貌地说道，"贝内特小姐待在我们这儿，我们会尽心照顾她的。"

贝内特太太连声道谢。

"要不是多亏了这些好朋友，"她又接着说道，"我真不知道简会变成什么样子。她病得太厉害了，遭了多大的罪，不过她最能忍耐啦，她一贯都是这样，我一辈子都没见过像她这么温柔的性格。我常跟另外几个女儿说，她们全都比不上她。宾利先生，你这间屋子真讨人喜欢，从那条石子路上望出去，景色也很迷人。我真不知道乡下有哪个地方比得上内瑟菲尔德，虽说你的租期很短，希望你别急着搬走。"

"我干什么事都急，"宾利答道，"假使我打定主意要离开内瑟菲尔德，我可能在五分钟内就搬走。不过，眼下我算是在这儿住定了。"

"我也正是这么猜想的。"伊丽莎白说。

"你开始了解我啦，是吗？"宾利转身对她大声说道。

"哦！是的——我完全了解你。"

"但愿你说这句话是在恭维我。不过，这么轻易让人看透，未免有些可怜。"

"那要看情况了。一个性格深沉复杂的人，很难说是否就比你这样的人更值得受人尊重。"

"莉齐，"她母亲嚷道，"别忘了你在做客。家里让你野惯了，在这儿可不许瞎胡闹。"

"我以前还不知道，"宾利马上接着说道，"你对人的性格很有研究。这一定是一门很有趣的学问吧。"

"是的。不过，还是复杂的性格最有意思。这种性格起码具有这个优点。"

"一般说来，"达西说道，"乡下可供进行这种研究的对象很少。在乡下，你的活动范围非常狭窄，非常单调。"

"但人还是有很多变化的，他们身上总是有些新东西值得你去注意。"

"一点不假。"贝内特太太嚷道，达西刚才以那种口气提到乡下，真让她生气，"告诉你吧，那方面的事情乡下跟城里一样多。"

大家都吃了一惊。达西望了望她，然后便悄悄走开了。贝内特太太自以为彻底战胜了达西，便乘胜追击。

"就我来说，我觉得伦敦除了商店和公共场所以外，没有什么比乡下优越很多的地方。乡下舒服多了，不是吗，宾利先生？"

"我到乡下就不想离开乡下，"宾利回答说，"到了城里又不想离开城里。乡下和城里各有各的好处，我住在哪儿都一样快活。"

"啊——那是因为你性情好。可那位先生，"贝内特太太朝达西望了一眼，"似乎觉得乡下一文不值。"

"真是的，妈妈，你搞错了。"伊丽莎白为母亲害臊，便说，"你完全误解了达西先生的意思。他只不过说，乡下碰不到像城里那么些各色各样的人，这你可得承认是事实。"

"当然啦，亲爱的，谁也没否认过。不过，要是说这个地方还碰不到多少人，我想也没有几个比这更大的地方了。我就知道，常跟我们一起吃饭的就有二十四户人家。"

若不是碍着伊丽莎白的面子，宾利真忍不住要笑出来。他妹妹可不像他那么体念，硬带着神气活现的笑容望着达西。伊丽莎白想拿话转移一下母亲的心思，便问她说：自她离家以后，夏洛特·卢卡斯有没有到朗伯恩来过。

"来过。她是昨天跟她父亲一道来的。威廉爵士是个多么和蔼的人啊，宾利先生——难道不是吗？完全是个上流社会的人！那么文雅，又那么随和！遇见谁都要交谈几句。我看这才叫有教养呢。那些自命不凡、金口难开的人，他们完全是想错了念头。"

"夏洛特在我们家吃饭了吗？"

"没有，她硬要回家去。我猜想，家里要她回去做馅饼。就我来说，宾利先生，我总是雇些能干事的用人。我的女儿就不是像他们那样教养大的。不过，各人的事各人自己看着办，告诉你吧，卢卡斯家的姑娘全是些好姑娘，只可惜长得不漂亮！倒不是我认为夏洛特很难看，她毕竟是我们特别要好的朋友。"

"她看来是位很可爱的姑娘。"宾利说。

"哦！是的。不过你得承认，她长得很一般。卢卡斯太太本人也常这么说，羡慕我的简长得俊俏。我不喜欢吹自己的孩子，不过说实话，简这孩子——比她好看的姑娘可不多见。谁都这么说，我可不是偏心眼。还在她十五岁那年，在我城里那位兄弟加德纳家里，有位先生爱上了她，我弟媳妇硬说，我们临走前他会向简求婚。不过，他没有提出来。也许他觉得她太年轻。不过他为简写了几首诗，写得真动人。"

"他的爱情也就此完结了，"伊丽莎白不耐烦地说，"我想许多人就是采取这个方式，克制了自己的爱情。诗有驱除爱情的功能，这不知道是谁第一个发现的！"

"我一向认为，诗是爱情的食粮。"达西说。

"那要是一种美好、坚贞、健康的爱情才行。凡是强健的东西，可以从万物获得滋补。如果只是一点微薄的情意，那么我相信，一首出色的十四行诗就能把它彻底葬送掉。"

达西只笑了笑。接着大家都默不作声了，这时伊丽莎白提心吊胆的，生怕母亲又要出丑。她想揽话，可又想不出说什么好。沉默了一阵之后，贝内特太太又一次感谢宾利先生对简的悉心照料，同时还为莉齐也来打扰他表示歉意。宾利先生回答得既客气又真挚，逼着妹妹也跟着客气起来，说了些合乎时宜的话。宾利小姐说话的神态不是很自若，但贝内特太太已经够满意的了，过了不一会儿，她便叫预备马车。一见这个信号，她小女儿便挺身而出。原来，自从她们母女来到此地，两个姑娘一直在窃窃私语，最后说定，由小女儿提醒宾利先生不要忘记，他刚来乡下时曾许诺，要在内瑟菲尔德开一次舞会。

莉迪亚是个发育良好的健壮姑娘，年方十五，细皮嫩肉，和颜悦色。她是母亲的掌上明珠，由于深受宠爱，很小就步入了社交界。她生性活泼，天生有些不知天高地厚。她姨父一次次拿好酒好菜款待那些军官，军官又见她轻佻风流，便向她大献殷勤，从此她也就越发有恃无恐了。因此，她无所顾忌地向宾利先生提出了开舞会的事，冒冒失失地提醒他别忘了自己的诺言，而且还说：他要是不履行诺言，那可是天下最丢人的事。宾利先生给突然将了一军，他的回答却叫贝内特太太听了高兴：

"我向你保证，我非常愿意履行自己的诺言。等你姐姐康复以后，舞会的日期就请你来择定。你总不会想在姐姐生病的时候跳舞吧。"

莉迪亚表示满意。"哦！是的——等简复原以后再跳，那敢情好。到那时候，卡特上尉很可能又回到了梅里顿。等你的舞会开完以后，"她接着又说，"我非要让他们也开一次不可。我要跟福斯特上校说，他要是不开，那就太丢人啦。"

贝内特太太随即便带着两个女儿离开了。伊丽莎白立刻回到了姐姐身边，也顾不得主人家两姐妹和达西先生会对她和她家里人如何说三道四了。不过，尽管宾利小姐一个劲地拿美丽的眼睛打趣，达西先生说什么也不肯跟着她们去编派伊丽莎白的不是。

第 十 章

这一天过得和前一天差不多。上午[1]，赫斯特夫人和宾利小姐陪了病人几个钟头，病人尽管康复得很慢，却在不断康复。到了晚上，伊丽莎白跟大伙一块待在客厅里。不过，这一回却没有人打卢牌。达西先生在写信，宾利小姐坐在他旁边，一面看他写信，一面接二连三地打扰他，要他代问他妹妹好。赫斯特先生和宾利先生在打皮克牌[2]，赫斯特夫人在一旁看他们打。

伊丽莎白拿起针线活，听着达西跟宾利小姐谈话，觉得十分有趣。只听宾利小姐恭维个没完没了，不是夸奖他字写得棒，就是赞美他一行行写得匀称，要不就是称颂他信写得长，不想对方却冷冰冰地带理不理。他们之间展开了一场奇妙的对话，这场对话与伊丽莎白对两人的看法完全吻合。

"达西小姐收到这样一封信该有多高兴啊！"

1　当时，在英国南方，特别是在上流社会，从早饭到晚饭之间没有固定的午餐，因此，"上午"系指早晨到下午四五点钟这段时间，而"下午"这个字眼则很少见。

2　皮克牌：供两人对玩的一种牌戏，一般只用七以上的三十二张牌。

宾利小姐坐在他旁边，一面看他写信，一面接二连三地打扰他

达西没有搭理。

"你写得快极了。"

"你这话可说错了。我写得相当慢。"

"你一年得写多少信啊！还有事务上的信呢！我看这太让人厌烦啦！"

"这么说，事情幸亏落到了我身上，没落到你身上。"

"请告诉令妹，我很想见到她。"

"我已经遵命告诉她一次了。"

"恐怕你不大喜欢你那支笔吧。让我给你修修吧。我修得好极啦。"

"多谢——我一向都是自己修理。"

"你怎么能写得这么工整？"

达西没有吱声。

"请告诉令妹，我听说她的竖琴弹得有长进了，真觉得高兴。还请告诉她，她那块小桌布图案设计得真美，我喜欢极了，我觉得比起格兰特利小姐的，不知要强多少倍。"

"你是否可以允许我等到下次写信时，再转告你的喜悦之情？这一次我可写不了那么多啦。"

"哦！不要紧。我一月份就会见到她的。不过，你总是给她写这么动人的长信吗，达西先生？"

"我的信一般都很长，但是否每封信都很动人，这可由不得我来说了。"

"我总觉得，凡是能洋洋洒洒写长信的人，不可能写不好。"

"你可不能拿这样的话来恭维达西，凯瑟琳，"她哥哥嚷道，

"因为他写起信来并不洋洋洒洒。他总要琢磨四音节的字。难道不是吗，达西？"

"我的写信风格与你大不相同。"

"哦，"宾利小姐叫起来了，"查尔斯写起信来马虎透顶。他要漏掉一半字，涂掉另一半。"

"我的念头转得太快，简直来不及写——因此，收信人有时候觉得我的信言之无物。"

"宾利先生，"伊丽莎白说，"你这样谦虚，人家本来想责备你也不忍心了。"

"假装谦虚是再虚伪不过了。"达西说，"那样做往往只是信口开河，有时只是转弯抹角的自夸。"

"那你把我那句谦虚的话划归哪一类呢？"

"转弯抹角的自夸。你实在是为自己写信方面的缺点感到自豪，你认为这些缺点是思维敏捷和写得马虎引起的，你觉得这些表现即使不算可贵，也至少非常有趣。凡是办事快当的人总是以快为荣，很少考虑事情办得是否完善。你今天早上跟贝内特太太说，假使你打定主意要离开内瑟菲尔德，你五分钟之内就能搬走，你这话无非是想夸耀自己，恭维自己——然而，急躁的结果只能使该做的事没有做，无论对人对己都没有真正的好处，这又有什么值得夸耀的呢？"

"得啦，"宾利嚷道，"到了晚上还记得早上说的傻话，这太不值得啦。不过老实说，我当时和现在都相信，我对自己的看法并没有错。因此，我至少没有为了在女士们面前炫耀自己，装出一副无端的急性子。"

"也许你真相信自己的话，我可绝不相信你会那么神速地搬走，你跟我认识的任何人一样，都是见机行事。假如就在你上马的时候，有个朋友跟你说'宾利，你还是待到下周再走吧'，你就可能听他的话，就可能不走了——他要是再提个要求，你也许会待上一个月。"

"你说这番话只不过证明，"伊丽莎白嚷道，"宾利先生没有由着自己的性子去办。与他的自夸比起来，你把他夸耀得光彩多啦。"

"我感到不胜荣幸，"宾利说，"我的朋友说的话，经你这么一解释，反倒变成恭维我性情随和。不过，我只怕你这种解释绝不符合那位先生的原意，因为遇到这种情况，我只有断然拒绝那位朋友，赶快骑马走掉，达西才会看得起我。"

"那么，达西先生是否认为，你原来的打算尽管很草率，但你只要坚持到底，也就情有可原了呢？"

"老实说，这件事我也解释不清楚，得由达西自己来说明。"

"你想让我来说明，可那些意见是你硬栽到我头上的，我可从来没有承认过。不过，贝内特小姐，假定情况真像你说的那样，你也别忘了这一点：那位朋友之所以叫他回到屋里，叫他延缓一下计划，那只不过是他的一个心愿，他尽管提出了要求，却并没有坚持要他非那样做不可。"

"爽快——轻易——地听从朋友的劝告，在你看来，并不是什么优点。"

"盲目服从，是不尊重双方理智的表现。"

"达西先生，你似乎完全否定了友情的作用。如果你尊重向你提要求的人，你往往会不等他来说服你，就爽爽快快地接受他的要求。我并不是在特指你所假设的宾利先生的那种情况。也许我们可以等到真有这种事情发生的时候，再来讨论他处理得是否慎重。不过，在一般情况下，朋友之间遇到一件无关紧要的事情，一个已经打定主意，另一个要他改变主意，如果被要求的人不等对方把他说通，就听从了对方的意见，难道你会因此而瞧不起他吗？"

"讨论这个问题之前，我们是否可以先确定一下那个朋友提出的要求究竟重要到什么程度，以及他们两人究竟亲密到什么地步？"

"当然可以，"宾利大声说道，"那就让我们听你仔细讲讲吧，别忘了比较一下他们的高矮个头，因为，贝内特小姐，这一点会对我们的争论产生你意识不到的影响。实话告诉你，假使达西不是因为长得比我高大，我绝不会那么敬重他。我敢说，在有些时候，有些场合，达西是个再可恶不过的家伙啦，特别是在他家里，逢上星期天晚上，当他没事可干的时候。"

达西先生笑了笑。伊丽莎白觉得他好像很生气，便连忙忍住了笑。宾利小姐见达西受到戏弄，心里愤愤不平，责怪哥哥不该胡说八道。

"我明白你的用心，宾利。"达西说，"你不喜欢争论，想把这场辩论压下去。"

"我也许真是这样。争论太像争吵了。假如你和贝内特小姐能等我走出屋以后再争论，我将不胜感激。然后，你们便可以爱怎么说我就怎么说我。"

"你的这个要求，"伊丽莎白说，"对我并没有损失。达西先生还是去把信写好吧。"

达西先生听了她的话，真把信写好了。

这件事完了之后，达西请求宾利小姐和伊丽莎白赏赐他一点乐曲听听。宾利小姐欣然跑到钢琴跟前，先是客气了一番，请伊丽莎白带头先弹，伊丽莎白却同样客气而倍加诚恳地推辞了，随后宾利小姐才坐了下来。

赫斯特夫人替妹妹伴唱。就在她俩如此表演的时候，伊丽莎白一面翻阅着钢琴上的几本琴谱，一面情不由己地注意到，达西总是不断地拿眼睛盯着她。她简直不敢设想，她居然会受到一个如此了不起的男人的爱慕。然而，假如说达西是因为讨厌她才那么望着她，那就更奇怪了。最后，她只能这样想：她之所以引起达西的注意，那是因为照他的标准衡量，她比在场的任何人都让人看不顺眼。她做出了这个假想之后，并没有感到痛苦。她压根儿不喜欢达西，因此也不稀罕他的垂青。

宾利小姐弹了几支意大利歌曲之后，便想换换情调，弹起了一支欢快的苏格兰小曲。过了不久，达西先生走到了伊丽莎白跟前，对她说道：

"贝内特小姐，你是不是很想抓住这个机会跳一曲里尔舞[1]？"

伊丽莎白笑了笑，却没有回答。达西见她闷声不响，觉得有些奇怪，便又问了她一次。

"哦！"伊丽莎白说，"我早就听见了，只是一下子拿不准怎么回答你。我知道，你是想让我说一声'想跳'，然后你就可以扬

1　里尔舞：系苏格兰一种轻快活泼的乡间舞蹈。

扬得意地蔑视我的低级趣味。但是，我一向就喜欢戳穿这种把戏，捉弄一下蓄意蔑视我的人。因此，我决定跟你说：我压根儿不想跳里尔舞——现在，你是好样的就蔑视我吧。"

"实在不敢。"

伊丽莎白本来打算羞辱他一下，眼下见他那么恭谨，不由得愣住了。不过，她天生一副既温柔又调皮的神态，使她很难羞辱任何人。达西真让她给迷住了，他以前还从未对任何女人如此着迷过。他心里正经在想，假若不是因为她有几个低贱的亲戚，他还真有点危险了呢。

宾利小姐见此情景，也许是多疑的缘故，心里很是嫉妒。她真想把伊丽莎白撵走，因此也越发渴望她的好朋友简能快些复原。

为了挑逗达西厌恶这位客人，她常常冷言冷语，假设他和伊丽莎白结为伉俪，筹划这门亲事会给他带来多大幸福。

"我希望，"第二天，她和达西一道在矮树林里散步的时候，她说，"喜事办成之后，你得委婉地奉劝你那位岳母大人不要多嘴多舌。你要是有能耐的话，也把你那几个小姨子追逐军官的毛病给治一治。还有一件事，真难以启齿，不过还得提醒你一下：尊夫人有个小毛病，好像是自命不凡，又好像是出言不逊，你也得设法加以制止。"

"为了我的家庭幸福，你还有什么别的建议吗？"

"哦！有的。务必把你内姨父内姨妈菲利普斯夫妇的画像挂在彭伯利的画廊里，就放在你那位当法官的伯祖父的遗像旁边。你知道他们属于同一行当，只是职业不同。至于尊夫人伊丽莎白，你就别找人给她画像了，哪个画家能把她那双美丽的眼睛画得惟妙惟肖呢？"

"那双眼睛的神气的确不容易描绘，但是眼睛的颜色和形状，以及那眼睫毛，都非常美妙，也许描画得出来。"

就在这当口，赫斯特夫人和伊丽莎白从另一条道上走了过来。

"我不知道你们也想散散步。"宾利小姐说。她心里有些惶惶不安，唯恐让她俩听见了他们刚才说的话。

"你们太不像话了，"赫斯特夫人答道，"也不跟我们说一声就跑出来了。"

说罢挽起达西那条空着的手臂，丢下伊丽莎白独个走着。这条小道恰好能够容得下三人并行。达西先生觉得她们太冒昧了，当即说道：

"这条路太窄了，我们大伙不能一起并行。我们还是到大道上去吧。"

其实，伊丽莎白并不想跟他们待在一起，只听她笑嘻嘻地答道：

"不用啦，不用啦，你们就在这儿走走吧。你们三个人走在一起很好看，优雅极了。加上第四个人，画面就给破坏了。再见。"

她随即喜气洋洋地跑开了。她一面溜达，一面乐滋滋地在想：再过一两天就可以回家了。简已经大有好转，当天晚上就想走出屋去玩两个钟头。

"不用啦，不用啦，你们就在这儿走走吧。"

第十一章

  吃过晚饭以后，夫人小姐们都离开了饭厅，伊丽莎白趁机上楼去看看姐姐，见她穿得暖暖和和的，便陪着她来到了客厅。主人家的两个朋友看见简来了，都连声表示高兴。男士们没来之前的一个钟头里，那姐妹俩的那个和蔼可亲劲儿，伊丽莎白从来不曾看到过。她们的健谈本领真是了不起，能绘声绘色地描述一场舞会，妙趣横生地讲述一桩轶闻，活灵活现地讥笑一位朋友。

  可是男士们一进来，简就不再引人注目了。宾利小姐的眼睛立即转到达西身上，达西进门还没走几步，她就跟他说上了话。达西首先向贝内特小姐问好，客客气气地祝贺她病体康复。赫斯特先生也向她微微鞠了一躬，说是见到她"非常高兴"。但是，问候得最热切、最周到的，还要数宾利，他是那样满怀喜悦，关切备至。开头半个小时都花在添火上面，唯恐病人因为换了屋子而受不了。简遵照宾利的要求，移到火炉的另一边去，以便离门口远一些。宾利随即坐到她身边，光顾得跟她说话，简直不理睬别人，伊丽莎白正在对面角落做活计，见到这般情景，心里不禁大为高兴。

喝过茶之后，赫斯特先生便提醒小姨子快摆牌桌——可是徒劳无益。宾利小姐早就从私下获悉，达西先生不喜欢打牌。后来赫斯特先生公开提出要打牌，宾利小姐也拒绝了。宾利小姐对他说，没有人想打牌，这时大伙对这件事都沉默不语，看来她的确没有说错。因此，赫斯特先生无事可做，只好躺在沙发上打瞌睡。达西拿起一本书来，宾利小姐也跟着拿起一本。赫斯特夫人在埋头玩弄手镯和指环，偶尔也往弟弟和贝内特小姐的对话中插几句嘴。

宾利小姐真叫一心二用，既要自己读书，又要看达西读书，没完没了地不是问他个问题，就是看看他读到哪一页。然而，她总是设法逗他说话，他只是搪塞一下她的问话，然后又继续看他的书。宾利小姐之所以挑选那本书，仅仅因为那是达西那本书的第二卷，她本想津津有味地读一读，不料最后给搞得精疲力竭，不由得打了个大哈欠，说道："这样度过一个晚上，有多惬意啊！我敢说，什么事情也不像读书那么富有乐趣！人干什么事都会厌倦，只有读书例外！等我有了自己的家，要是没有个很好的书房，那才真可怜呢。"

谁也没有理睬她。她接着又打了个哈欠，抛开书本，眼睛环视了一下客厅，想找点东西消遣。这时忽听哥哥跟贝内特小姐说起要开一次舞会，她便霍地扭过头来对他说道：

"这么说，查尔斯，你真打算在内瑟菲尔德开一次舞会啦？我想奉劝你，先征求一下在座各位的意见，再做决定。我敢肯定，我们当中有人觉得跳舞是受罪，而不是娱乐。"

"如果你指的是达西，"她哥哥大声说道，"他可以在舞会开始之前上床去睡觉，随他的便好啦——舞会可是说定了非开不可的，只等尼科尔斯准备好足够的白汤[1]，我就下请帖。"

"假如舞会能开得别出心裁一些，"宾利小姐回答道，"那我对舞会就会喜欢多了。可是按照老一套的开法，实在乏味透顶。要是只兴谈话不兴跳舞，那就理智多了。"

"也许是理智得多，亲爱的卡罗琳，不过那还像什么舞会呀。"

宾利小姐没有回答。不久便立起身来，在屋里踱来踱去。她体态袅娜，步履轻盈，有意要向达西卖弄卖弄，怎奈达西仍在埋头读书，看也不看她一眼。她绝望之际，决定再做一次努力，于是便转过身来对伊丽莎白说道：

"伊莱扎·贝内特小姐，我劝你学学我的样子，在屋里溜达一圈。我告诉你，一个姿势坐了那么久，起来走走可以提提神。"

伊丽莎白有些诧异，但还是立刻答应了。宾利小姐如此客气，她的真正目的也同样达到了：达西先生终于抬起了头。原来，达西也和伊丽莎白一样，看出了宾利小姐无非是在要弄花招，便不知不觉地合上了书。两位小姐当即请他来一起溜达，可他谢绝了，说是她们之所以要在屋里一道走来走去，据他想象，无非有两个动机，他若夹在里面，哪个动机都会受到妨碍。"他这是什么意思呢？"宾利小姐急着想知道他这是什么意思，便问伊丽莎白有没有听懂。

"一点也不懂。"伊丽莎白答道，"不过，他一定是存心刁难我

1　白汤：系由肉汁、蛋黄、碎杏仁和奶油掺和而成的汤液。当时，英国人在舞会上常喝兑酒的白汤，借以热身与提神。

们，煞他风景的最好办法，就是不要理睬他。"

可惜宾利小姐说什么也不忍心去煞达西先生的风景，因而再三要求他解释一下他所谓的两个动机。

"要我解释一下完全可以，"等她一住口，达西便说，"你们之所以采取这个方式来消磨晚上的时光，不外乎出于这样两个动机：要么你们是心腹之交，有些私事要谈论；要么你们认为自己一散起步来，体态显得无比优美。如果是出于第一种动机，我夹在里面就会妨碍你们；如果是出于第二种动机，我坐在火炉旁边可以更好地欣赏你们。"

"哦！真吓人！"宾利小姐叫起来了，"我从没听见过这么毒辣的话。他这样说话，我们该怎么罚他呀？"

"你只要存心罚他，那再容易不过了，"伊丽莎白说，"我们大家可以互相折磨，互相惩罚。捉弄他一下——讥笑他一番。你们既然这么熟悉，你一定知道怎么对付他。"

"天地良心，我真不知道。说实话，我们虽然很熟悉，可我还没学会那一招。要捉弄一个镇定自若、遇事不慌的人！不行，不行——我觉得我们斗不过他。至于讥笑他，恕我直言，我们还是不要凭空讥笑人家，免得让人家耻笑我们。让达西先生自鸣得意去吧。"

"达西先生居然讥笑不得呀！"伊丽莎白嚷道，"这种优越条件真是少有，但愿永远少有下去，这样的朋友多了，对我可是个莫大的损失。我最喜欢开玩笑。"

"宾利小姐过奖啦。"达西说，"如果有人把开玩笑当作人生的第一需要，那么最英明、最出色的人——不，最英明、最出色的行为——也会成为笑柄。"

"当然，"伊丽莎白答道——"那种人的确有，不过我想我可不在其内。我想我从不讥笑英明恰当的行为。我承认，愚蠢和无聊，心血来潮和反复无常，这些的确让我觉得好笑，我只要有机会，总是对之加以讥笑。不过我觉得，这些弱点正是你身上所没有的。"

"也许谁也不可能没有弱点。不过我一生都在研究如何避免这些弱点，因为即使聪明绝顶的人，也会因为有了这些弱点，而经常招人嘲笑。"

"比如虚荣和傲慢。"

"不错，虚荣的确是个弱点。但是傲慢——只要你当真聪明过人，你总会傲慢得比较适度。"

伊丽莎白别过脸去，免得让人看见她在发笑。

"我想你把达西先生考问完了吧，"宾利小姐说，"请问结果如何啊？"

"我深信达西先生毫无弱点。他自己也不加掩饰地承认了这一点。"

"不，"达西说，"我没有这样自命不凡。我有不少毛病，不过我想不是头脑上的毛病。我不敢担保的是我的性情。我认为，我的性情不能委曲求全——当然是指我在为人处世上太不能委曲求全。我不能按理尽快忘掉别人的蠢行与过错，也不能尽快忘掉别人对我的冒犯。我的情绪也不是随意就能激发起来的。我的脾气可以说是不饶人的。我对人一旦失去好感，便永远没有好感。"

"这倒的确是个缺点！"伊丽莎白嚷道，"跟人怨恨不解倒的确是性格上的一个缺陷。不过你这个缺陷也真够绝的。我真不敢再讥笑你了。你在我面前是保险的了。"

"我相信，谁的脾气也难免会有某种短处，一种天生的缺陷，任你受到再好的教育，也还是克服不了。"

"你的缺陷是好怨恨人。"

"你的缺陷嘛，"达西笑着答道，"就是成心误解别人。"

"我们还是听点音乐吧，"宾利小姐眼见这场谈话没有她的份，不禁有些厌烦，便大声嚷道，"路易莎，你不怕我吵醒赫斯特先生吧?"

做姐姐的毫不介意，于是钢琴便打开了。达西想了想，觉得这样也好。他开始感到，他对伊丽莎白有些过于关注了。

第十二章

贝内特家姐妹俩商定之后，第二天早晨伊丽莎白便给母亲写信，请她当天就派车来接她们。可是，贝内特太太早就盘算让女儿们在内瑟菲尔德待到下星期二，以便让简正好住满一个星期，因此说什么也不乐意提前接她们回家。所以，她的回信写得也不令人满意，至少使伊丽莎白感到不中意，因为她急于回家。贝内特太太在信里说，星期二以前不能派车去接她们。她在信后又补充了一句：如果宾利兄妹挽留她们多住几天，她完全没有意见。怎奈伊丽莎白坚决不肯再待下去——也不大指望主人家挽留她们。她只怕人家嫌她们赖在那里不走，便催促简马上去向宾利先生借马车。两人最后决定向主人家表明，她们当天上午就想离开内瑟菲尔德，而且提出了想借一辆马车。

主人家听到这话，表示百般关切，一再希望她们至少待到明天，简让他们说服了。于是，姐妹俩便推迟到明天再走。这时，宾利小姐又后悔自己不该挽留她们，因为她对伊丽莎白的嫉妒和厌恶，大大超过了对简的喜爱。

宾利先生听说这姐妹俩这么快就要走，心里感到非常遗憾，再三劝告贝内特小姐，说马上走不大稳妥——她还没有痊愈。可是简不管什么事，只要觉得对头，总是坚定不移。

在达西先生看来，这倒是条喜讯——伊丽莎白在内瑟菲尔德待得够久了。她太让他着迷了，迷得有些过分——再说，宾利小姐对她也不礼貌，而且越来越拿他自己开心。为了谨慎起见，他决定要特别当心，眼下绝不要流露出任何爱慕之情，免得激起她的非分之想，以为她能左右他达西的终身幸福。他意识到，假若她真存有这种念头，那他最后一天的行为就至关重要了，不是起到助长的作用，便是起到扼杀的作用。他心里打定了主意，行动上也能加以坚持，星期六一整天简直没跟她说上几句话，虽然他俩一度单独在一起待了半个钟头，他却在聚精会神地看书，瞧也没瞧她一眼。

星期日做过晨祷之后，贝内特家两姐妹告辞了，大家几乎个个都很高兴。到了最后关头，宾利小姐对伊丽莎白骤然越发客气了，对简也越发亲热了。分手的时候，她先跟简说，希望以后能在朗伯恩或者内瑟菲尔德与她重逢，接着又十分亲切地拥抱了她一番，最后甚至还与伊丽莎白握了握手。伊丽莎白兴高采烈地告别了大家。

回到家里，母亲并不怎么热诚地欢迎她们。贝内特太太奇怪她们怎么回来啦，埋怨她们不该惹那么多麻烦，硬说简一准又伤风了。那位做父亲的虽然没说什么欢天喜地的话，但是见到两个女儿还真感到高兴。他体会到了她俩在家里的分量。晚上一家人聚在一起聊天的时候，如果简和伊丽莎白不在场，那就没有劲，甚至毫无意思。

　　姐妹俩发觉玛丽像以往一样，还在埋头钻研和声学与人性问题，她拿出了一些新的摘记给她们欣赏，还就陈腐的道德观念发表了一通议论。凯瑟琳和莉迪亚也告诉了她们一些新闻，只是性质截然不同。自上星期三以来，民兵团里又出了好多事，添了好多传闻：有几个军官最近跟她们的姨父吃过饭，一个士兵挨了鞭打，还隐约听说福斯特上校就要结婚了。

第十三章

"亲爱的，"第二天吃早饭的时候，贝内特先生对太太说道，"我希望你吩咐管家把晚饭准备好一些，因为我料定，家里要来一位客人。"

"你指的是谁，亲爱的？我真不知道有谁要来，除非夏洛特·卢卡斯碰巧会来看看我们，我想我拿平常的饭菜招待她就够好的了。我不相信她在家里经常吃得这么好。"

"我说的这位客人是位先生，又是个生客。"

贝内特太太两眼闪射着光芒。"一位先生，又是个生客！准是宾利先生。哦，简——你从来没漏过一点口风，你这个狡猾的东西！啊，宾利先生要来，我真是太高兴啦。不过——天哪！真不巧！今天一点儿鱼也买不着了。莉迪亚，好宝贝，帮我摇摇铃。我这就吩咐希尔。"

"不是宾利先生要来，"丈夫说道，"这位客人啊，我一生都没见过面。"

这句话让全家人吃了一惊。贝内特先生见太太和五个女儿急巴巴地一齐来追问他，不由得十分得意。

他拿她们的好奇心打趣了一阵之后，便解释说："大约一个月以前，我收到了那封信。大约两个星期以前，我写了回信，因为我觉得这是件比较棘手的事，需要趁早处理。信是我的表侄柯林斯先生写来的。我死了以后，他可以什么时候高兴就把你们撵出这座房子。"

"哦！天哪，"太太叫起来了，"听你提起这件事我真受不了。请你别谈那个可恶的家伙啦。你的财产不传给自己的孩子，却让别人来继承，这是天下最冷酷的事情。假如我是你，我早就设法采取点对策啦。"

简和伊丽莎白试图向母亲解释一下什么叫限定继承权。她们以前也多次向她解释过，可惜这是贝内特太太无法理解的一个问题。她还在继续破口大骂，说自己的财产不能传给五个亲生女儿，却要送给一个和他们毫不相干的外人，实在太残酷。

"这的确是一件极不公道的事，"贝内特先生说，"柯林斯先生要继承朗伯恩的财产，这桩罪过他是无论如何也洗刷不清的。不过，你要是听听他这封信，了解一下他如何表明心迹，你就会消掉一点气。"

"不，我肯定不会。我认为，他给你写信本身就很不礼貌，又很虚伪。我就恨这种虚伪的朋友。他为什么不学他爸爸那样，跟你吵个不休呢？"

"哦，是呀，他在这点上似乎还有些顾全孝道，这你从他的信里听得出来。"

肯特郡韦斯特汉姆附近的亨斯福德
10月15日

亲爱的先生：

　　你与先父之间发生的龃龉，一直使我感到忐忑不安。自先父不幸弃世以来，我屡屡想要弥合这裂痕，但是一度却犹豫不决，心想：一个先父一向与之以仇为快的人，我却来与其求和修好，这未免有辱先人——"听呀，贝内特太太。"——不过，我现在对此事已打定主意，因为算我三生有幸，承蒙已故刘易斯·德布尔爵士的遗孀凯瑟琳·德布尔夫人的恩赐，我已在复活节那天受了圣职。凯瑟琳夫人大慈大悲，恩重如山，提拔我担任该教区的教士，今后我当竭诚努力，感恩戴德，恭侍夫人，随时准备奉行英国教会所规定的一切礼仪。况且，我作为一名教士，觉得有责任尽我力之所及，促进家家户户敦睦交好。在这方面，我自信我这番好意是值得高度赞许的，而我将继承朗伯恩财产一事，请你不必介意，也不必导致你拒绝接受我献上的橄榄枝。我如此侵犯了诸位令爱的利益，只能深感不安，请允许我为此表示歉意，并请先生放心，我愿向令爱做出一切可能的补偿——此事容待以后详议。倘若你不反对我踵门造访，我意欲于11月18日星期一四点钟前来拜谒，抑或在府上叨扰至下周的星期六。这对于我毫无不便之处，因为凯瑟琳夫人绝不会反对我星期日偶尔离开教堂一下，只要另有教士主持当天的事务。谨向尊夫人及诸位令爱表示敬意。

你的祝福者与朋友

威廉·柯林斯

"因此，我们四点钟就要见到这位求和修好的先生啦。"贝内特先生一面叠信，一面说道，"我敢担保，他像是个极有良心、极

77

有礼貌的青年。要是凯瑟琳夫人能如此开恩，让他再上我们这儿来，那他无疑会成为一个可贵的朋友。"

"他讲到女儿们的那几句话，倒还说得不错。要是他当真想给她们补偿补偿，我绝不会阻拦他。"

"虽说很难猜测他想如何补偿我们，"简说，"但他这番好意也真是难得。"

伊丽莎白感觉最有趣的是，柯林斯先生对凯瑟琳夫人是那样顶礼膜拜，而且好心好意地随时准备给教民举行洗礼、婚礼和葬礼。

"我想他一定是个古怪人，"她说，"我真摸不透他。他的文笔有些浮夸。他为继承财产表示歉意，这是什么意思呢？即使他可以放弃，也别以为他肯那么干。他是个明白人吗，爸爸？"

"不，亲爱的，我想他不是的。我看他很可能恰恰相反。他信里有一种既卑躬屈膝又自命不凡的口气，这就很说明问题。我真想见见他。"

"从写作的角度来看，"玛丽说，"他的信似乎找不出什么毛病。橄榄枝这个概念虽然并不新颖，可我觉得用得倒很恰当。"

在凯瑟琳和莉迪亚看来，那封信也好，写信人也好，都没有一点意思。反正她们的表兄绝不会穿着红制服来，而好几个星期以来，她们已经不乐意与穿其他颜色服装的人结交了。至于她们的母亲，她原先的怨愤倒让柯林斯先生的那封信打消了不少，她准备心平气和地接待他，这使丈夫和女儿们都感到惊讶。

柯林斯先生准时到达了，受到全家人非常客气的接待。贝内特先生简直没说什么话，但太太小姐们却很乐意交谈，而柯林斯先生似乎既不需要别人怂恿，也不喜欢沉默寡言。他是个二十五岁的青年，身材高大，体态笨拙。他气派端庄，举止拘谨。刚一坐下，就恭维贝内特太太真有福气，养了这么多好女儿。他说，他对她们的美貌早有耳闻，但是今天一见面，才知道她们比人们传闻的还要娇美得多。他还说，他相信，贝内特太太到时候会看着女儿们一个个结下美满良缘。他这番奉承，有几个人听起来不大入耳，但是贝内特太太没有听不进的恭维话，于是便极其爽快地回答道：

"你这个人心肠真好。我真心希望事情能像你说的那样，否则她们要苦死了。有些事情办得就是怪。"

"你大概是指这宗财产的继承权吧。"

"唉！先生，我的确是这个意思。你得承认，这对我那些可怜的女儿是件伤心的事。我并不想责怪你，因为我知道，如今这个世道，这种事完全靠运气。财产一旦要限定继承人，那就不知道会落到谁的手里。"

"太太，我深知这件事苦了表妹们。我在这个问题上有不少话要说，但是又不敢孟浪造次。不过我可以向小姐们保证，我是来这里向她们表示敬意的。现在我不想多说，或许我们处熟了以后——"

他的话让招呼开饭的叫声打断了，小姐们都相视而笑。柯林斯先生欣赏的不仅仅是这些小姐，他还把客厅、饭厅以及屋里的所有家具，全部审视了一遍，赞美了一番。听了这一句句赞美之词，贝内特太太本该开心才是，怎奈她看出对方已把这些东西视作自己未来的财产，因此她又感到羞辱。柯林斯先生还对晚餐赞赏不已，请求主人告诉他，究竟是哪位表妹烧得这一手好菜。这时，贝内特太太纠正了他的错误，声严色厉地对他说：他们家还雇得起一个像样的厨子，女儿们根本不沾手厨房里的事。柯林斯先生请求原谅，不该惹太太生气。贝内特太太马上缓和了语调，说她丝毫没有生气，可是柯林斯先生又接连道歉了一刻钟之久。

第十四章

吃饭的时候，贝内特先生几乎没吭一声。可是等用人走开以后，他心想该跟客人交谈几句了，于是便打开了一个想必会让客人喜笑颜开的话题，说是柯林斯先生能有这样一个女恩主，似乎非常幸运；看样子，凯瑟琳·德布尔夫人非常照顾他的意愿，关心他的安适。贝内特先生这个话题选得再好不过了。柯林斯先生滔滔不绝地赞美起那位夫人来。他一谈起这个问题，态度变得异常严肃，只见他带着极其自负的神气说，他生平从没看到过任何有地位的人，能像凯瑟琳夫人那样和蔼可亲，那样体恤下情。他很荣幸，曾经当着夫人的面讲过两次道，承蒙夫人垂爱，对他那两次布道大为称赞。夫人曾经请他到罗辛斯吃过两次饭，上星期六晚上还差人来喊他去打四十张[1]。他认识的人中，许多人都认为凯瑟琳夫人为人骄傲，可他柯林斯只觉得她和蔼可亲。夫人跟他讲起话来，总是拿他与其他有身份的人一样看待。她丝毫不反对

1　四十张：18世纪后半叶开始盛行的一种四人牌戏。

他与邻居来往，也不反对他偶尔离开教区一两个星期，去拜访拜访亲人。她甚至屈尊劝说他及早结婚，只是要慎重挑选对象。她有一次还光临过他的寒舍，十分赞成他对住宅做出的种种修缮，甚至亲自赐教，建议他往楼上的壁橱里添置几个架子。

"这一切的确是很得体，很客气，"贝内特太太说，"我想她一定是个十分和蔼可亲的女人。可惜贵妇人一般都比不上她。她住的地方离你近吗，先生？"

"寒舍所在的花园，与夫人住的罗辛斯庄园只隔着一条小路。"

"你好像说过她是个寡妇吧，先生？她有子女吗？"

"她只有一个女儿，是罗辛斯的继承人，有很大一笔财产。"

"啊！"贝内特太太叫了起来，一面又摇了摇头，"那她比许多姑娘都有钱啦。她是个什么样的小姐？长得漂亮吗？"

"她真是个极其可爱的小姐。凯瑟琳夫人亲口说过，讲起真正的美貌，德布尔小姐远远胜过天下最漂亮的女性，因为她容貌出众，一看就知道出身显贵。可惜她体质虚弱，妨碍了她朝多才多艺的方向发展，不然她是不会有什么欠缺的，这是她的女教师告诉我的，这位女教师现在还跟她们母女住在一起。德布尔小姐十分和蔼，常常不拘名分，乘着她那辆小马车路过寒舍。"

"她觐见过国王吗？进过宫的仕女中，我不记得有她的名字。"

"不幸她身体单弱，不能进城去。我那天跟凯瑟琳夫人说，英国王宫里因此损失了一颗最绚丽的明珠。她老人家似乎很喜欢我这种说法。你们可以想象得到，在任何场合，我都乐于说几句巧妙的恭维话，准能讨太太小姐们高兴。我不止一次跟凯瑟琳夫人说过，她那位迷人的女儿是一位天生的公爵夫人，而这公爵夫人地位再高，也提高不了小姐的身价，而只会由小姐为公爵夫人的头衔增添光彩。她老人家就喜欢听这类话，我觉得我应该特别尽心竭力。"

"你判断得很准确，"贝内特先生说，"而且你也很幸运，具有巧妙捧场的天赋。我是否可以请问：你这种讨人喜欢的奉承话是当场灵机一动想出来的，还是事先煞费苦心准备好的？"

"大多是即席而成的。虽然我有时也喜欢预先想好一些能适用一般场合的短小精练的恭维话，但我总要尽量装出一副不假思索的神气。"

果然不出贝内特先生所料，他这位表侄就像他想象的那样荒谬，他兴致勃勃地听他聒噪着，表面上又装作万分镇静，除了偶尔朝伊丽莎白瞥一眼以外，并不需要别人来分享他的这份乐趣。

不过，到吃茶点的时候，这场罪总算受完了。贝内特先生高高兴兴地把客人带到客厅，等到喝完茶，又高高兴兴地邀请他给太太小姐们朗诵。柯林斯先生欣然答应，于是有人给他拿来一本书。柯林斯先生一见到那本书（看样子显然是从流通图书馆借来的），就吓得往后一缩，连忙声明他从来不读小说[1]，只好请大家原谅。基蒂瞪眼望着他，莉迪亚惊叫起来。她们又拿来几本书，柯林斯先生寻思了一会儿，选了一本福代斯的《布道集》[2]。莉迪亚

---

1 18世纪末、19世纪初，由于封建意识的影响，英国出现了一股反小说的邪风，特别是封建贵族阶级，公然将小说视为一种无聊甚至有害的消遣，加以唾弃。柯林斯自称"从来不读小说"，进一步显示了他的趋炎附势，故作优雅。

2 詹姆斯·福代斯（1720—1796）：英格兰牧师兼诗人，著有《对青年妇女布道集》（1765），内容大多是向青年妇女灌输封建伦理道德。奥斯丁在此以诙谐的笔调，抨击了那些旧道德。

目瞪口呆地瞅着他打开书，他一本正经、单调乏味地还没念完三页，她便打断了他：

"妈妈，你知不知道菲利普斯姨父说要解雇理查德？要是姨父真想解雇他，福斯特上校倒想雇用他。这是星期六那天姨妈亲口告诉我的。我想明天去梅里顿再打听一下，顺便问问丹尼先生什么时候打城里回来。"

大姐二姐忙叫莉迪亚住嘴。柯林斯先生很生气，将书一摞，说道：

"我经常发现年轻小姐对正经书不感兴趣，尽管这些书纯属写给她们看的。老实说，我感到惊讶，因为对她们来说，最有益的事无疑是聆听圣哲的教诲。不过，我也不再勉强我那年轻的表妹了。"

他说罢转向贝内特先生，要求跟他玩十五子棋[1]。贝内特先生答应了他的要求，说这倒是个聪明的办法，让姑娘们去搞她们自己的小玩意。贝内特太太和几个女儿恭恭敬敬地向他道歉，请他原谅莉迪亚打断了他的朗诵，并且保证说，他若是重新再读那本书，绝不会再发生这类事。不想柯林斯先生对她们说，他一点也不记恨表妹，绝不会怨她有意冒犯。随后，他便与贝内特先生坐到另一张桌旁，准备玩十五子棋。

1　十五子棋：二人对玩的一种棋，双方各持十五子，掷骰子行棋。

第十五章

柯林斯先生并不是个聪明人，他虽然受过教育，踏进了社会，但是先天的缺陷却没得到多少弥补。他长了这么大，大部分岁月是在他那个爱钱如命的文盲父亲的教导下度过的。他也算进大学，但只是勉强混了几个学期，也没交上一个有用的朋友。父亲的严厉管教使他养成了唯唯诺诺的习性，但是这种习性如今又给大大抵消了，因为他本来就是个蠢材，一下子过上了悠闲生活，难免会飘飘然起来，何况年纪轻轻就发了意外之财，自然会越发自命不凡。当时亨斯福德教区有个牧师空缺，柯林斯鸿运亨通，得到了凯瑟琳·德布尔夫人的恩赐。他一方面敬仰凯瑟琳夫人的崇高地位，尊崇她为自己的女恩主；另一方面又非常看重自己，珍惜自己做教士的权威，做教区长的权利，这一切造就了他一身兼有傲慢与恭顺、自负与谦卑的双重性格。

他现在有了一幢舒适的房子，一笔可观的收入，便想结婚了。他之所以来和朗伯恩这家人重新修好，就是想在他们府上找个太太。如果那几位姑娘真像大家传闻的那样美丽可爱，他打算从中挑选一个。这就是他为继承她们父亲的财产所订的补偿计划、赎罪计划。他认为这是一个绝妙的计划，既十分妥善得体，又充分显示了他的慷慨豪爽。

他见到几位姑娘之后，并没有改变原来的计划。贝内特小姐那张妩媚的脸蛋，更加坚定了他的想法，也更加坚定了他那一切先尽老大的旧观念。因而，头一天晚上他便选中了简。不过，第二天早上他又做了变更。原来，早饭前他和贝内特太太亲密地交谈了一刻钟，先是谈起了他的牧师住宅，然后自然而然地引到了他的心愿，说是要在朗伯恩为那幢住宅找位女主人。贝内特太太一听，乐得喜笑颜开，一再鼓励小伙子，不过告诫他不要选择简。"讲到我后四个女儿，我不敢贸然说——我也说不准——不过我没听说她们有什么对象。至于大女儿嘛，我倒要提一句——我觉得有责任提醒你，她可能很快就要订婚了。"

柯林斯先生只得从简转向伊丽莎白——而且转得很快——就在贝内特太太拨火的一刹那完成的。伊丽莎白无论年龄还是美貌，都仅次于简，当然第二个就要轮到她。

贝内特太太得到这个暗示，如获至宝，心想她很快就要嫁出两个女儿了。昨天她连说都不愿说起的这个人，现在却深得她的欢心。

莉迪亚没有忘记打算去梅里顿走一趟，姐姐们除了玛丽以外，个个都愿意跟她一起去。贝内特先生一心想把柯林斯先生支开，好独自待在书房里清静清静，便请他陪女儿们一道去。原来，吃过早饭以后，柯林斯先生跟着他来到了书房，一直赖在那里不想走，名义上是拿着书房里最大的一本书在看，实际上却在喋喋不休地跟贝内特先生谈论他在亨斯福德的住宅和花园。他这般举动搅得贝内特先生心烦意乱。他一向可以在书房里图个悠闲清静。他跟伊丽莎白说过，他可以在其他房间里见见愚蠢自负的人，但他书房里却要杜绝这种人。于是，他立即恭请柯林斯先生陪女儿们一块出去走走。其实，柯林斯先生本来就不是读书的料，走走路倒还蛮合适，因此他欢天喜地地合上书本走了。

一路上，柯林斯先生只管夸夸其谈，废话连篇，表妹们只得客客气气地随声附和，就这样来到了梅里顿。这时，几个小表妹可就不再理会他了。她们的眼睛立刻对着街头骨碌来骨碌去，看看有没有军官，此外就只有商店橱窗里十分漂亮的女帽，或是委实新颖的细纱布，才能吸引她们。

转眼间，诸位小姐注意到了一位年轻人。此人她们以前从未见过，一副十足的绅士气派，正跟一位军官在街那边散步。这位军官就是丹尼先生，莉迪亚跑来专要打听他从伦敦回来了没有。丹尼先生见她们走过的时候，向她们鞠了一躬。众位小姐让那位陌生人的风度吸引住了，都在纳闷他是谁。基蒂和莉迪亚决定去打听一下，便借口要到对面店里去买点东西，领头跑到街那边去了。事情真巧，她们刚刚走到人行道上，那两个人也转身来到同一地点。丹尼先生当即招呼她们，并请求她们允许他介绍他的朋友威克姆先生。威克姆先生是头天跟他一起从城里回来的，说来真让人高兴，他已被任命为他们团里的军官。这是再好也没有了，因为这位小伙子只要再穿上一身军装，便会变得十分迷人。他长得非常讨人喜欢，容貌举止样样都很出众：眉目清秀，体态优雅，谈吐又十分动人。一经介绍之后，他就高兴而热情地谈起话来——既热情，又显得很谦虚，很有分寸。大伙站在那里谈得正投机的时候，忽然听到一阵嘚嘚的马蹄声，循声望去，只见达西和宾利骑着马从街上过来了。两位先生认出人堆里有这几位小姐，便连忙来到她们跟前，照常寒暄了一番。讲话的主要是宾利，他的话又主要是对贝内特小姐讲的。他说他正要去朗伯恩探望她。达西先生鞠了个躬，证明宾利说的是实话。达西刚打算把眼睛从伊丽莎白身上移开，却突然瞧见了那个陌生人，伊丽莎白见到他们两人面面相觑的那副神情，感到万分惊奇。两人都变了脸色，一个煞白，一个通红。过了一会儿，威克姆先生触了触帽檐儿，达西先生也勉强还了一个礼。这是什么意思呢？既令人无法想象，又让人忍不住想要闹个明白。

又过了一会儿，宾利先生似乎没注意到这幕情景，便告别了众人，又与朋友骑着马往前走去。

丹尼先生和威克姆先生陪着几位小姐走到菲利普斯先生家门口，尽管莉迪亚小姐再三恳请他们进去，甚至菲利普斯太太还打开了客厅的窗户，大声跟着一起邀请，两人还是鞠了个躬告辞了。

菲利普斯太太一向喜欢见到外甥女。两个大外甥女最近没露面，因此格外受欢迎。她急切地说，听说她俩突然回到家里，她感到非常惊奇。因为家里没有派车去接她们，若不是碰巧在街上遇见琼斯先生药店里的伙计，告诉她贝内特家的两位小姐已经回家，不用再往内瑟菲尔德送药了，那她还不知道她们回来了呢。菲利普斯太太刚说到这里，简向她介绍了柯林斯先生，她客客气气地欢迎柯林斯先生，柯林斯先生也倍加客气地答谢她，并且道歉说，他与太太素昧平生，不该贸然闯到府上，不过他毕竟还是感到很高兴，因为把他引荐给太太的几位小姐与他有些亲戚关系，因此他的冒昧打扰还是情有可原的。菲利普斯太太见到如此斯文风雅的举止，不由得肃然起敬。然而，她望着这位生客没端量多久，却让几个外甥女给打断了，因为她们感叹不已地向她问起了另一位生客。可惜，她只能提供一些她们早已知道的情况，说是那位生客是丹尼先生刚从伦敦带来的，他要在某郡民兵团做个中尉。菲利普斯太太还说，他刚才在街上逛来逛去的时候，她盯着他打量了一个钟头。这时，假若威克姆先生再次露面，基蒂和莉迪亚一定还要继续打量他一番，可惜除了几个军官以外，根本没有人从窗口走过，而那几个军官跟威克姆先生比起来，简直成了一些"又愚蠢又讨人嫌的家伙"。有几个军官明天要来菲利普斯家吃饭，姨妈说，倘若她们一家人明天晚上能从朗伯恩赶来，她就让丈夫去请威克姆先生。这个主意得到了大伙的赞同，菲利普斯太太郑重其事地说，明天要来一场热闹有趣的抓彩牌游戏[1]，玩过之后再吃一点热乎乎的夜宵。一想到如此欢乐的情景，真令人兴奋，因此大家兴高采烈地分手了。柯林斯先生出门的时候，又再三表示歉意，主人带着不厌其烦的客气口吻说，这就大可不必啦。

回家的路上，伊丽莎白把先前看见两位先生之间出现的那幕情景，讲给简听。简这个人，即使他们两人真有什么差失，她也会为其中一个或两个进行辩护，可眼下她跟妹妹一样，对于他们那番举动也说不出个所以然。

柯林斯先生回来之后，把菲利普斯太太的殷勤好客称赞了一

1　抓彩牌：一种牌戏，有些牌上带有奖彩。

番，贝内特太太听了大为得意。柯林斯先生郑重说道，除了凯瑟琳夫人母女之外，他从没见过这么风雅的女人，菲利普斯太太虽说和他素昧平生，却百般客气地接待了他，甚至还指明要请他明天晚上一道去。他想，这件事多少要归功于他和贝内特府上的亲戚关系，但是如此殷勤好客，他长到这么大还从来未曾遇到过。

第十六章

年轻人跟姨妈的约会并没遭到反对。柯林斯先生觉得来此做客，不好意思把贝内特夫妇整晚丢在家里，可那夫妇俩叫他千万不要这么想。于是，他和五个表妹便乘着马车，准时来到了梅里顿。姑娘们一走进客厅，便欣喜地听说威克姆先生接受了姨夫的邀请，现在已经光临。

大家听到这个消息都坐下之后，柯林斯先生悠然自得地朝四下望望，想要赞赏一番。他十分惊羡屋子的面积和陈设，说他好像走进了罗辛斯那间消夏的小餐厅。这个对比开头并不怎么令人高兴，后来菲利普斯太太听明白了罗辛斯是个什么地方，谁是它的主人，又听对方说起凯瑟琳夫人的一间客厅的情形，发觉光是那个壁炉架就花费了八百镑，她这才体会到那番恭维的全部分量。这时她想，即使把她这里比作罗辛斯管家婆的住房，她也不会有意见。

柯林斯先生一面描绘凯瑟琳夫人及其大厦的富丽堂皇，一面还要偶尔穿插几句，来夸耀夸耀他自己的寒舍，以及他正在进行的种种修缮。他就这样自得其乐地唠叨到男士们进来为止。他发觉菲利普斯太太听得非常专心，而且她越听也就越把他看得了不起，决计把他的话尽快传播给邻居。再说几位小姐，她们听不进表兄的唠唠叨叨，又没事可做，想弹琴也弹不成，只能照着壁炉架上的瓷器摆设描摹些蹩脚的画，端详来端详去。等候的时间似乎太久了，不过最后还是结束了。男士们终于出现了，威克姆先生一走进来，伊丽莎白便觉得，无论是上次见到他的时候，还是以后想起他的时候，她丝毫也没有错爱了他。某郡民兵团的军官们都是些十分体面、颇有绅士气派的人物，参加这次晚宴的这些人可谓他们之间的佼佼者。但是，威克姆先生在人品、相貌、风度和地位上，又远远超过了其他军官，而其他军官又远远超过了那位肥头胖耳、老气横秋的菲利普斯姨夫，他带着满口的葡萄酒味，跟着众人走进屋来。

威克姆先生是当晚最得意的男子，差不多每个女人都拿眼睛望着他。伊丽莎白则是当晚最得意的女子，威克姆先生最后在她旁边坐了下来。他立即与她攀谈起来，虽然谈的只是当晚下雨和雨季可能到来之类的话题，但他那样和颜悦色，使她不禁感到，即使最平凡、最无聊、最陈腐的话题，只要说话人卓有技巧，同样可以说得娓娓动听。

面对着威克姆先生和其他军官这样的劲敌，再想博得女士们的青睐，柯林斯先生似乎落得微不足道了。在年轻小姐们看来，他确实无足轻重。不过，菲利普斯太太间或还好心好意地听他说说话，而且亏她留心关照，总是源源不断地给他倒咖啡，添松饼。

某郡民兵团的军官们

一张张牌桌摆好以后，柯林斯先生终于找到机会报答女主人的好意，便坐下来一道玩惠斯特[1]。

　　"我对这玩意一窍不通，"他说，"不过我很愿意把它学会，因为处于我这样的地位——"菲利普斯太太很感激他愿意跟着一起玩，却没有耐心听他陈述缘由。

　　威克姆先生没有玩惠斯特，而是欣幸地被小姐们请到另一张牌桌上，坐在伊丽莎白和莉迪亚之间。开头，莉迪亚似乎大有独揽他的趋势，因为她总是唧唧喳喳地说个不停。好在她也同样酷爱摸彩牌，立刻对那玩意产生了极大的兴趣，一心只急着下赌注，得彩之后又大叫大嚷，压根儿顾不上注意哪个人了。威克姆先生一面应酬着跟大家摸彩，一面从容不迫地跟伊丽莎白交谈。伊丽莎白非常愿意听他说话，不过并不指望能听到她最想了解的事情——他和达西先生过去的关系。她提也不敢提到那位先生。不过，她的好奇心却出乎意料地得到了满足。威克姆先生主动扯起了那个话题。他问起内瑟菲尔德距离梅里顿有多远，伊丽莎白回答了他之后，他又吞吞吐吐地问起达西先生在那里住了多久。

　　"大约一个月了。"伊丽莎白说。她不想放过这个话题，接着又说："听说他是德比郡的一个大财主。"

　　"是的，"威克姆答道，"他那里的财产很可观，每年有一万镑的净收入。你要了解这方面的消息，谁也没有我知道的确切，因为我从小就和他家里有特殊关系。"

　　伊丽莎白不禁显出惊异的神色。

1　惠斯特：类似桥牌的一种牌戏。

"贝内特小姐，你昨天也许看到我们见面时那副冷冰冰的样子了，难怪你听到我的话会觉得惊异。你和达西先生很熟吗？"

"但愿熟到这个地步就够了，"伊丽莎白气冲冲地嚷道，"我和他在一起待了四天，觉得他很讨厌。"

"他究竟讨人喜欢还是讨人厌，"威克姆说，"我是没有权利发表意见的。我不便发表意见。我跟他认识得太久了，也太了解他了，很难做出公正的判断。我是不可能不带偏见的。不过我相信，你对他的看法会使人们感到震惊——也许你换个地方就不会说得这么动气。反正这里都是你自家人。"

"说真的，除了内瑟菲尔德以外，我到附近哪一家都会这么说。赫特福德郡根本就没有人喜欢他。他那副傲慢样子，谁见了谁讨厌。你绝对听不到有谁说他一句好话。"

"说句良心话，"停了一会儿，威克姆说，"无论他还是别人，都不该受到过高的抬举。不过他这个人嘛，我相信倒常常被人过高抬举。世人让他的有财有势给蒙蔽住了，又让他那目空一切、盛气凌人的架势给吓唬住了，只好顺着他的心意去看待他。"

"我尽管跟他不大熟，可我认为他是个脾气很坏的人。"威克姆只是摇了摇头。

等到有了说话的机会，他便说："不知道他是否会在这里住很久。"

"我压根儿不知道。不过，我在内瑟菲尔德的时候，可没听说他要走。希望他待在附近不会影响你在某郡民兵团的任职计划。"

"哦！不会的——我可不会让达西先生赶走。要是他不想看见我，那就让他走开。我们两个人关系不好，我一见到他就感到厌恶，不过我没有理由要避开他，我只是要让世人知道他如何肆虐无辜，他的为人处世如何令人痛心。贝内特小姐，他那位过世的父亲老达西先生，可是天下最善良的人，也是我生平最真挚的朋友。每当我同现在这位达西先生在一起的时候，就免不了要勾起千丝万缕温馨的回忆，从心底里感到痛楚。他对我的态度真是恶劣透顶，不过说句真心话，我一切都能原谅他，可就是不能容忍他辜负先人的期望，辱没先人的名声。"

伊丽莎白对这件事越来越感兴趣，因此听得非常起劲。不过，这个话题太敏感，她不便进一步追问。

威克姆先生又谈起了一些一般性的话题，诸如梅里顿、左邻右舍和社交之类的事情，看样子对他见到的一切感到非常满意，特别是说到社交问题的时候，谈吐既温雅，又明显带有献殷勤的味道。

"我之所以要参加某郡民兵团，"他接着说道，"主要因为这里的人们为人和善，又讲交情。我知道这是一支非常可敬可亲的军队。我的朋友丹尼还想进一步鼓动我，说他们的营房有多好，梅里顿的人们待他们有多亲切，他们在那里结交了多少好朋友。我承认我是少不了社交生活的。我是个失意的人，精神上受不了孤独。我非得找点事干，与人交往。我本来并不打算过行伍生活，但是由于环境所迫，现在觉得参军倒也不错。我本该做牧师的——家里也从小培养我做牧师，假若我们刚才谈到的那位先生当初肯成全我的话，我现在就会有一份很可观的牧师俸禄。"

"真有这事！"

"是的——老达西先生在遗嘱上说，那个最好的牧师职位一出现空缺，就赐赠给我。他是我的教父，极其疼爱我。他对我好得真无法形容。他本想让我日子过得丰裕一些，并且满以为做到了这一点，谁想等牧师职位有了空缺的时候，却送给了别人。"

"天哪！"伊丽莎白嚷道，"怎么会有这种事呢？怎么能不按先人的遗嘱办事？你怎么不依法起诉呢？"

"遗产的条款上有个地方措辞比较含糊，因此我起诉也未必能赢。一个体面的人是不会怀疑先人的意图的，可是达西先生却偏偏要怀疑——或者说偏要把那视为只是有条件地提携我，还一口咬定我完全失去了受提携的资格，说我铺张浪费，举止鲁莽——总之，欲加之罪，何患无辞。两年前那个牧师职位还真空出来了，我也刚好达到接受圣职的年龄，可惜却给了另一个人。我实在无法责怪自己犯了什么过错，而活该失去那份俸禄。我性情急躁，心直口快，有时难免在别人面前直言不讳地议论他，甚至当面顶撞他，不过如此而已。事情明摆着，我们属于截然不同的两种人，他记恨我。"

"真是骇人听闻！应该叫他当众丢丢脸。"

"迟早会有人这么做的——但绝不会是我。除非我能忘掉他父亲，否则我绝不会敌视、揭发他。"

伊丽莎白非常敬佩他这般情操，而且觉得，他表达这般情操时，显得越发英俊。

"不过，"停了一会儿，她又说，"他究竟居心何在？他为什么要这样冷酷无情呢？"

"对我的深恶痛绝——我认为这种憎恶只能出于某种程度上的嫉妒。假若老达西先生不那么喜欢我，他儿子也许能宽容我一些。

我相信，正因为他父亲太疼爱我了，这就把达西先生从小给惹恼了。他心胸狭窄，容不得我跟他竞争——因为受宠的往往是我。"

"我还没想到达西先生会有这么坏——虽说我一直不喜欢他，但是从没想到他会这么恶劣。我以为他只是看不起人，却没料想他竟然堕落到这个地步，蓄意报复，蛮不讲理，惨无人道。"

她沉思了一会儿，接着又说："我倒记得，他有一天在内瑟菲尔德吹嘘说，他与人结下怨恨就无法消解，他的脾气不饶人。他的性情一定很可怕。"

"在这个问题上，我的意见不一定靠得住，"威克姆回答道，"我对他难免有成见。"

伊丽莎白又陷入了沉思。过了一会儿，她又大声说道："如此对待他父亲的教子、朋友和宠儿!"——她本来还可以加一句："还是像你这样一个青年，光凭那副脸蛋，就能看出你是多么和蔼可亲。"——但她毕竟只能这样说："何况你从小就和他在一起，而且像你说的，关系非常密切!"

"我们出生在同一个教区，同一座庄园里。我们的青少年时代大部分是在一起度过的：同住一幢房子，同在一起玩耍，同受他先父的照料。我父亲起先所干的行业，就是你姨父菲利普斯先生为之增添光彩的那个行业——但是为了替老达西先生效劳，先父放弃了自己的一切，将全部时间用来照料彭伯利的资产。老达西先生对先父极为器重，把他视为最亲密、最知心的朋友。老达西先生常说先父管家有方，使他获益匪浅，因此，先父临终时，老达西先生主动提出要供养我。我相信，他之所以这样做，既是对先父的感恩，也是对我的疼爱。"

"真奇怪！"伊丽莎白嚷道，"真可恶！我真不明白，这位达西先生既然这么骄傲，怎么又这样亏待你！如果没有更好的理由，而仅仅是因为骄傲，那他就应该不屑于这样阴险——我不能不说这是阴险。"

　　"的确让人奇怪，"威克姆答道，"因为他的一切行为差不多全是出于傲慢，傲慢成了他最好的朋友。傲慢使他比较注重道德。可是人总有反复无常的时候，他对我除了傲慢，更多的是感情用事。"

　　"他这种可恶的傲慢对他能有什么好处呢？"

　　"有好处。他常常因此而变得慷慨豪爽，出手大方，殷勤好客，资助佃户，接济穷人。他之所以这样做，是出于家族的自尊，子女的自尊——他很为父亲的为人感到自豪。不要有辱家声，不要有负众望，不要失去彭伯利的声势，这是他的巨大动力。他还有做哥哥的自尊，由于这种自尊，再加上几分手足之情，使他成为他妹妹亲切而细心的保护人，你会听见大家都称赞他是位体贴入微的好哥哥。"

　　"达西小姐是个什么样的姑娘？"

　　威克姆摇摇头。"但愿我能说她一声可爱。凡是达西家的人，我不忍心说他们的坏话。不过她太像她哥哥了——非常傲慢。她小时候又温柔又可爱，还特别喜欢我。我经常几个钟头几个钟头地陪她玩。可现在我已不把她放在心上了。她是个漂亮姑娘，大约十五六岁，而且据我所知，也很多才多艺。她父亲去世以后，她一直住在伦敦，有位妇人跟她住在一起，负责培养她。"

　　两人断断续续地又谈了好多别的话题之后，伊丽莎白情不自禁地又扯到原来的话题上，说：

"我真感到奇怪，他和宾利先生怎么这样亲密！宾利先生脾气那么好，而且又确实那么和蔼可亲，怎么会和这号人交起朋友来？他们怎么能合得来呢？你认识宾利先生吗？"

"不认识。"

"他这个人性情温和，亲切可爱。他不可能了解达西先生的为人。"

"也许不知道。不过达西先生想讨人喜欢的时候，也自有办法。他有的是能耐。他只要认为值得跟谁攀谈，也会谈笑风生。他在地位跟他相当的人面前，与见到不及他走运的人相比，完全判若两人。他总是那么傲慢，可是和有钱人在一起的时候，他又显得胸怀磊落，公正诚实，通情达理，讲究体面，也许还会和和气气——这是看在财产和身价的分上。"

不久，惠斯特牌散场了，几个玩牌的人都围到另一张牌桌上，柯林斯先生站在表妹伊丽莎白和菲利普斯太太之间。菲利普斯太太按惯例问他赢了没有。结果不大妙，他输光了。然而，当菲利普斯太太表示替他惋惜时，他又郑重其事地对她说，区区小事不足挂齿，还说他把钱看得微不足道，请她不要感到不安。

"我很明白，太太，"他说，"人一坐上牌桌，这类事情就得碰运气了，幸亏我家境还宽余，不把五先令当一回事。当然有许多人就不能说这话啦。多亏了凯瑟琳·德布尔夫人，我就大可不必去计较一些区区小事。"

他们的谈话引起了威克姆先生的注意。他看了柯林斯先生几眼，然后低声问伊丽莎白：她这位亲戚是不是同德布尔家很熟。

"凯瑟琳·德布尔夫人最近给了他个牧师职位，"伊丽莎白回答道，"我简直不知道柯林斯先生最初是怎么受到她赏识的，不过他肯定没认识她多久。"

"你想必知道凯瑟琳·德布尔夫人和安妮·达西夫人是姐妹俩吧。因此，凯瑟琳夫人是现在这位达西先生的姨妈。"

"不，我真不知道。我对凯瑟琳夫人的亲属一无所知。我还是前天听人说起她这个人的。"

"她女儿德布尔小姐要继承一大笔财产，人们都认为，她和她表兄将来会把两份家产合并起来。"

听了这话，伊丽莎白不由得笑了，因为她想起了可怜的宾利小姐。假如达西先生早就与别人许定了终身，宾利小姐的百般殷勤岂不全是徒劳，她对达西小姐的关怀和对达西先生本人的赞美，岂不全是白搭。

"柯林斯先生，"她说，"对凯瑟琳夫人母女俩真是赞不绝口。可是，从他讲起那位夫人的一些具体情况来看，我真怀疑他让感激之情迷住了心窍，凯瑟琳夫人尽管是他的恩人，她仍然是个高傲自负的女人。"

"我认为她非常高傲自大，"威克姆回答道，"我有好多年没见到她了，不过我记得清清楚楚，我一向不喜欢她，她为人蛮横无理。大家都说她通情达理、聪明过人，不过我倒认为，她那些才智一方面来自她的有钱有势，一方面来自她的盛气凌人，还有一方面来自她外甥的高傲自大，因为这个外甥坚持认为，但凡与他沾亲带故的人，个个都聪明过人。"

伊丽莎白认为，他说得很有道理。两人接着往下谈，彼此十分投机，一直谈到吃夜宵收牌为止；这时，其他太太小姐才有机会分享威克姆先生的殷勤。菲利普斯太太的宴席上总是吵吵闹闹的，令人无法交谈，不过威克姆的举止却博得了众人的欢心。他每句话都说得很得体，每个举动都表现得很文雅。伊丽莎白临走时，满脑子只装着他一个人。她回家的路上，一心只想着威克姆先生，想着他对她说的话。可惜莉迪亚和柯林斯先生一路上就没住过嘴。她连提提他名字的机会也没有。莉迪亚喋喋不休地谈论抓彩牌，说她输了多少钱，又赢了多少钱。柯林斯先生则滔滔不绝地叙说着菲利普斯夫妇多么热情好客，说他毫不在乎玩惠斯特输了几个钱，把夜宵的菜肴一盘盘列数了一遍；他还几次三番地表示恐怕挤了表妹们。他要说的话太多，没等他说完，马车已停在了朗伯恩屋前。

第十七章

　　第二天，伊丽莎白把他和威克姆先生的谈话全部告诉了简。简听得既惊讶又关切。她简直无法相信，达西先生居然会如此不值得宾利先生器重。可是，像威克姆这样一个和颜悦色的小伙子，她自然又不会怀疑他说话不诚实。一想到他可能当真受到这些亏待，她心里不禁激起了怜悯之情。于是，她无可奈何地只好把两人都往好里想，为双方的行为进行辩白，将一切无法解释的事情全部归结为意外与误会。

　　"也许，"她说，"他们两人不知怎么受了别人的蒙骗。兴许是有关的人从中挑拨是非。总之，我们要是硬去猜测究竟是什么原因、什么情况造成了他们的不和，那就势必要怪罪某一方。"

　　"你说得很对。不过，亲爱的简，你要替可能与这件事有关的人说些什么呢？请你务必为他们辩白一番，否则我们就不得不怪罪到某一个人身上了。"

　　"你爱怎么取笑就怎么取笑吧，反正我不会因为你取笑我，就改变自己的看法。亲爱的莉齐，你只要想一想：达西先生的父亲

103

生前那么疼爱这个人，还答应要供养他，达西先生却这样对待他，那他岂不是太不像话了。这不可能。一个人只要有点起码的人道，只要多少还珍惜自己的人格，就不会干出这种傻事。难道他最知心的朋友也会完全看错他吗？哦！不会的。"

"我宁愿相信宾利先生看错了人，也不会认为威克姆先生昨天晚上向我捏造了他的经历。一个个人名，一桩桩事实，全都是不假思索，脱口而出。假若事实并非如此，那就让达西先生自己来辩白吧。再说，从威克姆先生的神气也看得出来，他说的是实话。"

"事情的确很难说——也让人很难受，真的叫人不知道怎么想才好。"

"恕我直言，人们完全知道怎么想。"

可是，简只有一点心里是明确的——假如宾利先生当真看错了人，一旦真相大白之后，他一定会万分痛心。

两位年轻小姐在矮树林里谈得正起劲，忽然家里派人来喊，说是家中来了客人，而且正是她们一直在谈论的那几位。原来，盼望已久的内瑟菲尔德舞会定于下星期二举行，宾利先生和两个姐妹特地赶来邀请她们光临。那两位女士与亲爱的朋友重逢，感到非常高兴，说是久别不见恍若隔世，一再问起简分别以后在做些什么。她们很少理睬主人家的其他人：对贝内特太太尽量躲避，跟伊丽莎白没讲几句话，跟其他人压根儿不讲一句话。客人们一会儿就告辞了，两位女士霍地从座位上站起来，吓了她们兄弟一跳，只见她俩拔腿就走，好像急于要避开贝内特太太的繁文缛节似的。

内瑟菲尔德就要举行舞会，这使贝内特家的太太小姐们感到极为高兴。贝内特太太硬要认为，这次舞会是特地为她大女儿举行的。而且这次是宾利先生亲自登门邀请，而不是客套式地发张请帖，这叫她越发得意。简心里想象着这个夜晚该有多么快活，既可以和两位女友促膝谈心，又可以受到她们兄弟的殷勤侍候。伊丽莎白乐滋滋地想到，她既可以跟威克姆先生纵情跳舞，又可以从达西先生的神情举止中印证一下她所听到的一切。至于凯瑟琳和莉迪亚，她们可不把开心作乐寄托在一件事或某个人身上，因为她们虽说也像伊丽莎白一样，想和威克姆先生跳他半个晚上，但舞会上能满足她们的绝不止他一个舞伴。不管怎么说，舞会毕竟是舞会。就连玛丽也对家里人说，她不妨也去凑凑兴。

"我只要能充分利用上午的时间，"她说，"也就足够了——我想偶尔参加几次晚会并没有什么损失。我们大家都应该有社交生活。我像许多人一样，也认为人人都少不了一定的消遣和娱乐。"

伊丽莎白眼下真是太快活了，虽然她本来与柯林斯先生不大多话，可现在却情不自禁地问他想不想接受宾利先生的邀请，如果想接受，觉得参加晚会是不是合适。出乎伊丽莎白的意料，柯林斯先生在这个问题上毫无顾虑，绝不害怕大主教或凯瑟琳·德布尔夫人指责他，他要大胆地跳跳舞。

"告诉你吧，这样一个舞会，主人是个有名望的青年，宾客又都是体面人，我绝不认为会有什么不良倾向。我非但不反对自己跳舞，而且希望当晚诸位漂亮的表妹都肯赏我个脸。伊丽莎白小姐，我就趁这个机会邀请你陪我跳头两曲舞。我优先选择你，希望简表妹能归结到正当的理由上，别怪我对她有所失敬。"

伊丽莎白觉得自己上了大当。她本来一心打算跟威克姆先生跳那头两曲舞，不想却冒出了柯林斯先生！她快活得太不是时候了。不过事情已经无可挽救了。威克姆先生的快乐和她自己的快乐只得往后推一推了，她还是尽可能愉快地接受了柯林斯先生的邀请。但是，一想到他这番殷勤还带有更深的含意，她也丝毫没有为之高兴。她现在第一次意识到，柯林斯先生已从她们姐妹间选中了她，认为她配做亨斯福德牧师住宅的主妇，而且当罗辛斯没有更合适的宾客时，她可以凑数跟着打打四十张。她这个想法立刻得到了证实，因为她察觉柯林斯先生对她越来越殷勤，听见他屡次三番地恭维她聪明活泼。虽然她对自己的妩媚产生的这般效力只觉得惊奇，并不感到得意，但是母亲不久就跟她说，他们俩可能结为良缘，这叫她做母亲的感到中意极了。伊丽莎白只能权当不理会她的意思，因为她非常明白，只要一搭理她，那就免不了要大吵一场。柯林斯先生也许不会提出求婚，既然他没提，又何必为他去争吵。

若不是幸亏有个内瑟菲尔德舞会可以准备准备，谈论谈论，贝内特家的几个小女儿这时说不定有多可怜，因为自从接受邀请那天到举行舞会那天，雨一直下个不停，害得她们没到梅里顿去过一次。看不成姨妈，看不成军官，也打听不到新闻——连舞鞋上的玫瑰结也是托人代买的。甚至伊丽莎白也有点不耐烦了，这天气搅得她和威克姆先生的友情毫无进展。总算下星期二有个舞会，这才使得基蒂和莉迪亚熬过了星期五、星期六、星期日和星期一。

第十八章

伊丽莎白走进内瑟菲尔德的客厅，在一群身着红制服的男士中间寻找威克姆先生，找来找去却找不着，这时候才怀疑他也许不会来。本来，想起过去那些事难免让她有所担心，但她仍然认为一定会遇见他。她仔仔细细打扮了一番，兴高采烈地准备彻底征服他那颗尚未被征服的心，相信有一晚上工夫准能把那颗心完全赢到手。但是转眼间，她心里又萌生了一个可怕的念头，怀疑宾利先生邀请军官时，为了讨好达西先生，故意漏掉了威克姆先生。事实并非如此，当莉迪亚迫不及待地询问丹尼先生时，丹尼先生郑重说明了他的朋友之所以缺席的真情。他告诉她们说，威克姆头天有事进城去了，还没有回来，接着又意味深长地笑笑说：

"我想，他若不是想要回避这里的某位先生，再有事也不会偏偏在这个时候走开。"

他这条消息虽然莉迪亚没有听见，却给伊丽莎白听见了。伊丽莎白由此断定：威克姆先生因故缺席，尽管她起先没有猜对原委，却依旧是他达西的责任。伊丽莎白当即觉得很扫兴，对达西也就越发反感。随后不久，当达西走上前来向她问安时，她简直没法好声好气地回答他。对达西的关注、宽容和忍耐，就是对威克姆的不仁。她决定理也不理他，悻然掉头就走，甚至跟宾利先生说话时也捺不住气，因为他对达西的盲目偏爱激起了她的愤懑。

不过，伊丽莎白天生不大会闹情绪。虽说她今天晚上大为扫兴，但是她的情绪并没有低落多久。她把自己的伤心事告诉了一周没见面的夏洛特·卢卡斯，随即又主动谈起了她表兄的一些咄咄怪事，一面又指出他来，让她好好看看。不过，那头两曲舞又给她带来了烦恼，这真是一场屈辱。柯林斯先生又笨拙又刻板，光会道歉，不会当心一些，常常迈错了步还不知道，真是个讨厌至极的舞伴，只跳了两曲舞，就让伊丽莎白丢尽了脸，受够了罪。伊丽莎白从他手里一解脱出来，便感到欣喜若狂。

她接着跟一位军官跳舞，跟他谈起了威克姆，听说他到处都很讨人喜欢，心里觉得宽慰了许多。跳完这两曲舞之后，她又回到夏洛特·卢卡斯身边，跟她正说着话，忽然听见达西先生叫她，出乎意料地请她跳舞，她一时不知所措，竟然稀里糊涂地答应了他。达西先生随即又走开了，伊丽莎白待在那里责怪自己怎么会乱了方寸。夏洛特尽力安慰她。

"你一定会发觉他很讨人喜欢。"

"老天保佑可别！那才是倒了天大的霉呢！你下定决心去痛恨一个人，却又发觉他讨人喜欢！别这样咒我啦。"

当跳舞重新开始，达西先生前来请她时，夏洛特禁不住跟她咬了咬耳朵，告诫她别做傻瓜，别光顾着迷恋威克姆，而得罪一个身价比他高十倍的人。伊丽莎白没有回答，只管走下舞池，惊奇地发现自己受到这般礼遇，居然能和达西先生面对面跳舞，她还发现身旁的人们见此情景，脸上同样露出惊讶的神情。他们俩一声不响地站了一会儿，伊丽莎白曾想这两曲舞可能要沉默到底，起先决定不去打破这种沉默。后来她又突然异想天开，觉得逼着舞伴说说话，可能会更有效地惩罚他，于是她就跳舞稍许议论了几句。达西先生回答了她的话，接着又闷声不响了。停了几分钟，伊丽莎白又第二次跟他搭话：

"现在轮到你说话啦，达西先生。我既然谈了跳舞，你就应该谈谈舞厅的大小和舞伴的多寡。"

达西笑了笑，告诉她说，她要他说什么他就说什么。

"很好。你这个回答眼下还说得过去。也许我过一阵会说，私人舞会比公共舞会有趣得多。不过，现在我们可以默不作声了。"

"这么说，你跳起舞来照例要说点话啦？"

"有时候要的。你知道，人总要说说话。一声不响地在一起待上半个钟头，这看上去有多别扭。不过，为某些人着想，应该把谈话安排得让他们说得越少越好。"

"在眼前这件事情上，你究竟是在照顾你的情绪，还是认为在迎合我的情绪？"

"兼而有之，"伊丽莎白狡黠地答道，"因为我总是感觉我们两人的性格十分相似。你我生性都不好交际，沉默寡言，不愿开口，除非想说几句一鸣惊人的话，让世人当作格言来流传千古。"

"我看这不大像是你的性格，"达西说道，"至于我的性格是否很像你说的这样，我也不便姑妄论之。你一定认为你形容得恰如其分啦。"

"我当然不能给自己下断语。"

达西没有作声，两人又陷入了沉默，直到又走下舞池时，达西这才问她是否常和姐妹们到梅里顿转悠。伊丽莎白回答说常去。她说到这里，实在按捺不住了，便又添上一句："你那天在那里碰见我们的时候，我们刚结识了一位新朋友。"

这话立即产生了效果。达西脸上顿时蒙上一道轻蔑的阴影，不过他一句话也没说。伊丽莎白尽管责怪自己性情软弱，还是说不下去了。最后，还是达西先开了口，只见他神态窘促地说道："威克姆先生天生一副讨人喜欢的模样，当然也就容易交上朋友——至于能否和朋友长久相处，那就不大靠得住了。"

"他真不幸，竟然失去了你的友谊，"伊丽莎白加重语气说道，"而且弄得很可能要吃一辈子苦头。"

达西没有回答，似乎想要换个话题。就在这当口，威廉·卢卡斯爵士走到他们跟前，打算穿过舞池走到屋子另一边。可是一见到达西先生，他便停住了脚，彬彬有礼地向他鞠了个躬，把他的舞姿和舞伴恭维了一番。

"真让我大饱眼福啊，亲爱的先生。舞跳得这么棒，真是少见。你显然属于一流水平。不过，让我再唠叨一句，你这位漂亮的舞伴也没有让你丢脸，我真希望能常有这种眼福，特别是将来操办什么大喜事的时候，亲爱的伊莱扎小姐。（说着朝她姐姐和宾利瞥了一眼。）那时候，道喜的人会蜂拥而至啊！我要求达西先生——不过我还是别打扰你啦，先生。你和这位小姐谈得心醉神迷，你是不会欢迎我来妨碍你们的，瞧小姐那双明亮的眼睛也在责备我呢。"

"舞跳得这么棒，真是少见。"

这后几句话达西先生几乎没有听见。但是，威廉爵士暗指他朋友的事，却似乎让他大为震惊，因此他便正颜厉色地朝正在一起跳舞的宾利和简望去。过了不久，他又镇定下来，转脸对舞伴说：

"威廉爵士打断了我们的话，我忘了我们刚才说什么来着。"

"我想我们刚才压根儿不在说话。这屋里随便哪两个人都不像我们这样少言寡语，因此威廉爵士也打断不了什么话。我们已经谈过两三个话题，但总是话不投机，我真想不出下面该谈什么。"

"你看谈谈书怎么样？"达西含笑说。

"书——哦！不成。我们大概从来不读同样的书，也没有同样的感受。"

"我很抱歉，你会这样想。假如真是那样，我们至少不会无话可说。我们可以比较一下不同的见解。"

"不成——我不能在舞厅里谈论书。我脑子里总想着别的事。"

"在这种场合，你心里总想着眼前的场面，是吗？"达西带着疑惑的神情问道。

"是的，总是这样。"伊丽莎白答道。其实她并不知道自己在说些什么，她的思想早就跑得离题老远了，这可从她随后突然冒出的一席话看得出来："达西先生，我记得有一次听你说过，你从不宽恕别人，你一旦跟人结了怨，就再也解除不掉。我想，你结怨的时候一定很谨慎吧。"

"是的。"达西以坚定的口吻说道。

"从来不受偏见的蒙蔽？"

"我想不会。"

"从不改变主意的人要特别注意，一开始就要拿对主意。"

"能否请问你提这些问题用意何在？"

"只是想说明你的性格，"伊丽莎白竭力装出满不在乎的神气说，"我想把你的性格搞清楚。"

"那你搞清楚了没有呢？"

伊丽莎白摇摇头："压根儿搞不清楚。我听见人们对你说法不一，搞得我无所适从。"

"这我完全相信，"达西正色答道，"人们对我的说法可能大相径庭。贝内特小姐，我希望你暂时不要勾画我的性格，因为我有理由担心，那样做对你对我都没有好处。"

"可我现在不勾画勾画你，以后就没有机会了。"

"我绝不会阻挠你的兴头。"达西冷漠地答道。伊丽莎白没有再作声。他们俩又跳了一曲舞，随即便默然分手了。两人都快快不乐，不过程度不同，因为达西心里对她颇有几分好感，因此很快原谅了她，并把一肚子气转到另一个人身上了。

他们俩刚分手不久，宾利小姐便朝伊丽莎白走来，带着又轻蔑又客气的神气对她说：

"哦，伊莱扎小姐，我听说你很喜欢乔治·威克姆！你姐姐刚才还跟我谈到他，问了我一大堆问题。我发觉那个年轻人尽管跟你说这道那，却偏偏忘了告诉你：他是老达西先生的管家老威克姆的儿子。让我以朋友的身份奉劝你，不要轻信他的话。说什么达西先生亏待了他，完全是无稽之谈。尽管乔治·威克姆以极其卑鄙的手段对待达西先生，达西先生却总是对他十分仁慈。我不了解详情细节，不过有几个情况我很清楚：这事一点也不能怪达西先生；达西先生一听见别人提起乔治·威克姆，心里就受不了；我哥哥这次请军官们来参加舞会，觉得不好不请他，现在见他自己躲开了，不禁高兴极了。他跑到我们这地方真是太厚颜无耻了，我不懂他怎么胆敢这么做。伊丽莎白小姐，我对不起你，揭穿了你心上人的过错。不过说真的，就凭着他那个出身，你也不能指望他会干出什么好事来。"

"照你这么说，他的过错和他的出身似乎成了一回事啦。"伊丽莎白气愤地说道，"我听你说来说去，你无非责怪他是老达西先生管家的儿子。我可以告诉你，这一点他早就跟我讲过了。"

"请原谅，"宾利小姐答道，冷笑了一下，扭身就走，"我不该多嘴，不过我是一片好意。"

"无礼的丫头！"伊丽莎白自言自语地说，"你以为这种卑鄙的人身攻击能改变我的看法啊，那你完全看错了人。你这样做倒叫我看透了你的顽固无知和达西先生的阴险毒辣。"她接着便去找姐姐，因为姐姐答应过要向宾利问问这件事。简见到妹妹时满面春风，喜形于色，充分表明她这一晚过得多么得意。伊丽莎白看出了姐姐的心情。这一来，她知道姐姐幸福在望了，于是她对威克姆的忧虑，对他仇人的愤恨，以及其他种种烦恼，统统给抛到了九霄云外。

"我想知道，"她像姐姐一样喜笑颜开地说，"你有没有打听到威克姆先生的情况。也许你玩得太快活了，根本想不到第三个人。不过即使这样，我也会原谅你的。"

"没有的事，"简答道，"我并没有忘记他。不过我可没有什么好消息告诉你。宾利先生并不了解他的全部底细，对于他主要在哪些地方得罪了达西先生，更是一无所知。不过他可以担保他的朋友品行端正，为人诚实坦率，并且深信达西先生对威克姆先生过于宽厚了。说来遗憾，照宾利先生和他妹妹的讲法，威克姆先生绝不是个正派的青年。恐怕他太放肆了，活该达西看不起他。"

"莫非宾利先生不认识威克姆先生？"

"是不认识。他是那天上午才在梅里顿第一次见到他。"

"这么说，他这番话是从达西先生那儿听来的啦。我满意极了。不过，宾利先生对牧师职位是怎么说的？"

"他虽然听达西先生说过几次，但详情细节却记不大清了。不过他相信，那个牧师职位传给威克姆先生是有条件的。"

"我毫不怀疑宾利先生为人诚实，"伊丽莎白激越地说，"可是请你原谅，光凭几句话不能叫我信服。宾利先生为朋友做的辩护也许很有力，但他既然不了解事情的某些情节，其余情节又是听他那位朋友自己说的，那我不妨还是坚持我原来对那两人的看法。"

她随即换了一个话题，这个话题不仅两个人都喜欢谈论，而且也不会引起意见分歧。伊丽莎白欣喜地听简讲起了宾利先生对她的情意，虽说不敢存有什么奢望，却也抱着几分幸福的希冀，于是做妹妹的竭力拿话鼓励她，增强她的信心。后来见宾利先生来了，伊丽莎白便跑到卢卡斯小姐那里。卢卡斯小姐问她跟刚才那位舞伴跳得是否愉快，伊丽莎白还没来得及回答，只见柯林斯先生来到她们跟前，欣喜若狂地对她说，他真幸运，刚才有个极其重要的发现。

"真是意想不到，"他说，"我发现这屋里有我女恩主的一位近亲。我凑巧听见这位先生向主人家小姐提起了他表妹德布尔小姐及其母亲凯瑟琳夫人。这种事真是太巧妙了！谁能想到我竟会在这次舞会上遇见凯瑟琳·德布尔夫人的外甥呢！谢天谢地，我发现得正是时候，还来得及去问候他，我这就准备去，相信他会原谅我没有及早这么做。我根本不知道有这门亲戚，因此道歉也就情有可原了。"

"你真准备去向达西先生做自我介绍啊?"

"我当然要去的。我要请他原谅，我没有及早问候他。我相信他是凯瑟琳夫人的外甥。我有权利告诉他，她老人家六天前身体还很好。"

伊丽莎白竭力劝他打消这个念头，告诉他说，他不经人介绍就去跟达西先生搭腔，达西先生定会认为他唐突冒昧，而不会认为他在奉承他姨妈。伊丽莎白还说，他们双方丝毫没有必要多礼，即便有必要，也应该由地位较高的达西先生来找他。柯林斯先生听她这么说，显出一副矢志不移的神情，非照自己的意思去做不可，因而等伊丽莎白一说完，他便回答道：

"亲爱的伊丽莎白小姐，你在自己知识的范围内对一切问题都有卓越的见解，这使我不胜钦仰。不过，请允许我直言一句，俗人的礼仪与教士的礼仪大不相同。请允许我再说一句，我认为就尊严而论，教士的职位可以比得上王国的君主——只要你能同时做到谦恭得体。因此，这一次你应该允许我接受良心的支配，去做我认为义不容辞的事情。请原谅我没有领受你的指教，在其他任何问题上，我都会把你的指教当作座右铭，不过在眼前这件事情上，我觉得自己受过教育，平素又喜欢钻研，应该比你这样一位年轻小姐更适合决定怎么做恰当。"说罢，他深深鞠个躬，便离开了伊丽莎白，跑去巴结达西先生。伊丽莎白急切地望着达西先生如何对待他的冒失行为。显而易见，达西先生受到这般礼遇感到非常惊讶。只见柯林斯先生先是毕恭毕敬地鞠了个躬，然后再开口说话。伊丽莎白虽然一句也听不见他说些什么，却仿佛又听到了他所有的话，从他嘴唇的翕动看得出来，他无非说了些"道歉""亨斯福德""凯瑟琳·德布尔夫人"之类的话。眼看着表兄在这样一个人面前出丑，她心里好不恼火。达西先生带着毫不掩饰的惊奇目光望着他，等到柯林斯先生最后唠叨够了，他才带着冷漠而不失客气的神情，敷衍了他几句。但是，柯林斯先生并没有气馁，他还照旧开口，当他第二次唠唠叨叨的时候，达西先生的鄙夷之情似乎也随之剧增，等他一说完，对方只是微微躬了下身子，便扭头走开了。柯林斯先生这才回到伊丽莎白跟前。

"我告诉你吧，"他说，"我受到那样的接待，实在没有理由感到不满意。达西先生见我去拜见他，好像感到十分高兴。他极端客气地回答了我的问候，甚至还恭维我说，他十分佩服凯瑟琳夫人的眼力，相信她绝不会提携错什么人。他这样想真够宽宏大度的。总的说来，我很喜欢他。"

伊丽莎白再也找不到自己感兴趣的事情了，便把注意力几乎全都转移到姐姐和宾利先生身上。她把一幕幕情景看在眼里，心里冒出一连串惬意的念头，变得几乎像简一样快活。她头脑里想象着姐姐住进了这幢房子，小两口恩爱弥笃，美满幸福。她觉得假若果真到了这一步，她甚至可以尽量去喜欢宾利的两个姐妹。她看得分明，母亲心里也转着同样的念头，于是便打定主意不要贸然接近她，免得又要听她唠叨个没完。后来大家坐下来吃夜宵的时候，她们两人却偏偏离着不远，她觉得倒霉透了。更使她气恼的是，母亲总是在跟那个人（卢卡斯太太）肆无忌惮地信口乱讲，而且讲的恰恰是她期望简马上就会嫁给宾利先生这件事。这是个激动人心的话题，贝内特太太仿佛不会疲倦似的，一个劲地数说着这起姻缘有些什么好处。宾利先生是那样招人喜欢的一个青年，那样有钱，住处离她家只有三英里路，这是令人满意的头几点。其次，宾利家的两姐妹非常喜欢简，她们一定会像她一样希望能结成这门亲事，这一点也很令人欣慰。另外，这件事给她后几个女儿也带来了希望，因为简攀得这门阔亲之后，就会给几个妹妹带来机缘，使她们遇上别的阔人。最后，到了她这个年纪，能把几个没出嫁的女儿托付给她们的姐姐，她自己也不用过多地陪着去应酬，这也是一件值得高兴的事。我们有必要把这个情况视为一件值得高兴的事，因为碰到这种时候，这是普遍的规矩。但是，贝内特太太生平任何时候，你要让她待在家里的话，她会比任何人都觉得不好受。贝内特太太最后一再祝愿卢卡斯太太不久也会同样走运，尽管明眼人一看就知道，她扬扬得意地料定那是根本不可能的。

伊丽莎白试图打断母亲那滔滔不绝的话语，劝说她倾诉喜幸心情时得放小声一些，因为使她气恼不堪的是，达西先生就坐在她们对面，她觉得出来，大部分话都让他听到了。无奈她是枉费心机，母亲反倒骂她胡说八道。

"请问：达西先生与我有什么关系，我非要怕他？我看我们犯不着对他特别讲究礼貌，好像他不爱听的话就讲不得。"

"看在上天的分上，妈妈，说话小声点。你得罪了达西先生有

118

什么好处？你这样做，他的朋友也不会看得起你。"

不过，任凭她怎么说也不管用。母亲偏要大声发表议论。伊丽莎白又羞又恼，脸蛋红了又红。她禁不住向达西先生望来望去，每望一眼便越发证实了自己的疑虑，因为虽说达西先生没有总是盯着母亲，但她相信，他无时无刻不在留心听她说话。他脸上先是显出气愤和鄙夷的神情，慢慢又变得冷静持重，一本正经。

最后，贝内特太太终于把话说完了。本来，卢卡斯太太听她翻来覆去地说得那么扬扬得意，自己也没个份，早已打起了哈欠，现在总算可以安心享受一点冷鸡、冷火腿了。伊丽莎白这时也来了兴头。可惜，可以清净清净的好景不长，因为一吃完夜宵，大家就谈起要唱歌，而且最使她觉得难堪的是，大家稍微一请求，玛丽就欣然答应了。伊丽莎白频频向她递眼色，默默地恳求她，试图阻止她不要这样卖好，可是无济于事。玛丽根本不理会她。她就喜欢这种出风头的机会，于是便张口唱起来了。伊丽莎白心里痛苦不堪，眼睁睁地盯着妹妹，焦灼不安地听她唱了几段，好不容易等她唱完了，心里却仍然不能安宁。原来，玛丽在接受同桌人表示谢意的同时，还听见有人委婉地希望她能再赏一次脸，于是歇了半分钟之后，她又唱起了另一支歌。按说，玛丽是绝对没有本事进行这种表演的：她嗓门小，表情做作。伊丽莎白忧心如焚。她望望简，想看看她反应如何，只见她正泰然自若地跟宾利先生谈天；她又瞧瞧宾利先生的两个姐妹，只见她们在互相挤眉弄眼；她再瞅瞅达西先生，只见他依然铁板着面孔。她只好看看父亲，求他出面阻拦一下，免得玛丽唱个通宵。父亲会意，等玛丽唱完第二支歌，他便大声说道：

"你唱得足够了，孩子。你让我们开心得够久的了。留点时间给其他小姐们表演表演吧。"

玛丽尽管装作没听见，心里却有些张皇。伊丽莎白为她感到难过，也为父亲那番话感到难过，她担心自己的一番苦心没有招来什么好结果。这时，大家又请别人来唱歌了。

"假如我有幸会唱歌的话，"柯林斯先生说，"我一定不胜荣幸地给大家唱一支。我认为音乐是一种无害的娱乐，和牧师职业毫不抵触。不过我并非说，我们可以把过多的时间耗费在音乐上，因为确实还有其他事情要做。一个教区的主管牧师就有许多事情要做。首先，他必须制定一项什一税条例[1]，既有利于他自己，又不至于触犯他的恩主。他必须自己撰写布道辞。这一来剩下的时间就不多了，而他又要利用这点时间来处理教区里的事务，照管和修缮自己的住宅，因为他没有理由不把自己的住宅收拾得舒舒服服的。还有一点我认为也很重要，他应该殷勤和善地对待每一个人，特别是那些提拔他的人。我认为这是他应尽的责任。即使遇到恩主家的亲友，也应该不失时机地表示敬意，否则太不像话。"他说罢向达西先生鞠了一躬，算是结束了他这一席话。他这话说得十分响亮，半屋子的人都听见了。许多人看呆了——许多人笑了，但是谁也不像贝内特先生那样听得有趣，他太太却一本正经地夸奖柯林斯先生说得句句在理，还小声对卢卡斯太太说，他是个非常聪明、非常可爱的青年。

1　什一税：系指向教会缴纳的农畜产品税，其税率约为年产值的十分之一，故名什一税。

在伊丽莎白看来，她家里人即便事先约定今晚要尽情出出丑，充其量也不过表现得如此起劲，取得这般成功。她觉得姐姐和宾利真算幸运，有些出丑的场面宾利没有看见，有些洋相虽说肯定让他看见了，但他性情宽厚，不会觉得很难受。然而，他两个姐妹和达西先生竟有机会讥笑她的亲属，这已够难堪的了。这三个人，男的在默默地蔑视，女的在轻慢地冷笑，究竟哪一个让人更难以忍受，她也说不准。

晚上余下的时间也没给她带来什么乐趣。柯林斯先生还是硬缠着她不放，跟她打趣。他虽然无法动员她再跟他跳舞，可也闹得她不能跟别人跳。伊丽莎白央求他跟别人去跳，并且愿意为他介绍屋里任何一位小姐，可他就是不肯。他告诉她说，他对跳舞丝毫不感兴趣，他的主要用意就是悉心侍奉她，好博得她的欢心，因此整个晚上都要与她形影不离。他打定这样的主意，跟他怎么争辩也没有用。伊丽莎白最感欣慰的是，她的朋友卢卡斯小姐常常来到他们跟前，和善可亲地同柯林斯先生攀谈。

至少达西先生不会来惹她生气了。他虽然常常站在离她很近的地方，也不在跟人交谈，却始终没走过来跟她搭话。她觉得这可能是因为她说起了威克姆先生的缘故，心里不禁大为庆幸。

所有宾客中，朗伯恩一家人是最后告辞的。贝内特太太耍了个花招，等大家都走完了，他们还又等了一刻钟马车，这就给了他们一个机会，看看主人家有些人多么渴望他们快走。赫斯特夫人姐妹俩简直不说话，只管叫困，显然是在下逐客令。贝内特太太几次想跟她们搭腔，都碰了钉子，弄得大家一个个无精打采。柯林斯先生尽管一再发表长篇大论，恭维宾利先生及其姐妹，说舞会开得非常高雅，他们对待客人十分殷勤有礼，可惜他这些话也没给大家带来一点生气。达西一声不响。贝内特先生同样沉默不语，站在那里看热闹。宾利和简站在一起，与众人有点距离，只顾相互交谈。伊丽莎白像赫斯特夫人和宾利小姐一样，始终保持沉默。就连莉迪亚也觉得太困乏了，没有说话，只偶尔叫一声："天哪，累死我啦！"接着便打了个大哈欠。

最后他们终于起身告辞了，贝内特太太万分客气而恳切地说，希望不久在朗伯恩见到宾利一家，又特别对宾利先生说，不管哪一天，他要是能不经正式邀请而去她们家吃顿便饭，她们将不胜荣幸。宾利先生听了极为感激，又极为高兴，说他明天有事要去伦敦几天，等回来以后，一有机会就去拜望她。

贝内特太太满意极了，离开客人家时，心里打着如意算盘：只要准备好一定的嫁妆、新马车和结婚礼服，不出三四个月光景，她女儿肯定会在内瑟菲尔德找到归宿。她还有一个女儿要嫁给柯林斯先生，对此她同样置信不疑，也觉得相当高兴，尽管不是同样高兴。在所有女儿中，她最不喜欢伊丽莎白。虽说对她来说，能找到这样一个男人，攀上这样一门亲事，已经非常不错了，但比起宾利先生和内瑟菲尔德来，可就黯然失色了。

第十九章

第二天，朗伯恩发生了一桩新鲜事。柯林斯先生正式提出求婚了。他的假期到星期六就要结束，再说当时他丝毫也不觉得有什么难为情的，因此决定不再耽搁时间，便有条不紊地开始行动了，只要他认为是常规惯例，他都一一照办。刚一吃过早饭，他见贝内特太太、伊丽莎白和一个小妹妹待在一起，便对做母亲的这样说：

"太太，今天早上我要请令爱伊丽莎白赏个脸，跟我单独谈一次话，您同意吗？"

伊丽莎白一听，惊讶得涨红了脸，但是没等她做出其他任何反应，贝内特太太连忙回答道：

"哦，天哪！——同意——当然同意。莉齐一定也很乐意——她肯定不会有意见。来，基蒂，跟我上楼去。"说罢收拾好活计，急匆匆地往外走，不想伊丽莎白大声叫起来了：

"好妈妈，别走。我求求你别走。柯林斯先生一定会原谅我的。他要跟我说的话，别人都可以听。我也要走了。"

"别，别，别胡说，莉齐。我要你乖乖地待在这里。"眼见伊丽莎白又恼又窘，好像真要走开，便又添了一句，"莉齐，我非要你待在这里听柯林斯先生说话不可。"

伊丽莎白不便违抗母命。她考虑了一下，觉得能尽快悄悄把事情了结了也好，于是便重新坐下来，试图借助不停地做针线，来掩饰她那啼笑皆非的心情。贝内特太太和基蒂走开了，等她们一出门，柯林斯先生便开言了。

"请相信我，亲爱的伊丽莎白小姐，你害羞怕臊，非但对你没有丝毫损害，反而使你更加尽善尽美。假如你不稍许推却一下，我反倒不会觉得你这么可爱了。不过，请允许我告诉你一声，我这次找你谈话，是得到令堂大人许可的。尽管你天性羞怯，假痴假呆，你一定会明白我说话的意图。我的百般殷勤表现得够明显的了，你不会看不出来。我差不多一来到府上，就选中了你做我的终身伴侣。不过说起这个问题，也许我最好趁现在还控制得住感情的时候，先讲讲我为什么要结婚——以及为什么要来赫特福德选择配偶，因为我确实是这么做的。"

柯林斯先生这么一本正经、安然若素的样子，居然还会控制不住感情，真叫伊丽莎白忍俊不禁，因此，对方虽然顿了顿，她却没能去阻止他，于是他又接着说道：

"我之所以要结婚，有这样几条理由：第一，我认为每个生活宽裕的牧师（像我本人），理当给教区在婚姻方面树立一个榜样；第二，我相信结婚会大大增进我的幸福；第三——这一点或许应该早一点提出来，我有幸奉为恩主的那位贵妇人特别劝嘱我要结婚。承蒙她老人家开恩，先后两次向我提出这方面的意见（而且还不是我请教她的！）。就在我离开亨斯福德的前一个星期六晚上，趁着玩四十张的间隙，詹金斯太太正在为德布尔小姐安放脚凳，她老人家对我说：'柯林斯先生，你应该结婚了，像你这样的牧师应该结婚。好好选个对象。为了我，选个有身份的女人；为了你自己，选个能干管用的人，不求出身高贵，但是要会细水长流过日子。这就是我的意见。赶快找个这样的女人，把她带到亨斯福德，让我见见她。'亲爱的表妹，让我顺便说一声，凯瑟琳·德布尔夫人的关怀体贴，应该说是我的一大优越条件吧。你会发现她为人和蔼至极，真让我无法形容。我想，你的聪明活泼一定会讨她喜欢的，不过你在那种身份高贵的人面前，势必还会变得文静恭敬一些，这样她会越发喜欢你。以上就是我要结婚的主要意图。现在还要说明我为什么瞄准了朗伯恩，而没有看中自己家乡那一带，尽管我家乡那里有的是年轻可爱的姑娘。事情是这样的：令尊大人过世以后（不过他还能活许多年），他的财产将由我来继承，我心里实在过意不去，觉得只有娶他的一个女儿做妻室，等将来那不幸的事情发生的时候，你们的损失可以减少到最低限度。当然，我刚才已经说过，这不幸也许要许多年以后才会发生。亲爱的表妹，这就是我的动机，我看你总不至于因此而瞧不起我吧。现在我没有其他话要说了，只想用最激动的语言，向你倾诉一下我最炽烈的感情。说到财产问题，我完全无所谓，不会向令尊提出这方面的要求，因为我很清楚，提了他也满足不了。你名下应得的财产，只不过是一笔年息四厘的一千镑存款，还得等令堂去世以后才能归你所有。因此，在这个问题上，我将绝口不提。而且请你放心，我们结婚以后，我绝不会小里小气地发一句怨言。"

现在非得打断他不可了。

"你太性急了吧，先生。"伊丽莎白叫了起来，"你忘了我根本没回答你呢。别再浪费时间啦，让我这就回答你。谢谢你对我的恭维。你的求婚使我感到荣幸，可惜我除了拒绝之外，别无办法。"

"我早就知道，"柯林斯先生刻板地挥挥手，回答道，"年轻小姐遇到人家第一次求婚，即使心里想答应，嘴上总是要拒绝，有时候还要拒绝两次，甚至三次。因此，你刚才说的话绝不会叫我灰心，我希望不久就能把你领到教堂举行婚礼。"

"说实在话，先生，"伊丽莎白嚷道，"我已经表了态，你还抱着希望，真是太奇怪了。老实跟你说，如果天下真有些年轻小姐那么胆大，居然拿着自己的幸福去冒险，等着人家提出第二次请求，那我也不是这种人。我是郑重其事地拒绝你。你不可能使我幸福，而且我相信，我也绝对不可能使你幸福。再说，假使你的朋友凯瑟琳夫人认识我的话，我相信她会发觉，我无论哪方面都不配做你太太。"

"即便凯瑟琳夫人真会这么想，"柯林斯先生一本正经地说，"我想她老人家也绝不会看不中你。你尽管放心，我下次有幸见到她的时候，一定要好好夸赞一下你的贤淑、节俭以及其他种种可爱的优点。"

"说真的，柯林斯先生，对我的任何夸赞都是没有必要的。你应该允许我自己来判断，并且赏个脸，相信我说的话。我希望你生活美满，财运亨通，我拒绝你的求婚，就是竭力成全你。而你呢，既然向我提出了求婚，对我家里也就不用感到过意不去了，将来朗伯恩庄园一旦落到你手里，你也就可以受之无愧了。因此，这件事就算彻底了结了。"她一面说，一面立起身来，若不是柯林斯先生向她说出下面的话，她早就走出屋了。

"等我下次有幸跟你再谈起这个问题时，希望你给我的回答能比这次的令人满意些。我这次并不责怪你冷酷无情，因为我知道，你们女人照惯例总是拒绝男人的第一次求婚，你刚才说的话也很符合女性的微妙性格，足以鼓励我继续追求下去。"

"你听着，柯林斯先生，"伊丽莎白有些气恼，便大声叫道，"你太让我莫名其妙了。我把话说到这个地步，你还觉得是在鼓励你，那我真不知道怎么拒绝你，才能让你死了这条心。"

"亲爱的表妹，请允许我说句自信的话：你拒绝我的求婚，不过照例说说罢了。我之所以会这样想，主要有这样几条理由：我觉得，我的求婚总不至于不值得你接受。我的家产总不至于让你无动于衷。我的社会地位，我与德布尔府上的关系，以及与贵府的关系，都是我极为优越的条件。你还得进一步考虑一下：尽管你有许多吸引人的地方，不见得会有人再向你求婚。你不幸财产太少，这就很可能把你活泼可爱的地方全抵消掉。因此，我不得不断定：你并不是真心拒绝我，我看你是在仿效优雅女性的惯技，欲擒故纵，想要更加博得我的喜爱。"

"我向你保证，先生，我绝没有假充优雅，故意作弄一位堂堂的绅士。我倒希望你给我点面子，相信我说的是真心话。蒙你不弃，向我求婚，真叫我感激不尽，但是要我接受，那是绝对办不到的。我感情上绝对不许可。难道我说得还不明白吗？请你别把我当作一个优雅的女性，存心想要作弄你，而把我看作一个明白事理的人，说的全是真心话。"

"你始终都那么可爱！"柯林斯先生带着尴尬讨好的神气叫道，"我相信，只要令尊、令堂做主应承了我，我的求婚就绝不会遭到拒绝。"

柯林斯死皮赖脸地硬要自欺欺人，伊丽莎白也就懒得再去理他，赶忙悄悄走开了。她打定了主意：假若他定要把她的一再拒绝视为讨好与鼓励，那她就只得去求助于父亲，让父亲回绝他，父亲一定会说得斩钉截铁；至少，由父亲出面，总不至于被当作优雅女性的装腔作势和卖弄风情吧。

第二十章

柯林斯先生独自一人默默憧憬着那美满的姻缘，可是并没憧憬多久。原来，贝内特太太一直待在门厅里荡来荡去，就等着听他们俩商谈的结果，后来一见伊丽莎白打开门，急匆匆地朝楼梯口走去，便马上走进早餐厅，热烈祝贺柯林斯先生，也祝贺她自己，恭喜他们就要亲上加亲了。柯林斯先生同样快活地接受了她的祝贺，同时也祝贺了她一番，接着便详细地介绍了他和伊丽莎白的交谈，说他有充分理由相信，谈话结果非常令人满意，因为表妹虽然一再拒绝，但那只是她害臊怕羞和性情娇柔的自然流露。

这消息让贝内特太太吓了一跳。假如女儿果真是嘴上拒绝他的求婚，心里却在鼓励他，那她倒会同样感到高兴，但她不敢这么想，而且不得不照直说了出来。

"柯林斯先生，你放心好啦，"她接着说道，"莉齐会醒悟的。我要马上亲自跟她谈谈。她是个非常任性的傻姑娘，不懂得好歹，不过我会教她懂得的。"

"请原谅我插一句嘴，太太。"柯林斯先生嚷道，"如果她真是又任性又傻，那我就不知道她是否会成为我称心如意的妻子了，因为像我这种地位的人，结婚自然是为了寻求幸福。如果她当真拒绝我的求婚，也许还是不勉强她为好，否则，她有这样的性情缺点，也不会给我带来什么幸福。"

"先生，你完全误会了我的意思。"贝内特太太惊恐地说道，"莉齐只是在这类事情上任性一些。在别的方面，她的性子可再好不过了。我这就去找贝内特先生，我们很快就会跟她谈妥这桩事，肯定没问题。"

她不等对方回答，便急匆匆地跑去找丈夫，一冲进书房，便大叫起来：

"哦！贝内特先生，你快出来一下，我们家里都闹翻天啦。你得来逼着莉齐嫁给柯林斯先生，因为她发誓决不嫁给他，你要是不抓紧，柯林斯先生就要改变主意，反过来不要莉齐了。"

贝内特先生见太太走进来，便从书本上抬起眼睛，沉静而漠然地盯着她的面孔，听她那话，丝毫不动声色。

"很抱歉，我没听懂你的意思，"太太说完之后，他便说道，"你说什么来着？"

"有关柯林斯先生和莉齐的事。莉齐扬言决不嫁给柯林斯先生，柯林斯先生也开始说不要莉齐了。"

"这种事我有什么办法？这事看来是没有指望啦。"

"你得亲自跟莉齐谈谈。告诉她，你非要让她嫁给他不可。"

"那就把她叫来。我要让她听听我的意见。"

贝内特太太摇了摇铃，伊丽莎白小姐给叫到书房里来了。

"过来，孩子，"做父亲的一见到她，便大声说道，"我叫你来谈一件要紧的事。听说柯林斯先生向你求婚了。真有这回事吗?"伊丽莎白回答说,真有这事。"很好——这门亲事让你给回绝了?"

"我是回绝了,爸爸。"

"很好,我们这就谈到实质问题。你妈妈非要让你答应不可。是吧,贝内特太太?"

"是的,否则我永远也不要再见她了。"

"伊丽莎白,你面临着一个不幸的抉择。从今天起,你要和你父母中的一个成为陌路人。你要是不嫁给柯林斯先生,你母亲就永远不再见你了;你若是嫁给柯林斯先生,我就永远不再见你了。"

事情如此开场,又出现了这么个结局,伊丽莎白情不自禁地笑了。不过,贝内特太太原以为丈夫会照她的意愿来对待这件事,现在却大失所望。

"你这样说话是什么意思,贝内特先生?你事先答应过我,非叫莉齐嫁给他不可。"

"亲爱的,"丈夫回答道,"我有两个小小的要求。第一,请你允许我独立自主地判断这件事;第二,请你允许我自由自在地待在书房里。我希望你能尽快离开书房。"

贝内特太太尽管在丈夫那里碰了壁,但是并没善罢甘休。她一次又一次地跟伊丽莎白唠叨,忽而哄骗,忽而威胁。她想尽办法拉着简帮腔,可惜简不想多嘴,极其委婉地推辞了。面对母亲的胡搅蛮缠,伊丽莎白应答自如,时而情恳意切,时而嬉皮笑脸。虽然方法变来换去,决心却始终如一。

这当口,柯林斯先生把刚才的情景沉思默想了一番。他把自己看得太高了,实在弄不明白表妹为什么要拒绝他。他虽说自尊心受到了伤害，但是除此之外并不感到难过。他对伊丽莎白的喜爱完全是凭空想象，她可能真像她母亲说的那样又任性又傻，因此他丝毫也不感到遗憾了。

正当这家子闹得乱哄哄的时候，夏洛特·卢卡斯又跑来串门。莉迪亚在门口遇见了她，立刻奔上前去，压低嗓门冲她嚷道："你来了太好啦，这里闹得正有趣呢！你知道今天上午出了什么事吗？柯林斯先生向莉齐求婚，莉齐不干。"

夏洛特还没来得及回答，基蒂也赶来了，报告了同一消息。几个人一起走进早餐厅，只见贝内特太太独自待在那里，她又马上扯起了这个话题，要求卢卡斯小姐可怜可怜她，劝劝她的朋友莉齐顺从全家人的意愿。"求求你啦，亲爱的卢卡斯小姐，"她用忧戚的语调接着说道，"谁也不站在我这边，谁也不偏护我，一个个对我那么狠心，谁也不体谅我可怜的神经。"

恰在这时，简和伊丽莎白走进来了。夏洛特也就省得回答了。

"唉，她来啦，"贝内特太太继续说道，"瞧她那副满不在乎的样子，要是完全由着她，她会当作我们远在天边，可以任她独断独行——不过你听着，莉齐，你要是愣头愣脑地一碰到人家求婚就这么拒绝，那你一辈子也休想找到一个丈夫——等你爸爸去世以后，我真不知道有谁来养你，我可养活不了你——我要事先警告你一声。从今天起，我跟你一刀两断。你也知道，我在书房里跟你说过，我再也不搭理你了，你瞧我说到做到。我不愿意跟不孝顺的孩子说话。老实说，我跟谁都不大愿意说话，像我这种神经衰弱的人，就是不大爱说话。谁也不知道我有多么痛苦！不过，事情总是如此。你不诉诉苦，就没有人可怜你。"

几个女儿一声不响地听着她诉苦，她们都明白，若是你想跟她评评理，或是安慰安慰她，那只会给她火上加油。因此，她唠唠叨叨说个不停，哪个女儿也不去打断她。后来柯林斯先生进来了，神气显得比往常更加庄严，贝内特太太一看到他，便对女儿们说道：

"你们现在都给我住嘴，让我和柯林斯先生说几句话。"

伊丽莎白闷声不响地走出屋去，简和基蒂也跟着出去了，只有莉迪亚站着不动，定要听听他们说些什么。夏洛特也没走。她先是让柯林斯先生绊住了，他客气而仔细地问候了她和她全家人，后来她又有点好奇，便走到窗口，假装不在听。这时，贝内特太太扯起哀戚的嗓门，如此开始了这场计划中的谈话："哦！柯林斯先生！"

"亲爱的太太，"柯林斯先生回答道，"这件事我们永远别提了。我绝不会，"他立刻又接着说道，声调中流露出愤愤不满的意味，"怨恨令爱的这种行为。碰到无法幸免的坏事，我们大家都应该逆来顺受，像我这样红运高照的青年，年纪轻轻就得了个美差，也就特别应该如此。我相信我一切都听天由命。即使我那位漂亮的表妹赏脸接受我的求婚，我或许还要怀疑我是否一定会得到幸福，因为我时常发现，幸福一经拒绝，在我们眼里也就不再显得那么珍贵，这时，最好的办法便是听天由命。亲爱的太太，我没有敬请您老人家和贝内特先生出面代我调解一下，就收回了向令爱的求婚，希望你不要以为这是对贵府的不敬。我接受的不是你的拒绝，而是令爱的拒绝，这恐怕是有点不大好。不过，我们人人都难免会出差错。在这件事情中，我自始至终都是一片好心好意。我的目标就是找一个可爱的伴侣，同时适当照顾贵府的利益。假如我的行为应当受到什么责备的话，让我在此表示歉意。"

第二十一章

柯林斯先生求婚的事大家议论得差不多了，伊丽莎白只是感到一种委实难免的不自在，偶尔还要听母亲埋怨几句。说到那位先生本人，他可不显得尴尬或沮丧，也不设法回避伊丽莎白，只是老板着个脸，气鼓鼓地闷声不响。他简直不跟她说话，他先前自诩的百般殷勤，到后半天便转移到卢卡斯小姐身上了。卢卡斯小姐彬彬有礼地听他说话，这叫大家及时地松了口气，特别是让她的朋友大为欣慰。

第二天，贝内特太太心情仍然不见好转，神经痛也没减轻。柯林斯先生还是那副又气愤又高傲的样子。伊丽莎白原以为他心里一气，或许会缩短做客日期，谁想他的计划似乎丝毫没受影响，他原定星期六才走，现在仍想待到星期六。

吃过早饭，小姐们跑到梅里顿，打听一下威克姆先生回来了没有，同时对他未能参加内瑟菲尔德的舞会表示惋惜。她们一走到镇上，就遇见了威克姆先生，于是他陪着小姐们来到姨妈家里。他说起了自己的遗憾和烦恼，小姐们说起了各自对他的关切，大家谈得好不畅快。不过，他倒向伊丽莎白主动承认，他的确是有意没去参加那次舞会。

"当舞会临近的时候，"他说，"我发觉我还是不遇见达西先生为好。跟他在同一间屋子、同一个舞会上待上好几个钟头，那会叫我受不了，而且还可能吵闹起来，弄得大家都不开心。"

伊丽莎白非常赞许他的大度包容。后来，威克姆和另一位军官送她们回朗伯恩，一路上威克姆总是伴随着她，因此两人可以从从容容地谈论这个问题，而且还客客气气地彼此恭维了一番。威克姆送她们回家，倒有两个好处，一来让伊丽莎白觉得这是对她的恭维，二来他威克姆可以利用这个大好机会，去认识一下她的双亲。

刚回到家里，贝内特小姐就收到一封信，信是从内瑟菲尔德送来的，她立刻拆开了。信里装着一张精美的热压纸小信笺，字迹出自一位小姐娟秀流利的手笔。伊丽莎白看见姐姐读着读着脸色变了，还看见她仔细揣摩着某几段。不一会儿，简又镇静下来，把信放在一旁，像平常一样高高兴兴地跟着大伙一起聊天。不过伊丽莎白总为这件事担忧，因此对威克姆也分心了。威克姆和同伴一走，简便向伊丽莎白递了个眼色，叫她跟她上楼去。一回到自己的房里，简便掏出信来，说道：

"这是卡罗琳·宾利写来的，信上的话让我大吃一惊。她们全家现在已经离开内瑟菲尔德，奔城里去了，而且不打算再回来了。你听听她怎么说的吧。"

她随即念了第一句，这句话里说，她们刚刚打定主意，立刻

135

随她们兄弟上城里去，打算当天赶到格罗斯维诺街[1]吃饭，赫斯特先生就住在那条街上。接下去是这样写的："最亲爱的朋友，离开赫特福德郡，除了见不到你以外，我别无其他遗憾。不过，我们期望有朝一日还可以像过去那样愉快地交往，并且希望目前能经常通信，无话不说，以消离愁。不胜企盼。"伊丽莎白带着疑惑木讷的神情，听着这些浮华的辞藻。虽说她们的突然搬迁使她感到惊奇，但她并不觉得这有什么好惋惜的。那姐妹俩离开了内瑟菲尔德，未必会妨碍宾利先生继续住在那里。她相信，简只要能跟宾利先生经常见面，就是与他的姐妹中断了来往，她很快就会觉得无所谓的。

"真遗憾，"停了一会儿，伊丽莎白说道，"你的朋友们临走之前，你没能去看她们一次。不过。既然宾利小姐期待着有朝一日还有重聚的欢乐，难道我们不能期望这一天比她们意料中来得更早一些吗？将来做了姑嫂，岂不比今天做朋友来得更快乐吗？宾利先生是不会被她们久留在伦敦的。"

"卡罗琳说得很明确，今年冬天她们家谁也不会回到赫特福德郡。我念给你听听。

"'我哥哥昨天和我们告别的时候，还以为他这次去伦敦，有三四天便能把事情办妥。可我们认为这不可能，同时我们相信，查尔斯一进了城，绝不会急于离开，因此我们决定跟踪而去，免得他空闲时孤苦伶仃地在旅馆里受罪。我的许多朋友都上那里过冬去了。最亲爱的朋友，我真希望能听到你也打算进城去的消

---

1 伦敦街名，有名的住宅区，邻近海德公园。

息——不过，我对此已不抱指望。我真挚地希望你在赫特福德能享受到圣诞节惯有的种种快乐，希望你有许多男友，省得我们一走，你会因为失去三位朋友而感到失意。'"

"这说明，"简补充道，"宾利先生今年冬天不会回来啦。"

"这只说明宾利小姐不想让他回来。"

"你怎么这样想？这一定是他自己的意思。他可以自己做主。不过你还不了解全部底细呢。我想把那段特别让我伤心的话念给你听听。我对你完全不必隐瞒。

"'达西先生急着去看他妹妹。说实话，我们也同样殷切地希望与她重逢。我认为，就美貌、风雅和才艺而论，乔治亚娜·达西还真是无与伦比的。路易莎和我都很喜爱她，加之我俩大胆地希望她以后会做我们的嫂嫂和弟媳，这种喜爱就变得越发有趣了。我不知道以前有没有跟你说起过我在这件事情上的心迹，但我不想不披露一下就离开乡下，我相信你不会觉得这不合情理吧。我哥哥已经深深地爱上了达西小姐，他现在可以时常去看她，两人会越发亲密。双方的亲属都同样盼望这门亲事能够如愿。查尔斯这个人，如果我说他最能博得女人的欢心，我想这可不是做妹妹的因为偏心而瞎吹。既然所有这些情况都在促成这起姻缘，而且事情毫无阻碍，那么，最亲爱的简，我对这样一件皆大欢喜的事情满怀希望，难道有什么错吗？'"

"你觉得这句话怎么样，亲爱的莉齐？"简念完以后说，"说得还不够清楚吗？这不是明确表示卡罗琳既不期待也不愿意我做她嫂嫂吗？表示她完全相信她哥哥对我没有意思吗？她要是怀疑到我对她哥哥有情意，这岂不是有意（真是太好心啦！）劝我当心些吗？这些话还能有别的解释吗？"

"是的，可以有别的解释，因为我的解释就截然不同。你愿意听听吗？"

"非常愿意。"

"三言两语就能说明白。宾利小姐看出她哥哥爱上了你，却想让他娶达西小姐。她跟着他到城里去，就是想把他绊在那里，而且竭力想来说服你，让你相信她哥哥并不喜欢你。"

简摇摇头。

"说真的，简，你应该相信我。凡是看见过你们在一起的人，谁也不会怀疑他对你的钟情。宾利小姐当然也不会怀疑。她才没那么傻呢。假使她发现达西先生对她有这一半的钟情，她早就定做结婚礼服了。问题是这样的：我们不够有钱，也不够有势，攀不上他们，所以她急着要把达西小姐配给她哥哥，心想两家联了一次姻之后，就比较容易联第二次姻。这件事还真有点独出心裁，要不是德布尔小姐碍着事，说不定还真会得逞呢。不过，我最亲爱的，简，你可千万别因为宾利小姐告诉你她哥哥倾慕达西小姐，就当真以为宾利先生自从星期二和你分别以来，对你的倾心会有一丝一毫的淡薄，也别以为她有本领说服她哥哥，让他相信他并不爱你，而爱她那位朋友。"

"假如我俩对宾利小姐的看法是一致的，"简回答道，"你这些说法倒会让我大为放心了。但是我知道，你的根据是不公正的。卡罗琳不会存心欺骗任何人，我对这桩事只能抱一线希望，那就是说，她自己弄错了。"

"你说得对。既然我的话不能给你带来安慰，你能冒出这个念头是再妙不过了。那你就相信是她闹错了吧。现在你算是对她尽到了责任，不必再烦恼了。”

“不过，亲爱的妹妹，即使往好里想，要是他的姐妹朋友都希望他娶别人，我嫁给他会幸福吗？”

“那得取决于你自己啦，”伊丽莎白说，“如果你经过深思熟虑，觉得得罪了他姐妹所招来的痛苦，比做他的太太所得到的幸福还要大，那我就奉劝你干脆拒绝他。”

“你怎么能这么说话？”简淡然一笑说，“你要知道，尽管她们的反对会使我万分伤心，但我还是不会犹豫的。”

“我想你也不会犹豫。既然如此，我也就不用为你的处境担心了。”

“不过，要是他今年冬天不回来，我也就用不着抉择了。六个月里会出现千变万化！”

说她哥哥不会回来，伊丽莎白只能嗤之以鼻。她觉得那不过是卡罗琳的自私愿望。这种愿望无论说得多么露骨，或是多么委婉，对于一个完全不受他人左右的青年来说，她认为绝不会产生丝毫影响。

她向姐姐陈述了自己对这个问题的看法，而且说得头头是道，立即收到了良好的效果，为此她感到非常高兴。简生性不大会灰心丧气，经妹妹这么一开导，便也渐渐萌发了希望，尽管有时还是疑虑多于希望，但总认为宾利先生还会回到内瑟菲尔德，了却她的心愿。

姐妹俩商定，对母亲只说宾利家已经离开乡下，不要提起宾利先生的举动，省得让她惊慌失措。但是，贝内特太太光听到这点消息就够惶恐不安了，伤心地抱怨说自己运气太坏，两位女士刚跟她们处熟就走了。不过伤心了一阵之后，她又欣慰地想到，宾利先生不久就会回来，到朗伯恩来吃饭。最后她心安理得地说，虽然只请他来吃顿便饭，她要费心准备两道全菜[1]。

<hr />

1 英国主餐中"两道全菜"，系指两道齐全的套菜。通常，一道全菜有一盘主菜，一到两盘副菜，再加上若干甚至众多配菜。因此"两道全菜"应是非常丰盛的晚餐。

第二十二章

这一天，贝内特一家被请到卢卡斯府上吃饭，又多亏卢卡斯小姐一片好意，整天陪着柯林斯先生谈话。伊丽莎白找了个机会向她道谢。"你这样做使他很高兴，"她说，"我真说不出对你有多感激。"夏洛特对朋友说，她很乐意效劳，虽然花了点时间，却感到非常快慰。夏洛特还真够友好的，不过她的好意已经超出了伊丽莎白的意料：她有意逗引柯林斯先生跟自己谈话，免得他再去向伊丽莎白献殷勤。这是卢卡斯小姐的计谋，看来玩弄得非常顺当。晚上分手的时候，卢卡斯小姐觉得，若不是因为柯林斯先生马上就要离开赫特福德郡，她简直要稳操胜券了。但她这样想，未免低估了对方那炽烈而放荡的性格。就在第二天早晨，柯林斯采取十分狡猾的办法，溜出了朗伯恩，窜到卢卡斯府上，去向卢卡斯小姐屈身求爱。他提心吊胆地就怕让表妹们看见，心想她们若是发现他的行踪，就准会猜中他的意图，而这种事情不等到有了成功的把握，他是不愿意让人知道的。虽说夏洛特对他挺有情意，他觉得事情已经十拿九稳，但是自从星期三那次碰壁以来，

141

心里还是有些胆怯。不过，他还是受到极其热情的接待。卢卡斯小姐从楼上窗口望见他朝她家里走来，便连忙跑到那条小路上去接他，装出偶然相逢的样子。她万万没有想到，柯林斯先生在这里滔滔不绝地向她求起爱来。

柯林斯先生发表完他的长篇大论之后，两人立即把一切都谈妥了，而且双方都很称心如意。一走进屋，柯林斯先生便恳求小姐择定吉日，好使他成为世界上最幸福的人。虽说这种请求应该暂缓考虑，但小姐又不忍心拿他的幸福当儿戏。柯林斯天生一副蠢相，求起爱来显不出丝毫魅力，女人总要叫他碰壁。卢卡斯小姐之所以答应他，只是纯粹为了能有个归宿，因而并不在乎是否来得太快了。

两人迅即去找威廉爵士夫妇，请求他们应允。老两口乐滋滋地爽然答应了。他们这个女儿本来就没有什么财产，从柯林斯先生目前的境况来看，这门亲事对她真是再合适不过了。何况这位先生将来还要发一笔财。卢卡斯太太立即带着前所未有的兴致，盘算起贝内特先生还能活上多少年。威廉爵士断然说道，柯林斯先生一旦得到朗伯恩的财产，这夫妇俩就大有希望觐见国王了。总而言之，他们全家人都为这件事感到欣喜若狂。几个小女儿心里来了希望，觉得可以早一两年进入社交界了[1]，男孩子们再也不担心夏洛特会当一辈子老姑娘了。夏洛特本人倒还相当镇定。她已经达到了目的，还有时间考虑一番。想来想去，大致还比较满意。诚然，柯林斯先生既不通情达理，又不讨人喜爱，同他相处

---

[1] 女孩进入社交界，也就到了可以结婚的年龄。

实在令人厌烦，他对她的爱也一定是镜花水月。不过，她还是要他做丈夫。她并不大看重男人和婚姻生活，但是嫁人却是她的一贯目标：对于受过良好教育却没有多少财产的青年女子来说，嫁人是唯一的一条体面出路；尽管出嫁不一定会叫人幸福，但总归是女人最适意的保险箱，能确保她们不致挨冻受饥。她如今已经获得了这样一个保险箱。她长到二十七岁，从来不曾好看过，有了这个保险箱当然使她觉得无比幸运。这件事最不快意的地方，就是伊丽莎白·贝内特一定会大吃一惊，而她一向又最珍惜她与伊丽莎白的友情。伊丽莎白会感到诧异，说不定还要责难她。虽说这样的责难不至于动摇她的决心，却定会使她心里觉着难受。她决定亲自把这件事告诉伊丽莎白，因此嘱咐柯林斯先生回朗伯恩吃饭的时候，别在贝内特家任何人面前透露一点风声。对方当然唯命是从，答应保守秘密，不过事情做起来却并不容易。他出去得太久了，自然引起了众人的好奇，因此他一回去，大伙便一拥而上，直言脆语地问这问那，他还得要点巧舌，才能掩饰过去，再说他当时也是拼命克制，因为他真想把他情场得意的消息赶快宣扬出去。

柯林斯先生明天一大早就要启程，来不及向大家辞行，所以当晚太太小姐们就寝的时候，他便与众人话别。贝内特太太非常客气、非常诚恳地说，以后他要是得便，她们将不胜荣幸地欢迎他再来朗伯恩做客。

"亲爱的太太，"柯林斯先生回答道，"承蒙邀请，我感到格外荣幸，因为这正是我所希望领受的盛意。你尽管放心，我将会尽快再来拜望。"

众人都大吃一惊。贝内特先生绝不希望他这么快就回来，便连忙说道：

"贤侄，你不怕凯瑟琳夫人不答应你来吗？你不如对亲戚疏远一些，可别冒险得罪了你的恩人。"

"亲爱的先生，"柯林斯先生回答道，"非常感谢你这样好心提醒我。你尽管放心，这么重大的事情，不得到她老人家的容许，我是不会贸然盲动的。"

"还是多小心点为好。冒什么险都可以，就是千万别让她老人家不高兴。要是你觉得再来我们这里会惹她老人家不快（我认为这极有可能），那你就老老实实地待在家里，你放心好啦，我们是绝不会见怪的。"

"请相信我，亲爱的先生，蒙你亲切关注，真叫我感激不尽。请你放心，你很快就会收到我的一封谢函，既感谢你这一点，也感谢我在赫特福德郡受到的多方关照。至于诸位贤表妹，虽然我去不了多久，没有必要多礼，但还是恕我冒昧，趁此机会祝她们健康幸福，连伊丽莎白表妹也不例外。"

太太小姐们礼貌周到地客套了一番之后，便辞别回房了。大家得知他打算很快就回来，都感到十分惊讶。贝内特太太一厢情愿，以为他想向她哪个小女儿求婚，兴许可以劝说玛丽答应他。玛丽比哪个姐妹都看重他的才能。她常常发觉，他思想比较稳重，虽说比不上她自己那样聪明，但是只要有她这样一个人做榜样，鼓励他读书上进，那他也会成为一个称心如意的伴侣。只可惜到了第二天早晨，诸如此类的希望全都化为泡影。刚一吃过早饭，卢卡斯小姐就来串门，私下向伊丽莎白叙说了头天的事情。

早在前一两天，伊丽莎白一度想过，柯林斯先生可能异想天开地以为自己爱上了她的这位朋友，但是，要说夏洛特会怂恿他，那似乎是太不可能了，正如她自己不可能怂恿他一样。因此，现在一听到这消息，她不禁大为惊讶，也顾不得什么礼貌，竟然大声叫了起来：

"跟柯林斯先生订婚了！亲爱的夏洛特，这不可能！"

卢卡斯小姐刚才介绍情况时，神色一直很镇定，现在乍听得这一声心直口快的责备，霎时间变得慌张起来。不过，这也是她意料中的事情，因此又立刻恢复了镇静，从容不迫地回答道：

"你为什么感到惊奇，亲爱的伊莱扎？柯林斯先生不幸没有博得你的欢心，难道你觉得他就不可能被别的女人看上眼？"

伊丽莎白幸好这时候已经镇定下来，便竭力克制着自己，用相当肯定的语气对朋友说道，她觉得这是一桩美满的姻缘，祝愿她无比幸福。

"我明白你的心思，"夏洛特回答道，"你一定感到奇怪，而且感到非常奇怪——因为柯林斯先生不久前还想跟你结婚。不过，你只要有工夫把事情仔细想一想，我想你就会赞成我的做法。你知道，我不是个浪漫主义者，从来不是那种人。我只要求能有一个舒适的家。就柯林斯先生的性格、亲属关系和社会地位来看，我相信嫁给他是能够获得幸福的，可能性之大，不会亚于大多数人结婚时夸耀的那样。"

伊丽莎白平静地回答了一声："那当然。"两人尴尬地沉默了一会儿，随即便回到家人中间。夏洛特没过多久就走了，伊丽莎白得便把刚才听到的话仔细想了想。这么不般配的一门亲事，使她心里久久没法想通。柯林斯先生在三天之内求了两次婚，本来就够稀奇的了，如今竟会有人答应他，这就更稀奇了。她一向觉得，夏洛特的婚姻观与她的不尽一致，却不曾料到，一旦事到临头，她居然会摒弃美好的情感，而去追求世俗的利益。夏洛特当上柯林斯先生的妻子，这岂不是天下的奇耻大辱！她不仅为朋友的自取其辱、自贬身价而感到沉痛，而且还忧伤地断定，她的朋友做出的这个抉择，绝不会给她带来多大幸福。

第二十三章

　　伊丽莎白正跟母亲和姐妹们坐在一起，寻思着刚才听到的那件事，拿不定是否可以告诉大家。恰在这时，威廉·卢卡斯爵士来了。他是受女儿的委托，前来贝内特府上宣布她订婚的消息。他一面公布这件事，一面又再三恭维太太小姐们，说是他们两家能结上亲，他真感到荣幸。太太小姐们听了，不仅大惑不解，而且满腹狐疑。贝内特太太再也顾不上什么礼貌，竟一口咬定他弄错了。莉迪亚一向大大咧咧，又常常没大没小，不由得大声嚷道：

　　"天哪！威廉爵士，你怎么能说出这种话来？难道你不知道柯林斯先生想娶莉齐吗？"

　　遇到这种情形，只有像宫廷弄臣那样善于逢迎的人，才不会生气。好在威廉爵士颇有素养，竟然忍耐住了。他虽然要求她们相信他说的全是实话，却采取极大的克制态度，颇有礼貌地听着她们无理取闹。

　　伊丽莎白觉得自己有责任来替威廉爵士解围，便挺身而出，证明他说的是实话，说她刚从夏洛特那里听到了消息。为了使母

贝内特太太一口咬定他弄错了

亲和妹妹们不再大惊小怪，她又诚挚地向威廉爵士道喜（简也连忙跟着帮腔），连连称赞这门婚事多么幸福，柯林斯先生人品出众，亨斯福德与伦敦相隔不远，来往方便。

贝内特太太实在给气坏了，当着威廉爵士的面没说多少话。但是等他一走，她的满腹怨愤顿时发泄出来了。第一，她绝不相信这件事；第二，她断定柯林斯先生上了当；第三，她相信他们在一起绝不会幸福；第四，这门亲事可能要吹。不过，她还从整件事中推断出两个明显的结论：其一，伊丽莎白是这场恶作剧的真正祸根；其二，她自己受尽了众人的残暴虐待。这一整天，她主要就是抱怨这两点。她无论如何也得不到安慰，无论如何也咽不下这口气。满腔的怨愤一整天都没消下去。她见到伊丽莎白就骂，一直骂了她一个星期；跟威廉爵士夫妇一讲话就粗声粗气，直到一个月之后才好起来；而对他们的女儿，竟然过了好几个月才宽恕了她。

这期间，贝内特先生心里显得平静多了，据他自己声称，这次经历使他感到快慰至极。他说，他一向认为夏洛特·卢卡斯还比较理智，哪知道她居然像他太太一样蠢，比他女儿还要傻，实在觉得庆幸！

简也承认这门亲事有些奇怪，但她没怎么表述自己的惊讶，只是诚恳地祝愿他们两人幸福。虽说伊丽莎白一再分辩，她始终认为这门婚事未必一定不会幸福。基蒂和莉迪亚压根儿不羡慕卢卡斯小姐，因为柯林斯先生不过是个牧师而已，这件事除了可以当作新闻在梅里顿传播传播之外，与她们毫不相干。

卢卡斯太太有一个女儿获得了美满姻缘，心里不禁十分得意，觉得可以趁机痛快地刺一刺贝内特太太了。于是，她朝朗伯恩跑得更勤了，表达自己如何高兴，尽管贝内特太太满脸怒气，出言尖刻，要是换了别人，还真会感到扫兴呢。

伊丽莎白与夏洛特之间从此产生了隔膜，彼此对这桩事总是缄默不语。伊丽莎白断定，她们俩再也不会推心置腹了。因为对夏洛特大失所望，她便转而越发关心自己的姐姐了。姐姐为人正直，性情温柔，她相信她对姐姐的这种看法绝不会动摇。她一天天越来越为姐姐的幸福担忧，因为宾利先生已经走了一个星期，却没有听到一点他要回来的消息。

简很早就给卡罗琳写了回信，现在正数着日子，看看还得多少天才能再接到她的信。柯林斯先生许诺要写的谢函星期二就收到了，信是写给她们父亲的，信里充溢着一种铭感五内的语气，仿佛他在他们府上叨扰了一年似的。他在这方面表达了歉意之后，便使用了不少欢天喜地的字眼，告诉他们说，他已经有幸赢得了他们的芳邻卢卡斯小姐的芳心。接着他又解释说，他们亲切地希望能在朗伯恩再见到他，当时他纯粹是为了想来看看他的心上人，所以才欣然接受了他们的一片盛情，他希望能在两周后的星期一到达朗伯恩。他还说，凯瑟琳夫人打心眼里赞成他的婚事，并且希望他尽快操办。他相信，就凭这一点，亲爱的夏洛特也会尽早择定佳期，使他成为天下最幸福的人。

柯林斯先生要重返赫特福德郡，这对贝内特太太来说，已不再是什么快事了。她倒像丈夫一样大发牢骚。真是奇怪，柯林斯先生不去卢卡斯家，却偏偏要来到朗伯恩。事情既不方便，还麻烦透顶。她眼下身体不好，讨厌家里来客人，而且最讨厌那些痴情种子。贝内特太太成天这样嘀咕来嘀咕去，只有想到宾利先生至今不归，因此勾起她更大的痛苦时，她才闭口不语。

简和伊丽莎白都为这件事感到不安。一天天过去了，就是得不到宾利的消息，只听得梅里顿议论纷纷，说他今冬不会再来内瑟菲尔德了，贝内特太太听了大为愤慨，总说这是恶意诽谤，纯属造谣。

连伊丽莎白也开始担忧了，她并不担心宾利对姐姐薄情，而担心他姐妹真把他绊住了。她本不愿意生出这种念头，觉得这既有损简的幸福，又有辱她的心上人的忠贞，但是却又情不自禁地常往这上头想。宾利先生有两个无情无义的姐妹，还有一个足以左右他的朋友，这几个人同心协力，再加上达西小姐那么迷人，伦敦又那么好玩，纵使他对简情意再深，恐怕也难免不变心。

至于简，在这忧虑不安的情况下，她自然要比伊丽莎白更加感到焦心，不过她总想把心事掩藏起来，因此她和伊丽莎白从不提及这件事。但是，母亲却不会这么体贴她，过了一个钟头就要讲起宾利，说她等他回来都等得不耐烦了，甚至要求简承认：如果宾利当真回不来，她会觉得自己受到了凌虐。幸亏简性情温柔，遇事镇定，才心平气和地顶住了这些折磨。

柯林斯先生于两周后的星期一准时到达了，但他在朗伯恩受到的接待，却不像初次结识时那么礼貌周到。不过，他实在太高兴了，也用不着别人多礼。也算主人家走运，他因为忙着谈情说爱，也就省了大家很多麻烦，不必再去应酬他。他每天都把大部分时间消磨在卢卡斯家，有时候要挨到贝内特家就寝前才赶回朗伯恩，只来得及为他的终日未归道个歉。

贝内特太太着实可怜。谁一提到那门亲事，她就会大动肝火，而且无论走到哪里，总会听到人们谈起这件事。她一见到卢卡斯小姐，就觉得讨厌。一想到她要接替自己做这房子的主妇，她就越发嫉妒和厌恶她。每逢夏洛特来看望她们，她总以为人家是来探视什么时候可以搬进来；每逢夏洛特跟柯林斯先生低声说话，她就断定他们是在谈论朗伯恩的家产，决计一俟贝内特先生去世，便把她们母女撵出去。她心酸地把这些苦衷说给丈夫听。

　　"说真的，贝内特先生，"她说，"夏洛特·卢卡斯迟早要做这幢房子的主妇，我还非得给她让位，眼睁睁地看着她来接替我的位置，真叫我受不了！"

　　"亲爱的，别去想这种伤心事。我们还是往好里想。我们不妨这样安慰自己：说不定我比你活得还长呢。"

　　可这话安慰不了贝内特太太，因此她非但没有回答，反而像刚才那样抱怨下去。

　　"我一想到这宗家产要全落到他们手里，心里就忍受不了。要不是为了限定继承权，我才不在乎呢。"

　　"你不在乎什么？"

　　"什么都不在乎。"

　　"让我们谢天谢地，你的头脑还没有麻木到这种地步。"

　　"贝内特先生，对于限定继承权问题，我绝不会谢天谢地。我真不明白，有谁会这么狠心，不把财产传给自己的女儿，却要送给别人，而且这一切都是为了柯林斯先生！为什么偏偏要给他呢？"

　　"我让你自己去断定吧。"贝内特先生说。

第 二 卷

第 一 章

　　宾利小姐来信了，疑问打消了。信中头一句便说，他们已决定在伦敦过冬，结尾是替哥哥表示歉意，说他临走前没来得及向赫特福德的朋友们辞行，深感遗憾。

　　希望破灭了，彻底破灭了。简继续读信时，发觉除了写信人的假装多情之外，就找不到什么可以自慰的地方。满篇都是赞美达西小姐的话，又把她的千娇百媚细表了一番。卡罗琳欣喜地说，他们之间一天天越来越亲热，而且大胆地预言，她上封信里披露的心愿一定会实现。她还扬扬得意地说，她哥哥眼下住在达西先生家里，并且欢天喜地地提到达西先生打算添置新家具。

　　简立即把这些主要内容告诉伊丽莎白，伊丽莎白听了，气得一声不响。她一方面为姐姐担心，一方面又憎恨那帮人。卡罗琳说她哥哥喜欢达西小姐，她怎么也不相信。她还像以往一样，认为宾利先生真心喜爱简。尽管她一向很喜欢宾利先生，现在见他性情这么随顺，这么缺乏主见，居然一味屈从那些诡计多端的亲友，不惜牺牲自己的幸福，听凭他们任意摆布，一想到这些，她就不免有些气愤，甚至看不起他。如果牺牲的仅仅是他个人的幸福，那他当然可以爱怎么胡闹就怎么胡闹，但是这里面毕竟牵扯到她姐姐的幸福，这一点他想必自己也知道。总之，这个问题她尽可以考虑来考虑去，可就是无济于事。她想不到别的事情上，然而宾利先生究竟是真变了心，还是让亲友逼得无可奈何？他究竟是看出了简的一片真心，还是根本没有察觉？虽然这里面的是非曲直，关系到她对他的看法，但无论情况如何，姐姐的处境却是一个样，反正同样伤心。

过了一两天，简方才鼓起勇气，向伊丽莎白诉说了自己的心思。当时，贝内特太太又气鼓鼓地数落起了内瑟菲尔德和它的主人，而且数落的时间比以往都长，最后终于走开了，剩下了简和伊丽莎白姐妹俩，简这才禁不住说道：

"唉！但愿妈妈能克制一下。她不会知道，她这么不停地念叨他，给我带来了多少痛苦。不过我不怨天尤人。这种情况是不会长久的。我们会忘掉他的，一切都和以前一样。"

伊丽莎白带着怀疑而关切的神情望着姐姐，嘴里却一声不响。

"你不相信我的话，"简微微红着脸嚷道，"那你就真没有道理啦。他可以作为一个最可爱的朋友留在我的记忆里，但不过如此而已。我既没有什么可奢望的，也没有什么可忧虑的，更没有什么要责怪他的地方。感谢上帝！我可没有那种痛苦。因此，稍过一阵，我一定会好起来的。"

她随即又用更激昂的嗓门说道："我眼下可以聊以自慰的是，这只怪我不该想入非非，好在并没损害别人，只损害了我自己。"

"亲爱的简！"伊丽莎白大声嚷道，"你太善良了。你这么和蔼，这么无私，真像天使一般。我真不知道对你说什么好。我觉得，仿佛我以前对你看得不够高，爱得不够深。"

贝内特小姐竭力否认自己有什么非凡的地方，反倒称赞妹妹的深情厚意。

"得啦，"伊丽莎白说，"这样说是不公正的。你总以为天下个个都是好人，我只要说了谁的坏话，你就会觉得难受。我只想把你看作完美无瑕，而你却来反驳我。你别担心我会走极端，别担心我会侵犯你的权利，不让你把世人都看成好人。你用不着担心。至于我嘛，我真正喜爱的人没有几个，器重的人就更少了。我世面见得越多，就越对人世感觉不满。我一天比一天坚信，人性都是反复无常的，表面上的长处或见识是靠不住的。我最近碰到了两件事，有一件我不愿意说出来，另一件就是夏洛特的亲事，简直是莫名其妙！任你怎么看，都是莫名其妙！"

"亲爱的莉齐，你可不能抱有这种情绪。那会毁了你的幸福。你没有充分考虑到处境和性情的差别。你想想柯林斯先生的体面地位和夏洛特的谨慎稳重吧。你要记住，夏洛特家里人口多，就财产而言，这倒是一门挺合适的亲事。看在大家的分上，你就权当她对我们那位表兄确有几分敬爱和器重吧。"

"要是看在你的分上，我几乎什么事情都可以相信，但是这对别人却没有好处。假如让我相信夏洛特当真爱上了柯林斯，那我就觉得她不仅没有情感，而且还缺乏理智。亲爱的简，柯林斯先生是个自高自大、心胸狭窄的蠢汉，这一点你跟我一样清楚。你还会跟我一样感到，哪个女人肯嫁给他，一定是头脑糊涂。虽说这个女人就是夏洛特·卢卡斯，你也不要为她辩护。你不能为了某一个人而改变原则和准绳，也不要试图说服我或你自己，认为自私自利就是谨慎，胆大妄为就能确保幸福。"

"我认为你对这两个人的话说得太尖刻，"简回答道，"我想你以后看到他们俩幸福相处的时候，就会认识到这一点。这件事就说到这里吧。你还提到另一件事。你提到了两件事。我不会误解你，不过我恳求你，亲爱的莉齐，千万不要以为就怪那个人，说你瞧不起他，免得让我感到痛苦。我们不能随随便便认为人家存心伤害我们。我们不能指望一个生龙活虎的青年会始终谨言慎行。我们往往让虚荣心迷住了心窍。女人对爱情抱有不切实际的幻想。"

"而男人就存心逗引她们这么幻想。"

"如果真是存心逗引，那就是他们的不是了。不过，我看天下不会像有些人想象的那样，到处都是计谋。"

"我绝不是说宾利先生的行为是有计谋的，"伊丽莎白说，"但是，即使不是存心坑人，或者说，不是存心叫别人伤心，也仍然会做错事，会招致不幸。凡是粗心大意、无视别人的情意、优柔寡断，都会一样坏事。"

"你把这件事也归咎于这类原因吗？"

"是的，归咎于最后一种。不过，你要是让我讲下去，说出我对你所器重的那些人的看法，那也准会叫你不高兴的。你还是趁早别让我往下说吧。"

"这么说，你执意认为他的姐妹操纵了他啦？"

"是的，而且是跟他那位朋友合谋的。"

"我不相信。她们为什么要操纵他？她们只会希望他幸福。要是他喜爱我，别的女人也不可能给他带来幸福。"

"你头一个想法错了。她们除了希望他幸福之外，还有许多别的打算。她们会希望他更加有钱有势，希望他娶一个出身高贵、亲朋显赫的阔女人。"

"毫无疑问，她们希望他选择达西小姐。"简说，"不过，她们的用心可能比你想象的要好。她们认识达西小姐比认识我要早得多，难怪她们更喜欢她。但是，不管她们自己的愿望如何，她们总不至于违抗她们兄弟的意愿吧。除非事情太不对心思，否则哪个做姐妹的会贸然行事？她们要是认为她们的兄弟爱上了我，就不会想要拆散我们；要是她们的兄弟真心爱我，她们想拆也拆不散。你认为宾利先生对我有情意，这就使那帮人的行为显得既荒谬，又不道德，也使我感到万分伤心。不要用这种想法来折磨我啦。我不会因为误解了他而感到羞耻——即使感到羞耻也是微乎其微，相比之下，要是把他和他姐妹往坏里想，我不知道要难受多少倍。还是让我往好里想吧，从合乎情理的角度去想想。"

伊丽莎白无法反对这个愿望，从此以后，她们两人之间就不再提起宾利先生的名字了。

贝内特太太见宾利先生一去不回，仍然不停地纳闷，不停地抱怨，尽管伊丽莎白天天要给她明明白白地解释一番，却似乎很难让她减少些烦恼。女儿试图拿一些她自己也不相信的话来开导母亲，说什么宾利先生向简献殷勤，那只不过是人们常见的逢场作戏而已，一旦见不到面，也就情淡意消了。贝内特太太虽然当时也承认这话不假，但每天都要旧事重提。她最可聊以自慰的是，宾利先生想必来年夏天还会再来。

贝内特先生对这件事抱着截然不同的态度。"莉齐，"有一天他说，"我发觉你姐姐失恋了。我倒要祝贺她。姑娘除了结婚之外，总喜欢不时地尝一点失恋的滋味。这就可以有点东西琢磨琢磨，还可以在朋友面前炫耀一番。什么时候轮到你呀？你是不会甘愿长久落在简后面的。你的机会来啦。梅里顿的军官多的是，足以让这一带的年轻姑娘个个失意。让威克姆做你的意中人吧。他是个可爱的小伙子，可以体面地遗弃你。"

"谢谢你，爸爸，一个差一些的男人也能使我满意了。我们不能指望个个都交上简那样的好运。"

"不错，"贝内特先生说，"不过令人欣慰的是，不管你交上了什么运气，反正你有个亲爱的妈妈，总会尽量往好里想的。"

朗伯恩府上近来出了几桩不称心的事，害得好些人都愁眉不展，幸亏有威克姆先生常来常往，将这烦闷的气氛驱散了不少。她们常常看见他，而且如今他又增加了一条优点：对谁都很坦率。伊丽莎白早先听说的那些话，诸如达西先生亏待了他，叫他吃尽了苦头，现在统统得到了众人的公认，成为人们公开谈论的话题。大家想起来感到得意的是，她们早在没有听说这件事之前，就已经十分讨厌达西先生了。

只有贝内特小姐觉得，这件事可能有些情有可原的情况，还不曾为赫特福德的人们所知晓。简性情温柔、稳重而坦诚，总是恳求大家考虑问题要留有余地，极力主张事情可能给搞错——可惜别人还是指责达西先生是个最可恶的人。

第二章

一星期来，柯林斯先生一面谈情说爱，一面筹划喜事，不觉到了星期六，不得不和心爱的夏洛特分手。不过，他忙着准备迎娶新娘，因此也就减轻了别恨离愁。他有理由相信，他下次再来赫特福德，马上就能择定佳期，使自己成为天下最幸福的人。他像上次一样郑重其事地告别了朗伯恩的亲戚，祝贺漂亮的表妹们健康幸福，答应给她们的父亲再写一封谢函。

到了星期一，贝内特太太欣喜地迎来了弟弟和弟媳，他们是按照惯例，来朗伯恩过圣诞节的。加德纳先生是个知书达理、颇有绅士风度的人，无论在天性还是教养方面，都高出姐姐一大截。他靠做买卖营生，成天守着自己的货栈，居然会这么富有教养，这么和颜悦色，若叫内瑟菲尔德的女士们见了，实在难以置信。加德纳太太比贝内特太太和菲利普斯太太要小好几岁，是个和蔼、聪慧、文雅的女人，朗伯恩的外甥女们都很喜欢她，尤其是两个大外甥女，跟她特别亲近。她们常常进城去陪伴她。

加德纳太太刚来到，头一件事就是分发礼物，讲述最新的服装款式。这件事做完之后，她就不那么活跃了。现在轮到她洗耳恭听了。贝内特太太有许多苦衷要倾诉，有许多牢骚要发泄。自从弟媳上次走了之后，她一家人受尽了欺凌。两个女儿眼看着要出嫁了，到头来只落得一场空。

"我不责怪简，"她接着说道，"因为简要是办得到的话，早就嫁给宾利先生了。可是莉齐！哦，弟媳呀！想起来真气人，要不是她自己任性，她如今早当上柯林斯先生的夫人了。柯林斯先生就在这间屋子里向她求婚的，却让她给回绝了。结果倒好，卢卡斯太太要比我先嫁出一个女儿，朗伯恩的财产还得让人家来继承。卢卡斯一家人可真是些滑头呀，弟媳。他们一个个尽想捡便宜。我本不该这样说他们，不过事实就是这样。家里人不听话，邻居只顾自己不管别人，害得我神经坏了，身子也不好。你来得正是时候，给了我极大安慰，你讲的那些事，像长袖子[1]什么的，我真喜欢听。"

加德纳太太先前跟简和伊丽莎白通信的时候，就大体上得知了她们家里最近发生的这些事，因而稍微敷衍了贝内特太太几句，随后为了体贴外甥女，将话题岔开了。

后来，她和伊丽莎白单独在一起的时候，又谈起了这件事。"这对简倒像是一桩美满的亲事，"她说，"只可惜吹了。不过，这种事太常见了！像你说的宾利先生这种青年，往往不用几个星期就会轻易爱上一位漂亮的姑娘，等到有个偶然事件把他们分开，他就会轻易忘掉她，这种用情不专的事情屡见不鲜。"

1　长袖子，指当时的新式服装。

"你这话真是莫大的安慰,"伊丽莎白说,"可惜安慰不了我们。我们吃的不是偶然事件的亏。一个独立自主的青年,几天前还热烈地爱着一个姑娘,后来受到亲友的干涉,便把姑娘给甩了,这种事情倒不多见。"

"不过,'热烈地爱'这种字眼未免太陈腐,太含糊,太笼统了,我简直摸不着头脑。这种字眼既用来形容真正的热烈的爱,也常用来形容相识半个钟头产生的那种感情。请问,宾利先生究竟爱得怎样热烈呢?"

"我从没见过像他那样一往情深的。他压根儿不理会别人,一心只想着简。他们俩每见一次面,事情就越明朗,越露骨。他在他自己举办的舞会上,因为不请人家跳舞,得罪了两三位年轻小姐。我跟他说过两次话,他都没理我。还有比这更明显的征兆吗?为了一个人而怠慢大家,这难道不是爱情的真谛所在?"

"哦,不错!我料想他所感受的那种爱正是如此。可怜的简!我真替她难过,她有那样的性子,不会一下子忘掉这件事。事情不如落到你头上,莉齐,你会一笑置之,不久就淡忘了。不过,你看能不能动员简到我们那里去?换换环境也许会有好处——再说,离开家去散散心,也许比什么都好。"

伊丽莎白听到这个建议不禁大为高兴,心想姐姐一定会欣然接受。

"我希望,"加德纳太太又说,"简不要因为怕见到这位青年而犹豫不定。我们虽然和宾利先生同住在城里,但街区却大不相同,彼此的亲友也大不一样。再说,你也知道,我们很少外出。因此,他们俩不大可能相遇,除非宾利先生上门来看简。"

"那是绝对不可能的，因为他现在受到朋友的监视，达西先生不会容许他到伦敦这样一个地区去看简！亲爱的舅妈，你怎么想到这上面去了？达西先生也许听说过格雷斯丘奇街[1]，但是真要让他去一趟，他会觉得身上沾染的污垢一个月也洗不干净。你放心好啦，宾利先生是从不离开他单独行动的。"

"那就更好啦。我希望他们俩千万别见面。不过，简不是在跟他妹妹通信吗？宾利小姐可难免要来看望她。"

"她会彻底断绝来往的。"

伊丽莎白尽管假装对这一点深信不疑，并且对关系更大的另一点也深信不疑，认为宾利给人挟制住了，不让他与简相见，但是经过再三考虑，她又觉得事情未必完全无望。说不定宾利会旧情复燃，亲友们的人为影响敌不过简的百般魅力形成的天然影响，有时候她觉得这种可能性还很大。

贝内特小姐愉快地接受了舅妈的邀请。她当时心里并没怎么想到宾利一家人，只希望卡罗琳别和她哥哥住在同一幢房子里，那样她就可以偶尔跟她玩上一个上午，而不至于撞见她哥哥。

加德纳夫妇在朗伯恩逗留了一个星期，由于有菲利普斯家、卢卡斯家和军官们礼尚往来，天天都要宴饮一番。贝内特太太悉心款待弟弟和弟媳，以致这夫妇俩不曾吃过一顿便饭。凡是家里有宴会的时候，总有几位军官到席，而次次都少不了威克姆先生。每逢这种场合，伊丽莎白总要热烈称赞威克姆先生，加德纳太太心里有些犯疑，便密切留意起他们两人来。从她见到的情形来看，

1　伦敦的商业街，加德纳夫妇住在此地。

她并不认为他们俩在真心相爱，不过相互之间显然萌生了好感，这使她多少有点不安。她决定在离开赫特福德郡之前，要跟伊丽莎白谈谈这件事，向她说明，发展这样的关系未免有些轻率。

威克姆对加德纳太太倒有一个讨好的办法，这与讨好众人的本领毫不相关。大约十多年以前，加德纳太太还没结婚的时候，曾在威克姆所属的德比郡那一带住过很长一段时间。因此，他们俩共同认识不少人。虽说自从五年前达西的父亲去世以后，威克姆很少去过那里，但他却能向加德纳太太报告一些老朋友的消息，比她自己打听到的消息还新鲜。

加德纳太太亲眼见过彭伯利，对老达西先生也是久闻大名。光凭这件事，就是个谈不完的话题。她把自己记忆中的彭伯利，与威克姆详尽描绘的彭伯利比较了一下，又把彭伯利已故主人的德行称赞了一番，威克姆听了高兴，她本人也自得其乐。她听了威克姆谈到现在这位达西先生对他的亏待之后，便竭力去回想那位先生小时候的性情如何，以便能与他的行为相符。她终于自信地记起以前听人说过，菲茨威廉·达西先生是个趾高气扬、脾气很坏的孩子。

第 三 章

加德纳太太一遇到可以和伊丽莎白单独交谈的良机，便及时对她提出了善意的忠告。她直言不讳地讲出了自己的看法之后，接着又继续说道：

"莉齐，你是个很懂事的孩子，不会因为人家劝你谈恋爱要当心，你就偏要硬谈不可，因此我才敢开诚布公地跟你谈一谈。说正经话，我要劝你小心些，跟一个没有财产的人谈恋爱，实在是太冒失了，你千万别让自己坠入情网，也不要逗引他坠入情网。我对他本人倒没有什么意见。他是个非常有趣的青年，假使他得到了他应得的那份财产，那我倒会觉得你嫁给他是再好不过了。但是，情况既非如此，你可千万不要想入非非了。你是个聪明人，我们都希望你动动脑筋。我知道，你父亲信任你处事果断，品行端庄。你可不能让他失望。"

"亲爱的舅妈，你还真够一本正经的。"

"是的，我希望你也能够一本正经的。"

"唔，你用不着着急。我会照应自己的，也会照应威克姆先

166

生。我只要做得到，绝不会让他爱上我。"

"伊丽莎白，你这话可就不正经啦。"

"请原谅，让我再试试看。眼下我还没有爱上威克姆先生，的确没有。不过，他是我见到的最可爱的男人，谁也比不上他——如果他真爱上我——我想他还是别爱上我为好。我知道这件事有些冒失。唉！那位达西先生真可恶！父亲这样器重我，真是我莫大的荣幸，我绝不忍心辜负了他。不过，父亲也很喜欢威克姆先生。总而言之，亲爱的舅妈，我绝不愿意惹得你们任何人不快。不过，我们每天都看得见，青年人一旦相亲相爱，很少因为眼下没钱而不肯订婚的。既然情况如此，我要是给人家打动了心，怎么能担保一定比众人来得明智呢？或者说，我怎么知道回绝人家就一定明智呢？因此，我只能答应你不草率行事。我不会草率地认为自己就是他的意中人。我和他在一起的时候，也不抱什么奢望。总而言之，我一定尽力而为。"

"也许还可以劝阻他别来得这么勤。至少你不必提醒你母亲邀他来。"

"就像我那天那样，"伊丽莎白羞怯地笑笑说，"的确，我最好不要那样做。不过，你也不要以为他总是来得这么勤。这个星期只是因为你们才常常请他来的。你知道妈妈的心意，她总认为亲友来了非得常有人作陪不可。不过说真的，请你相信我，我会采取最明智的办法去应付的。我希望这下子你该满意了吧。"

舅妈告诉她说，她是满意了。伊丽莎白谢谢舅妈的忠告，两人便分手了。在这种事情上给人家提出规劝而没招致怨恨，这可算是个绝好的例子。

加德纳夫妇和简走后不久，柯林斯先生便回到了赫特福德郡。

不过他住在卢卡斯府上，因此并没给贝内特太太带来多大不便。他的婚期日趋临近，贝内特太太最终也死了心，觉得事情在所难免，甚至还以恶狠狠的语气，三番五次地说道："但愿他们会幸福。"星期四就是佳期，卢卡斯小姐星期三前来辞行。等她起身告别的时候，伊丽莎白一方面为母亲那阴阳怪气的勉强祝福感到难为情，另一方面心里委实有些触动，便陪着朋友走出了房门。两人一道下楼梯的时候，夏洛特说：

"我相信你会常给我写信的，伊莱扎。"

"这你放心好啦。"

"我还有一个请求。你能来看看我吗？"

"我希望我们能常在赫特福德郡见面。"

"我可能一时离不开肯特郡。还是答应我，到亨斯福德来吧。"

伊丽莎白虽然料想去那里不会有什么乐趣，但又不便推辞。

"我父亲和玛丽亚三月份要去我那里，"夏洛特接着又说，"我希望你能跟他们一道去。说真的，伊莱扎，你会像他们一样受欢迎的。"

婚礼过后，新郎新娘从教堂门口动身去肯特郡。对于这种事，人们照例要发表或是听到不少议论。伊丽莎白不久就收到了朋友的来信。她们还像以往一样经常通信，但是要像以往那样畅所欲言，却办不到了。伊丽莎白每逢给她写信，总觉得过去那种亲密无间的惬意感已经不复存在。尽管她也下定决心，不把通信疏懒下来，但那与其说是为了目前的友谊，不如说是为了过去的交情。她接到夏洛特的头几封信时，心里还觉着急盼盼的，不过那只是出于好奇，想知道夏洛特对她的新家有什么感想，喜不喜欢凯瑟琳夫人，是不是认为自己幸福。不过读了那几封信之后，伊丽莎白便觉得，夏洛特所说的话，处处和她预料的一模一样。她信里写得喜气洋洋的，仿佛生活在舒适安乐当中，每讲一件事总要赞美一番。住宅、家具、邻居、道路，样样令她称心如意，凯瑟琳夫人待人接物极为友好，极为亲切。这正是柯林斯先生对亨斯福德和罗辛斯的刻画，只不过说得委婉一些罢了。伊丽莎白意识到，她非得亲自到那里去看看，才能摸清底细。

简早已给伊丽莎白写来了一封短简，说她已经平安抵达伦敦。伊丽莎白希望，简下次写信时，能讲点宾利家的事。

一般说来，无论什么事，你越是等得心急，它就越是难以如愿，伊丽莎白心急火燎地等待着这第二封信，好不容易等来了，却没见到什么好消息。简进城一个星期，既没看见卡罗琳，也没收到她的信。不过，简又解释说，她上次从朗伯恩写给卡罗琳的那封信，一定因故失落了。

"明天，"她接下去写道，"舅妈要去那个市区，我想趁机到格罗斯维诺街登门拜访一下。"

简去拜访过宾利小姐之后，又写来一封信。信里说："我觉得卡罗琳精神不大愉快，不过见到我却很高兴，责怪我来伦敦也不向她打个招呼。我果然没有猜错。她没有收到我上一封信。我当然问起了她们兄弟的情况。据说他挺好，只是与达西先生过从太密，她们姐妹俩很少见到他。我发觉达西小姐要去她们那里吃饭，但愿我能见到她。我逗留的时间不长，因为卡罗琳和赫斯特夫人要出门去。也许她们很快就会来这里看我。"

伊丽莎白一面看信，一面摇头。她意识到，除非出现偶然机会，否则宾利先生绝不会知道简来到了城里。

四个星期过去了，简连宾利先生的人影也没看见。她极力宽慰自己说，她没有因此而感到难过。但是，她对宾利小姐的冷漠无情再也不能不予理会了。她每天上午都待在家里等候宾利小姐，每天晚上都替她编造一个借口，一直过了两个星期，那位贵客最后终于驾到了。不过，她只待了一会儿工夫，而且态度也发生了变化，简觉得再也不能自己骗自己了。从她这次写给妹妹的信里，可以看出她当时的心情。

最亲爱的莉齐，现在我要承认，我完全误会了宾利小姐对我的情意。你当然比我看得准，但你绝不会对我幸灾乐祸吧。亲爱的妹妹，虽然事实证明你的看法是正确的，但我仍然认为，从她以前的态度来看，我对她的信任以及你对她的怀疑，同样是合情合理的，请你不要以为我固执。我真不明白她为什么要跟我交好，如果再有同样的情况发生，我肯定还会受骗。卡罗琳直到昨天才来回访我，在此之前，我没收到她的片纸只字。她来了以后，又显得很不高兴。因为没有早来看我，只是敷衍着道了一声歉，压根儿没说想要再见见我。她各方面的变化太大了，当她临走的时候，我就下定决心，不再与她来往。我虽然禁不住要责怪她，但是又可怜她。她当初不该对我青眼相加，我可以担保说，我和她的交情都是由她一步步发展起来的。不过我可怜她，因为她一定觉得自己做错了事，她肯定是由于替哥哥担心的缘故，才采取了这种态度。我用不着为自己多做解释了。虽然我们觉得她大可不必担心，然而，假若她真是担心，那就足以说明她为什么要这样对待我了。既然她哥哥那样值得她钟爱，她无论怎么替他担忧，都是合情合理，和蔼可亲的。不过，我真不知道她为什么要担忧，假使她哥哥有心于我的话，我们早就见面了。听她的话音，她哥哥肯定知道我在伦敦；但是从她的说话态度来看，好像她也拿不准她哥哥是否真喜欢达西小姐。这真叫我弄不明白。我若不是害怕出言刻薄，简直忍不住想说，这里面显然有诈。但是我将竭力打消一切痛苦的念头，只去想一些能让我高兴的事，比如想想你的深情，以及亲爱的舅父母一贯的厚爱。希望很快收到你的信。宾利小姐说起她哥哥不会再回到内瑟菲尔德，说他打算放弃那幢房子，不过口气不怎么肯定。我们最好不要再提这件事。我感到万分高兴，你从亨斯福德的朋友们那里听到许多令人愉快的事。你务必跟威廉爵士和玛丽亚一道去看他们。你在那里一定会过得十分适意。

　　　　　　　　　　　　　　　　　　　你的……

　　这封信使伊丽莎白觉着有些难受。但是，一想到简从此不会再受蒙骗，至少不会再受宾利小姐的蒙骗，她又高兴起来了。她已经完全放弃了对那位兄弟的期望。她甚至也不希望他来重修旧好。她越想越看不起他。作为对他的惩罚，也可能还有利于简，她倒真心希望他能早日跟达西先生的妹妹结婚，因为照威克姆的说法，达西小姐一定会叫他后悔莫及，不该丢掉先前的情人。

　　大约就在这时，加德纳太太来信提醒伊丽莎白，说她在如何对待那位先生的问题上有过许诺，要她谈谈情况如何。伊丽莎白回信介绍的情况，虽然自己不大满意，舅妈看了却很高兴。威克姆原先对她的明显好感已经消失，对她的殷勤已经告终，他爱上了别人。伊丽莎白非常留心地看出了这一切，但她尽管看出来了，也写进了信里，却并不感到痛苦。她只是心里略有些感触，虚荣心也得到了满足，因为她相信，若不是由于财产问题，她肯定会是威克姆的唯一选择。就拿威克姆现在为之倾倒的那位年轻小姐来说，她最显著的魅力就是能使他获得一万镑财产。然而，伊丽莎白对这件事不像对夏洛特那件事看得那么清楚，因此没有因为威克姆贪图安逸而责难他。她反而觉得这再自然不过。她可以想象，威克姆一定几经斗争才决定舍弃她的，但她又觉得，这对他们俩倒是一个既明智又理想的举措，她诚心诚意地祝他幸福。

她向加德纳太太承认了这一切。说明情况之后，她接下去这样写道："亲爱的舅妈，我现在深信，我绝没有坠入情网，假如我当真萌生了那种纯洁而崇高的感情，我现在一提起他的名字定会感觉厌恶，而且巴不得他倒尽了霉。可是，我感情上不仅对他是真诚的，甚至对金小姐也毫无成见。我一点也不觉得恨她，完全愿意把她看作一个好姑娘。这件事算不上恋爱。我的小心提防还是富有成效的。我若是发狂似地爱上了他，那就势必会成为亲友们更有趣的话柄，然而我不会因为不受人家器重而感到遗憾。太受人器重有时需要付出昂贵的代价。对于威克姆的背信弃义，基蒂和莉迪亚比我还要气不过。她们在人情世故方面还很幼稚，还不懂得这样一个有伤体面的信条：美貌青年与相貌平常的人一样，也得有饭吃、有衣穿。"

第 四 章

　　朗伯恩这家人除了这些事之外，也没有别的大事；除了时而踏着泥泞、时而冒着严寒跑到梅里顿之外，也没有别的消遣。元月和二月就这样过去了。三月间伊丽莎白要去亨斯福德。起初她并非当真想去，但她很快发现，夏洛特对这项计划寄予很大期望，于是她也就渐渐带着比较乐意、比较肯定的心情，来考虑这件事了。离别增进了她想再见见夏洛特的愿望，也削弱了她对柯林斯先生的厌恶。这个计划也挺新奇的，再说，家里有这样一位母亲和这样几个不融洽的妹妹，实难尽如人意，换换环境倒也不错。况且，顺路还可以去看看简。总之，行期临近了，她还唯恐遇到耽搁。好在一切进展得都很顺利，最后全照夏洛特原先的计划安排停当。伊丽莎白要随威廉爵士和他二女儿一道去做客。后来又对计划做了补充，决定在伦敦住一夜，这样计划也就完善了。

　　伊丽莎白的唯一苦恼是要离开父亲，父亲一定会挂念她的。临别的时候，父亲真舍不得让她走，嘱咐她要给他写信，并且几乎答应亲自给她回信。

她与威克姆先生告别时，双方都十分客气，威克姆先生尤其如此。他眼下虽然在追求别人，却没有因此忘记：伊丽莎白是第一个引起他注目，也值得他注目的人，第一个听他倾吐衷肠，第一个可怜他，第一个博得他爱慕的人。他向她道别，祝她一切愉快，向她又说了一遍凯瑟琳·德布尔夫人是怎样一个人，相信他们俩对这位夫人的看法，以及对每个人的看法，始终都会很吻合。他说这些话的时候，显得很热诚，也很关切，伊丽莎白觉得，就凭这一点，她要永远对他至诚相待。他们分手之后，她相信不管他结婚也好，单身也罢，他在她心目中，始终是个和蔼可亲而又讨人喜欢的楷模。

第二天，和她同路的几个人，也没有使威克姆在她心目中相形见绌。威廉·卢卡斯爵士笨头笨脑，他女儿玛丽亚虽然脾气好，脑子却像父亲一样糊里糊涂，因此两人谁也说不出一句中听的话，听他们唠叨，就像听车子的轳辘声一样无聊。伊丽莎白本倒爱听荒诞之谈，但威廉爵士那一套她却早听腻了。他除了絮叨觐见国王和荣膺爵士头衔的奇闻之外，翻不出什么新花样，他那些礼仪客套，也像他的言谈一样陈腐不堪。

这段旅程只不过二十四英里，他们一大早就动身，想在午前赶到格雷斯丘奇街。当马车驶近加德纳先生的家门口时，简立在客厅窗口望着他们。等他们走进道时，简正待在那里迎接他们。伊丽莎白热切地望了望她的脸，只见那张脸蛋还像以往一样健康美丽，不由得十分高兴。一伙男女小朋友立在楼梯上，他们急着想见表姐，在客厅里待不住，可是一年没见面了，又有些难为情，没有再往下走。大家客客气气的，一片欢乐。这一天过得极其愉快。上午忙这忙那，还要出去买东西，晚上到戏院看戏。

伊丽莎白有意坐到了舅妈旁边。她们首先谈到了她姐姐。她仔仔细细问了许多话，舅妈回答说，简虽然总是强打着精神，还免不了有神情沮丧的时候，她听了倒不怎么惊奇，却感到担忧。不过还有理由希望，这种状况不会持续多久。加德纳太太还向她讲述了宾利小姐过访格雷斯丘奇街的详情，复述了一遍她和简的几次谈话内容，从中可以看出，简已经决计不再和宾利小姐来往。

加德纳太太随后取笑外甥女让威克姆遗弃了，同时又称赞她真能挺得住。

"不过，亲爱的伊丽莎白，"她接着又说，"金小姐是怎样一个姑娘？我可不愿意把我们的朋友看作一个贪财的人。"

"请问，亲爱的舅妈，在婚姻问题上，贪财与审慎究竟有什么区别？审慎的止境在哪里？贪财的起点又在哪里？去年圣诞节，你生怕他跟我结婚，认为那样做有些轻率，可现在呢，因为他要娶一个不过只有一万镑财产的姑娘，你就说他贪财。"

"你只要告诉我金小姐是怎样一个姑娘，我心里就有数了。"

"我相信她是个好姑娘。我不知道她有什么不好的。"

"可威克姆原先丝毫也不把她放在眼里，直到她爷爷去世以后，她做了那笔家产的主人，他才看上她的。"

"是呀——他怎么会把她放在眼里呢？假使说因为我没有钱，他都不肯跟我相好的话，那他为什么要跟一个他既不喜爱，又同样穷困的姑娘谈恋爱呢？"

"不过，姑娘家一出这件事，他就把目标转向她，这未免太不像话了吧。"

"人们都喜欢讲究体面，循规蹈矩，一个家境贫困的人就顾不了那么多。人家金小姐都不计较，我们计较什么？"

"金小姐不计较，并不说明他威克姆做得对。这只能表明金小姐本身有什么缺陷——不是在理智上，就是在情感上。"

"哦，"伊丽莎白叫道，"你爱怎么说就怎么说吧，威克姆贪财，金小姐愚蠢。"

"不，莉齐，我才不愿这么说呢。你知道，一个青年在德比郡住了这么久，我还真不忍心看不起他呢。"

"哦！如果光凭这一点，我还真看不起住在德比郡的青年人呢，还有他们那些住在赫特福德郡的知心朋友，也好不了多少。我讨厌他们所有的人。谢天谢地！我明天要到一个地方，在那里要见到一个一点也不讨人喜欢的人，无论在风度上，还是在见识上，都一无可取。到头来，值得结识的只有傻瓜。"

"当心些，莉齐。你这话未免说得太沮丧了。"

看完戏要分手的时候，她又喜出望外地受到舅父母的邀请，要她参加他们的夏季旅行。

"我们还没有定妥到什么地方去，"加德纳太太说，"也许到湖区[1]去。"

对伊丽莎白来说，再也没有比这更中意的计划了，她怀着万分感激的心情，毫不迟疑地接受了邀请。"我最最亲爱的舅妈，"她欣喜若狂地叫了起来，"真是太高兴，太幸福啦！你给了我新的

---

1 湖区：英格兰西北部著名景区，山峦叠嶂，湖泊密布，华兹华斯、柯勒律治、骚塞等"湖畔诗人"即居住于此地。

生命与活力。我再也不感到沮丧和消沉了。人比起高山巨石来，又算得了什么？哦！我们将度过多么快活的时光啊！等我们一回来，绝不会像别的游客那样，什么也说不准。我们准会知道去过什么地方——准会记得看见过什么风物。湖泊山川绝不会在脑子里混为一团。我们要描绘某一处的风光时，也绝不会因为搞不清位置而争论不休。但愿我们一回来畅谈游历的时候，不要像一般游客那样，让人不堪入耳。"

第五章

　　第二天，路上每见到一样事物，伊丽莎白都感到新鲜有趣。她心情十分愉快，因为看到姐姐气色那么好，也就不必再为她的身体担心，再加上还想着要去北方旅行，心里总是乐滋滋的。

　　离开大路，走上通往亨斯福德的小径后，每双眼睛都在寻觅牧师住宅，每拐一个弯，都以为要看见那幢房子。他们沿着罗辛斯庄园的栅栏往前走去。伊丽莎白想起她所耳闻的那家人的情况，禁不住笑了。

　　牧师住宅终于见到了。斜伸到路边的花园，花园里的房屋，绿色的栅栏，月桂树篱，一切都表明，他们到达目的地了。柯林斯先生和夏洛特出现在门口，宾主一个个笑容满面，频频点头，马车在一道小门跟前停了下来，从这里穿过一条短短的石子路，便能直达住宅。转眼间，客人都下了车，宾主相见，不胜欢喜。柯林斯夫人欢天喜地地欢迎朋友，伊丽莎白受到如此亲切的接待，也就觉得越来越满意了，心想来得不冤枉。她当即发现，表兄虽然结了婚，言谈举止却没有变。他还像以往一样拘泥礼节，把伊丽莎白久久绊在门口，逐个问起她一家大小的情况，伊丽莎白一一回答之后，他才罢休。接着，他没有再怎么耽搁大家，只指给他们看看门口多么整洁，便把众人带进了屋里。等客人一走进客厅，他又第二次装腔作势地说，欢迎诸位光临寒舍，后来见妻子向客人递点心，他便紧跟着重新奉献一次。

伊丽莎白早就料定他会扬扬得意。因此，当他夸耀屋子的大小、方位和陈设时，她情不自禁地想到，他是特意讲给她听的，仿佛想让她明白，她当初拒绝他损失多么巨大。但是，尽管一切看上去都很整洁舒适，她却不能露出一丁点懊悔的迹象，免得叫他得意。她以诧异的目光看着夏洛特，真不明白她和这样一个伴侣相处，居然还会这么高兴。柯林斯先生有时说些让夏洛特实在难为情的话（当然这种情况是不会少的），她就不由自主地要瞅瞅夏洛特。有一两次，她看得出夏洛特微微有点脸红，不过夏洛特一般总是明智地装作没听见。大家坐了好一会儿，对屋里的每件家具，从餐具柜到壁炉架，都赞赏了一番，还把路上的经历和伦敦的情况描述了一阵，然后柯林斯先生就请客人到花园里散步。花园很大，设计得也很别致，由柯林斯先生亲自料理。收拾花园是他最高雅的乐趣之一。夏洛特说，这种活动有益于健康，她尽可能鼓励丈夫这样做；她讲这话的时候，神情镇定自若，真叫伊丽莎白佩服。柯林斯先生领着众人走遍了花园里的曲径小道，也不给别人个机会，好讲几句他想听的赞美话，每指点一处景物，都要琐琐碎碎地讲上半天，只字不提美在哪里。他能数得出每个方向有多少田园，能讲得出最远的树丛里有多少棵树。但是，无论他花园里的景物，还是这整个乡村甚至整个王国的仙境胜地，都比不上罗辛斯庄园的景致。罗辛斯庄园差不多就在他住宅的正对面，四面环树，从树隙中可以望见罗辛斯大厦。那是一幢漂亮的现代建筑，耸立在一片高地上。

柯林斯先生本想把大家从花园带到两块草场转转，不想太太小姐们穿的鞋子架不住那残余的白霜，于是全都回去了，只剩下威廉爵士陪伴着他。这时，夏洛特便领着妹妹和朋友看看住宅。大概因为能有机会撇开丈夫，单独带人参观的缘故，她显得万分高兴。房子很小，但结构合理，也很实用。一切都布置得整整齐齐，安排得十分协调，伊丽莎白把这些都归功于夏洛特。只要能忘掉柯林斯先生，里里外外还真有一种舒舒适适的气氛。伊丽莎白一见夏洛特那样得意扬扬，便心想她一定经常不把柯林斯先生放在心上。

伊丽莎白早就听说，凯瑟琳夫人还待在乡下。吃饭的时候又谈起了这桩事，柯林斯先生连忙插口说：

"是的，伊丽莎白小姐，星期天你就会有幸在教堂里见到凯瑟琳·德布尔夫人，不用说你会很喜欢她的。她为人和蔼极了，丝毫没有架子。毋庸置疑，做完礼拜之后，你会荣幸地受到她的垂青。我可以毫不犹豫地说，你们在此逗留期间，每逢她赏脸请我们做客的时候，准会顺带请上你和我的小姨子玛丽亚。她对待我亲爱的夏洛特真是好极了。我们每周去罗辛斯吃两次饭，她老人家从不让我们步行回家，总是打发自己的马车送我们。我应该说，总是打发她老人家的某一辆马车，因为她有好几辆车。

"凯瑟琳夫人的确是个非常体面、很有见识的女人，"夏洛特补充说，"而且还是个最会体贴人的邻居。"

"一点不错，亲爱的，我也正是这么说的。她这样的女人，你怎么尊崇她都不会过分。"

晚上，主要在谈论赫特福德的新闻，并把信上早已写过的内容重述了一遍。大家散了以后，伊丽莎白孤零零一个人待在房里，不由得思谋起夏洛特究竟满意到什么地步，用什么手腕驾驭丈夫，有多大肚量容忍他，不得不承认，事情处理得相当不错。她还要预测这次做客将会如何度过，无外乎平平淡淡安静的日常起居，柯林斯先生令人厌烦的插嘴打岔，以及跟罗辛斯交往的种种情趣。凭着丰富的想象力，这个问题很快就解决了。

第二天，大约晌午时分，她在房里正准备出去散步，忽听得楼下一阵喧哗，仿佛全家人都慌乱起来。她倾听了一会儿，只听见有人急火火地奔上楼来，大声呼喊她。她打开门，在楼梯口遇见了玛丽亚，只见她激动得透不过气来，大声嚷道：

"哦，亲爱的伊莱扎！你快到餐厅里去，从那里可以看见好显赫的场面啊！我不告诉你是咋回事。快点，马上下楼来。"

伊丽莎白再怎么追问都没有用，玛丽亚说什么也不肯告诉她，于是两人急忙跑下楼，奔入面对小路的餐厅，去探寻那奇观。原来来了两位女士，乘着一辆低矮的四轮敞篷马车，停在花园门口。

"就这么回事呀？"伊丽莎白嚷道，"我还以为至少是猪猡闯进了花园呢，原来只不过是凯瑟琳夫人母女俩！"

"哎呀！亲爱的，"玛丽亚见她搞错了，不禁大为震惊，"那不是凯瑟琳夫人。那位老夫人是詹金森太太，她跟她们母女俩住在一起。另一位是德布尔小姐。你只要瞧瞧她，真是个小不点。谁能想到她会这么瘦小！"

"她太无礼，风这么大，却让夏洛特待在门外。她怎么不进来？"

"唔！夏洛特说，她难得进来。要让德布尔小姐进来，那真是天大的面子。"

"我很喜欢她那副模样。"伊丽莎白说，心里却冒出了别的念头。"她看上去病歪歪的，脾气又坏。是呀，配他真是再带劲不过了，可以给他做个十分般配的太太。"

柯林斯先生和夏洛特都站在门口跟两位女士谈话。伊丽莎白觉得好笑的是，威廉爵士正肃然立在门口，虔诚地注视着面前的贵人，德布尔小姐每朝他这边望一眼，他总要鞠一个躬。

最后话终于说完了，两位女士乘车而去，其他人也回到房里。柯林斯先生一看到两位小姐，就恭贺她们交了鸿运。夏洛特对这话做了解释，告诉她们说，罗辛斯那边请他们大家明天去吃饭。

第六章

柯林斯先生受到这次邀请，感到得意至极。他就巴望着能向这些好奇的宾客炫耀一下他那位女恩主的堂堂气派，让他们瞧瞧老人家待他们夫妇俩多么客气。不想这么快就得到了如愿以偿的机会，这充分说明凯瑟琳夫人能屈高就下，降尊临卑，他真不知道如何敬仰才是。

"说老实话，"他说，"她老人家邀请我们星期天去罗辛斯吃茶点，玩个晚上，我一点也不感到意外。我知道她和蔼可亲，早就认为她会这么做的。不过谁会料到这样的盛情？谁会想到你们刚刚来到，就被请到那边去吃饭，而且还要大家一起去！"

"我对这件事倒不感到奇怪，"威廉爵士应道，"因为我处在这样的地位，最了解大人物的为人处世，知道他们就是这个样子。在宫廷里，这类风雅好客的事并不罕见。"

这一整天，还有第二天上午，大家几乎全在谈论去罗辛斯做客的事。柯林斯先生仔仔细细地告诉他们去那里会看到些什么，免得他们看到那样宏伟的屋子，那样众多的仆人，那样丰盛的菜看，会惊慌失措。

当女士们正要去梳妆的时候，柯林斯先生又对伊丽莎白说道：

"亲爱的表妹，你不要为衣着操心。凯瑟琳夫人绝不要求我们穿着华丽，只有她自己和她女儿才适合这样打扮。我劝你随便穿一件好一些的衣服就行了，不必过于讲究。凯瑟琳夫人不会因为你穿着朴素而瞧不起你。她喜欢大家都注意身份上的差异。"

夫人小姐们梳妆打扮的时候，柯林斯先生又到各人房门口去了两三次，劝她们动作快一些，凯瑟琳夫人最讨厌客人不按时入席，害得她空等。玛丽亚·卢卡斯一向不大会交际，眼下听说老夫人为人处事这么可怕，不由得吓了一跳。她怀着诚惶诚恐的心情，期待着去罗辛斯拜望，就像她父亲当年进宫觐见一样。

大家趁着天朗气清，高高兴兴地穿过庄园，走了大约半英里。每座庄园都有自己的美妙景致，伊丽莎白看得心旷神怡。景色美不胜收，但是并不像柯林斯先生预期的那样销魂夺魄。柯林斯先生列数着房子正面的一扇扇窗户，说是光这些玻璃当初就花了刘易斯·德布尔多大一笔钱，伊丽莎白听了却有些无动于衷。

他们踏上通往门厅的台阶时，玛丽亚觉得越来越惶恐不安，就连威廉爵士也不能镇定自若。倒是伊丽莎白毫不畏缩。她没听说凯瑟琳夫人在德才上有什么出类拔萃、令人敬畏的地方，光凭着有钱有势，还不至于叫她见了就惊慌失措。

一进门厅，柯林斯先生便带着欣喜若狂的神气，指出这布局多么精巧，陈设多么精美。随后，客人们由仆人领着穿过前厅，走进凯瑟琳夫人母女和詹金森太太就座的屋子。承蒙夫人屈尊赏脸，立起身来迎接他们。柯林斯夫人事先与丈夫说定，当场由她出面替宾主介绍，因此介绍得颇为得体，柯林斯先生认为必不可少的道歉话和感谢话，一概免了。

威廉爵士尽管进过宫，但是看到周围如此富丽堂皇，也不禁大为惊愕，只能深深鞠个躬，一声不响地坐了下来。他女儿给吓得几乎魂不附体，坐在椅子边上，眼睛不知往哪里看才好。伊丽莎白则处之泰然，从容不迫地打量着面前这三位女士。凯瑟琳夫人是个高大的女人，五官分明，年轻时也许很漂亮。她的神态并不是很客气，接待客人的态度也不能使对方忘却自己的低微身份。她默不作声的时候倒不那么吓人，但是一说起话来，总是带有一种盛气凌人的口吻，表明了她的自命不凡，使得伊丽莎白立刻想起了威克姆先生的话。经过这一整天的观察，她觉得凯瑟琳夫人跟威克姆先生形容的毫无二致。

她细看了看这位夫人，发现她的容貌、举止与达西先生有些相像。然后她把目光转移到她女儿身上，一看她长得那么单薄，那么瘦小，几乎使她像玛丽亚一样感到惊奇。这母女俩无论体态还是面容，都毫无相似之处。德布尔小姐面色苍白，满脸病容，五官虽说不算难看，却也并不起眼。她不大说话，只是低声跟詹金森太太嘀咕几句。詹金森太太外表没有什么突出的地方，她光顾得听德布尔小姐说话，而且挡在她面前，不让炉火烤着她。

坐了几分钟之后，客人全被叫到窗口欣赏风景，柯林斯先生陪着众人，一处处地指给他们看。凯瑟琳夫人和善地告诉大家，到了夏天还要好看得多。

宴席极其丰盛。柯林斯先生说过，夫人家有好多仆人和好多金银餐具，果然名不虚传。而且正如他预言的那样，秉承夫人的意旨，他坐在了末席，看他那副神气，仿佛人生不会有比这更得意的事了。他边切边吃，美滋滋地赞不绝口。每道菜都要受到夸赞，先由他来夸，再由威廉爵士接着夸。原来威廉爵士已经定下神来，可以做女婿的应声虫了，伊丽莎白看到他那副样子，不禁纳闷凯瑟琳夫人怎么忍受得了。不想凯瑟琳夫人对他们的过奖似乎颇为满意，特别是客人们对桌上哪道菜感到非常新奇时，她便越发笑容可掬。众人没有多少可谈的。只要有机会，伊丽莎白倒愿意交谈，可惜她坐在夏洛特和德布尔小姐之间——前者在用心聆听凯瑟琳夫人说话，后者席间没跟她说过一句话。詹金森太太主要在关注德布尔小姐，见她吃得太少，硬要她吃了这样吃那样，唯恐她哪里不舒服。玛丽亚压根儿不敢讲话，两位男士只顾一边吃一边赞赏。

女士们回到客厅之后，只是听凯瑟琳夫人谈话。夫人滔滔不绝地一直谈到咖啡端上来为止。不管谈到什么事，她的意见总是那么斩钉截铁，表明她不容许别人发表异议。她毫不客气地仔细问起了夏洛特的家务，并且就如何持家，向她做了一大堆指示，告诉她像她这样一个小家庭，一切应该如何精打细算，还指教她如何照料母牛和家禽。伊丽莎白发现，无论什么事，只要能给她个机会对别人指手画脚，这位贵妇人是绝不会轻易放过的。老夫人同柯林斯夫人谈话的时候，也间或向玛丽亚和伊丽莎白问些这样那样的问题，不过主要是问伊丽莎白。她一点也不了解她亲友的情况，便对柯林斯夫人说，她是个很斯文、很秀气的姑娘。她先后问起伊丽莎白有几个姐妹，一个个比她大还是比她小，她们中间有没有可能要出嫁的，人长得漂亮不漂亮，在哪里读的书，父亲用什么马车，母亲娘家姓什么？伊丽莎白觉得她问得太唐突，不过还是心平气和地回答了她。凯瑟琳夫人这时说道：

"我想，你父亲的财产要由柯林斯先生来继承啦。"随即转向夏洛特说："这事我为你感到高兴。除此之外，我看不出有什么理由不让女儿继承财产。刘易斯·德布尔家就认为没有必要这样做。你会弹琴唱歌吗，贝内特小姐？"

"会一点。"

"哦！那好——什么时候我们倒想听一听。我家的琴好极了，可能胜过——你哪天来试试吧。你的姐妹们会弹琴唱歌吗？"

"有一个会。"

"怎么没有都学会呢？你们应该都学会呀。韦布家的姐妹就个个都会，她们父亲的收入还不及你父亲的多呢。你们会画画吗？"

"不，一点不会。"

"什么，一个也不会？"

"一个也不会。"

"真不可思议。不过我想你们可能没有机会。你们的母亲应该每年春天带你们进城访访名师。"

"我母亲倒不会反对的，可我父亲讨厌伦敦。"

"你们的家庭女教师走了吗？"

"我们从没请过家庭女教师。"

"没有家庭女教师！那怎么可能呢？家里养育着五个女儿，却不请个家庭女教师！我从没听说过这种事。你母亲一定是卖苦役般地教育你们啦。"

伊丽莎白禁不住笑了，对她说，事实并非如此。

187

"那么谁教导你们呢？谁照顾你们？没有家庭女教师，你们就无人照管啦。"

"跟有些人家比起来，我们家对我们是有些照管不周。不过，我们姐妹中间，凡是好学的，绝不会没有办法。家里总是鼓励我们好好读书，也能请到必要的教师。谁想偷懒，当然也可以。"

"那毫无疑问。不过，家庭女教师就是要防止这种事。我要是认识你母亲，一定竭力劝她请一位。我总说，离开系统的正规指导，教育则将一事无成，而系统的正规指导，只有家庭女教师办得到。说起来真有意思，好多人家的家庭女教师都是由我介绍的。我总喜欢帮助年轻人找个好差事。詹金森太太的四个侄女就是经我介绍，谋得了称心如意的好差事。就在前几天，我推荐了一个姑娘，她只不过是人家偶然在我面前提起的，那家人对她非常满意。柯林斯夫人，我有没有告诉过你，梅特卡夫夫人昨天来谢我，她觉得波普小姐真是个难得的姑娘。'凯瑟琳夫人，'她说，'你给我介绍了个难得的丫头。'贝内特小姐，你妹妹有没有出来交际的？"

"有，夫人，全都出来交际了。"

"全都出来交际了！什么，五个姐妹同时出来交际了？咄咄怪事！你不过是老二。姐姐还没出嫁，妹妹就出来交际了！你妹妹一定很小吧？"

"是的，我小妹妹不满十六岁。也许她还太小，不宜多交际。不过，夫人，如果因为姐姐无法早嫁，或是不愿早嫁，做妹妹的就不能交际，不能娱乐，我想这可就太委屈她们了。小妹和大姐同样有权利享受青春的乐趣。怎么能出于那样的动机，而把她们关在家里！我想，那样做就不可能促进姐妹之间的情谊，也不能养成温柔的心性。"

"真没想到，"夫人说，"你人不大，说起话来倒挺有主见。请问，你多大啦？"

"我已有三个妹妹长大成人，"伊丽莎白笑笑说，"您老人家总不会还要我招出年龄吧。"

凯瑟琳夫人没有得到直率的答复，显得大为震惊。伊丽莎白猜想，敢于嘲弄这样一位显赫无礼的贵妇人，她恐怕要算第一人！

"你想必不会超过二十岁，因此你也用不着隐瞒。"

"我不到二十一岁。"

等男士们来到她们中间，一起喝过了茶，便摆起了牌桌。凯瑟琳夫人、威廉爵士和柯林斯夫妇坐下来打四十张。德布尔小姐想玩卡西诺[1]，因此两位小姐便有幸帮助詹金森太太，替她凑足了人数。她们这一桌真是乏味至极。除了詹金森太太有些担心，时而问问德布尔小姐是否觉得太冷或太热，是否觉得灯光太强或太弱之外，就没有一句话不与打牌相关。另外一桌可就活跃多了。一般都是凯瑟琳夫人在讲话——不是指出其他三个人的错误，就是讲点她自己的趣闻轶事。她老人家每说一句话，柯林斯先生就附和一声；他每赢一次，就要谢夫人一番；如果觉得赢得过多，还要向夫人道歉。威廉爵士不大说话，只顾把一桩桩轶事和一个个贵人的名字存入脑海。

等到凯瑟琳夫人母女俩玩到不想再玩的时候，两张牌桌便收

1　卡西诺：一种牌戏，类似二十一点。

场了，主人对柯林斯夫人说，要派马车送他们回家，柯林斯夫人很感激地接受了，于是立即叫人去备车。这时大家又围着火炉，聆听凯瑟琳夫人断定明天天气如何。大家正领教着，马车到了，叫客人上车。柯林斯先生说了好多感激的话，威廉爵士鞠了好多躬，大家方才告别。马车一驶出大门，柯林斯先生便要求伊丽莎白谈谈她对罗辛斯的感想，伊丽莎白看在夏洛特的面上，言过其实地恭维了几句。她这番恭维虽说也颇费心思，却丝毫不能让柯林斯先生满意。柯林斯先生出于无奈，马上又亲自把她老人家重新赞扬了一番。

第 七 章

  威廉爵士在亨斯福德只逗留了一个星期，不过这次走访倒足以使他认识到：女儿找到了称心如意的归宿，有一个不可多得的丈夫，一个难能可贵的邻居。威廉爵士在这里做客的时候，柯林斯先生每天上午都同他乘着双轮马车，带他逛逛乡间，等他一走，家里又恢复了日常起居。伊丽莎白庆幸地发现，威廉爵士走后，她与表兄相见的机会并没增多，因为从吃早饭到吃晚饭的大部分时间里，他不是在收拾花园，就是在自己那间面临大路的书房里看书写字，凭窗远眺，而女士们的起坐间却在背面。伊丽莎白起初很纳闷：现有的餐厅比较大，位置也比较适宜，夏洛特怎么不把它用作起居室？但她很快发现，她的朋友之所以要这样，倒有个极好的理由：假如女士们待在一间同样舒适的起居室里，柯林斯先生待在自己房里的时间势必要少得多。因此，她很赞赏夏洛特这样安排。

  她们从客厅里全然看不见外面路上的情形，多亏了柯林斯先生，每逢有什么车辆驶过，他总要跑来通告一声，特别是德布尔小姐，几乎天天乘着四轮敞篷马车驶过，柯林斯先生总是一次不落地跑来告诉她们。德布尔小姐常常在牧师住宅门口停下车，跟夏洛特谈几分钟，但是很难请她下车。

柯林斯先生差不多每天都要去罗辛斯一趟，他妻子也觉得隔不几天就要去一次。伊丽莎白不由得在想，兴许还有别的牧师俸禄要处理，否则她真不明白，他们为什么要牺牲那么多时间。有时候夫人也光临他们的住宅，来了以后，这屋里的一切全都逃不过她的眼睛。她查问他们的日常起居，查看他们的家务，劝说他们换个方法处置；埋怨家具摆置不当，指责用人躲懒偷闲。如果她肯在这里吃点东西，那好像也只是为了看看柯林斯夫人是否不顾家里条件，把肉块切得太大。

伊丽莎白不久就发觉，这位贵妇人虽然并不负责郡里的治安事宜，却是本教区最起劲的执法官，芝麻点大的事情都要由柯林斯先生禀报给她。只要哪个村民爱吵架，好发牢骚，或是穷得活不下去，她总要亲自跑到村里，去调解纠纷，平息怨言，骂得他们一个个相安无事，不再哭穷。

罗辛斯每星期大约要请他们吃两次饭。虽然缺少了威廉爵士，晚上只能摆一张牌桌，但这样的宴请，每次都是第一次的重演。他们很少到别处做客，因为附近一般人家的生活派头，柯林斯夫妇还高攀不上。不过，这对伊丽莎白却毫无妨碍，总的说来，她在这里过得倒蛮舒适：可以经常和夏洛特愉快地交谈半个钟头，加上这个季节里难得这般好天气，可以常常到户外去舒畅舒畅。别人去拜访凯瑟琳夫人的时候，她总爱到庭园边缘的那座小树林里去散散步，那里有一条幽静的绿荫小径，她觉得只有她一个人懂得这里的妙处，而且到了这里，她就可以避开凯瑟琳夫人的好奇心。

她做客的头两周就这样平平静静地过去了。复活节临近了，节前一周里，罗辛斯府上要添一位客人，在这么一个小圈子里，这当然是件大事。伊丽莎白刚到不久就听说，达西先生在几周内要来这里。虽说在她认识的人当中，没有几个像达西这么令她讨厌的，但他来了倒能给罗辛斯的聚会上增添一个比较新鲜的面孔，她可以兴致勃勃地观察一下他对他表妹的态度，从中看出宾利小姐是多么枉费心机。凯瑟琳夫人显然已经把女儿许配给他，因此一说起他要来，便得意非凡，对他赞赏不已；一听说卢卡斯小姐和伊丽莎白早就跟他认识，还时常见面，差一点发起火来。

不久，牧师住宅里的人们就知道达西先生到了。原来，柯林斯先生一上午都在通向亨斯福德巷的门房附近盘旋，以便尽早获得确凿消息。等到马车驶进庭园，他便鞠了一个躬，急忙跑回屋去，报告这重大新闻。第二天上午，他又急忙赶到罗辛斯去拜会。他要拜会凯瑟琳夫人的两位外甥，因为达西先生带来了一位菲茨威廉上校，他是达西的姨父某某爵士的小儿子。使大伙大为惊讶的是，柯林斯先生回来的时候，两位贵客也跟来了。夏洛特从丈夫房里看见他们穿过大路，便立刻奔进另一个房间，告诉两位小姐马上有贵客光临，接着又说：

"伊莱扎，这次贵客光临，我得感谢你。否则，达西先生绝不会这么快就来拜访我。"

伊丽莎白听到这番恭维，还没来得及推辞，门铃便响了，表明客人到了。转眼工夫，三位先生走进屋来。带头的是菲茨威廉

柯林斯先生回来的时候，两位贵客也跟来了。

上校，他三十来岁，人长得不算漂亮，但从仪表和谈吐来看，倒是个地地道道的绅士。达西先生完全是在赫特福德时的老样子，带着惯常的矜持态度，向柯林斯夫人问好。他对她的朋友不管怀有什么感情，与她相见时神色却极为镇定。伊丽莎白只对他行了个屈膝礼，一句话也没有说。

菲茨威廉上校立即跟大家攀谈起来，口齿伶俐，吐属大方，像个教养有素的人，谈得饶有风趣。可他那位表弟，只向柯林斯夫人评论了几句房子和花园，便坐在那里，半天没跟任何人搭话。后来，他终于想起了礼貌问题，便向伊丽莎白问候她全家人安好。伊丽莎白像往常那样敷衍了他几句。停了片刻，她又说：

"我姐姐这三个月来一直待在城里。你从没碰见过她吗？"

其实，她完全知道他从没碰见过简，只不过想要探探虚实，看看他是否知道宾利一家与简之间发生的嫌隙。达西先生回答说，不幸从未碰见过贝内特小姐，她觉得他回答这话时，神色有点慌张。这件事没有继续谈下去，过了不久，两位贵客便告辞了。

第八章

菲茨威廉上校风度翩翩，受到牧师家众人的高度赞赏。夫人小姐们都觉得，他定会给罗辛斯的聚会平添不少情趣。然而，他们已有多日没有接到那边的邀请了，因为主人家有了客人，用不着他们了。一直到复活节那天，也就是两位先生到达将近一周之后，他们才荣幸地受到了一次邀请，而那也不过是离开教堂时，主人家顺便请他们晚上去玩玩。过去的一周里，他们几乎就没见到凯瑟琳夫人母女。在此期间，菲茨威廉上校到牧师家拜望过几次，而达西先生却只在教堂里见过一面。

牧师家当然接受了邀请，并且适时地来到了凯瑟琳夫人的客厅。夫人客客气气地接待了他们，不过看得出来，他们绝不像请不到别的客人时那么受欢迎。事实上，夫人几乎只想着两位外甥，光顾着跟他们俩说话，特别是跟达西说话，而很少搭理屋里其他人。

菲茨威廉上校倒似乎很乐意见到他们。罗辛斯的生活实在单调，他真想能调剂一下。再说，柯林斯夫人的那位漂亮朋友又十分讨他喜欢。他眼下就坐在她身边，绘声绘色地讲到了肯特郡和

196

赫特福德郡，旅行和家居，新书和音乐，伊丽莎白听得津津有味，觉得在这间屋里从没这么有趣过。他们俩滔滔不绝地谈得正起劲，不觉引起了凯瑟琳夫人和达西先生的注意。达西先生立刻露出好奇的神情，将目光一次次地投向他们。过了不久，夫人也感到好奇，而且表现得更为露骨，因为她毫无顾忌地叫道：

"你们在说什么，菲茨威廉？你们在谈论什么？你在跟贝内特小姐说什么呀？说给我听听。"

"我们在谈论音乐，姨妈。"菲茨威廉迫不得已回答说。

"谈论音乐！那就请你们说大声些。我最喜欢音乐。你们谈论音乐，也该有我的份儿。我想，英国没有几个人能够像我这样真正欣赏音乐，也没有几个人比我情趣更高。我要是学过音乐，一定会成为一位大家。安妮要是身体好，多下点功夫，也会成为一位大家。我相信，那样一来，她准会演奏得十分动人。乔治亚娜学得怎么样啦，达西？"

达西先生满怀深情地把妹妹的技艺赞扬了一番。

"听说她这么有出息，我很高兴。"凯瑟琳夫人说，"请你替我转告她，她要是不多加练习，就休想出人头地。"

"你请放心，姨妈，"达西答道，"她用不着这样的劝告。她总是练得很勤。"

"那就更好。练习总不怕多。我下次给她写信的时候，一定要嘱咐她说什么也别偷懒。我常对年轻小姐们说，不经常练习，就休想在音乐上出人头地。我对贝内特小姐说过几次，她除非多练练，否则就永远也弹不好。柯林斯夫人虽然没有琴，我却常常对她说，欢迎她每天到罗辛斯来，弹弹詹金森太太房里的那架钢琴。

你知道，她在那间屋子里不会妨碍什么人的。"

达西先生见姨妈如此无礼，觉得有些难为情，因此没有搭理她。

喝过咖啡之后，菲茨威廉上校提醒伊丽莎白说，她答应过要弹琴给他听，于是伊丽莎白立即坐到了钢琴前面。上校拖过一把椅子，放在她旁边。凯瑟琳夫人听了半支歌，接着又像先前一样，跟另一位外甥谈起话来，后来这位外甥也离开了她，从容不迫地朝钢琴那边走去，选了个位置站好，恰好能把演奏者的漂亮面庞看个一清二楚。伊丽莎白看出了他的意图，刚到了一个可以停顿的地方，便扭过头来对他狡黠地一笑，说道：

"达西先生，你这副架势走来听琴，莫非是想吓唬我吧？尽管令妹确实弹得很出色，我也不害怕，我这个人生性倔强，绝不肯让人把我吓倒。别人越是想来吓唬我，我胆量就越大。"

"我不想说你讲错了，"达西答道，"因为你不会当真认为我存心吓唬你。我有幸认识了你这么久，知道你就喜欢偶尔说点言不由衷的话，从中得到很大的乐趣。"

伊丽莎白听见达西这样形容她，不由得纵情笑了起来，随即便对菲茨威廉上校说道："你表弟在你面前这样美化我，教你一句话也别相信我。我真不走运，本想在这里混充一下，让人觉得我的话多少还是可信的，却偏偏遇上了一个能戳穿我真实性格的人。说真的，达西先生，你也太不厚道了，居然把你在赫特福德了解到的我的缺欠，全给抖搂出来了——而且，请恕我直言，你这样做也太不高明——因为这会引起我的报复，说出一些事来让你的亲戚听了会吓一跳。"

"我才不怕你呢。"达西笑笑说。

"请你说给我听听，他有什么不是，"菲茨威廉上校嚷道，"我想知道他在生人面前表现如何。"

"那我就说给你听听——不过你要做好准备，事情非常可怕。你要知道，我第一次在赫特福德郡看见他，是在一次舞会上——你知道他在这次舞会上做什么了吗？他总共只跳了四曲舞！我不愿意惹你难过——不过事实就是如此。虽然男士很少，他却只跳了四曲舞，而且我知道得很清楚，当时不止一位年轻小姐，因为没有舞伴，只好冷坐在一旁。达西先生，你无法否认这个事实吧。"

"当时，除了自己一伙人以外，我无幸认识舞场里的任何一位女士。"

"不错。舞场里也不兴请人做介绍啦。唔，菲茨威廉上校，我下面弹什么？我的手指在恭候你的吩咐呢。"

"也许，"达西说，"我当时最好请人介绍一下，但我又不善于向陌生人自我推荐。"

"要不要问问你表弟，这究竟是什么缘故？"伊丽莎白仍然对着菲茨威廉上校说道，"要不要问问他：一个知书达礼、见多识广的人，为什么不善于把自己介绍给陌生人？"

"我可以回答你的问题，"菲茨威廉说，"而不用请教他。那是因为他怕麻烦。"

"我确实不像有些人那样有本事，"达西说，"遇到素不相识的人也能言谈自若。我不像有些人那样，就会听话听音，假装对对方的事情很感兴趣。"

"我弹起琴来，"伊丽莎白说，"手指不像许多女人那么熟练。

既不像她们那么有力，那么灵巧，也不像她们弹得那么有味。不过我总认为这都怪我自己，怪我不肯多练。我可不信我的手指就不中用，比不上哪个比我弹得强的女人。"

达西笑笑说："你说得完全正确。可见你的练习效率比别人高得多。凡是有幸听过你演奏的人，都不会觉得还有什么不足之处。我们两人都不愿在生人面前表现自己。"

说到这里，凯瑟琳夫人大声诘问他们在说什么，打断了他们的谈话。伊丽莎白立刻又弹起琴来。凯瑟琳夫人走上前来，听了几分钟，然后对达西说：

"贝内特小姐要是再多练习练习，再能请伦敦的名师指点指点，弹起来就不会有什么缺欠了。虽说她的情趣比不上安妮，但她很懂得指法。安妮要是身体好，能够多学学的话，一定会成为一位令人喜爱的演奏家。"

伊丽莎白望望达西，想看看他表妹受到这番赞扬，他是否竭诚表示赞同，不想当场和事后，她丝毫看不出任何相爱的迹象。从他对德布尔小姐的整个态度来看，她不禁为宾利小姐感到欣慰：假如她跟达西是亲戚的话，达西同样可能娶她。

凯瑟琳夫人继续对伊丽莎白的弹奏说长道短，夹带着还就演奏和鉴赏问题做了许多指示。伊丽莎白出于礼貌，只好耐心地听着。后来，应两位先生的请求，她依然坐在那里弹琴，直到夫人的马车备好了，要送他们回家。

第九章

第二天早晨，柯林斯夫人和玛丽亚有事到村里去了，伊丽莎白独自坐在房里给简写信。写着写着，猛地一惊，只听门铃响了，知道准是来了客人，她没有听见马车声，心想或许是凯瑟琳夫人来了，不禁有些畏怯，便赶忙收起那封写了一半的信，免得她又要问些不三不四的问题。就在这当口，门打开了，使她大为吃惊的是，达西先生走了进来，而且只有他一个人。

达西见她一个人待在屋里，似乎也很惊讶，连忙道歉说，他还以为夫人小姐们全在家里，所以才贸然闯了进来。

两人坐了下来，伊丽莎白问了些罗辛斯的情况之后，双方似乎大有陷入僵局的危险。因此，非得想点话说说不可。就在这紧急关头，她想起了上次在赫特福德郡跟他见面的情形，觉得很好奇，想要听听他如何解释那次匆匆的离别，于是便说：

"达西先生，你们去年十一月离开了内瑟菲尔德，一个个走得多么突然啊！宾利先生见你们立即接踵而至，一定感到大为惊喜，因为我好像记得，他只比你们早走一天，你离开伦敦的时候，但

201

达西先生走了进来，而且只有他一个人

愿他和他姐姐妹妹身体都好。"

"好极了，谢谢你。"

伊丽莎白发觉对方没有别的话回答她，停了一会儿又说：

"我想，宾利先生大概不打算再回到内瑟菲尔德了吧？"

"我从来没听他这么说过。不过，他将来在那里盘桓的时间可能微乎其微。他有许多朋友，处在他这个年纪，交际应酬正与日俱增。"

"如果他不打算在内瑟菲尔德多住的话，对于街坊四邻来说，他最好彻底放弃那个地方，这样一来，我们就可以得到一个稳定的邻居。不过，宾利先生租下那幢房子，恐怕主要是为了方便自己，并没顾念到街坊邻里，我看这房子他保留也好，退掉也好，都会基于同一原则。"

"我料想，"达西说，"他一旦买到合适的房子，就会退掉内瑟菲尔德。"

伊丽莎白没有回答。她唯恐再谈论他那位朋友。既然别无他话可说，她决定让对方动动脑筋，另找个话题。

达西领会了她的用意，过了不久便说："这所房子好像倒挺舒适。我想柯林斯先生刚来亨斯福德的时候，凯瑟琳夫人一定大大修缮了一番。"

"我想是的——而且我相信，她的好心没有白费，天下没有比柯林斯先生更能感恩戴德的人了。"

"柯林斯先生看样子挺有福气，娶了这样一位太太。"

"是的，的确有福气。他的朋友们真应该为他高兴，难得这样一个聪明女人倒肯嫁给他，嫁了他又能给他带来幸福。我的朋友是个极其聪明的女人——虽说她嫁给柯林斯先生，我并不认为做得十分明智。不过她好像十分幸福，再说用审慎的眼光看来，这对她当然是一门很好的姻缘。"

"离娘家和朋友这么近，她一定觉得很称心。"

"你说很近吗？都快五十英里啦。"

"只要路好走，五十英里算什么？只不过半天的旅程。是的，我认为很近。"

"我绝不会把这个距离视为这门亲事的一个有利条件，"伊丽莎白大声说道，"我绝不会说柯林斯夫人嫁得离家近。"

"这说明你太留恋赫特福德。依我看，你哪怕走出朗伯恩一步，都会嫌远。"

达西说这话的时候，脸上浮出了一丝微笑，伊丽莎白心想她明白这其中的意味：他一定以为她想起了简和内瑟菲尔德。于是，她红着脸笑道：

"我并不是说，女人出嫁离娘家越近越好。远近是相对的，取决于种种不同的情况。只要家里有钱，不在乎路费，远一些也无妨。不过，他们的情况就不同了。柯林斯夫妇虽然收入不少，但也经不起常来常往。我相信，即使把目前的距离缩短到不足一半，我的朋友也不会自称离娘家近。"

达西先生把椅子朝她跟前移了移，说道："你可不该有这么重的乡土观念。你不会是一直待在朗伯恩的吧。"

伊丽莎白神色有些惊异。达西心里一沉，连忙把椅子往后拖了拖，从桌子上拿起一张报纸，随意溜了一眼，一面用较为冷静的口吻说道：

"你喜欢肯特吗？"

于是，两人便议论了几句肯特郡，彼此神情镇定，言词简洁。不一会儿工夫，夏洛特姐妹俩散步回来了，他们也就中止了谈话。那姐妹俩见两人在促膝谈心，不觉有些惊奇。达西先生连忙解释说，他误以为她们都在家，不想却打扰了贝内特小姐，随后又稍坐了几分钟，也没跟谁多说话，便起身告辞了。

"这是什么意思呀！"达西一走，夏洛特便说道，"亲爱的伊莱扎，他一定爱上你啦，否则绝不会这么随随便便来看我们。"

伊丽莎白把他刚才闷声不响的情形说了说，夏洛特又觉得自己纵有这番好意，看上去却不大像是这么回事。她们东猜西猜，最后只能这样认为：他来这里是因为闲得无聊。到了这个季节，倒也可能出现这种情况。一切野外活动都停止了。家里虽然有凯瑟琳夫人，有书，还有张台球桌，但是男人家总不能老闷在家里。既然牧师住宅相隔很近，走到那里可以散散心，再说那里的人们也挺有趣，两位表兄弟在这段做客期间，差不多每天都禁不住要往那里走一趟。他们总是或早或迟地趁上午去，有时单独行动，有时一道前往，间或还由姨妈陪着。几位女士都看得出来，菲茨威廉上校之所以来访，是因为他喜欢跟她们交往，这当然使大家越发喜欢他。伊丽莎白愿意和他在一起，他显然也爱慕伊丽莎白，这双重因素促使伊丽莎白想起了以前的心上人乔治·威克姆。将这两人加以比较，她发现，菲茨威廉上校的举止不像威克姆那么温柔迷人，然而她相信，他的头脑却聪明无比。

但是达西先生为什么常到牧师家来，却越发让人难以捉摸。他不可能是为了凑热闹，因为他往往坐在那里十分钟也不开口，难得说上几句，好像也是迫不得已，而不是出于自愿——为了礼貌起见，而不是心里高兴。他很少有兴高采烈的时候。柯林斯夫人简直摸不透他。菲茨威廉上校有时候笑他呆头呆脑，可见他平常并非如此，然而柯林斯夫人凭着自己对他的了解，却悟不出这一点。她倒宁愿相信这种变化是恋爱所造成的，而且恋爱对象就是她的朋友伊莱扎，于是她便一本正经地留起神来，要把事情查个明白。每当她们去罗辛斯，或是达西来亨斯福德，她总是注意观察他，但是没有多大效果。他当然常常望着她的朋友，但那究竟是一种什么眼神，却还值得斟酌。他的目光是诚恳和专注的，但她常常怀疑这里面究竟包含多少爱慕之情，有时候看上去只不过是心不在焉而已。

她曾经向伊丽莎白提示过一两次，说达西可能倾心于她，但伊丽莎白总是付之一笑。柯林斯夫人认为不应当在这个问题上逼得太紧，以免撩得人家动了心，到头来只落个一场空。她觉得毫无疑问，她的朋友只要确认已经把达西抓在手中，对他的厌恶之情也就会烟消云散。

她好心好意地为伊丽莎白设想，有时候打算让她嫁给菲茨威廉上校。他是个无比可爱的人，当然也爱慕伊丽莎白，社会地位又极为合适。不过，达西先生在教会里拥有很大势力，而他表兄却丝毫没有这种势力，于是他那些优点也就全给抵消了。

第十章

　　伊丽莎白在庄园里散步的时候，不止一次意外地碰见了达西先生。她觉得自己倒霉透顶，来这里见不到别人，却偏偏遇见他。为了防止再出现这种情况，她从一开始就告诉他，她常爱到这里溜达。因此，再出现第二次可就怪啦！然而确实有了第二次，甚至第三次。看起来，他像是有意跟她过不去，或者主动来赔不是，因为这几次他不光是客套几句，尴尬地沉默一阵就走开，而是觉得必须掉过头来，陪她走一走。他从不多说话，伊丽莎白也懒得多讲，懒得多听。但是第三次见面的时候，他问了她几个稀奇古怪、不相关联的问题——问她在亨斯福德快活不快活，为什么喜欢一个人散步，是不是认为柯林斯夫妇很幸福。谈到罗辛斯，伊丽莎白说她不大了解那家人，达西仿佛期望她以后再来肯特郡，还会住在这里。他话里似乎含有这层意思。难道他在替菲茨威廉上校着想？她觉得，他若是当真话中有话，那一定是暗示那个人对她有些动心。她觉得有点懊恼，好在已经走到牧师住宅对过的栅栏门口，因此又觉得很高兴。

一天，她正一面散步，一面重新读着简上次的来信，反复琢磨着简心灰意冷中写下的那些话。恰在这时，她又让人吓了一跳，不过抬头一看，发现这次并不是达西先生，而是菲茨威廉上校向她迎面走来。她立刻收起信，勉强做出一副笑脸，说道：

"没想到你也会到这里来。"

"在庄园里兜一圈，"菲茨威廉答道，"我每年要兜一次。兜完了去拜访一下牧师家。你还要往前走好远吗？"

"不，马上就要回去了。"

于是，她果真转过身，两人一起朝牧师住宅走去。

"你星期六真要离开肯特吗？"伊丽莎白问道。

"是的——如果达西不再拖延的话。不过我得听他摆布。他喜欢怎么安排就怎么安排。"

"即使安排的结果不中他的意，至少能为有权做主而感到扬扬得意。我从来没有见过哪一个人，能像达西先生那样喜欢专权做主，为所欲为。"

"他的确喜欢自行其是。"菲茨威廉上校答道，"不过我们大家都是如此。只不过他比一般人更有条件这么做，因为他有钱，一般人比较穷。我说的是实心话。你知道，长子下面的儿子可就不得不克制自己，仰仗别人。[1]"

"照我看来，一个伯爵长子下面的儿子对这两方面就不会有什么体验。说正经的，你又懂得什么叫克制自己和仰仗别人呢？你什

1　在当时的封建社会中，财产全由长子继承，其余的儿子因为没有生活来源，只得仰仗兄长或朋友资助。

么时候因为没有钱，想去什么地方去不成，或者喜爱一样东西买不成？"

"你问得好——也许这方面的苦头我没吃过多少。但在重大问题上，我可能就得因为没有钱而吃苦了。长子下面的儿子就不能想娶谁就娶谁。"

"除非是想娶有钱的女人，我想他们往往喜欢这样。"

"我们花钱花惯了，因此不得不依赖别人。处于我这种地位，结婚又能不注重钱，这种人可为数不多呀。"

"他这话，"伊丽莎白心里暗想，"是故意说给我听的吧？"她想到这里，不由得脸红了。但她立刻又平静下来，用活泼的语调说道："请问，一个伯爵长子下面的儿子一般的身价是多少？我想，除非兄长体弱多病，你的要价总不能超过五万镑吧。"

菲茨威廉也用同样的口吻回答了她，这事便绝口不提了。但是，伊丽莎白又怕这样沉默下去，会让对方以为她听了那话心里不是滋味，便立即说道：

"我想，你表弟带你来这里，主要是为了要有个人听他摆布。不知道他怎么还不结婚，找一个人一辈子听他摆布。不过，他眼下有个妹妹兴许也行了。既然他妹妹完全由他一个人照管，他可以随心所欲地对待她了。"

"不，"菲茨威廉上校说，"这份好处他还得跟我一起分享。我与他同是达西小姐的监护人。"

"真的吗？请问，你们两位监护人当得怎么样？关照起来挺棘手的吧？她这般年纪的小姐有时候不大好对付，如果她继承的完全是达西家的脾气，她也会自行其是的。"

伊丽莎白说这话的时候，发觉菲茨威廉上校一本正经地望着她。他当即问她为什么认为达西小姐会让他们感到棘手，看他问话时的神情，她越发相信自己猜得八九不离十。于是她立即回答道：

　　"你不必惊慌。我从没听说她有什么不好，也许她是世界上最听话的一位姑娘。我认识的夫人小姐中，有几个人特别喜欢她，比如赫斯特夫人和宾利小姐。我好像听你说过，你也认识她们。"

　　"有点认识。她们的兄弟是个和蔼可亲的人，很有绅士派头——他是达西的好朋友。"

　　"哦！是的。"伊丽莎白冷冷地说道，"达西先生待宾利先生好极了，对他关怀得无微不至。"

　　"关怀他！是的，我的确相信，在他最需要关怀的节骨眼上，达西还真能关怀他。我在来这里的路上听他说了一件事，因此可以料想宾利多亏他帮了忙。不过，我应该请他原谅，我不敢断定他说的那个人就是宾利。那全是猜测。"

　　"你这话是什么意思？"

　　"这件事达西当然不愿意让外人知道，免得传到女方家里，惹得人家不高兴。"

　　"你放心好了，我不会说出去的。"

　　"请记住，我没有充足的理由料想就是宾利。达西只是告诉我说：他感到很庆幸，最近帮助一位朋友摆脱了窘境，放弃了一门冒昧的婚姻，但他没有指名道姓，也没细说其他情况。我只不过怀疑是宾利，因为我相信他那样的青年容易陷入那种窘境，还知道他们俩整个夏天都待在一起。"

　　"达西先生有没有告诉你他为什么要干预？"

"听说那位小姐有些条件很不理想。"

"他用什么手段把他们拆散的？"

"他没有说明用什么手段，"菲茨威廉含笑说，"他只对我说了我刚才告诉你的那些话。"

伊丽莎白没有回答，继续往前走着，心里怒不可遏。菲茨威廉望了望她，问她为什么这样思虑重重。

"我在琢磨你刚才说的这件事，"伊丽莎白说，"我想不通你表弟为什么要这样做。凭什么要他做主？"

"你认为他的干预是多管闲事吗？"

"我真不明白，朋友谈恋爱，达西先生有什么权利断定合适不合适。他怎么能只凭个人的一己之见，就来决定并指挥朋友如何去获得幸福。不过，"她平了平气，继续说道，"我们既然不了解内中底细，要指责他也不公平。也许那两人之间没有什么感情。"

"这种推断倒不能说不合情理，"菲茨威廉说，"可我表弟本来十分得意，你那样说岂不大大抹杀了他的功劳。"

他这话本是说着逗趣的，但伊丽莎白觉得，这倒是对达西先生的真实写照，因此她也不便回答，只好突然改变话题，谈些无关紧要的事情。说着说着，不觉来到牧师住宅。客人一走，她便把自己关进房里，好清静地想想刚才听到的话。她认为，菲茨威廉所说的那对男女，肯定是与她有关的两个人。达西先生能够如此任意摆布的人，天下绝不会有第二个。他参与了拆散宾利先生和简的活动，对此她从来不曾怀疑过，但她总认为主谋是宾利小姐，主要是她策划的。现在看来，如果达西不是出于虚荣心而夸大了自己的作用的话，那么简目前所遭受的百般痛苦，以及以后还要遭受的种种痛苦，都要归罪于他，归罪于他的傲慢与任性。一个天下最温柔、最宽厚的女子，幸福的希望一下子全让他给葬送了，而且谁也说不准，他造下的这桩冤孽何年何月才能了结。

"那位小姐有些条件很不理想。"这是菲茨威廉上校的原话。这些不理想的条件也许是指她有个姨父在乡下当律师，还有个舅父在伦敦做生意。

"至于简本人，"她大声嚷道，"根本不会有什么不足的地方。她真是太可爱，太善良啦！她脑子灵，修养好，风度又迷人。我父亲也没有什么可挑剔的，他虽然有些怪癖，却具有达西先生不可小看的能力，以及他可能永远不可企及的体面。"当然，当她想到母亲的时候，信心略有些动摇。但她又认为，这方面的缺欠对达西先生不会有多大影响，因为她相信，达西先生觉得最使他有伤自尊的，是他的朋友跟门户低微的人家结亲，至于这家人有没有见识，他倒不会过于计较。她最后断定，达西一方面是被这种可恶透顶的傲慢心理所支配，另一方面是想把他妹妹许配给宾利先生。

这件事她越想越气，忍不住哭了起来，最后搅得头也痛了。到了晚上，头痛得实在厉害，再加上不愿意看见达西先生，便决定不陪表兄表嫂去罗辛斯吃茶点。柯林斯夫人见她确实不舒服，也就不再勉强她，而且尽量不让丈夫勉强她。但是柯林斯先生不禁有些提心吊胆，唯恐她待在家里会惹得凯瑟琳夫人不悦。

第十一章

等柯林斯夫妇走了之后，伊丽莎白仿佛想要进一步激发她对达西先生的深仇大恨似的，拿出她到肯特以来简写给她的所有信件，一封封地细读了起来。信上没有实在的抱怨，既没重提过去的旧事，也没诉说目前的痛苦。本来，简素性娴静，待人和善，写起信来从不阴阴郁郁的，笔调总是十分欢快；可现在却好，在她所有的信中，甚至在每封信的每一行里，却全然找不见这种欢快的笔调。伊丽莎白第一次读得比较马虎，这一次仔细读来，觉得信上每句话都流露出坐立不安的心情。达西先生恬不知耻地吹嘘说，他最善于让人受罪，这就使她越发深切地体会到姐姐的百般痛苦。她心里略觉宽慰的是，达西后天就要离开罗辛斯，而使她更觉宽慰的是，再过不到两周，她又可以和简在一起，而且可以凭借感情的力量，帮助她重新振作起精神。

一想到达西就要离开肯特，便不免记起了他表兄也要跟他一起走。不过，菲茨威廉上校已经表明对她毫无意图，因此，他虽然讨人喜欢，她却不想因为他而自寻苦恼。

读简的信

刚想到这里，突然听到门铃响，她以为是菲茨威廉上校来了，心头不由为之一振，因为在这之前，他有天夜晚来过一次，这次可能是特地来问候她。但她立即便打消了这个念头，使她万分惊讶的是，进来的竟是达西先生，她的情绪又顿时低落下来。达西匆匆忙忙地立即问她身体好了没有，说他之所以来这里，就是希望听到她康复的好消息。伊丽莎白冷漠而不失礼貌地回答了他。达西坐了一会儿，然后站起身来，在屋里踱来踱去。伊丽莎白感到奇怪，但是没有作声。沉默了几分钟之后，达西带着激动的神情走到她跟前，说道：

"我克制来克制去，实在撑不住了。这样下去可不行。我的感情再也压抑不住了。请允许我告诉你，我多么敬慕你，多么爱你。"

伊丽莎白惊讶得简直无法形容。她瞪着眼，红着脸，满腹狐疑，闷声不响。达西见此情景，以为她在怂恿他讲下去，便立即倾诉了目前和以往对她的一片深情。他说得十分动听，但是除了爱慕之情外，还要详尽表明其他种种情感……而且吐露起傲慢之情来，绝不比倾诉柔情蜜意来得逊色。他觉得伊丽莎白出身低微，他自己是降格以求，而这家庭方面的障碍，又使得理智与心愿总是两相矛盾。他说得如此激动，似乎由于他在屈尊俯就的缘故，却未必能使他的求婚受到欢迎。

伊丽莎白尽管打心眼里厌恶他，但是能受到这样一个人的爱慕，她又不能不觉得是一种恭维。虽说她的决心不曾有过片刻的动摇，但她知道这会给对方带来痛苦，因此开头还有些过意不去。然而他后来的话激起了她的怨恨，她的怜悯之情完全化作了愤怒。

不过她还是尽量保持镇定，准备等他把话说完，再耐着性子回答他。达西临了向她表明，他爱她爱得太强烈了，尽管一再克制，还是觉得克制不住；并且表示说，希望她能接受他的求婚。伊丽莎白不难看出，他说这些话的时候，自以为肯定会得到个满意的答复。他虽然嘴里说自己又担忧又焦急，但是脸上却流露出一副稳操胜券的神气。这种情态只会惹对方更加恼怒，因此等他一讲完，伊丽莎白便红着脸说道：

"在这种情况下，按照常规，人家向你表白了深情厚意，你不管能不能给以同样的报答，都应该表示一下自己的感激之情。有点感激之情，这也是很自然的，我要是真觉得感激的话，现在也会向你表示谢意的。可惜我不能这么做——我从不企望博得你的青睐，再说你这种青睐也表露得极为勉强。很抱歉，我会给别人带来痛苦。不过那完全是无意造成的，而且我希望很快就会过去。你告诉我说，你以前有种种顾虑，一直未能向我表明你的好感，现在经过这番解释之后，你很容易就能克制住这种好感。"

达西先生这时正倚着壁炉架，两眼直瞪瞪地盯着她，好像听了她这番话，心里又惊奇又气愤。他气得脸色铁青，整个神态处处显现了内心的烦扰不安。他竭力装出镇定自若的样子，不等到自以为装像了就不开口。这番沉默使伊丽莎白感到可怕。最后，达西以强作镇定的口气说道：

"我真荣幸，竟然得到这样的回答！也许我可以请教一下，我怎么会遭到如此无礼的拒绝？不过这也无关紧要。"

"我也想请问一声，"伊丽莎白答道，"你为什么要这样如此露骨地冒犯我，侮辱我，非要告诉我你是违背自己的意志、理智甚至人格而喜欢我？如果说我当真无礼的话，这难道不也情有可原吗？不过令我恼怒的还有别的事情。这一点你也知道。退一万步说，即使我对你没有反感，跟你毫无芥蒂，甚至还有几分好感，难道你认为我会鬼迷心窍，居然去爱一个毁了（也许永远毁了）我最心爱的姐姐的幸福的人吗？"

达西先生听了她这些话，脸色唰地变了。不过他很快又平静下来，也没想着去打断她，只管听她继续说下去：

"我有充分的理由鄙视你。你在那件事上扮演了很不正当、很不光彩的角色，不管你动机如何，都是无可宽容的。说起他们两人被拆散，即使不是你一手造成的，你也是主谋，这你不敢抵赖，也抵赖不了。看你把他们搞的，一个被世人指责为朝三暮四，另一个被世人讥笑为痴心妄想，害得他们痛苦至极。"

她说到这里顿住了，见达西那副神气，完全没有一丁点懊悔之意，真气得非同小可。他甚至还装作不相信，笑吟吟地望着她。

"你敢说你没干吗？"伊丽莎白又问了一遍。

达西故作镇定地答道："我不想否认，我的确竭尽全力拆散了我的朋友和你姐姐的姻缘，并且还为自己的成功感到高兴。我对宾利比对自己还要关心。"

伊丽莎白听了他这番文雅的词令，表面上不愿显出很在意的样子，不过她倒明白这番话的意思，因此心里也就不可能消气。

"我还不光是在这件事上厌恶你，"她继续说道，"早在这件事发生之前，我对你就有了看法。好几个月以前，我从威克姆先生那里了解了你的人品，你在这件事上还有什么好说的？你能虚构出什么友谊举动来替自己辩护？你又将如何颠倒黑白，欺骗世人？"

"你对那位先生的事倒十分关心呀。"达西说道，话音不像刚才那么镇定，脸色变得更红了。

"凡是了解他不幸遭遇的人，谁能不关心他？"

"他的不幸遭遇！"达西轻蔑地重复了一声，"是呀，他的遭遇是很不幸。"

"而且都是你一手造成的，"伊丽莎白使劲嚷道，"你把他逼到如此贫困的地步——当然是相对而言。你明知应该属于他的利益，却不肯交给他。他正当年轻力壮，理应享有那笔足以维持闲居生活的资产，你却剥夺了他的这种权利。这全是你干的好事！可是人家一提到他的不幸，你还要加以鄙视和讥笑。"

"这就是你对我的看法！"达西一边叫嚷，一边疾步向屋子那头走去，"你原来是这样看我的！谢谢你解释得这么详尽。这样看来，我真是罪孽深重啦！也许，"他停住脚，扭过头来对她说道，"只怪我老实坦白了以前迟疑不决的原因，结果伤害了你的自尊心，否则你也不会计较这些过失了。假如我要点手腕，把内心的矛盾掩饰起来，一味恭维你，让你相信我从理智到思想，各方面都对你怀有无条件的、纯洁的爱，你也许就不会这样苛责我了。可惜我厌恶任何形式的伪装。我也不为刚才所说的种种顾虑感到羞耻。这些顾虑是自然的，正当的。难道你指望我会为你那些微贱的亲戚而欢欣鼓舞吗？难道你期望我因为要结攀一些社会地位远远不如我的亲戚而感到庆幸吗？"

伊丽莎白越听越气愤，然而她还是平心静气地说道：

"达西先生，假如你表现得有礼貌一些，我拒绝了你也许会觉得过意不去，除此之外，你要是以为你的表白方式还会对我产生别的影响，那你就想错了。"

她见达西为之一惊，但却没有作声，于是她又接着说下去：

"任你采取什么方式向我求婚，也不会诱使我答应你。"

达西又显出非常惊讶的样子。他带着诧异和屈辱的神情望着对方。伊丽莎白继续说道：

"从我最初认识你的时候起，几乎可以说，从我刚一认识你的那刻起，你的言谈举止就使我充分意识到，你为人狂妄自大，自私自利，无视别人的感情，这就导致了我对你的不满，以后又有许多事，致使我对你深恶痛绝。我认识你还不到一个月的时候，就觉得哪怕我一辈子找不到男人，也休想让我嫁给你。"

"你说够了吧，小姐。我完全理解你的心情，现在我只对我自己的那些想法感到羞耻。请原谅我耽搁了你这么多时间，请允许我衷心祝愿你健康幸福。"

他说完这几句话，便匆匆走了出去。接着，伊丽莎白就听见他打开大门走了。

她这时心烦意乱，痛苦不堪。她不知道如何支撑自己，实在觉得太虚弱了，便坐在那里哭了半个钟头。回想起刚才的情景，真是越想越奇怪。达西先生竟然会向她求婚！而且会爱上她好几个月！他会那样爱她，竟然不顾种种不利因素，想要和她结婚。想当初，正是基于这些不利因素，他才出来阻挠他的朋友娶简为妻，可见轮到他自己头上，他至少会同样注重这些不利因素——这简直不可思议！一个人能在不知不觉中博得别人如此热烈的爱慕，这也足以自慰了。但是，他为人傲慢，而且傲慢到令人发指的地步，居然恬不知耻地承认他破坏了简的好事，承认的过程中虽然不能自圆其说，却流露出一种无可宽恕的狂妄神气，还有他提起威克姆先生时，根本是满不在乎，全然不想否认他对他的残酷无情——一想到这些事，她一时因为念及他的一片衷情而激起的恻隐之心，也顿时化为乌有。

她这样回肠九转地左思右想，直到后来听见凯瑟琳夫人的马车声，才意识到她这副模样见不得夏洛特，便匆匆回自己房里去了。

第十二章

伊丽莎白夜里一直冥思苦想到合上眼睛为止。第二天早晨醒来，又陷入了同样的冥思苦想。她仍然对那件事感到诧异，无法想到别的事情上去。她根本没有心思做事，一吃过早饭，便决定出去透透气，散散步。她刚想往她最喜欢的那条道上走去，忽然记起达西先生有时也上那儿来，于是便止住了步。她没有走进庭园，却踏上了那条小道，以便离开大路远一些。她依然沿着栅栏走，不久便走过了一道园门。

她沿着这段小道来回走了两三趟，禁不住被清晨的美景吸引住了，便在园门前停住了脚，朝园内望去。她到肯特五个星期以来，乡下发生了很大的变化，早绿的树木一天比一天青翠。她正要继续往前走，蓦然看见庭园边缘的小树林里有个男子，正朝她这里走来。她怕是达西先生，便赶忙往回走。但是那人已经走得很近，可以看见她了，只见他匆匆忙忙往前赶来，一面喊了声她的名字。伊丽莎白已经扭头走开了，但是一听见有人喊她，虽然听声音知道是达西先生，却只得再朝园门口走来。这时候，达西也来到园门口，拿出一封信给她，她身不由己地接住了。达西带着傲慢而镇定的神气说道："我在林子里转悠好久了，希望能碰见你。请你赏个脸，看看这封信好吗？"说罢微微鞠了个躬，重新走进林子里，立刻不见了。

伊丽莎白并不指望从中获得什么乐趣，但是出于极其强烈的好奇心，还是拆开了信。使她更为惊奇的是，信封里装着两张信纸，写得密密麻麻，满满当当。信封上也写满了字。她一面沿着小路走，一面开始读信。信是早晨八点钟在罗辛斯写的，内容如下：

小姐：接到这封信时，请你不要惊慌。昨天晚上向你倾诉衷情，提出求婚，结果使你那样厌恶，我自然不会在这里再表衷情，或者再次求亲。我不想谈论自己的心愿，免得惹你痛苦，自讨没趣；为了我们双方的幸福，应该尽快忘掉那些心愿。我之所以要写这封信，写了又要你费神去读，实因事关我的人格，否则倒可以双方省事，我不用写，你也不用读。因此，你得原谅我冒昧地劳你费神。我知道你绝不会愿意劳神，但我要求你公正地读读这封信。

昨天晚上，你把两个性质不同、轻重不等的罪名加在我头上。你先是指责我无视双方的情意，拆散了宾利先生和你姐姐的好事，接着指责我无视别人的权益，不顾体面和人道，毁坏了威克姆先生那指日可待的富贵，葬送了他的前途。我蛮横无理，抛弃了自己小时候的朋友，先父生前公认的宠幸，一个无依无靠的青年，从小就指望我们的恩赐，这真是大逆不道，相比之下，拆散一对只有几周交情的青年男女，实在是小巫见大巫。下面我要如实地陈述一下自己的行为和动机，希望你读完之后，将来不再像昨天晚上那样对我严词苛责。在进行必要的解释时，如果迫不得已要讲述一些自己的情绪，因而引起你的不快，我只得向你表示歉意。既是出于迫不得已，那么再多道歉就未免荒谬。我到赫特福德郡不久，便和别人一样，看出了宾利先生在当地的年轻小姐中特别喜爱令姐。但是，直到内瑟菲尔德举行舞会的那天晚上，我才担心他真正萌发了爱恋之意。我以前也常见他坠入情网。在那次舞会上，我有幸跟你跳舞时，才偶然从威廉·卢卡斯爵士那里得知，宾利向令姐献殷勤已经弄得沸沸扬扬，大家都以为他们要结婚了。听威廉爵士讲起来，好像事情已经十拿九稳，只是时间没有说定。从那时起，我就密切关注我朋友的行为，可以看出他对贝内特小姐一片深情，与我以往见到的情形大不相同。我也注意观察令姐。她的神情举止依然像平常那样开朗，那样活泼，那样迷人，但是丝毫没有倾心于谁的任何迹象。经过一个晚上的仔细观察，我依然认为：令姐虽然乐意接受宾利的殷勤，但她并没有情意绵绵地来逗引他。如果在这件事上你没搞错的话，那一定是我弄错了。你更了解自己的姐姐，因此很可能是我弄错了。倘若事实果真如此，倘若果真是我弄错了，以致造成令姐的痛苦，那也就难怪你如此气愤。不过恕我直言，令姐神态那样安详，明眼人不难看出，她尽管性情温柔，但她那颗心却不大容易打动。我当初确实希望她无动于衷，但是我敢说，我的观察和推断通常不受主观愿望或顾虑的影响。我认为令姐无动于衷，并不是我希望如此。我的看法毫无偏见，我的愿望也合情合理。我昨天晚上说，这门婚事有些不利因素，若是轮到我头上，还真得具有极大的感情力量，才能撇开这些因素。其实，我之所以反对这门婚事，还不仅仅是为了那些理由。关于门楣低贱的问题，我的朋友并不像我那么计较。但是，这门婚事还有些其他让人厌弃的原因，这些原因虽说至今仍然存在，而且在两桩事里同样存在着，不过我现在是眼不见为净，总想尽量忘掉这些问题。在此必须谈谈这些原因，纵使简单谈谈也好。你母亲的娘家虽然不够体面，但是比起你们家的全然不成体统来，却又显得无足轻重了。你母亲和三个妹妹始终一贯地表现得不成体统，有时候连你父亲也在所难免。请原谅我。其实，冒犯了你我也感到痛苦。你本来就为亲人的缺点感到难受，经我这么一说，你会越发不高兴。不过你要想一想，你和令姐举止优雅，人家非但没有责难到你们俩头上，反而对你们赞赏备至，称许你们的见识和性情，这应该使你们感到欣慰。我还要告诉你：我见到那天晚上的情形，不禁越发坚定了我对各个人的看法，因而也就越想阻止我的朋友，不让他缔结这门极为不幸的婚姻。我相信你一定记得，他第二天就离开内瑟菲尔德到伦敦去了，打算不久就回来。现在再来解释一下我所扮演的角色。他姐姐妹妹跟我一样，也为这件事感到不安。我们立即发现彼此都有同感，觉得应该尽快把他们兄弟隔离起来，于是决定即刻动身去伦敦找他。我们就这样走了，一到了那里，我就赶忙向朋友指出了这门亲事的种种弊端。我苦口婆心，再三劝说。我这番规劝虽然动摇了他的决心，使他举棋不定，但我当时若不是紧接着又断然告诉他令姐对他并无情意，我想我那番规劝也许最终还阻挡不住这门亲事。在这之前，他总以为令姐即使没有以同样的衷情报答他，至少是在情恳意切地期待着他。不过宾利天性谦和，遇事缺乏自信，总是比较尊重我的意见。因此，要劝导他认识自己看错了人，那是件轻而易举的事。他认识了这一点之后，我们便进一步劝说他不要回到赫特福德，这简直不费吹灰之力。我并不责怪自己的这些举动。前后回想起来，我只做过一件亏心事，那就是令姐来到城里之后，我不择手段地向他隐瞒了这个消息。这件事不但我知道，宾利小姐也知道，但她哥哥直到现在还蒙在鼓里。其实，他们两个即使见了面，也未必会产生什么不良后果，但我觉得宾利并没有完全死心，见到令姐还会带来一定的危险。我这样隐瞒，这样遮掩，也许有失自己的身份。然而事情已经做过了，而且完全出于一片好意。关于这件事，我没有更多好说的，也不需要再道歉了。如果我伤了令姐的心，那也是出于无意。自然，我这样做你会觉得理由不充分，但我迄今还不觉得有什么不妥当的。关于另外那桩更重的罪名，说我亏待了威克姆先生，我只有一个办法加以驳斥：向你和盘托出他与我家的关系。我不知道他具体是怎么编派我的，但我在这里陈述的真相，可以找到不止一个信誉卓著的证人。威克姆先生的父亲是个非常可敬的人，他多年来掌管着彭伯利的全部家业，表现得十分称职，这就自然而然地使得先父愿意帮他的忙。乔治·威克姆是先父的教子，因而先父对他恩宠有加。先父供他上学，一直上到剑桥大学——这是对他最重要的帮助，因为他父亲让妻子胡花滥用折腾穷了，无力供他接受上等教育。这位年轻人言谈举止总是那么可爱，先父就喜欢和他交往。不仅如此，先父还非常器重他，希望他能从事教会职业，打算替他在教会安插个职位。至于说到我自己，早在好多年以前，我就把他看透了。他恶习累累，放荡不羁，虽然小心翼翼地加以遮掩，不让他最好的朋友察觉，但毕竟逃不脱一个和他年龄相仿的青年人的眼睛，我常可在他不提防的时候看出他的真容，而先父达西先生则得不到这种机会。说到这里又要引起你的痛苦了——痛苦到什么地步，只有你自己知道。但是，不管威克姆先生在你的心里勾起了什么样的情感，对其性质的怀疑绝不会阻止我来揭示他的真实品格——这里面甚至还难免别有用心。德高望重的先父大约在五年之前去世。他至终都十分宠爱威克姆先生，在遗嘱里特别叮嘱我，要在他职业允许的范围里尽力提拔他，如果他受了圣职，等俸禄优厚的牧师职位一有空缺，便立即让他补上。另外还给了他一千镑遗产。先父过世不久，他父亲也去世了，这两桩事发生后不到半年，威克姆先生便写信告知我，他最后决定不再接受圣职，要我再直接给他一些资金，借以取代他得不到的牧师俸禄，希望我不要认为这个要求不合理。他还说，他倒有意学法律，说我应该明白，靠一千镑的利息去学法律，那是远远不够的。我与其说相信他的诚挚，不如说希望他是诚挚的。不管怎么说，我欣然答应了他的要求。我知道威克姆先生不适宜当牧师，因此这件事很快获得解决：他彻底放弃接受圣职的权利，即使将来有条件担任圣职，也不再提出要求，作为交换条件，我拿出三千镑给他。这一来，我们之间似乎已经一刀两断。我实在看不起他，不再请他到彭伯利来玩，在城里也不和他来往。我想他主要住在城里，但所谓学法律只不过是个幌子，如今既然摆脱了一切羁绊，便整天过着游手好闲、放荡不羁的生活。大约有三年工夫，我简直听不到他的音讯。但是，原定由他接替的那个牧师去世以后，他又写信给我，要我举荐他。他说他的境况窘迫至极，这我当然不难相信。他发觉学法律太无利可图，现在已经下定决心，只要我肯举荐他接替这个职位，他就去当牧师。他相信我一定会推荐他，因为他看准我没有别人可以补缺，再说我也不会忘记先父的一片盛意。我没有答应他这个要求，拒绝了他的再三请求，你总不会因此而责怪我吧。他的境况越窘迫，对我的怨恨就越深。毫无疑问，他在背后骂起我来，会像当面骂得一样凶。经过这段时期以后，我们连一点点缘面上的交情也没有了。我不知道他是怎么生活的。不过真是冤家路窄，去年夏天他又害得我苦不堪言。现在，我要讲一件我自己都不愿意记起的事。这件事我本不想让任何人知道，但是这一次却非得说一说不可。说到这里，我相信你一定能保守秘密。我妹妹比我小十多岁，由我表兄菲茨威廉上校和我做她的监护人。大约一年前，我们把她从学校里接回来，安置在伦敦居住。去年夏天，她跟管家太太到拉姆斯盖特[1]去

1　拉姆斯盖特：英格兰肯特郡南部海滨城市，避暑胜地。

了。威克姆先生也跟到那里，无疑是别有用心。原来，他与杨格太太早就认识，我们也真不幸上了这位太太的当，没有看清她的真面目。仗着杨格太太的纵容和帮忙，他向乔治亚娜百般讨好，而乔治亚娜心肠太软，还铭记着他对她小时候的情意，竟被他打动了心，自以为爱上了他，答应跟他私奔。她当时才十五岁，因此也就情有可原。说明了她的鲁莽和大胆之后，我要高兴地添一句：还是她亲口告诉了我这件事。就在他们打算私奔前一两天，我突然来到他们那里。乔治亚娜一向把我这个兄长当作父亲般看待，不忍心让我伤心生气，于是向我供认了全部实情。你可以想象，我当时心里是什么滋味，会采取什么行动。为了顾全妹妹的名誉和情绪，我没有把事情揭露出来。但是我给威克姆先生写了封信，让他立即离开那个地方，当然杨格太太也给打发走了。毫无疑问，威克姆先生主要盯着我妹妹的三万镑财产，不过我又不禁在想，他可能很想趁机报复我一下。他的报复阴谋差一点得逞。小姐，我如实地陈述了与我们有关的几件事。如果你不觉得我在撒谎的话，我希望从今以后，你不要认为我对威克姆先生冷酷无情。我不知道他采取什么手段，运用什么谎言，来欺骗你的。不过，你以前对我们之间的事情一无所知，受他蒙骗也不足为奇。你既无从打听，当然又不喜欢猜疑。你可能会纳闷：为什么我昨天晚上没把这一切告诉你。我当时已经不能自主，不知道哪些话可讲，哪些话该讲。这里说的一切是真是假，我可以特别请菲茨威廉上校为我做证，他是我们的近亲，又是我们的至交，而且还是先父遗嘱的执行人之一，自然十分了解一切详情细节。假如你因为厌恶我，认为我的话一文不值，你绝不会因为同样的理由而不相信我表兄。为了让你来得及找他谈谈，我将设法找个机会，一早把这封信交到你手里。我只想再加一句：愿上帝保佑你。

菲茨威廉·达西

第 十 三 章

达西先生将信递给伊丽莎白的时候，如果说伊丽莎白并不期待信里会重新提出求婚，那她也完全没有想到信里会写些什么。一看是这样一些内容，你便可想而知，她读起信来心情是多么迫切，感情上给激起多大矛盾。她读信时的那番心情，简直无法形容。起初她感到惊奇，达西居然以为还能为自己辩白。接着她又坚定不移地相信，他根本无法自圆其说，他但凡有点廉耻感，就不会掩饰这一点。她抱着任你怎么说我也不相信的强烈偏见，读起了他所写的发生在内瑟菲尔德的那段事。她迫不及待地读下去，简直来不及仔细体味。读着前一句又急于想知道后一句，因而往往忽略了那前一句的意思。达西认为她姐姐对宾利先生没有情意，她当即断定他在撒谎。他谈到那门亲事的实在而糟糕透顶的不利因素时，她气得真不想再读下去了。他对自己的所作所为毫无悔恨的表示，这当然使她无从满意。他的语气也绝无悔改之意，反倒十分傲慢。真是盛气凌人，蛮横至极。

当达西接下去谈到威克姆先生时，她读起来神志才多少清醒了一些。其中许多事情与威克姆亲口自述的身世极为相似，如果情况属实的话，她以前对威克姆的好感便会给一笔勾销，这就使得她心情变得更加痛苦，更加难以形容。她感到不胜惊讶，忧虑，甚至恐惧。她真想完全不信他那些话，便一次次地嚷叫："一定是假的！这不可能！这是弥天大谎！"她把信读完以后，尽管稀里糊涂地并没闹清楚最后一两页说些什么，却赶忙把信收起来，正颜厉色地说，她才不理那个碴呢，决不再读那封信。

她就这样心烦意乱，不知所从，只顾往前走着。不过这样下去也不是办法，不到半分钟工夫，她又打开信，尽量定下心，又忍痛读起了跟威克姆有关的那些话，硬逼着自己去仔细玩味每句话的意思。信中所讲威克姆同彭伯利家的关系，与威克姆自己讲的完全一致；还有老达西先生对他的恩惠，虽说她以前并不知道具体内容，但是也与威克姆自己所说的完全吻合。到这里为止，双方所说的情况可以互相印证。但是一读到遗嘱问题，两人的说法就大相径庭了。威克姆说到牧师俸禄的那些话，她还记忆犹新。一想起那些话，就不免感到，他们俩总有一个人在撒谎，一时之间，她扬扬自得地认为，她这种想法不会有错。但她仔仔细细地一读再读时，威克姆放弃了接受牧师俸禄的权利，代而获得了三千镑的巨款，这些具体情况又使她踌躇起来。她收起信，不偏不倚地权衡了一下每个情节，仔仔细细地斟酌了一下每句话，看看是否真有其事，但是徒劳无益。双方只是各执一词。她只得再往下读。她原以为，任凭达西先生如何花言巧语，颠倒是非，也丝毫不能减轻他的卑鄙无耻，但信中每行话都清楚地表明，这件事只要换个说法，达西先生就能变得完全清白无辜。

他毫无顾忌地把骄奢淫逸的罪名加在威克姆先生头上，这使她大为骇然，加之她又提不出反证，因此也就越发惊骇。威克姆参加某郡民兵团之前，伊丽莎白还从未听说过他这个人，而他之所以要参加民兵团，也只是因为偶然在城里遇见一个以前有点泛泛之交的朋友，劝他加入的。对于他过去的生活方式，除了他自己所说的以外，她还一无所知。至于他的真正人品，她即便打听得到，也不想去寻根究底。就凭他那仪态音容，你马上就会觉得，他具备一切美德。她试图想起一点足以说明他品行端正的事例，想起一点他为人正直厚道的特性，以便使他免遭达西先生的诽谤，或者，至少可以凭借他的显著优点，来弥补他的偶然过失——达西先生说他长年游手好闲，行为不轨，她倒试图将之归为偶然的过失。可惜她想不出他有那样的好处。她一眨眼就能看见他出现在她面前，风度翩翩，谈吐优雅，但除了邻里的交口称誉，以及他用交际手腕在伙伴之间赢得的好感之外，她却想不出他还具有什么实在的优点。她在这一点上琢磨了半天之后，又继续读信。天哪！接下去读到他对达西小姐用心不良，她昨天上午跟菲茨威廉上校的谈话，在一定程度上印证了这一点。信上最后让她去问问菲茨威廉上校，看看他说的每个情况是否属实。她以前早就听菲茨威廉上校说过，他对他表弟的一切事情都很关心，再说她也没有理由去怀疑他的人格。她一度还几乎真想去问问他，但是又怕问起来觉得尴尬，便连忙煞住了这个念头，后来再想想，假如达西先生拿不准表兄会替他说话，那他绝不会贸然提出这样一个建议，于是她就干脆打消了这个念头。

那天晚上她与威克姆在菲利普斯先生家谈的那些话，她如今还记得清清楚楚。他有许多话，她依然记忆犹新。她现在才意识到，他不该跟一个陌生人讲这些话，她奇怪自己以前为什么没有察觉这一点。她发现，他那样标榜自己实在有些粗俗，而且他的言行也互相矛盾。她记得他曾经夸口说，他不怕见到达西先生，达西先生可以离开乡下，他威克姆决不退缩，然而，他却没敢参加下一周在内瑟菲尔德举行的舞会。她还记得，内瑟菲尔德那家人没有搬走之前，除了她以外，他没跟任何人谈起过自己的身世，但是那家人搬走之后，这件事便到处被人议论纷纷。他不遗余力、肆无忌惮地诋毁达西先生的人格，尽管他向她说过，他出于对那位先父的敬重，永远不会去揭他儿子的短。

现在看来，与他有关的一切跟以前是大不相同！他之所以向金小姐献殷勤，完全是着眼于金钱，真是令人可憎。金小姐财产不多，这并不说明他欲望不高，而只能证明他见钱就要眼红。他对她伊丽莎白也动机不纯，不是误以为她有钱，就是想博得她的喜爱，借以满足自己的虚荣心，而她自己也太不谨慎，居然让他看出了她喜爱他。她越想就对他越没有好感。为了进一步替达西先生辩护，她禁不住又想起宾利当初受到简盘问时，早就说过达西先生在这件事情上毫无过失。达西尽管态度傲慢，令人可憎，但自从他们认识以来（特别是最近他们经常见面，她对他的言行举止也更加熟悉），从没见过他有什么品行不端或是蛮不讲理的地方，从没见过他有什么违反教规或是伤风败俗的陋习。他的亲友们都很尊敬他，器重他，就连威克姆也承认他是个好哥哥，她还常常听见达西充满深情地说起自己的妹妹，说明他还有些亲切的情感。假如达西的所作所为真像威克姆说的那样恶劣，那种胡作非为也很难掩尽天下人的耳目。一个如此胡作非为的人，竟能跟宾利先生这样和蔼可亲的人结为好友，真令人不可思议。

她越想越觉得羞愧难当。无论想到达西，还是想到威克姆，她总觉得自己太盲目，太偏颇，心怀偏见，不近情理。

"我的行为多么可悲！"她大声叫道，"我还一向自鸣得意地认为自己有眼力，有见识呢！我还常常看不起姐姐的宽怀大度，为了满足自己的虚荣心，总是无聊或是无稽地胡乱猜疑。这一发现真让我感到羞愧啊！然而我也活该感到羞愧！我即使坠入情网，也不会盲目到如此可鄙的地步。不过我最蠢的，还不是坠入情网的问题，而是虚荣心在作怪。我起初认识他们两个的时候，一个喜欢我，我很得意，一个怠慢我，我就生气，因此，在对待他俩的问题上，我抱着偏见和无知，完全丧失了理智。我到现在才有了点自知之明。"

她从自己想到简，又从简想到宾利，随即立刻想起：达西先生对那件事的解释似乎很不充分，于是她又读信。第二次读起来效果就大不相同了。她既然在一件事情上不得不相信他，又怎么能在另一件事情上拒不相信他的话呢？他说他丝毫看不出来她姐姐对宾利有意思，于是她不禁想起了夏洛特的一贯看法。她也无法否认，达西把简形容得十分恰当。她觉得，简虽然感情热烈，但表面上却不露形迹，她平常那副安然自得的神态，让人很难看出她的多情善感。

当她读到他提起她家里人的那一段时，虽然话说得很尖锐，但却句句都是实情，因此她越发觉得羞愧难当。他的指责一针见血，让她无法否认。他特别提到内瑟菲尔德舞会上发生的情形，正是这些情形，首先促使他反对这门婚事。其实，这些情形不仅使他难以忘怀，也使她自己难以忘怀。

至于达西对她和她姐姐的恭维，她也不无感触。她听了比较舒心，但是并没因此而感到安慰。因为她家里人不争气，惹得他看不起，这很难让她从恭维中得到安慰。她认为，简的失恋实际上是她的至亲一手造成的，由此可见，亲人行为失检会给她们姐妹俩的声誉带来多大损害，一想到这里，她感到从未有过的沮丧。

她顺着小路走了两个钟头，心里不停地左思右想，又把许多事情重新考虑了一番，判断一下是否确有可能，面对如此突然、如此重大的变化，心里要尽量想开些。最后，她觉得有些疲乏，又想起出来好久了，便扭身往回走。进屋的时候，她希望自己看上去跟平常一样愉快，并且决计不再去想心思，免得跟人谈话老是走神。

人家当即告诉她，她外出期间，罗辛斯的两位先生先后来造访，达西先生是来辞行的，只待了几分钟，菲茨威廉上校跟她们起码坐了一个钟头，期望她能回来，几乎想要跑出去找她。伊丽莎白听说没见到这位客人，虽然表面上装出很惋惜的样子，心里却感到万分高兴。她心中再也没有菲茨威廉上校了，她一心只想着那封信。

第 十 四 章

第二天上午，两位先生离开了罗辛斯。柯林斯先生待在门房附近，等着给他们送行，回家时带回来一条好消息，说是经过刚才在罗辛斯的别恨离愁之后，两位先生看上去身体非常健康，精神也挺饱满。随后他又赶到罗辛斯，去安慰凯瑟琳夫人母女。他回到家里，又得意非凡地带来凯瑟琳夫人的口信，说老人家觉得心里沉闷，切望他们大家和她共进晚餐。

伊丽莎白一见到凯瑟琳夫人，就不禁在想，她当初假若愿意的话，现在倒要成为夫人没过门的外甥媳妇了。再想到那样一来夫人会多么气愤，她又禁不住笑了。"她会怎么说呢？她会怎么表现呢？"她觉得这些问题颇为有趣。

大家首先谈到罗辛斯少了两位嘉宾。"不瞒你们说，我心里难受极了，"凯瑟琳夫人说道，"我相信，谁也不会像我一样，朋友走了会觉得这么伤心。不过我特别喜欢这两个年轻人，我知道他们也很喜欢我！他们可真舍不得走啊！不过他们一向如此。那位可爱的上校直到临行前还能强打着精神，但是达西看上去难过极了，我看比去年还难过。他对罗辛斯的感情真是越来越深。"

说到这里，柯林斯先生赶忙恭维了一句，还暗示了一下原因，母女俩听了，都嫣然一笑。

吃过饭以后，凯瑟琳夫人说贝内特小姐好像不太开心，并且立即断定，她准是因为不愿意马上就回家去，接着又说道：

"如果真是那样的话，你得给你母亲写封信，求她让你在这里多待些日子。柯林斯夫人一定非常喜欢你和她做伴。"

"多谢夫人的好心挽留，"伊丽莎白答道，"可惜我不能领受你的盛情。我下星期六一定要进城去。"

"哎哟，那样一来，你在这里只住了六周啊。我原指望你能待上两个月。你没来之前，我就跟柯林斯夫人这么说过。你用不着走得这么急。贝内特太太一定会让你再待两周的。"

"可我父亲不让我待。他上周写信来催我回去。"

"哦！只要你母亲让你，你父亲当然会肯的。做父亲的向来不把女儿放在心上。你要是能再住满一个月，我就可以把你们两人中的一个带到伦敦，因为我六月初要去那里待一周。道森既然不反对驾四轮车，那就可以宽宽敞敞地带上你们中的一个。说真的，假使天气凉快的话，我倒不妨把你们两个都带上，反正你俩个头都不大。"

"你太好心啦，夫人。不过，我想，我们还得按照原来的计划行事。"

凯瑟琳夫人也就不便勉强。

"柯林斯夫人，你得打发个仆人送她们走。你知道，我一向心直口快，两个年轻小姐孤单单地乘着驿车赶路，真叫我不放心。

这样做太不像话。你千万得派个人送送她们。我最看不惯这种事。对于年轻小姐们，我们总得根据她们的身份，恰当地保护她们，关照她们。我外甥女乔治亚娜去年夏天到拉姆斯盖特去的时候，我非要让她带上两个男仆不可。达西小姐身为彭伯利达西先生和安妮夫人的千金，不那样做就难免有失体统。我特别留心这类事情。你应该打发约翰去伴送两位小姐，柯林斯夫人。我很高兴，想到提起这件事，不然让她们孤零零地自己走，那可真要丢你的脸啦。"

"我舅舅会打发仆人来接我们的。"

"哦，你舅舅！他真雇了个男仆吗？我听了很高兴，还有人替你想到这些事。你们打算在哪里换马呢？哦！当然是在布罗姆利啦。你只要在贝尔客栈提起我的名字，就会有人来关照你们的。"

关于她们旅程的事，凯瑟琳夫人还有许多话要问，而且她并非全是自问自答，因此你还得留心去听，不过伊丽莎白反而觉得侥幸，不然的话，光顾得想心事，倒会忘了自己当时的处境。有心事应该等到一个人的时候再去想。每逢独自一个人的时候，她就会尽情地想个痛快。她每天都要独自散散步，一边走一边尽兴地回想着那些不愉快的事情。

达西先生那封信，她都快要背出来了。她研究了每一句话，对写信人的情感时冷时热。一想起他那笔调，她到现在还义愤填膺，但是一想到以前如何错怪了他，错骂了他，她又气起自己来。他的沮丧情绪也引起了她的同情。他的钟情令她感激，他的人格令她尊敬，但她却无法对他产生好感。她拒绝他以后，从来不曾有过片刻的懊悔，她压根儿不想再见到他。她以往的行为经常使她感到烦恼和懊悔，家人的种种不幸缺陷更叫她懊恼万分。这些缺陷是无可救药的。父亲对这些缺陷只是一笑置之，几个小女儿那么放荡轻佻，他也从不加以管束。母亲本身举止失检，因而完全感觉不到这方面的危害。伊丽莎白常常和简同心协力，试图劝阻凯瑟琳和莉迪亚不要那么轻率。但是她们受到母亲的纵容，怎么可能上进呢？凯瑟琳性情懦弱，容易动气，完全听任莉迪亚摆布，一听到姐姐们规劝便要冒火。莉迪亚固执任性，大大咧咧，姐姐们的话她听也不要听。这两个妹妹既无知，又懒惰，还爱慕虚荣。梅里顿一来个军官，她们就要去勾搭。再说梅里顿与朗伯恩相隔不远，她们便一天到晚往那里跑。

她还有一桩主要心事，那就是替简担忧。达西先生的解释使她对宾利恢复了以往的好感，同时也越发感到简损失之大。事实证明，宾利的钟情是真挚的，他的行为是无可指责的，万一要指责的话，顶多也只能怪他盲目信任他的朋友。简遇到一个各方面都很理想的机缘，既可以得到种种好处，又可望获得终生幸福，只可惜家里人愚昧无知，行为失检，把这个机遇给断送了，想起来让人多么痛心！

她虽说一向性情开朗，难得有意气消沉的时候，但是一想起这些事，加上渐渐认清了威克姆的真面目，心里难免受到莫大的刺激，因而连强作欢颜也几乎办不到了，这是可想而知的。

伊丽莎白做客的最后一周里，罗辛斯的宴请还和她们刚来时一样频繁。最后一晚也是在那里度过的。凯瑟琳夫人又详细问起了她们旅程的细枝末节，指示她们如何打点行李，又再三敦促她们如何摆放长礼服，玛丽亚心想，回到房里一定要把早上整理好的箱子打开，重新整理一番。

两人告辞的时候，凯瑟琳夫人纤尊降贵地祝她们一路平安，并且邀请她们明年再到亨斯福德来。德布尔小姐居然还向她们行了个屈膝礼，伸出手来跟两人握别。

第 十 五 章

　　星期六吃早饭时，伊丽莎白和柯林斯先生比别人早到了一会儿，两人在餐厅里相遇了。柯林斯先生趁机向她话别，他认为这种礼貌是万万不可少的。

　　"伊丽莎白小姐，"他说，"承蒙你光临敝舍，不知道柯林斯夫人有没有向你表示谢意。不过我敢肯定，她绝不会不向你道谢就让你走的。老实告诉你，我们非常感谢你来做客。我们自知舍下寒碜，无人乐意光临。我们生活简朴，居室局促，仆人寥寥无几，再加上我们寡见少闻，像你这样一位年轻小姐，一定会觉得亨斯福德这地方乏味至极。不过我希望你能相信：我们非常感激你的光临，并且竭尽全力，使你不至于过得兴味索然。"

　　伊丽莎白急忙连声道谢，再三表示她很快活。她六周来过得非常愉快。能高高兴兴地和夏洛特待在一起，受到主人家的亲切关怀，表示感激的应该是她。柯林斯先生听了大为满意，便越发笑容可掬而又郑重其事地答道：

　　"听说你并没有过得不称心，我感到万分高兴。我们的确尽了

241

最大努力，而且最幸运的是，能够把你介绍给上等人。幸亏我们攀上了罗辛斯府上，你待在寒舍可以经常去换换环境，因此我们也就可以聊以自慰，觉得你这次来亨斯福德做客，还不能说是非常乏味。我们与凯瑟琳夫人府上有着这样的关系，这的确是个得天独厚的条件，是别人求之不得的。你看得出来我们的关系有多密切。说真的，这所牧师住宅尽管寒碜，有诸多不便，但是无论谁住进去，只要和我们一起分享罗辛斯的深情厚谊，那就不能说是令人可怜吧。"

他那个高兴劲儿，真是用言语所无法形容。伊丽莎白简短地说了几句话，尽量显得既客气又坦诚，柯林斯听了，快活得在屋里转来转去。

"亲爱的表妹，你实在可以把我们的好消息带到赫特福德。我相信你一定办得到。凯瑟琳夫人对内人关怀备至，这是你每天都见得到的。总而言之，我相信你的朋友并没有做出不恰当的——不过这一点还是不说为好。请你听我说，亲爱的伊丽莎白小姐，我真心诚意地祝愿你婚事同样幸福。亲爱的夏洛特和我真是同心合意。我们两人无论遇到什么事，总是意气相投，心心相印。我们真像是天造地设的一对。"

伊丽莎白可以稳妥地说，夫妇如此相处当然是十分幸福的，而且还可以用同样诚恳的语气接着说，她坚信他家里过得很舒适，她也为之感到欣喜。不想话才说到一半，那位给他带来安适的夫人走了进来，打断了她的话，不过她并不感到遗憾。可怜的夏洛特！丢下她跟这种男人朝夕相处，真让人伤心啊！不过这毕竟是她睁大眼睛选择的。眼看着客人们要走了，她显然有些难过，但她好像并不要求别人怜悯。她有了这个家，这个教区，管管家务，养养家禽，还有许多附带的事情，迄今对她仍有一定的诱惑力。

马车终于到了，箱子给捆到车上，包裹放进了车厢，一切准备停当。两位朋友依依惜别之后，柯林斯先生便送伊丽莎白去上车。打花园里往外走时，他托她代向她全家人问好，而且没有忘记感谢他去年冬天在朗伯恩受到的款待，还请她代为问候加德纳夫妇，尽管他根本不认识他们。他随即把她扶上车，接着玛丽亚也上了车，刚要关车门，他突然惊惊惶惶地提醒她们说，她们忘了给罗辛斯的夫人小姐临别留言。

"不过，"他接着说道，"你们当然希望让人代向她们请安的，还要感谢她们这许多日子里对你们的款待。"

伊丽莎白没有表示反对。这时车门才关上，马车启程了。

"天哪！"沉默了几分钟之后，玛丽亚叫了起来，"我们好像才来了一两天！然而却经历了多少事情啊！"

"的确不少。"她的同伴叹了口气说。

"我们在罗辛斯吃了九次饭，另外还喝了两次茶！我回去有多少事情要讲啊！"

伊丽莎白心里说："可我有多少事要隐瞒啊！"

她们一路上既没说什么话，也没受什么惊。离开亨斯福德不到四个钟头，便来到加德纳先生家里，两人要在这里逗留几天。

简气色挺好，但伊丽莎白却没有机会仔细考察她的心境，因为承蒙舅妈一片好心，早就给她们安排好了各式各样的活动。不过简要跟她一道回家，到了朗伯恩，会有足够的闲暇进行观察。

与此同时，有关达西先生求婚的事，她也是好不容易才捺住

刚要关车门，他突然惊惊惶惶地提醒她们

了性子，等回到朗伯恩再告诉姐姐。她知道，她一透露这件事，准能让简大为震惊，同时还可以大大满足她那迄今还无法从理智上加以克制的虚荣心。她真恨不得把事情说出来，只是拿不准应该说到什么地步。又怕一谈到这个话题，匆忙中难免要牵扯到宾利先生，这只会惹姐姐格外伤心。

第十六章

到了五月的第二周，三位年轻小姐一道从格雷斯丘奇街出发，到赫特福德郡某镇去。贝内特先生事先跟她们约定，打发马车到该镇一家客店去接她们；当小姐们临近这家客店时，她们立即发现，基蒂和莉迪亚正从楼上餐厅里往外张望，表明车夫已经准时赶到。这两位姑娘已经在那里待了一个多钟头，兴致勃勃地光顾过对面一家女帽店，打量了一阵站岗的哨兵，调制了一盘黄瓜色拉。

她们欢迎了两位姐姐之后，便得意扬扬地摆出一桌小客店里常备的冷肉，一面大声嚷道："惬意吗？令人喜出望外吧？"

"我们有心要请你们客，"莉迪亚接着说道，"但你俩得借钱给我们，我们刚在那边那家店里把钱花掉了。"说罢，把买来的东西拿给她们看："瞧，我买了这顶帽子。我并不觉得漂亮，不过我想，不妨买一顶。我一到家就把它拆掉，看看能不能做得好一些。"

等姐姐们说这顶帽子很难看时，她又毫不在乎地说："哦！店里还有两三顶，比这一顶还要难看得多。等我去买点颜色漂亮的缎子来，把它重新装饰一下，我想那就会很像样子了。再说，某郡民兵团再过两周就要离开梅里顿了，他们一走，你这个夏天穿戴什么都无所谓。"

"他们真要开走吗？"伊丽莎白不胜宽慰地嚷道。

"他们要驻扎到布赖顿[1]附近。我多想让爸爸带着我们大家到那里去消夏啊！这真是个美妙的计划，兴许也花不了多少钱呢。妈妈肯定也很想去！你们想想看，不然我们这个夏天会过得多没劲呀！"

"是呀，"伊丽莎白心想，"那倒真是个美妙的计划，马上就会要我们的命。天哪！梅里顿只有一个可怜的民兵团，每月举行几次舞会，我们就给搞得晕头转向，如今怎么顶得住布赖顿整个兵营的官兵呢！"

"我有条消息要告诉你们，"等大家坐定以后，莉迪亚说，"你们想想看是什么消息？这是条大好消息，一条顶好的消息，有关我们大家都喜欢的一个人！"

简和伊丽莎白你看看我，我看看你，赶忙把招待支使开。莉迪亚笑了笑，说：

"唉，你们也太刻板，太谨慎了。你们以为不能让招待听见，好像他多想听似的！也许他平常听到好多事，比我要说的话更加不堪入耳。不过他真是个丑八怪！他走了也好。我长这么大，从没见过那么长的下巴。好啦，现在讲讲我的新闻，这是关于可爱的威克姆的新闻，招待不配听，是吧？威克姆不可能娶玛丽·金了。你的机会来啦！金小姐上利物浦她叔叔那里去了，再也不回

---

1 著名的海滨胜地，1793—1795年间，成为英国南部最大的民兵军营驻地之一。

来了。威克姆保险啦。"

"应该说玛丽·金保险啦!"伊丽莎白接着说道,"她逃脱了一桩只考虑财产的冒昧姻缘。"

"她要是喜欢威克姆而又走开,那才是个大傻瓜呢。"

"但愿他们双方的感情都不很深。"简说。

"威克姆的感情的确不深。我可以担保,他压根儿就看不上玛丽·金。谁会看上这么一个满脸雀斑的令人讨厌的小东西呢?"

伊丽莎白心想,自己尽管说不出如此粗俗的言语,心里却怀有过那种粗俗的情感,而且还自以为宽怀大度,这真叫她感到震惊!

大家一吃好饭,两位姐姐付了账,便吩咐店家备马车。经过好一番筹谋,几位小姐才坐上了车,她们的箱子、针线袋、包裹,以及基蒂和莉迪亚购置的那些讨厌东西,也总算给放上了车。

"我们这样挤在一起,有多带劲儿!"莉迪亚叫道,"我真高兴买下了这顶帽子,哪怕只增添一只帽盒,也挺有意思呀!好啦,让我们舒舒服服地待在一起,有说有笑地回家去。首先,让我们听听你们走了以后有些什么经历。见到过合意的男人没有?跟人家勾搭过没有?我满心希望,你们哪一位能在回来之前找到一位夫婿。我敢说,简马上就要变成老姑娘了。她都快二十三岁啦!天哪,我要是二十三岁以前还结不了婚,那该有多丢脸啊!你们想不到,菲利普斯姨妈多么想让你们快找丈夫。她说,莉齐当初不如嫁给柯林斯先生算了,可我觉得那一点意思也没有。天哪!我真想比你们哪一个都早结婚!那样一来,我就可以领着你们到处去参加舞会。哎呀!我们那天在福斯特上校家里,玩得可真有意思。基蒂和我准备在那儿玩个整天,福斯特夫人答应晚上开个

"我们这样挤在一起，有多带劲儿！"

小舞会，（顺便说一句，福斯特夫人和我可相好啦！）于是她请哈林顿家的两姐妹来参加，可惜哈丽特有病，因此佩恩只得一个人赶来。这时，你们猜想我们怎么办啦？我们给张伯伦[1]穿上女人的衣服，让他扮成个女人。你们想想，这有多逗啊！这件事除了上校夫妇、基蒂和我以外，谁也不知道。姨妈也除外，因为我们不得不向她借件长礼服。你们想象不到张伯伦装得多像！丹尼、威克姆、普拉特和另外两三个人走进来的时候，压根儿认不出是他。天哪！可笑坏我了！福斯特夫人也笑得不行。我简直要笑死了。这才引起了那些男人的疑心，马上识破了真相。"

回朗伯恩的路上，莉迪亚就这样说说舞会上的故事，讲讲笑话，再加上基蒂从旁边提示补充，力图逗大伙开开心。伊丽莎白尽量不去听它，却难免听见她们一次次提起威克姆的名字。

她们到了家里，受到极其亲切的接待。贝内特太太欣喜地发现，简姿色未减。吃饭的时候，贝内特先生不由自主地几次对伊丽莎白说道：

"你回来了，我真高兴，莉齐。"

餐厅里聚集了许多人，因为卢卡斯一家人差不多全来了，一是迎接玛丽亚，二是听听新闻。各人都热衷于各自的话题：卢卡斯夫人隔着桌子，向玛丽亚问起她大女儿日子过得好不好，家禽养得多不多；贝内特太太则显得格外忙碌，先向坐在她下手的简打听眼下的时装款式，再把打听到的内容转告给卢卡斯家的几位年轻小姐；莉迪亚的嗓门比谁都高，她把早上的趣事一件件说给

1　张伯伦：福斯特上校部下的一名下级军官。

爱听的人听。

"哦！玛丽，"她说，"你要是跟我们一道去就好了，我们觉得真有趣！一路上，基蒂和我拉上了窗帘，假装车里没有人。要不是基蒂晕车，我真会这样一直走到底。到了乔治客店，我看我们表现得真够慷慨的，用天下最可口的冷盘款待她们三位，假使你去了，也会款待你的。临走的时候，又是那么有趣！我还以为车子无论如何也装不下我们呢。我真要笑死啦。回来的一路上又是那么开心！大家有说有笑，嗓门大得十英里以外都能听见！"

玛丽听完这席话，便正颜厉色地答道："亲爱的妹妹，我绝不想煞你们的风景。无疑，这种乐趣会投合一般女子的心意，但老实说，却打动不了我的心。我觉得读书要有趣得多。"

然而，她这番话，莉迪亚只字没有听见。无论谁说话，她连半分钟也听不下去，而对玛丽，她压根儿理也不理。

到了下午，莉迪亚硬要姐姐们陪她去梅里顿，看看那边的朋友们情况如何。但是，伊丽莎白坚决反对这样做。她觉得，不能让人家说贝内特家的小姐们在家里待不上半天，就要去追逐军官。她之所以反对，还有一条理由。她害怕再见到威克姆，因此打定主意，尽量与他避而不见。民兵团即将开走，对她来说，真感到说不出的快慰。他们再过两周就离开了，她希望他们一走，她就不用再为威克姆烦恼了。

她到家没过几个钟头，便发觉父母反复讨论去布赖顿的计划，也就是莉迪亚在客店提到的那项计划。伊丽莎白当即发现，父亲丝毫没有让步的意思，不过他回答得模棱两可，母亲虽然常碰钉子，却一直不死心，总想最后还会如愿以偿。

第十七章

伊丽莎白再也忍不住了，非得把那件事告诉简不可了。最后，她决定舍去与姐姐有关的每个细节，而且还要让她大吃一惊，于是，第二天上午，她便对简叙说了达西先生向她求婚的主要情节。

贝内特小姐起初大为惊讶，但很快又感到不足为奇了，因为她对伊丽莎白手足情深，觉得谁爱上她都是理所当然的事情。因此，惊讶又立刻被别的情感所取代。她为达西先生感到难过，觉得他不该采取那样不得体的方式，来倾诉衷情。但她更难过的是，妹妹的拒绝肯定给他带来了痛苦。

"他不应该那样自信，以为稳操胜券，"她说，"当然更不应该表现得那么露骨。不过你想一想，他会因此而感到越发失望。"

"说实在的，"伊丽莎白答道，"我真替他难过。不过他还有些顾虑，这些顾虑可能很快就会消除他对我的好感。你总不会责怪我拒绝了他吧？"

"责怪你！哦，不会。"

"不过，你会责怪我把威克姆说得那么好。"

"不——我看不出你那样说有什么错。"

"等我把第二天的事告诉了你，你一定会看出我有错。"

接着她便说起那封信，把有关乔治·威克姆的内容，又原原本本地讲了一遍。可怜的简一听，好不惊诧！她即使走遍天下，也不肯相信人间竟会有这么多邪恶，而如今这许多邪恶竟然集中在一个人身上。达西的辩白虽然使她感到称心，却无法为她这一发现带来慰藉。她竭力想要证明事情可能有误，力求洗清一个人的冤屈，而又不使另一个人蒙受冤枉。

"那可不行，"伊丽莎白说，"你绝对做不到两全其美。你选择吧，不过两者之中只能任选其一。他们两人总共就那么多优点，刚巧够得上一个好人的标准。最近，这些优点在他们两人之间晃来晃去。就我来说，我倾向于把它们全看作达西先生的，不过，你怎么看，随你的便。"

过了好一会儿，简脸上才勉强露出笑容。

"我从来没有这么惊奇过，"她说，"威克姆竟会如此恶劣！简直让人无法相信。达西先生也真可怜！亲爱的莉齐，你想想他会多么痛苦。他会感到多么失望啊！而且又知道你看不起他！还不得不把妹妹的隐私讲给你听！真是太让他伤心了。我想你一定会有同感。"

"哦！看到你对他如此惋惜和同情，我也就彻底打消了这样的情感。我知道你会替他说公道话的，因此我也就越来越漠然置之。你的慷慨导致了我的吝啬，如果你继续为他惋惜下去，我心里就会彻底轻松了。"

"可怜的威克姆，他的面容那么善良！神态那么坦率文雅。"

"那两个年轻人在教养上肯定存在着严重的失调。一个是要多好有多好，一个只是虚有其表。"

"我可从没像你过去那样，认为达西先生仪表上有什么欠缺。"

"我原以为对他这样深恶痛绝，虽说毫无理由，却是异常聪明。这样的厌恶，足以激励人的天才，启发人的智慧。一个人可以不停地骂人，却讲不出一句公道话。但你要是常常取笑人，倒会偶尔想到一句妙语。"

"莉齐，你最初读那封信的时候，我想你对这件事的态度肯定和现在不同。"

"当然不同，我当时够难受的了。我非常难受，可以说很不快活。找不到人说说心里话，也没有个简可以来安慰安慰我，说我并不像我自己想象的那样懦弱、虚荣、荒谬！哦！我多么需要你啊！"

"你向达西先生说到威克姆的时候，言词那么激烈，这有多么不幸。现在看来，那些话实在太过分了。"

"确实如此。不过我不幸出言刻薄，那是我抱有偏见的自然结果。我有一点要请教你。你说我应该不应该把威克姆的品质说出去，让亲戚朋友们都了解他？"

贝内特小姐顿了顿，然后答道："当然用不着搞得他声名狼藉啦。你看呢？"

"我看也使不得。达西先生并没授权我把他的话公布于众。相反，凡是牵涉到他妹妹的事，我要尽量保守秘密。至于威克姆其他方面的品行，即使我想如实地告诉人们，又有谁会相信呢？人们对达西先生成见太深，我要是将他说成个和蔼可亲的人，梅里顿有一半人死也不会相信。我不能那么做。威克姆马上就要走了，因此他究竟是怎样一个人，对谁都无关紧要。有朝一日总会真相大白，那时候我们就可以讥笑人们太愚蠢，没有早些看清他的真面目。眼下我们先绝口不提。"

"你说得很对。把他的过失公布于众，可能要毁了他一生。现在，他也许在为自己的所作所为感到懊悔，渴望着能重新做人。我们可不能逼得他走投无路。"

经过这次谈话之后，伊丽莎白不再那么心烦意乱了。两周来，几件隐秘一直压在她心头，如今总算吐露了两件。她相信，这两件事她随便要谈论哪一件，简都会愿意聆听。不过这内中还有一桩隐秘，为了谨慎起见，她又不便透露。她不敢叙说达西先生那封信的另一半内容，也不敢向姐姐说明达西先生的朋友如何真心实意地器重她。这件事是不能让任何人知道的。她心里明白，只有他们双方完全谅解之后，她才可以扔掉这最后一个秘密的包袱。"那样一来，"她心想，"如果那件不大可能的事一旦变成现实，我便可以把这件隐秘说出来，不过宾利自己会说得更加娓娓动听。这件事轮到我说的时候，那还会有什么意思！"

她现在回到家里定下心来，就有闲暇来观察姐姐真正的心境。简并不快活。她对宾利仍然怀着一片深情。她以前甚至从没想象自己爱上过谁，因此她的钟情竟像初恋那样热烈，而且由于年纪和性情的关系，她这钟情又比一般初恋还要坚贞不移。她痴情地眷恋着宾利，觉得他比任何男人都好，幸亏她富有见识，能照顾亲友们的情绪，才没有沉溺于懊恼之中，否则一定会毁了自己的身体，扰乱了亲友们内心的平静。

"喂，莉齐，"一天，贝内特太太说道，"你如今对简这件伤心事是怎么看的？我可下定了决心，再也不向任何人提起这件事。我那天跟我妹妹就这么说过。不过我知道，简在伦敦连他的影子也没见到。唉，他是个不值得钟爱的青年，我看简也休想嫁给他了。也没有人说起他夏天会回到内瑟菲尔德。凡是可能了解内情的人，我一个个都问过了。"

"我看他不会再住到内瑟菲尔德啦。"

"哼！随他的便吧。谁也没有要他来。不过我永远要说，他太对不起我女儿了。我要是简的话，我才受不了这口气呢，不过，我感到宽慰的是，简一准会伤心得把命送掉，那时候他就会懊悔不该那么狠心了。"

伊丽莎白从这种非非之想中得不到安慰，因此便没有回答。

"莉齐，"母亲随后又接着说道，"这么说，柯林斯夫妇日子过得挺舒适的，是吗？好啊，但愿好景能长久。他们的饭菜怎么样？夏洛特准是个了不起的管家婆。她只要有她妈妈一半精明，就够省俭的了。这两个人持起家来，绝不会搞什么铺张。"

"是的，丝毫也不铺张。"

"他们一定会精打细算的。是呀，是呀。他们才小心呢，绝不会少进多出。他们永远不愁没钱花。嗯，但愿这会给他们带来很多好处！据我猜想，他们常常谈论你父亲去世后，由他们接管朗伯恩的事。真到了那一天，他们准会把朗伯恩看作他们自己的财产不可。"

"这件事，他们是不会当着我的面提起的。"

"是呀，要是当着你的面提，那就怪啦。不过我相信，他们两人一定常常议论。唔，要是他们能心安理得地继承这笔不义之财，那就再好不过了。假如有一笔财产只是因为限定继承权而传给我的话，我才不好意思接受呢。"

第十八章

　　她们回到家里，第一周一晃就过去了，接着便开始了第二周。这也是民兵团驻扎在梅里顿的最后一周，附近的年轻小姐们一个个全都垂头丧气的，几乎到处都是一片沮丧的景象。唯独贝内特家的两位大小姐，还能照常饮食起居，照常忙这忙那。她们如此冷漠无情，自然经常受到基蒂和莉迪亚的责备，因为这两个人实在伤心至极，无法理解家里怎么会有这么冷酷无情的人。

　　"天哪！我们会落到什么地步呀？我们该怎么办呢？"她们常常不胜凄怆地叫道，"你怎么还能笑得出来，莉齐？"

　　她们那位慈爱的母亲也跟着她们一起伤心。她记得二十五年以前，她遇到一起类似的境况，也忍受了不少痛苦。

　　"我记得很清楚，"她说，"当年米勒上校那一团人调走的时候，我整整哭了两天。我想我的心都碎了。"

　　"我的心肯定也要碎。"莉迪亚说。

　　"我们能去布赖顿就好了！"贝内特太太说。

　　"哦，是呀！——我们能去布赖顿就好了！不过爸爸也太不好说话了。"

"洗洗海水澡能保我一辈子不生病。"

"菲利普斯姨妈认为，洗海水澡对我也大有好处。"基蒂插了一句。

朗伯恩府上时时刻刻都可以听到这种长吁短叹。伊丽莎白试图以此开开心，但是开心的念头又全让羞愧给湮没了。她又一次感到，达西先生所说的那些缺陷，一点也没冤枉她们。至于他出来干预他朋友的婚事，她从没像现在这样觉得情有可原。

不过莉迪亚的忧愁很快便烟消云散，因为民兵团上校太太福斯特夫人请她陪她去布赖顿。这位尊贵的朋友是位很年轻的女人，刚结婚不久。她和莉迪亚都是脾性好，兴致高，因此便意气相投，虽然只结识了三个月，却做了两个月的知己。

莉迪亚此时此刻是多么欣喜，她对福斯特夫人是多么景仰，贝内特太太是多么开心，基蒂又是多么扫兴，这些简直无法形容。莉迪亚全然不顾姐姐的情绪，只管欢天喜地地在屋里奔来奔去，一面叫大家祝贺她，一面说说笑笑，闹得比任何时候都厉害。与此同时，背兴的基蒂还待在客厅里怨天尤人，语气激愤，言词无理。

"我真不明白，福斯特夫人为什么光请莉迪亚不请我，"她说，"尽管我不是她特别要好的朋友，我也有权利跟她一起去，而且更有权利去，因为我比莉迪亚大两岁。"

伊丽莎白试图劝说她理智一些，简也劝她想开一些，但无济于事。再说伊丽莎白本人，她对这次邀请完全不像母亲和莉迪亚那样激动不已，她只觉得莉迪亚本来还可能有点理智，这下子可全给报销了。于是，她暗中劝告父亲别让妹妹去，也顾不得莉迪亚得知以后，会把她恨到什么地步。她对父亲说，莉迪亚行为一向失检，和福斯特夫人这样一个女人交往绝无好处，陪伴这样一个人到布赖顿去也许更加轻率，因为那里的诱惑力一定比家里大。父亲用心听她把话说完，然后说道：

"莉迪亚不到公共场合出出丑，是绝不会死心的。她照眼下这样去出出丑，既不花家里的钱，又不会给家里添麻烦，真是个难得的好机会。"

"莉迪亚举止轻率冒失，"伊丽莎白说，"人家谁不看在眼里，我们姐妹们肯定要跟着大受连累——事实上我们已经受到连累了，你要是了解这一点，那就绝不会这样看待这件事。"

"已经受到连累了？"贝内特先生重复了一声，"怎么，她把你的心上人给吓跑了？可怜的小莉齐！不要灰心。这么挑剔的年轻人，连个愚蠢的小姨子都容不得，不值得你去惋惜。得啦，请你告诉我，究竟有多少可怜虫让莉迪亚的蠢行给吓跑了。"

"你完全误解了我的意思。我并没有受到这样的损害。我抱怨的不是哪一种害处，而是多方面的害处。莉迪亚如此放荡不羁，如此无法无天，这定会有损我们的身价，有伤我们的体面。对不起，恕我直言。好爸爸，你要是不管束一下她那副野态，告诉她不能一辈子都这样到处追逐，她马上就要无可救药了。她的性格一定型就难改了，人才十六岁，就变成个不折不扣的放荡女人，弄得她自己和家里人都惹人笑话，而且放荡到极为严重、极为下贱的地步。她除了年轻和略有几分姿色之外，就没有任何魅力。她愚昧无知，没有头脑，疯疯癫癫地就想招人爱慕，结果到处叫人看不起。基蒂也面临这种危险。她总是跟着莉迪亚转来转去。爱慕虚荣，幼稚无知，生性懒惰，放荡不羁！哦！亲爱的爸爸，她们无论走到哪个有熟人的地方，只要人们了解她们的底细，你认为她们能不受人指责，不遭人鄙夷，她们的姐姐们能不跟着丢脸吗？"

贝内特先生见女儿把这件事看得这么重，便慈祥地抓住她的手，回答道：

"你不要担心，好孩子。你和简无论走到哪个有熟人的地方，都会受到人们的尊敬和器重。你们不会因为有了两个——甚至三个傻妹妹，而显得有什么不体面的。要是不让莉迪亚去布赖顿，我们待在朗伯恩就休想安宁。那就让她去吧。福斯特上校是个明白人，不会让她出什么大乱子的。好在她又太穷，谁也不会看上她。她到布赖顿不像在这里，即使做个粗俗的浪荡女人，也不会受人稀罕。军官们会找到更中意的女人。因此，希望她到了那里之后，能接受点教训，认清自己的无足轻重。不管怎么说，她要是变得更坏的话，那我们以后就把她一辈子关在家里。"

听到父亲这番回答，伊丽莎白不得不表示赞同，但她并没改变主张，便心灰意冷地离开了父亲。然而，她生性不爱多想烦恼的事，省得越想越烦恼。她深信自己尽到了责任，绝不会为那些无可避免的不幸而烦恼，或者因为忧心忡忡而增添不幸。

假如莉迪亚和母亲知道了伊丽莎白与父亲这次谈话的内容，定会火冒三丈，即使两张利嘴滔滔不绝地同时夹攻，也消不了这口气。在莉迪亚的想象中，只要到布赖顿走一趟，便可以享受到人间的一切幸福。她幻想着在这个热闹的海滨游憩地的条条街道上，到处都是军官。她幻想着几十名素不相识的军官，在竞相对她大献殷勤。她幻想着蔚为壮观的营地，一排排帐篷齐楚而立，煞是绚丽，帐内挤满了欢快的小伙子，身穿光彩夺目的红制服。她还幻想着一幅最美满的情景：自己坐在帐篷里，情意绵绵地至少在跟六个军官卖弄风情。

假若她知道姐姐试图给她剥夺掉这样的前景，这样的好事，她又会怎么想呢？只有母亲能够理解她的心情，因为她有些同病相怜。丈夫从不打算到布赖顿去，这使她感到怏怏不乐，现在莉迪亚要去那里，实在是对她的莫大安慰。

好在她们俩对这件事了无所知。直到莉迪亚离家那天，她们始终都是欢天喜地的。

现在轮到伊丽莎白和威克姆先生最后一次见面了。她回来后经常和他见面，因此焦灼不安的心情早就消失了，特别是昔日情意引起的焦灼不安，现在早已消逝得无影无踪。她起初非常喜欢他的文雅风度，现在却看出了这里面的矫揉造作、陈腔滥调，反而感到厌恶起来。另外，威克姆眼下对她的态度，也是造成她不快的一个新根源，因为他很快表明了要跟她重温旧好的意思，殊不知经过那番周折之后，这只会引她生气。她发觉向她献殷勤的竟是一个游手好闲的轻薄公子时，心里不免万念俱灰。她尽管一忍再忍，心里却情不自禁地在责骂他，因为他自以为无论多久或是为何缘故没有向她献殷勤了，只要再与她重温旧情，便一定会满足她的虚荣，博得她的欢心。

民兵团离开梅里顿的头一天，他和另外几个军官到朗伯恩来吃饭。伊丽莎白真不愿和和气气地与他分手，因此当他问起她在亨斯福德那段日子是怎么度过的时，她提起菲茨威廉上校和达西先生都在罗辛斯逗留了三个星期，并且问他认识不认识菲茨威廉上校。

威克姆顿时大惊失色，怒容满面，但是稍许镇定了一下之后，又笑嘻嘻地回答说，以前经常见到他。他又说菲茨威廉是个很有绅士风度的人，问她喜欢不喜欢他。伊丽莎白激动地回答说，非常喜欢他。威克姆随即带着满不在乎的神气，说道：

"你说他在罗辛斯待了多久？"

"将近三个星期。"

"你常和他见面吗？"

"是的，差不多天天见面。"

"他的举止和他表弟大不相同。"

"是大不相同。不过我想，达西先生跟人处熟了，举止也就改观了。"

"真的呀！"威克姆惊叫道，他那副神情没有逃过伊丽莎白的眼睛。"我是否可以请问——？"说到这里又顿住了，接着他又以欢快的口吻问道："他在谈吐上有改进吗？他待人接物是否比往常有礼貌些？因为我实在不敢指望，"他压低嗓门，用比较严肃的口气继续说道，"他会从本质上有所改观。"

"哦，那不会！"伊丽莎白说道，"我相信，他在本质上还依然如故。"

她说这话的时候，威克姆看样子不知道应该表示高兴，还是应该表示怀疑。伊丽莎白脸上有一股神情，逼迫他焦灼不安地专心听下去。这时，伊丽莎白又接着说道：

"我所谓达西先生跟人处熟了，举止也就改观了，并不是说他思想举止会不断改进，而是说你与他处得越熟，也就越了解他的性情。"

威克姆惊慌之中，不由得涨红了脸，神情也十分不安。他沉默了一会儿，随即消除了窘迫，又把脸转向对方，用极其温和的口吻说道：

"你很了解我对达西先生的看法，因此你也很容易领会：听说他也懂得装出一副举措相宜的样子，我打心眼里感到高兴。他在这方面的傲慢即使对他自己没有什么裨益，对别人也许会有好处，因为有了这种傲慢，他的行为就不会像对我那么恶劣，害得我吃尽苦头。你想必是说他收敛了一些吧，我只怕这种收敛只是有意做给他姨妈看的，他就想让他姨妈赏识他，器重他。我知道，他们一碰到一起，他总是战战兢兢的，这多半是想要促成他和德布尔小姐的婚事，他对这件事可真是看得很重啊。"

伊丽莎白听到这些话，忍不住笑了笑，不过她没有回答，只是微微点了点头。她看得出来，他又想提起那个老问题，再诉一番苦，她可没有兴致去迎合他。这个晚上就这样过去了，威克姆表面上装得像往常一样高兴，却不想去逢迎伊丽莎白。最后，两人客客气气地分手了，也许双方都希望永远不要再见面。

散席以后，莉迪亚跟着福斯特夫人回到梅里顿，以便明天一大早从那里启程。莉迪亚辞别家人的时候，与其说是令人伤感，不如说是吵吵嚷嚷。只有基蒂流了泪，但她那是因为烦恼和嫉妒而哭泣。贝内特太太口口声声祝女儿快活，千叮万嘱叫她不要错过及时行乐的机会。这种叮嘱，女儿当然会遵命照办。莉迪亚满面春风地大喊再会，姐姐们低声送别的话语，她听也没有听见。

第十九章

假若伊丽莎白只根据自家的情形来看问题，她绝不会认为婚姻有多么幸福，家庭有多么舒适。父亲当年因为贪恋青春美貌，贪恋青春美貌通常赋予的表面上的善气迎人，因而娶了一个智力贫乏而又心胸狭窄的女人，致使结婚不久，便终结了对她的一片真情，夫妇之间的相互敬重和相互信任，早已荡然无存；他对家庭幸福的期待，也已化为泡影。天下有不少人，因为自己的轻率而招致了不幸之后，往往会从恣意作乐中寻求慰藉，借以弥补自己的愚蠢与过失，但贝内特先生却不是这号人。他喜欢乡村景色，喜欢读书，从这些喜好中赢得主要的乐趣。至于他那位太太，除了她的愚昧无知可以供他开开心之外，他对她别无欠情。一般男人都不愿意从妻子身上寻求这种乐趣，但是，在找不到其他乐趣的情况下，能够逆境善处的人，便会充分利用已有的条件。

然而，对于父亲在做丈夫方面的失职行为，伊丽莎白从未视而不见过。她总是看在眼里，痛在心里。不过，她敬重父亲的才智，又感激父亲对自己的宠爱，因而尽量忘掉那些无视不了的事情，尽量不去思索他那些失职失体的举动。这些举动惹得女儿们看不起母亲，真是太不应该了。但是，对于不如意的婚姻给孩子们带来的不利影响，她以前从没像现在体验得这么深刻，而对于父亲滥用才智造成的种种害处，她也从没像现在看得这么透彻。他那些才智假若运用得当，即便不能开阔母亲的眼界，至少可以维护女儿们的体面。

威克姆走了以后，伊丽莎白虽然感到欣幸，但是除此之外，民兵团的调离没有其他让她满意的地方。外面的聚会不像以前那样丰富多彩了，在家里总听见母亲和妹妹无尽无休地抱怨生活单调，使家里笼罩上了一层阴影。基蒂也许不久就会恢复常态，因为搅得她心猿意马的那些人已经走了。但是，那另一个妹妹本来就性情放荡，现在又置身于浴场和兵营这双重危险的环境里，自然会变得更加放荡不羁，闹出更大的乱子来。因此，整个说来，她正如以前有时发觉的那样，觉得眼巴巴期望着一件事，一旦事情到来，总不像她预期的那么如意。于是，她只得把真正幸福的开端期诸来日，为她的意愿和希望寻求个别的寄托，再次沉醉于期待之中，暂时安慰一下自己，准备再一次遭受失望。如今她感到最得意的事情，便是去湖区旅行。母亲和基蒂心里一不快活，总是搅得家里不得安宁，她能出去走走，当然是个莫大的慰藉。假若简能跟着一道去，那就美不可言了。

"真算幸运，"她心想，"我还有可指望的。假使一切安排得都很圆满，我准会感到失望。这次姐姐不能同去，尽管无时无刻不使我感到遗憾，但我期待的欢愉也就可能实现。尽善尽美的计划绝不会成功，只有略带一点令人烦恼的因素，才不至于引起失望。"

莉迪亚临走的时候，答应常给母亲和基蒂写信，详细介绍旅行的情况。但是她的信总是很久才盼到一封，而且总是写得非常简短。她写给母亲的信，无非说说她们刚从图书馆回来，有哪些军官陪着她们一道去的，她在那里看到许多漂亮的装饰品，真让她羡慕极了；或者说她买了一件新长礼服，一把新伞，本想详细描写一番，无奈福斯特夫人在喊她，只得仓促搁笔，马上到兵营里去。从她跟姐姐的通信中，可以了解的内容就更少了——因为她写给基蒂的信，虽然长得多，但说的都是私房话，不便于公布。

莉迪亚走了两三周以后，朗伯恩又重新出现了生气勃勃、喜气洋洋的景象。一切都显得欣欣向荣。到城里过冬的人家都回来了，人们都穿起了夏天的艳服，开始了夏天的约会。贝内特太太终于平静下来，只是动不动就发牢骚。到了六月中旬，基蒂也恢复了常态，到梅里顿去可以不掉眼泪了。这是个可喜的现象，伊丽莎白希望，到了圣诞节，基蒂能变得理智一些，不至于每天屡次三番地提起军官，除非陆军部存心坑人，再派一团人驻扎到梅里顿来。

她们北上旅行的日期已经临近，只剩下两个星期了，不料加德纳太太寄来一封信，立即将行期耽搁下来，旅行范围也得缩小。加德纳先生因为有事，行期必须推迟两个星期，到七月间才能动身，一个月以后又得回到伦敦。这样一来，就没有时间跑那么远了，不能像原先计划的那样饱餐山川景色了，至少不能像原先指望的那样悠闲自得地去游览，而不得不放弃湖区，缩短旅程，照目前的计划，只走到德比郡为止。德比郡也有不少值得玩赏的地方，大致够她们消磨三个星期了，况且加德纳太太又特别向往那个地方。她以前曾在德比镇住过几年，现在再去那里盘桓几天，也许会像马特洛克[1]、查茨沃思[2]、达沃河谷[3]和皮克峰[4]等风景名胜一样，令她心驰神往。

伊丽莎白感到万分失望。她本来一心想去观赏湖区风光，现在还仍然觉得时间比较充裕。不过，她也不能不知足，再说她性情开朗，因此不久便好了。

一提起德比郡，便要引起许多联想。她一看见这个名字，难免要想到彭伯利及其主人。"当然，"她心想，"我可以安然无恙地走进他的家乡，攫取几块萤石[5]，而不让他察觉。"

等待的时日比先前增加了一倍，舅父母还得四个星期才能到来。不过四个星期毕竟过去了，加德纳夫妇终于带着四个孩子来到朗伯恩。四个孩子中有两个女孩，一个六岁，一个八岁，另外还有两个小男孩。孩子们都要留在这里，由人人喜爱的简表姐特意照管。简举止稳重，性情柔和，各方面都适合照料孩子——教他们读书，陪他们玩耍，疼爱他们。

加德纳夫妇只在朗伯恩住了一夜，第二天早晨就带着伊丽莎白去探新猎奇，寻欢作乐了。有一项乐趣是确定无疑的——他们都是非常适当的旅伴。所谓适当，就是说大家身体健康，性情随和，可以忍受诸般不便之处——兴致勃勃，可以促进种种乐

---

1 马特洛克：英格兰德比郡一教区，多温泉及钟乳石洞穴，疗养胜地。
2 查茨沃思：德比郡一名胜地区，以图书馆、美术及雕刻著称，其花园也极为别致。
3 达沃河谷：查茨沃思附近一山谷，布满精巧绮丽的岩石和绿叶成荫的树木。
4 皮克峰：德比郡西北部山地，其最高峰高达六百多米。
5 萤石：系德比郡一种著名矿石。

加德纳一家来到朗伯恩

趣——加上个个感情丰富，天资聪明，即便在外面碰到什么扫兴的事，相互之间仍然可以过得很快活。

本书不打算细说德比郡，也不打算描写他们一路上所经过的名胜地区；牛津、布莱尼姆[1]、瓦威克[2]、凯内尔沃思[3]、伯明翰等等，都已尽人皆知。现在只来讲讲德比郡的一小块地方。有个小镇名叫兰顿，加德纳太太以前曾在那里居住过，最近听说还有些熟人依旧住在那里，于是，看完了乡间的全部名胜，便绕道去那里看看。伊丽莎白听舅妈说，彭伯利距离兰顿不到五英里，虽然不是顺路必经之地，但只不过拐个一二英里的弯子。头天晚上讨论旅程的时候，加德纳太太说她想去那里再看看。加德纳先生表示乐意奉陪，两人便来征求伊丽莎白同意。

"好孩子，难道你不想去看看一个你常听说的地方？"舅妈说道，"你的许多朋友都跟那地方有关系。你知道，威克姆就在那里度过了青年时代。"

伊丽莎白一下给难住了。她觉得到彭伯利无事可干，便只好表示不想去。她不得不承认，她厌烦豪宅贵邸，因为见得多了，实在也不稀罕绣毡锦帏。

加德纳太太骂她傻。"假如光是一座富丽堂皇的房子，"她说，"我也不会稀罕它，不过那庭园景色实在宜人，那里有几处全国最优美的树林。"

伊丽莎白没有作声，但心里却不肯默许。她当即想到，她若

1　布莱尼姆：系英格兰南部一村庄，1704年英国莫尔伯勒公爵曾在此击败法国人。
2　瓦威克：英格兰中部瓦威克郡首府，以宏伟的城堡而著称。
3　凯内尔沃思：瓦威克郡城镇，建有凯内尔沃思城堡。

是去那里玩赏，便可能碰见达西先生。那有多可怕呀！她一想到这里就羞红了脸，心想与其担这么大的风险，不如开诚布公地跟舅妈说个明白。不过，这样做也有些欠妥。她最后决定，先去暗地里打听一下主人是否在家，如果回答说在家，再采取这最后一招也不迟。

因而，晚上临睡的时候，她便向侍女打听彭伯利那地方好不好，主人姓甚名谁，又提心吊胆地问起主人家是否要回来消夏。她这最后一问，得到了令人可喜的否定回答。她的惊恐打消了，悠然之中又产生了极大的好奇心，想亲眼去看看那幢房子。第二天早晨旧话重提，舅妈又来征求她的同意时，她便带着满不在乎的神气，立即回答说，她并不反对这个计划。

于是，他们决定到彭伯利去。

第 三 卷

第一章

马车往前驶去。伊丽莎白怀着忐忑不安的心情，注视着彭伯利树林的出现。等马车终于从门房那里走进庄园时，她越发感到心慌意乱。

庄园很大，地势高高低低，错落有致。马车从一处最低的地方驶进去，在一座辽阔优雅的树林里走了许久。

伊丽莎白思绪万千，无心说话，但每见到一处美景，她都为之叹赏。马车沿着缓坡向上走了半英里光景，便来到了一个高高的坡顶，树林到此为止，彭伯利大厦顿时映入眼帘。房子位于山谷对面，陡斜的大路蜿蜒通到谷中。这是一座巍峨美观的石头建筑，屹立在一片高地上，背靠着一道树木葱茏的山岗。屋前，一条小溪水势越来越大，颇有几分天然情趣，毫无人工雕琢之痕迹。两岸点缀得既不呆板，又不做作，伊丽莎白不由得心旷神怡。她从没见过一个如此天趣盎然的地方，它那天然美姿丝毫没有受到庸俗趣味的玷污。众人都赞赏不已。伊丽莎白这时感到，在彭伯利当个主妇也真够风光的！

马车下了坡，过了桥，一直驶到门前。从近处打量大厦时，伊丽莎白又忧虑起来，生怕撞见房主人。她担心侍女搞错了。大家请求参观住宅，立刻被让进门厅。就在等候女管家的时候，伊丽莎白才感到惊异，她居然待在这里。

女管家来了，她是个仪态端庄的老妇人，远不如她想象的那么优雅，但却比她想象的来得客气。他们跟着她走进了餐厅。这是一间匀匀称称的大屋子，布置得十分雅致。伊丽莎白稍微看了一下，便走到窗口欣赏风景。只见他们刚才下来的那座小山上丛林密布，从远处望去显得越发陡峭，真是美不胜收。这里的景物处处都很绮丽。她纵目四望，只见一道河川，林木夹岸，山谷蜿蜒曲折，看得她赏心悦目。一走进其他房间，这些景致也随之变换姿态。但是，不管走到哪个窗口，总有秀色可餐，一个个房间高大美观，家具陈设也与主人的身份颇为相称，既不俗气，又不华而不实，与罗辛斯比起来，可以说是豪华不足，风雅有余，伊丽莎白看了，很钦佩主人的情趣。

"我差一点做了这里的女主人！"她心里暗想，"我对这些房间本来早该了如指掌了！如今也不必以一个陌生人的身份来参观，而是当作自己的房间来受用，把舅父母当作贵客来欢迎。但是不行，"她又突然省悟，"这万万办不到：那样我就见不到舅父母了，他不会允许我邀请他们来的。"

她幸亏悟到了这一点，才没有感到懊悔。

她真想问问女管家，是否主人真不在家，可惜没有勇气开口。不过，舅父终于问出了这个问题，她听了大为惊慌，连忙别过头去，只听雷诺兹太太回答说，主人是不在家，接着又添了一句：

"不过他明天回来，还要带来一大帮朋友。"伊丽莎白感到不胜庆幸，多亏他们路上没有迟延一天！

这时，舅妈叫她去看一幅画像。她走近前去，只见壁炉架上方挂着几幅小型画像，其中有一幅是威克姆先生的肖像。舅妈笑吟吟地问她画得怎么样。女管家走过来说，画上这位年轻人是老主人的管家的儿子，是由老主人供养大的。"他现在到军队里去了，"她接着说道，"不过怕是变得很浪荡了。"

加德纳太太笑盈盈地望着外甥女，但伊丽莎白却笑不出来。

"这一位，"雷诺兹太太指着另一幅小画像说，"就是我家主人，画得像极了。跟那一幅同时画的，大约有八年了。"

"我常听说你家主人仪表堂堂，"加德纳太太望着画像说道，"他这张脸蛋是英俊。莉齐，你可以告诉我们画得像不像。"

雷诺兹太太听说伊丽莎白认识她家主人，仿佛越发敬重她了。

"这位小姐认识达西先生？"

伊丽莎白涨红了脸，说道："有点认识。"

"你不觉得我们少爷非常英俊吗，小姐？"

"是的，非常英俊。"

"我还真没见过这么英俊的人呢。不过，楼上画廊里还有他一幅画像，比这幅大，也比这幅画得好。老主人生前顶喜爱这间屋子，这些画像当年就是这么摆放的。老主人很喜欢这些画像。"

伊丽莎白听了这番话，才明白为什么威克姆先生的画像也放在其中。

雷诺兹太太接着又指给他们看一幅达西小姐的画像，那还是她八岁的时候画的。

"达西小姐也像她哥哥一样漂亮吗?"加德纳先生问道。

"哦!是的——从没见过这么漂亮的小姐,又那么多才多艺!她成天弹琴唱歌。隔壁房间里有一架刚给她买来的新钢琴,那是我们主人送她的礼物。她明天跟哥哥一道回来。"

加德纳先生为人和蔼可亲,又是盘问,又是议论,鼓励女管家讲下去。雷诺兹太太或者出于自豪,或者出于深情厚意,显然非常乐意谈论主人兄妹俩。

"你家主人一年中有好多日子待在彭伯利吗?"

"并没有我盼望的那么多,先生。他大概有一半时间待在这里。达西小姐总是来这里消夏。"

伊丽莎白心想:"只是有时候要去拉姆斯盖特。"

"要是你家主人结了婚,你见到他的机会就会多些。"

"是的,先生。不过我不知道那要等到什么时候。我真不知道谁能配得上他。"

加德纳夫妇不由得笑了。伊丽莎白情不自禁地说:"你会这样想,真使他太有面子了。"

"我说的全是真话,凡是认识他的人都会这么说。"对方答道。伊丽莎白觉得这话说得有些过分,随即又越发惊奇地听到女管家说道:"我从没听他说过一句冲人的话。我从他四岁起,就跟他在一起了。"

伊丽莎白觉得她夸奖得太离奇,太不可思议了。她一向坚定不移地认为,达西不是个性情和悦的人,如今这话激起了她深切的关注,她很想仔细听听,幸喜舅父开口说道:

"值得如此称道的人,实在寥寥无几。你真算运气好,碰上这

278

样一位主人。"

"是的，先生，我是运气好，我就是走遍天下，也碰不到一个更好的主人。不过我常说，小时候脾气好，长大了脾气也会好。达西先生从小就是个最温和、最宽厚的孩子。"

伊丽莎白几乎瞪大了眼睛盯着她。她心里想道："这能是达西先生吗？"

"他父亲真是个了不起的人。"加德纳太太说。

"是的，太太，他真了不起。他儿子跟他一样，对穷人也那么和蔼可亲。"

伊丽莎白听着，觉得惊奇、疑惑，急巴巴地想再听听。雷诺兹太太随便说到什么别的事，都提不起她的兴趣。她谈到画像，房间的面积，家具的价格，伊丽莎白都听不进去。加德纳先生认为，女管家之所以要过甚其词地夸赞主人，无非出于家人的偏见，因此觉得很有趣，马上又引到这个话题上。等大伙一起往主楼梯上走时，雷诺兹太太津津乐道地谈起了达西先生的众多优点。

"他是天下最好的庄主，最好的主人，"她说，"他不像如今的放荡青年，一心只为自己打算。他的佃户和用人没有一个不称赞他的。有人说他傲慢，可我真看不出来他有什么傲慢的地方。依我看，他只是不像其他青年那样夸夸其谈罢了。"

"照这么说来，他有多么可爱啊！"伊丽莎白心想。

"把他说得这么好，"舅妈一边走，一边小声说道，"这与他对我们那位可怜朋友的态度可不一致呀。"

"我们也许受了蒙骗。"

"这不大可能，我们是听知情人亲口说的。"

大伙来到楼上宽阔的走廊，给领进一间漂亮的起居室。起居室新近才布置起来，比楼下房间更优雅，更明亮。管家太太告诉大家，说这屋子刚刚收拾好，是专供达西小姐享用的，她去年来彭伯利，看中了这间屋子。

"他的确是个好哥哥。"伊丽莎白一面说，一面朝一扇窗户走去。

雷诺兹太太预料，达西小姐走进这间屋子，一定会很高兴。"达西先生总是这样，"她接着又说，"凡是能使妹妹高兴的事，他总是说办就办。他对妹妹真是无所不可。"

剩下来只有画廊和两三间主要卧室，还要领着客人看看。画廊里陈列着许多油画佳作，可惜伊丽莎白对绘画一窍不通。有些作品在楼下已经看过，她宁可掉头去看看达西小姐画的几幅蜡笔画，因为这些画的题材一般比较有趣，也更容易看懂。

画廊里有不少家族的画像，不过一个陌生人是不会看得很专心的。伊丽莎白往前走去，寻找着她面熟的那个人的画像。最后，她终于看到了——她发现有幅画像很像达西先生，脸上笑微微的，她记得他以前打量她的时候，脸上有时就挂着这种笑。她在画像前伫立了许久，看得出了神，临出画廊之前，又回去看了一番，雷诺兹太太告诉客人说，这幅画像还是他父亲在世时绘制的。

这当儿，伊丽莎白对那画中人油然产生了一股温存感，即使以前跟他接触最多的时候，她也不曾对他有过这种感觉。雷诺兹太太那样称赞他，意义非同小可。什么样的称赞会比一个聪慧用人的称赞来得更宝贵呢？她考虑到，达西先生作为兄长、庄主和家主，卫护着多少人的幸福！能给人带来多少快乐，造成多少痛苦！又能行多少善，做多少恶！女管家提出的每一个看法，都表明他人格高尚。伊丽莎白站在他的画像面前，只见他两眼盯着她，不由得想起了他的一片衷情，心里泛起了一股从未有过的感激之情。一想起他那个倾心劲儿，也就不再去计较他求婚时言词唐突了。

大厦里但凡可以公开参观的地方，都参观过了，客人们回到楼下，告别了女管家，女管家把他们托付给园丁，园丁等在大厅门口迎接他们。

大家穿过草场，朝河边走去时，伊丽莎白又掉头看了一下。舅父母也停住了脚步，就在舅父想要估量一下房子建筑年代的当儿，忽然见房主人从通往房后马厩的大路上走了过来。

他们相距二十码光景，房主人来得突然，真让人躲闪不及。顿时，他们的目光触在了一起，两张面孔涨得绯红。达西先生惊奇万分，一刹那间，愣在那里一动不动。但他迅即醒过神来，走到客人面前，跟伊丽莎白搭腔，语气即使不算十分镇静，至少十分客气。

伊丽莎白早已身不由己地走开了，但是一见主人走上前来，便又停住了脚步，带着压抑不住的窘迫神情，接受他的问候。她舅父母乍一看见他，纵使觉得他和刚才见到的画像有些相像，却还不敢断定他就是达西先生；但是园丁见到主人时的那副惊奇神态，应该一看就明白了。这夫妇俩见主人在跟外甥女攀谈，便有意站得远一点。主人客客气气地问起伊丽莎白家里人的情况，伊丽莎白心里又惊又慌，都不敢抬眼看看他的脸，而且也不知道自己是怎么回答的。她感到很惊奇，达西先生的举止跟他们上次分手时大不一样，他每讲一句话都使她越发觉得窘迫。她心里反复在想，让达西先生撞见她闯到这里，真是有失体统，因此他们待在一起的这几分钟，竟然成为她平生最难挨的一段光阴。达西先生也不见得比她有多自然：他说起话来，语调并不像平常那么镇定。他问她哪天离开朗伯恩，在德比郡待了多久，而且慌慌张张地问了又问，充分说明他也是神不守舍。

最后他似乎无话可说了，一声不响地站了一会儿，又突然定了定神，告辞而去。

舅父母这才来到外甥女跟前，赞赏小伙子仪表堂堂。但是，伊丽莎白一个字也没听进去，她满腹心事，只是闷头不响地跟着他们走。她感到不胜羞愧与懊恼。她这次到这里来，真是天下最倒霉、最失算的事！他会觉得多么奇怪！他这么傲慢的人，会觉得这件事有多么丢脸！好像她是死皮赖脸送上门的！哦！她为什么要来呢？或者说，他为什么要出人意料地提前一天赶回来呢？他们哪怕早走十分钟，也就不会让他瞧不起了。显而易见，他是刚刚到达的，刚刚下马，或是刚刚下车。一想到这次倒霉的碰面，她脸上一阵阵发红。他的态度发生了明显的变化——这是怎么回事呢？他居然还跟她说话，这就够令人惊奇的了！何况他谈吐又那样彬彬有礼，还向她家里人表示问候！这次意外相遇，他的举止如此谦恭，言谈如此文雅，她真是从来没有见到过。这与他在罗辛斯庄园交给她那封信时的谈吐，形成了多么鲜明的对照！她不知道怎么想才是，也不知道怎么解释这件事。

他们这时已经走到河边一条美丽的小径上，越往前走去，地面越往下低落，眼前的景色益发壮观，树林也益发幽美，但是伊丽莎白却久久没有察觉这些景致。舅父母沿途一再招呼她看这看那，她虽然也随口答应，似乎也举目朝他们指示的目标望去，却什么景物也辨别不清。她一心只想着彭伯利大厦的一个角落，不管哪个角落，只要是达西先生眼下所待的地方。她想知道他这时候在想些什么，他是怎么看待她的，他是否还在不顾一切地喜爱她。他也许只是觉得心安理得，才对她那么客气的，然而听他那语调，又不像是心安理得的样子。她不知道他见了她究竟是痛苦多于快乐，还是快乐多于痛苦，不过有一点可以肯定，他见到她并不镇静。

后来，舅父母责怪她心不在焉，她才醒悟过来，觉得应该装得像往常一样。

他们走进树林，暂时告别溪涧，登上山坡。从树林的空隙望去，可以看到种种迷人的景色：山谷，对面的群山，一座座山上布满整片的树林，还有那脉溪涧也不时映入眼帘。加德纳先生想要绕着整个庄园兜一圈，但是又怕走不动。园丁得意地笑笑说，兜一圈要走十英里。这件事只得作罢，他们还是照常规路线游逛。几个人走了半天，顺着陡坡林下了坡，又来到溪边，来到溪涧最窄的地方。他们从一座便桥上过了河，这座便桥与周围的景色倒很协调。这里比他们到过的哪个地方都素雅。山谷到了这里也缩成了一道小峡谷，只容得下那条溪流和一条小径，小径上灌木夹道，参差不齐；伊丽莎白很想循着曲径去探幽觅胜，但是过了桥以后，眼见离大厦比较远了，不大能走路的加德纳太太已经走不动了，一心只想快些回去乘马车。因此，外甥女只得依着她，大家便抄近路向河对岸的大厦走去。不过，他们走得很慢，因为加德纳先生非常喜欢钓鱼，却又很少能尽尽兴，眼下望着河里偶尔出现几条鳟鱼，也就光顾得跟园丁谈鱼，脚下停滞不前。众人正这么慢腾腾地溜达着，不由得又吃了一惊，尤其是伊丽莎白，真和刚才一样惊讶，因为他们又望见达西先生向他们走来，而且已经离得不远了。这边的小路不像对岸的那么隐蔽，因此还没相遇便能看见他。伊丽莎白尽管十分惊奇，却至少比前次见面时有准备得多，于是她想，如果他真是来找他们的，她一定装得镇定些，谈话沉着些。起初，她倒真觉得他会走到另一条小道上。后来拐弯的地方遮住了他的身影，她还是抱着那个想法。但是刚一拐过弯，他便出现在他们面前。伊丽莎白一眼便可看出，他还和刚才一样彬彬有礼。于是，她便仿效着他的客气劲儿，开始赞赏这里的美丽景色。但是刚说了几声"妩媚""动人"，心里又冒出了一些令人丧气的念头，觉得她这样赞美彭伯利，说不定会受到人家的曲解。她脸上一红，不再作声了。

加德纳太太站在后面不远的地方。达西先生见伊丽莎白又不作声了，便要求她赏个脸，给他介绍一下她那两位朋友。他的这一礼貌举动，完全出乎她的意料。想当初他向她求婚的时候，还傲慢地看不起她的某些亲友，而如今倒好，居然想要结识这些人，真让她觉得好笑。她心想："他要是知道这两位是什么人，不定会惊奇成什么样子呢！他眼下把他们错当成上流人了。"

不过她还是立刻做了介绍。当她道明他们与她的亲戚关系时，她偷偷瞟了达西一眼，看看他做何反应，心想他也许会拔腿就跑，绝不结交如此低贱的朋友。达西了解了他们的亲戚关系之后，显然很吃惊；不过他倒克制住了，非但没有跑掉，反而陪他们一起往回走，还跟加德纳先生攀谈起来。伊丽莎白不禁又高兴，又得意。她感到欣慰的是，她可以让他知道，她也有几个不丢脸的亲戚。她聚精会神地听着他们之间的谈话，舅父的一言一语都表明他聪明高雅，举止得体，使她感到扬扬得意。

两人不久就谈到钓鱼。她听见达西先生不胜客气地对舅父说，他在附近逗留期间，随时可以来这里钓鱼，同时答应借钓具给他，还点给他看溪里通常哪些地方鱼最多。加德纳太太跟伊丽莎白臂挽臂地走着，向她做了个表示惊奇的眼色。伊丽莎白嘴里没说什么，心里却极其得意。达西先生如此献殷勤，一准是为了讨好她。不过她还是万分惊奇，反复不断地问自己："他怎么变化这么大？这是为什么呢？他不可能是为了我，不可能是看在我的面上，才把态度放得这么温和的。我在亨斯福德对他的那顿责骂，不可能导致这样的变化。他不可能还爱着我。"

他们就这样，两位女士在前，两位先生在后，走了好一阵。后来为了仔细观赏一种稀奇的水草，便下到了水边，等到重新上路时，他们的次序碰巧发生了点变化。事情是由加德纳太太引起的，原来她一上午走乏了，觉得伊丽莎白的胳臂架不住她，便想让丈夫挽着她。于是，达西先生取代了她的位置，和她外甥女并排走着。两人沉默了一会儿之后，还是小姐先开了口。她想让他知道，她是听说他不在家才来到他府上的，因此头一句话便说，他回来得非常突然。"你的女管家告诉我们，"她接着说道，"你明天才能回来。我们离开贝克韦尔以前，就听说你不会马上回到乡下。"达西承认这一切都是事实，又说因为要找管家有事，所以比同行的那伙人早到了几个钟头。"他们明天一早就到，"他接着又说，"他们当中也有你认识的人，宾利先生和他姐姐妹妹。"

伊丽莎白只是微微点了点头。她立即想起他们上次提到宾利先生的情形。从他的脸色看来，他心里也在想着那同一情形。

"这伙人里还有一个人，"他顿了顿又说道，"特别想要结识你。你在兰顿逗留期间，是否能允许我介绍舍妹与你相识，不知我是否太冒昧了？"

这个要求真使她大为惊讶，她都不知道她是如何应答他的。她当即意识到，达西小姐之所以想结识她，无非是受了她哥哥的鼓动。只要想到这一点，也就够叫她满意了。她欣慰地看到，他对她的怨恨并没有使他真正厌恶她。

他们默默地往前走，两人都在沉思。伊丽莎白感到不安。她也不能感到心安，不过她又为之得意和高兴。他想介绍妹妹与她认识，这真是天大的面子。他们俩很快就走到加德纳夫前头去了，等他们走到马车跟前的时候，加德纳夫妇还落在后面一大段路。

达西先生请她进屋坐坐，但她表示不累，两人便一道站在草坪上。碰到这种时候，本来有许多话好讲，默不作声未免太别扭了。伊丽莎白想要开口，但又仿佛无话可讲。最后她想起自己正在旅行，两人便一个劲地谈论马特洛克和达沃河谷的景物。然而时间过得真慢，加德纳夫妇也走得真慢，他们的交谈还没有结束，她就快忍耐不住了，话也快讲完了。等加德纳夫妇来到跟前，达西先生又恳请他们大家进屋吃点点心，但是客人们谢绝了，双方极有礼貌地道别了。达西先生扶着两位女士上了车。马车驶开以后，伊丽莎白看见达西先生慢慢走进屋去。

舅父母现在开始说长道短了。两人都说，他们万万没有料到，达西会如此出类拔萃。"他举止优雅，礼貌周到，丝毫不摆架子。"

舅父这样说道。

"他的确有点高贵。"舅妈答道,"不过那只是在风度上,并没有什么不得体的。我赞成女管家的说法,虽然有些人说他傲慢,我却丝毫看不出来。"

"我万万没有料到,他会待我们这么好。这不止是客气,还真有点殷勤呢。其实他用不着这么殷勤。他跟伊丽莎白只有点泛泛之交罢了。"

"当然啦,莉齐,"舅妈说,"他是没有威克姆长得漂亮,或者说得确切些,他不像威克姆那样和颜悦色,因为他的五官可是端端正正的。不过,你怎么跟我说他令人讨厌呢?"

伊丽莎白极力为自己辩解,说她那次在肯特遇见他时,就觉得他比以前可爱,还说她从没见他像今天早上这么和蔼可亲。

"不过他这样多礼,也许是有点心血来潮。"舅父答道,"那些贵人往往如此。他请我常去钓鱼,我也不能拿他当真,他说不定哪一天会变卦,不许我进他的庄园。"

伊丽莎白觉得他们完全误解了他的品格,但却没有说出口。

"从我们见到他的情况看,"加德纳太太接着说道,"我真想不到他会那么狠心地对待可怜的威克姆。他看样子不像个狠心人。他说起话来,嘴部的表情倒很讨人喜欢。他脸上显出一副高贵的神气,不过不会让人觉得他心肠不好。领我们参观的那个女管家可真行,硬把他给捧上了天!我有几次差一点笑出声来。不过,我想他倒是个慷慨大方的主人,在一个用人看来,这就包含了一切美德。"

伊丽莎白听到这里,觉得应该替达西先生说几句公道话,证

287

明他并没有亏待威克姆。于是她小心谨慎地告诉他们，她听他肯特的亲友们说，他的行为和人们传说的大相径庭。事情并不像赫特福德郡的人们想象的那样，他的品格绝非那么一无是处，威克姆也绝非那么和蔼可亲。为了证实这一点，她把他们之间钱财上的事情一五一十地讲了出来，尽管没有道明是谁告诉她的，但她断言消息非常可靠。

加德纳太太听了这话，感到既惊奇又担心。不过，眼下已经来到以前曾给她带来不少乐趣的那个地方，于是她将一切念头置诸脑后，完全沉醉在美好的回忆之中。她把周围有趣的景致一一指给丈夫看，全然想不到别的事情上。她一上午走下来虽然觉得很疲乏，但是一吃完饭，又跑去探访旧交，跟阔别多年的老朋友重新相聚，这一晚过得好不快活。

对于伊丽莎白来说，白天的事情太有趣了，她也就没有心思去结交这些新朋友。她一心只想着达西先生是多么彬彬有礼，特别是他居然要把妹妹介绍给她，真让她感到惊奇不已。

第二章

伊丽莎白断定，达西先生将在他妹妹来到彭伯利的第二天，就带她来拜访她，因此决定那天整个上午都不离开旅店。然而她推断错了，就在她和舅父母到达兰顿的第二天上午，两位客人便赶来了。当时，她和舅父母跟着几个新朋友到周围溜达了一圈，刚刚回到旅店去换衣服，准备到朋友家去吃饭，突然听到一阵马车声，大家赶忙走到窗口，只见一男一女坐着一辆双轮敞篷马车，从街上驶来。伊丽莎白立刻认出了马车夫的号衣，猜着了怎么回事，便不无惊讶地对舅父母说，她马上有贵客光临，舅父母听了大为惊奇。他们见她说起话来那么窘迫，再把跟前的情形和昨天的种种情形联系起来一琢磨，心里对这件事也就有了个谱儿。他们以前一直不摸底细，现在却觉得：这样一个人能如此大献殷勤，除了看中他们的外甥女之外，别无其他解释。他们脑子里转悠着这些念头的同时，伊丽莎白也越来越心慌意乱。她很奇怪，自己怎么这么心绪不宁。不过，她虽说忧虑重重，却又生怕达西先生因为喜爱她，而在他妹妹面前把她捧得过高。她迫不及待地想要讨人喜欢，但是又怀疑自己没有本事讨人喜欢。

她怕让人看见，便从窗口退了回来。她在屋里踱来踱去，竭力想镇定下来，但是一见舅父母神色诧异，反而觉得更加糟糕。

达西兄妹进来了，双方恭恭敬敬地做了介绍。伊丽莎白惊奇地发现，达西小姐至少像她一样局促。她来到兰顿以后，就听说达西小姐极其傲慢，但是经过几分钟的观察，便断定她只是极其羞怯而已。她发觉，她除了或是或否地应一声之外，很难从她嘴里掏出一句话。

达西小姐身材较高，比伊丽莎白来得高大，虽然只有十六岁，体态已经发育成形，看上去俨然是个大人，端庄大方。她及不上哥哥漂亮，但是脸蛋长得聪颖和悦，举止又十分谦和文雅。伊丽莎白原以为她看起人来会像达西先生一样，既尖刻又无情，现在见她并非如此，不觉舒了一口气。

他们见面不久，达西便告诉她，宾利也要来拜访她。她刚想说一声不胜荣幸，准备见见这位客人，不料听见了宾利上楼梯的急促脚步声，转眼间他就进来了。伊丽莎白对他的怨艾早已冰解冻释，不过，即使余怒未消，只要看看他重逢时表现得多么情恳意切，这气也会烟消云散的。宾利先生问候她全家安好，虽然问得很笼统，但是却又很亲切，神情谈吐像以前一样愉悦从容。

加德纳夫妇和她一样，也觉得宾利先生是个饶有风趣的人。他们早就盼望见见他。眼前这些人确实引起了他们的浓厚兴趣。他们刚才怀疑到达西先生跟他们外甥女的关系，便偷偷地朝两人仔细观察起来，而且从观察中立即断定，这两人中至少有一个尝到了恋爱的滋味。女方的心思还有点让人难以捉摸，但是男方却显然情意绵绵。

伊丽莎白这边可就费神了。她要弄清每位客人的心思，要镇定一下自己的情绪，还要博得大家的好感。她本来最担心不能博得众人的好感，不想偏偏在这方面最为顺当，因为她想讨好的那些人，早就对她怀有好感。宾利愿意跟她交好，乔治亚娜渴望跟她交好，达西决计跟她交好。

一看到宾利，她自然想到了姐姐。哦！她多么想知道他是否像她一样，也会想到她姐姐。她有时候觉得，他比以前少言寡语些，有一两次她还喜幸地觉得，他眼望着她的时候，想在她身上找到一点和她姐姐相似的地方。虽说这可能是凭空想象，但她不会看错他对达西小姐的态度，尽管人们都把达西小姐视为简的情敌。他们双方都看不出有什么特别的情意。他们之间没有迹象表明宾利小姐会如愿以偿。转瞬间，伊丽莎白对这一看法坚信不疑了。客人们临走之前，又发生了两三件小事，伊丽莎白因为爱姐心切，觉得这些小事足以说明宾利对简依然旧情难忘，假若胆子大一点，他真想多说几句，以便谈到简身上。有一次，他趁别人在一起交谈的当儿，用一种万分遗憾的语气说道："我已好久无幸见到你了。"伊丽莎白还没来得及回答，他又说道："已经八个多月了。我们十一月二十六日以后就没见过面，那天我们大家都在内瑟菲尔德跳舞。"

伊丽莎白见他对往事记得这么清楚，很是高兴。后来他又趁别人不在意的时候，问起她的姐妹们是否全在朗伯恩。他提的这个问题，以及前面说的那些话，本身并没有多少含意，但是说话人的神情意态，却使之耐人寻味。

伊丽莎白博得大家的好感

她顾不得多去注意达西先生，但是每瞥见他一眼，总发现他显得非常亲切，听见他言谈之中既没有丝毫的高傲气息，也没有半点鄙视她亲戚的意味，这就使她意识到：昨天发觉他仪态大有改进，这种现象再怎么短暂，至少持续了一天多。她发现，几个月以前他还不屑于和这些人打交道，如今却要主动地结识他们，极力想要博得他们的好感；她还发现，他不仅对她客客气气，而且对他曾经公开鄙视过的她那些亲戚，也彬彬有礼；她又想起他在亨斯福德牧师家向她求婚的那幕情景，如今还历历在目——这前后的变化太大了，给她的印象太深了，她简直掩饰不住内心的惊异之情。他即使和内瑟菲尔德的好友或罗辛斯的贵亲在一起，她也从没见过他如此想要讨好别人，如此虚怀若谷，有说有笑，何况他这样做并不能增加他的体面，他即使结交上了这些人，也只会招来内瑟菲尔德和罗辛斯的太太小姐们的讥笑和责难。

　　客人们逗留了半个多钟头，起身告辞的时候，达西先生叫妹妹跟他一起表示说，希望加德纳夫妇和贝内特小姐离开这里之前，能去彭伯利吃顿便饭。达西小姐虽然有点怯生生的，表明她不大习惯邀请客人，但她还是欣然照办了。加德纳太太望望外甥女，心想人家主要是邀请她，先得看看她是否愿意去，不料伊丽莎白把头扭开了。加德纳太太见她有意回避，以为是一时羞怯，而不是不愿接受邀请；再看看丈夫，他一向喜欢交际，眼下真是求之不得，于是她便大胆地应承了，日期定在后天。

　　宾利表示十分高兴，可以又一次见到伊丽莎白，他还有许多话要对她讲，还要向她打听赫特福德郡所有朋友的情况。伊丽莎白认为他只不过想要探听姐姐的消息，因此心中好生喜欢。由于这个缘故，也由于其他种种缘故，等客人走了以后，她想起了那半个钟头的情景，虽说当时并不觉得欢快，现在却感到有些得意。她就想一个人待着，还怕舅父母问来问去，拿话套她，所以一听完他们把宾利赞扬了一番之后，便赶忙跑去换衣服。

不过，她倒不必担心加德纳夫妇会问这问那，其实他们并不想逼迫她吐露真情。显然，她与达西先生的交情，要比他们以前想象的深厚得多。显然，达西先生深深爱上了她。他们发现不少蛛丝马迹，有心想要问问她，却又不便开口。

现在，他们一心只想着达西先生有多好。从他们的交往来看，还没有什么好挑剔的。他那样客客气气，他们不可能不受感动。假如他们不考虑别人的说法，光凭借自己的感情和女管家的陈述来看待他的为人，那么，他在赫特福德郡的熟人就会辨别不出这是达西先生。现在，大家都愿意相信女管家的话，因为他们很快认识到，她在主人四岁那年就来到他家，加上她为人体面，因此她的话不可贸然不信，就是从兰顿的朋友们所讲的情况来看，女管家的话也没有什么不可信的地方。人们对达西先生，除了说他傲慢之外，别无其他好指责的。他也许是有些傲慢，就凭他一家难得光顾那个小集镇，镇民们当然也要说他傲慢。不过，大家都认为他是个很慷慨的人，为穷人做了不少好事。

至于威克姆，几位游客很快发现，他在这里并不怎么受人器重，虽然人们不大明了他和他恩主的儿子之间究竟是什么关系，但是大家都知道，他离开德比郡时背了一身债，后来都是达西先生替他偿还的。

伊丽莎白这天晚上尽想着彭伯利，比头天晚上想得还要厉害。

这一夜熬起来虽然觉得漫长，但她又嫌不够长，还不足以弄清她对彭伯利大厦的那个人究竟怀有什么感情。她躺在床上整整寻思了两个钟头，试图理出个头绪。她当然不会恨他。不会的，怨恨早就消失了。假如她当初真可谓讨厌过他，她也早就为此感到羞愧了。他具有那么多高贵品质，自然引起了她的尊敬，尽管她起初还不愿意承认，但是心里却因此而早就不讨厌他了。现在听到有人如此称赞他，昨天又亲眼目睹了那种种情形，看出他原是个性情温柔的人，于是，尊敬之外又增添了几分友善。但是，问题不只是尊敬和器重，更重要的是，她心里还蕴含着一种不容忽视的亲善动机。这就是一片感激之心。她之所以感激他，不仅因为他曾经爱过她，而且因为他现在依然爱着她，当初她那样气势汹汹、尖酸刻薄地拒绝他，那样无端地指责他，他都概不计较。她原以为他会不共戴天地回避她，怎料这次不期而遇，他却好像迫不及待地要跟她重归于好。就涉及他俩的事来说，他既没有流露出任何粗俗的情感，也没有做出任何怪诞的举动，他竭力想博得她亲友们的好感，而且一心要介绍她与他妹妹相识。如此傲慢的一个人，竟会发生这般变化，这不仅让她感到惊奇，也让她为之感激——因为这只能归根于爱情，炽烈的爱情。这种爱情尽管让她捉摸不透，但她绝不感到讨厌，而是觉得应该任其滋长下去。她尊敬他，器重他，感激他，真心实意地关心他的幸福。她只想知道，他愿意在多大程度上由她来驾驭他的幸福；她相信自己仍然有本领叫他再来求婚，问题在于她施展出这副本领之后，究竟会给双方带来多大幸福。

晚上，舅妈与外甥女商定，达西小姐那样客气，回到彭伯利差一点没赶上吃早饭，却于当天就赶来看望她们，对于这样的礼仪，她们虽然做不出完全对等的回报，却至少应该做出点礼尚往来的表示。因此，她们最好于明天早上去彭伯利拜访她。她们决定就这么办。伊丽莎白感到很高兴，不过，她一问自己为什么这么高兴，却又无言以对。

吃过早饭不久，加德纳先生便出去了。他头天又跟人家谈起了钓鱼的事，约定今天中午到彭伯利去和几位先生碰头。

第 三 章

伊丽莎白如今认识到，宾利小姐之所以厌恶她，无非为了跟她争风吃醋，因此不由得在想，她这次到彭伯利去，宾利小姐绝不会欢迎她，不过她倒很想看看，这次久别重逢，那位小姐究竟能讲多少礼节。

到了彭伯利大厦，主人家就带着她们穿过门厅，走进客厅。客厅朝北，夏日里十分宜人。窗户外面是一片空地，屋后树木葱茏，岗峦叠嶂，居间的草场上种满了美丽的橡树和西班牙栗树，极为赏心悦目。

客人们在这间屋里受到达西小姐的接待。跟她坐在一起的，还有赫斯特夫人、宾利小姐，以及陪她住在伦敦的那位太太。乔治亚娜待客人非常客气，只是显得有些局促，这虽说是她生性腼腆，害怕失礼造成的，但是在那些自认身份不及她高贵的人看来，很容易误会她为人傲慢冷漠。不过，加德纳太太和外甥女倒能体谅她，同情她。

赫斯特夫人和宾利小姐只向客人们行了个屈膝礼。大家坐定

297

之后，接着便是一阵沉默，显得非常别扭。还是安妮斯利太太首先打破了沉默。她是个举止文雅、和颜悦色的女人，竭力想找点话说，这就证明她确实比那另外两个女人更有教养。她和加德纳太太攀谈起来，伊丽莎白偶尔帮帮腔。达西小姐仿佛想说话而又缺乏勇气，有时大着胆子咕哝一声，还要趁别人听不见的时候。

伊丽莎白立即发现，宾利小姐在密切地注视她，她的一言一语都要引起她的注意，特别是她跟达西小姐的谈话。假如她与达西小姐不是因为离得远，谈起话来不方便，她绝不会因为发现了这个情况，而不敢和她攀谈。不过，既然无须多谈，她也并不觉得遗憾。她眼下正心事重重，时时刻刻都期待着会有几位先生走进来。她既盼望又害怕房主人也跟着一道走进来，但究竟是盼得迫切，还是怕得厉害，她自己也说不上。伊丽莎白就这样坐了一刻钟之久，没有听见宾利小姐作声，后来突然一惊，只听见她冷冰冰地问候她家里人安好。她回答得也同样冷漠，同样简短，对方便不再吭声了。

接着，用人送来了冷肉、点心以及各种上等应时鲜果，这是客人来访后所领受的一份情意。不过，为了这份情意，安妮斯利太太不知向达西小姐使了多少个眼色，做了多少次笑脸，提醒她别忘了尽主人之谊。这一来大家都有事可做了——虽说不是人人都健谈，但人人都会吃。众人一见到大堆大堆鲜美的葡萄、油桃和桃子，便立即围拢到桌前。

伊丽莎白正吃东西的时候，只见达西先生走了进来。这就给她提供了一个良机，好根据她见到达西时的心情，来断定她究竟害怕他在场，还是希望他在场。尽管在这之前的一瞬间，她以为自己更希望他在场，但是等他进来了，她却开始感到，他还是不进来为好。

达西先生原先待在河边，跟家里两三人陪着加德纳先生钓鱼，后来听说加德纳太太和外甥女当天上午要来拜访乔治亚娜，才离开加德纳先生，回到了家里。伊丽莎白一见他走进屋，便理智地决定，一定要从容不迫，落落大方。她这个决心下得很有必要，只可惜不大容易做到，因为她发现全场的人都在怀疑他们俩，达西一走进屋的时候，几乎每双眼睛都在盯着他。脸上显得最好奇的当然还是宾利小姐，尽管她跟人说起话来总是笑容满面。原来，她还没有嫉妒到不择手段的地步，对达西先生还远远没有死心。达西小姐见哥哥进来了，便尽量多说话。伊丽莎白看得出来，达西先生一心渴望妹妹与她结交，尽量促成她们双方多多攀谈。宾利小姐也把这一切看在眼里，愤然变得唐突无礼起来，一有机会便冷言冷语地说道：

"请问，伊莱扎小姐，某郡民兵团是不是撤出了梅里顿？这对贵府可是个巨大损失呀。"

她当着达西的面不敢提起威克姆的名字，不过伊丽莎白一听就明白，她指的就是他。霎时间，她想起过去同他的一些来往，心里觉得很不是滋味。但是，为了还击这恶毒的攻击，她又立即振作起来，用一种满不在乎的语气回答了她那话。她一面说，一面不由自主地瞥了达西一眼，只见他涨红了脸，恳切地望着她，他妹妹则异常慌张，头也不敢抬。假如宾利小姐早知道她会给她亲爱的朋友带来这般痛苦，她当然不会如此含沙射影。她之所以要影射伊丽莎白倾心过的那个男人，只是想扰乱她的分寸，出出她的丑，好让达西看不起她，也许还能让达西想起她几个妹妹跟民兵团瞎胡闹的事。她丝毫也不了解达西小姐想要私奔的事。达西先生尽量保守秘密，除了伊丽莎白以外，没有向任何人透露过。他还特别向宾利的亲友们保密，因为他希望妹妹以后会跟他们攀亲，这一点伊丽莎白早就看出来了。当然，达西的确有过这个打算，不过，他并非有意借此去拆散宾利和贝内特小姐的好事，而可能是为了进一步关心朋友的幸福。

达西见伊丽莎白镇定自若，也马上定下心来。宾利小姐苦恼失望之余，不敢再提起威克姆，于是乔治亚娜也恢复了常态，不过还不大好意思说话。她害怕看到哥哥的眼睛，其实做哥哥的并没想到她也与这件事有牵扯。宾利小姐这次机关算尽，本想让达西不再眷恋伊丽莎白，结果反而使他对伊丽莎白越发倾心。

经过上述这一问一答之后，客人们没隔多久便告辞了。达西先生送客人上马车的时候，宾利小姐便趁机发泄私愤，把伊丽莎白的人品、举止和穿着说得一无是处，不过，乔治亚娜并没有搭腔。既然哥哥那么推崇伊丽莎白，她当然也应该喜欢她。哥哥绝不会看错人，他那样夸奖伊丽莎白，真叫乔治亚娜觉得她又可爱又可亲。达西回到客厅以后，宾利小姐禁不住又把刚才跟他妹妹说的话，重新对他说了一遍。

"达西先生，伊莱扎·贝内特小姐今天上午脸色真难看呀，"她大声说道，"跟去年冬天相比，她完全变了样，我生平还从没见过哪个人变得这么厉害。她那皮肤变得又黑又粗！路易莎和我都说，我们都认不出她了。"

达西先生尽管很不爱听这种话，但还是耐着性子冷冷地回答说，他看不出她有什么变化，只不过皮肤晒黑了一点，这是夏天旅行的结果，不足为奇。

"说实话，"宾利小姐应道，"我丝毫也不觉得她有什么美的地方。她的脸蛋太消瘦，皮肤没有光泽，眉目也不秀丽。她的鼻子缺乏特征，线条不明晰。她的牙齿还算过得去，不过也是很一般。至于她的眼睛，有时候被人们说得那么美，我就看不出有什么了不起的。她那双眼睛流露出一副尖刻蛮横的神气，我一点也不喜欢。她的整个风度显得那么自命不凡，真是不登大雅之堂，让人无法忍受。"

宾利小姐既然认定达西爱上了伊丽莎白，想用这种办法来博得他的欢心，实在不是个上策。不过人一到了气头上，也难免有失策的时候。她看见达西终于有些神情恼怒，便自以为得计，不过，达西硬是闷声不响，为了逼他开口，她又接着说道：

"我记得我们在赫特福德郡初次认识她的时候，听说她是个有名的美人，我们大家都很惊奇。我特别记得有一天晚上，她们在内瑟菲尔德吃过晚饭以后，你说：'她也算个美人！那我倒情愿把她妈妈称为才女。'不过你后来似乎对她的印象好起来了，我想你一度觉得她很漂亮。"

"是的，"达西再也忍无可忍了，便回答道，"不过那只是我刚认识她的时候。最近好几个月以来，我已经把她看成我所认识的最漂亮的女人之一。"

他说完便走开了。宾利小姐真讨足了没趣，她逼着他说出这几句话，没给别人带来伤害，却使自己受尽痛苦。

加德纳太太和伊丽莎白回到旅店以后，把这次做客的种种经历统统谈论了一番，唯独没有谈到双方特别感兴趣的那件事。她们谈论了所见到的每个人的神情举止，唯独没有谈到他们最为留意的那个人。她们谈到了他的妹妹，他的朋友，他的住宅，他的水果——样样都谈到了，唯独没有谈到他本人。其实，伊丽莎白真想知道加德纳太太对他有什么看法，加德纳太太也真希望外甥女能先扯起这个话题。

第 四 章

伊丽莎白刚到兰顿的时候，因为没有见到简的来信，感到大为失望。第二天早上，她又感到同样失望。但是到了第三天，她的忧虑结束了，她也不用埋怨姐姐了，因为她一下子收到姐姐两封信，其中一封注明误投过别处。伊丽莎白并不觉得奇怪，因为简把地址写得十分潦草。

当时，他们几个人刚想出去溜达，那两封信便给送来了。舅父母独自走了，让外甥女一个人去安安静静地看信。那封误投过的信当然要先读，那是五天以前写的。信里先介绍了一些小型的聚会、约会，报告了一些乡下的新闻，但后半封却注明是后一天写的，而且是在心烦意乱的情况下写成的，里面报告了重要消息。内容如下：

亲爱的莉齐，写了以上内容之后，又发生了一件极其意外、极其严重的事情。不过我真担心吓坏你——请你放心，我们全都安好。我要讲的是关于可怜的莉迪亚的事。昨天夜里十二点，我们都上了床，福斯特上校派出的专差送来一封快信，告诉我们说，莉迪亚跟他部下的一个军官跑到苏格兰去了。实说吧，就是跟威克姆私奔了！你想想我们有多惊奇。不过，基蒂似乎觉得并非完全出乎意料。我感到难过极了。他们结合得太轻率了！不过我还是愿意从最好的方面去着想，希望都是别人误解了他的人品。说他轻率冒昧，这我不难相信，但他这次举动却看不出有什么存心不良的地方（让我们为此而庆幸吧）。他看中莉迪亚至少不是为了贪图私利，因为他肯定知道，父亲没有财产给莉迪亚。母亲伤透了心。父亲还能经得住。谢天谢地，我们从没让他俩知道别人是怎么议论威克姆的，我们自己也得忘掉这些议论。据推测，他们大约是星期六夜里十二点跑掉的，但是直到昨天早上八点，才发现他们两人失踪了。于是福斯特上校赶忙派出专差去送信。亲爱的莉齐，他们一定是从离我们不到十英里的地方走掉的。福斯特上校告诉我们，他很快就会赶到这里。莉迪亚给福斯特夫人留下一封短简，把他们两人的打算告诉了她。我必须搁笔了，我不能离开可怜的母亲太久。你恐怕一定会感到莫名其妙吧，不过我也不知道自己写了些什么。

伊丽莎白读完这封信之后，也顾不得思量一下，几乎闹不清心里是什么滋味，便连忙抓起另一封信，迫不及待地拆开，读了起来。这封信比头一封晚写一天。

亲爱的妹妹，你现在谅已收到我那封草草写就的信。我希望这封信能把问题说得明白些，不过，虽然时间并不紧迫，我的脑袋却糊里糊涂，因此很难担保这封信会写得有条不紊。最亲爱的莉齐，我简直不知道该写些什么，但是我要报告你个坏消息，而且刻不容缓。威克姆先生与可怜的莉迪亚之间的婚事尽管十分轻率，我们还是渴望听说他们已经结婚，因为我们实在担心他们没去苏格兰。福斯特上校前天派专差送出快信之后，没过几个小时便离开了布赖顿，已于昨天来到这里。虽然莉迪亚留给福夫人的短简里说，他们俩要去格雷特纳格林[1]，但是丹尼又露出话来，说他相信威绝不打算去那里，也绝不打算跟莉迪亚结婚。后来，这话再跟福上校一说，他顿时大为惊恐，连忙从布出发，打算去追踪他们。他不费劲地跟踪到克拉帕姆[2]，但是再往前追就困难了，因为他们两人到达那里以后，便又雇了一辆出租马车，打发走了从埃普瑟姆[3]乘来的那辆轻便马车。此后的情况就不得而知了，只听说有人看见他们继续往伦敦方向去。我不知道应该怎么想。福上校在伦敦那个方向做了多方打听之后，便来到赫特福德，一路上急火火地反复打听，探询了所有的关卡以及巴内特和哈特菲尔德两地的旅馆，结果一无所获，谁也没有看见这样的两个人走过。他无比关切地来到朗伯恩，极其诚恳地向我们吐露了他的满腹忧虑。我真替他和福夫人难过，但是谁也不能责怪他们俩。亲爱的莉齐，我们真是痛苦至极。父母亲

1　格雷特纳格林：系苏格兰南部一村庄，邻近英格兰边界地区。当时，许多英格兰恋人都跑到那里举行婚礼。

2　克拉帕姆：当时是伦敦南边的一个村庄。

3　埃普瑟姆：伦敦南部小镇，18世纪时为游览胜地，后以跑马场著称。

都以为事情糟糕透顶，但我不想把他看得那么坏。也许出现一些情况，使他们不便于照原定计划行事，觉得还是在城里秘密结婚比较合适。退一万步说，即使他威克姆对莉迪亚这种身份的年轻女子存心不良，难道莉迪亚也不顾一切吗？这不可能！不过，我感到很伤心，福上校不相信他们会结婚。我向他表明自己的心愿时，他只是摇摇头，说什么威这个人怕是不堪信任。可怜的母亲真病倒了，整天关在房里。假使她能克制克制，事情兴许会好些，可惜她又做不到。至于父亲，我平生还从没看见他受到这么大触动。可怜的基蒂也很气，怨恨自己隐瞒了他们的私情，不过这是人家推心置腹的事，也很难责怪。亲爱的莉齐，我真替你高兴，这些令人伤心的场面，你还是眼不见为净。然而，这场初惊过后，我是否可以说我盼望你回来呢？不过，你若是不方便，我也不会自私地逼着你非回来不可。再见！我刚说过不愿逼你回来，现在却又拿起笔来逼你了。照目前的情况来看，我不得不恳求你们尽快回来。我和亲爱的舅父母相知有素，因此才无所顾虑地提出这个要求，而且我还有事情要求舅父帮忙。父亲马上要跟福斯特上校去伦敦，设法找到莉迪亚。他具体打算怎么办，我实在不知道，但是他那样痛苦不堪，办起事来绝不会十分稳妥，而福斯特上校明天晚上就得回到布赖顿。在这紧急关头，非得请舅父前来指教、协助不可。他一定会体谅我此刻的心情，我相信他一定会前来帮忙。

"哦！舅舅哪儿去啦？"伊丽莎白一读完信，便霍地从椅子上跳起来，一边喊叫，一边迫不及待地去找寻舅舅。她刚走到门口，不料仆人把门打开了，只见达西先生走了进来。达西先生见她脸色苍白，慌手慌脚，不由得吃了一惊。伊丽莎白一心只想着莉迪亚的处境，还没等达西先生定下心来先开口，她便连忙叫起来了："请原谅，恕我不能奉陪。我得马上去找加德纳先生，事不宜迟，片刻也不能耽搁。"

"天哪！出什么事啦？"达西先生感情一冲动，也就顾不得礼貌，大声嚷道。他接着又定了定神，继续说道："我一刻也不想耽搁你。不过，还是让我，或者让仆人，去找加德纳夫妇吧。你身体不大好，你不能去。"

伊丽莎白踌躇不决，不过她双膝在瑟瑟发抖，她也觉得自己是无法找到舅父母的。因此，她只得又把仆人叫回来，吩咐他去把主人夫妇立即找回家，不过她说起话来上气不接下气，几乎让人听不清楚。

仆人走了之后，她实在支撑不住，便坐了下来。达西见她气色不好，也不敢离开她，便用温柔体贴的语调说道："让我把你的女佣叫来吧。你能不能喝点什么调调神？要不要我给你倒一杯酒？你好像很不舒服。"

"不用啦，谢谢。"伊丽莎白答道，极力保持镇静，"我没事，觉得很好。只是刚接到朗伯恩的不幸消息，心里有些难受。"

她说到这里，禁不住哭了起来，半天说不出一句话。达西眼巴巴地不知如何是好，只能含含糊糊地说些关切的话，然后又默默无言地望着她，心里不胜哀怜。后来，伊丽莎白终于又开口了。"我刚刚收到简的来信，告诉了我这可怕的消息。这事对谁也瞒不

"片刻也不能耽搁。"

住。我小妹妹丢下了所有的亲友——私奔了——让威克姆先生拐走了。他们是一起从布赖顿逃走的。你深知他的为人，下文也就可想而知了。莉迪亚没钱没势，没有什么地方可以引诱他——莉迪亚这辈子算完了。"

达西给惊呆了。"现在想起来，"伊丽莎白以更激动的语调接着说道，"我本来是可以阻止这件事的！我了解他的真面目呀。我只要把部分真相——把我了解的部分内容，早讲给家里人听就好了！假使我家里人知道了他的为人，就不会出这种事。不过，事情太——太晚了。"

"我真感到痛心。"达西大声说道，"既痛心——又震惊。不过，这消息确凿吗，绝对确凿吗？"

"哦，绝对确凿！他们是星期天夜里从布赖顿出奔的，有人几乎追踪到伦敦，可惜没有继续追下去。他们肯定没去苏格兰。"

"有没有想什么办法去找她呢？"

"我父亲到伦敦去了，简写信来，请求舅父立刻去帮忙。我希望我们半个钟头之内就能动身。不过已经毫无办法了，我深知毫无办法了。这样一个人，你能拿他怎样呢？又怎么能找到他们呢？我不抱丝毫希望。真是可怕至极。"

达西摇摇头，表示默认。

"那时我已经看清了他的真面目——唉！假如我知道应该怎么办，大胆采取行动就好了！可惜我不知道——我生怕做过了头。真是千不该万不该呀！"

达西没有回答。他仿佛没有听到她的话，只见他眉头紧蹙，神情忧郁，一面踱来踱去，一面冥思苦索。伊丽莎白见此情景，当即明白了他的心思。她的魅力在步步消退。家里人这样不争气，闹出这种奇耻大辱，怎么能不让人家处处瞧不起。她既不感到诧异，也不责怪别人，但是，虽说达西能够自我克制，却无法给她带来安慰，也无法替她减轻痛苦。这件事反倒让她认清了自己的心愿。她从未像现在这样真切地感到她会爱上他，只可惜如今纵有千情万爱，也是枉然。

她虽然禁不住要想到自己，但是并非一门心思光想着自己。只要一想到莉迪亚，想到她给大家带来的耻辱和痛苦，她马上就打消了一切个人考虑。她用手绢捂住脸，顿时忘记了周围的一切。过了一会儿，听到同伴的声音，她才清醒过来。达西的话音里饱含着同情，但也带有几分拘谨，只听他说："你恐怕早就希望我走开了，而我除了真挚而无益的关心之外，也没有理由待在这里。但愿我能说点什么话，或是做点什么事，来宽解一下你的这般痛苦。不过，我不想拿空口说白话来折磨你，好像我存心要讨你的好。出了这桩不幸之后，恐怕舍妹今天不能在彭伯利幸会你们了。"

"哦，是呀。请你替我向达西小姐道个歉。就说我们有急事，需要立即回家。请尽量把这不幸的事实多隐瞒一些时候。不过，我知道也隐瞒不了多久。"

达西当即答应替她保守秘密，再次表示为她的烦恼感到难过，希望事情能有个比较圆满的结局，而不至于像现在想象的那样糟糕，并且请她代为问候她的亲友，最后又恳切地望了她一眼，便告辞了。

他一走出房去，伊丽莎白便不禁感到：他们这次在德比郡重逢，几次都是竭诚相见，这种机缘以后不会再出现了。她回顾了一下他们之间的整个交往，真是矛盾迭出，变故不断。她以前曾巴不得中止他们的交情，而今却又巴望能继续交往下去。一想到自己如此反复无常，她不由得叹了口气。

如果说感激和敬重是爱情的良好基础，那伊丽莎白的感情变化也就不足为奇，也无可非议。不过，世上还有所谓一见钟情，甚至双方未曾交谈三言两语就相互倾心的情况，与这种爱情比起来，如果说由感激和器重而产生的爱情显得不近人情事理的话，那我们也就无法替伊丽莎白辩护，只能给她申明这样一点：她当初看上威克姆，就是或多或少采取了一见钟情的办法，后来碰了壁，才决定采用另一种比较乏味的恋爱方式。尽管如此，她看见达西走了，还是感到十分懊丧。她琢磨着这倒霉的事，再想想莉迪亚的丑事一开头就引起了这般后果，心里不由得更加痛苦。她读了简的第二封信以后，压根儿就没有指望威克姆会真心和莉迪亚结婚。她觉得，除了简以外，谁也不会抱有这种奢望。她对事态的这一发展，丝毫也不感到奇怪。当她只读到第一封信的时候，她还感到十分奇怪——十分惊讶，威克姆怎么会娶一个无利可图的姑娘；而莉迪亚能让他看上眼，似乎也让人不可思议。但是现在看来，倒是再自然不过了。像这种儿女之情，莉迪亚有那般魅力也就足够了。伊丽莎白虽然并不认为莉迪亚只是存心私奔，而不打算结婚，但她又觉得，莉迪亚在贞操和见识上都有欠缺，很容易受人家勾引。

民兵团驻扎在赫特福德郡的时候，她从未察觉莉迪亚特别喜欢威克姆。不过她倒认为，莉迪亚只要受到人家勾引，对谁都会上钩。她今天喜欢这个军官，明天喜欢那个军官，只要你对她献殷勤，她就会看中你。她一向用情不专，但是从未缺少过谈情说爱的对象。对这样一个姑娘不加管教，恣意纵容，结果造成这般恶果——哦！她现在体会得太深刻啦。

她心急火燎地要回家，亲自听一听，看一看，替简分担一些忧愁。家里乱了套，父亲不在家，母亲无能为力，还随时要人侍候，千斤重担全压在简一个人身上。她虽然认为对莉迪亚已经无计可施，但是舅父的帮助似乎又极端重要，因此急巴巴地等他回来，真等得她心急如焚。且说加德纳夫妇听仆人一说，还以为外甥女得了急病，连忙慌慌张张赶了回来。伊丽莎白立即打消了他们这方面的忧虑，接着又急忙道明了找他们回来的缘由，把那两封信念给他们听，着重念了念第二封信最后补加的那段话，急得声音都在颤抖。舅父母虽然平素并不喜欢莉迪亚，但却禁不住忧心忡忡。这件事不单单关系到莉迪亚，而且牵涉到他们大家。加德纳先生先是骇然惊叹了一番，随即便慨然答应尽力帮忙。伊丽莎白虽然并不觉得意外，但还是对他感激涕零。于是，他们三人同心协力，迅即做好了回家的一切准备。他们要尽快动身。"可彭伯利那边怎么办？"加德纳太太嚷道，"约翰对我们说，你打发他去找我们的时候，达西先生就在这里，是吗？"

"是的。我告诉他了，我们不能赴约了。这事算说妥了。"

"什么说妥了？"舅妈跑回房去做准备的时候，重复了一声，"难道他们好到这个地步，伊丽莎白可以向他透露实情！哦，我真想弄清这究竟是怎么回事！"

不过想也没有用，充其量只能在这匆匆忙忙、慌慌乱乱的一个钟头里，自我调剂一下。假若伊丽莎白眼下无所事事的话，她一定还会觉得，像她这么痛苦的人，绝不会有心思去干什么事。不过，她和舅妈一样，也有不少事情需要料理。别的且不说，她得给兰顿的朋友们写几封信，为她们的突然离去编造些借口。好在一小时之后，整个事情都已料理妥当。与此同时，加德纳先生也和旅馆里结清了账，大家只等着动身。伊丽莎白苦恼了一个上午，想不到在这么短的时间里，居然坐上马车，向朗伯恩出发了。

第五章

"我把这件事重又想了一遍，伊丽莎白。"马车驶出镇子的时候，舅父说道，"说真的，经过认真考虑之后，我倒越发赞成你姐姐的看法。我觉得，哪个青年人也不会对这样一位姑娘心怀叵测，她绝不是无亲无靠。再说她就住在他的上校家里，因此我想还是往好里想。难道他以为她的亲友们不会挺身而出？他以为他如此冒犯了福斯特上校以后，民兵团对他还会客气吗？他绝不会痴情到铤而走险的地步！"

"你真这样想吗？"伊丽莎白大声嚷道，霎时间脸上露出了喜色。

"说实话，"加德纳太太说，"我也赞成你舅舅的看法。这么严重的事情，完全不顾体面，不顾尊严，不顾利害关系，他不会这么胆大妄为。我看威克姆不会这么坏。莉齐，难道你认为他完全不可救药，居然会做出这种事吗？"

"他也许不会不顾自己的利害关系，但是除此而外，我相信他全不在乎。但愿他能有所顾忌！不过我不敢抱这个奢望。如果真是那样，他们为什么不去苏格兰？"

"首先，"加德纳先生答道，"还没有完全证明他们没去苏格兰。"

"哦！他们打发走轻便马车，换上出租马车，这就可想而知啦！再说，去巴内特的路上根本找不到他们的踪迹。"

"那么——就假定他们在伦敦吧。他们在那里也许只是为了躲避一下，不会别有用心。他们俩不见得有多少钱，心里也许这样想：在伦敦结婚虽然比不上去苏格兰结婚来得方便，但要省俭些。"

"可是为什么要这样偷偷摸摸？为什么怕人发觉？为什么要秘密结婚？哦，不，不，这不可能。你从简的信里看得出来，连他最要好的朋友也认为，他绝不打算跟莉迪亚结婚。威克姆绝不会娶一个没有钱的女人。他绝不肯吃这个亏。莉迪亚除了年轻、健康、活泼之外，还有什么条件，什么诱人之处，可以让威克姆为她而放弃结婚致富的机会？说到他会不会因为担心这次不光彩的私奔使他在部队里丢面子，而在行为上有所收敛，那我可无法判断了，因为我不知道这种行为会产生什么后果。至于你说威克姆不会铤而走险的另一条理由，恐怕也不大靠得住。莉迪亚没有兄弟为她挺身而出，威克姆又见我父亲生性懒惰，不管家事，便以为他遇到这类事，也会跟人家做父亲的一样，尽量少管，尽量少操心。"

"你认为莉迪亚会因为爱他而不顾一切，居然不结婚就同意跟他同居？"

"说起来真是骇人听闻，"伊丽莎白泪汪汪地答道，"一个人居然会怀疑自己的妹妹不顾体面，不顾贞操。不过我的确不知道怎么说才好。也许我冤枉了她。可她还很年轻，从来没人教她去考虑些重大问题。近半年以来——不，近一年以来，她光知道开心作乐，图慕虚荣。家里也不管她，任她整天游游逛逛，放荡不羁，轻信盲从。自从某郡民兵团驻扎到梅里顿以后，她满脑子只想着谈情说爱，卖弄风骚，勾搭军官。她总是想着这件事，谈论这件事，极力想使自己变得更——我该怎么说呢？更容易触动情怀，尽管她天生已经够多情的了。我们大家都知道，威克姆仪表堂堂，谈吐迷人，完全可以迷住一个女人。"

"不过你要明白，"舅妈说道，"简可没把威克姆想得那么坏，她认为他不会干出这种事。"

"简把谁往坏里想过？无论什么人，不管他过去的行为如何，除非证据确凿，她会相信谁能干出这种事呢？不过，简像我一样了解威克姆的底细。我们俩都知道，他是个地地道道的浪荡子，既没有人格，又不顾体面，一味虚情假意，献媚取宠。"

"你真了解这一切吗？"加德纳太太大声问道。她心里十分好奇，很想知道外甥女是怎么了解到这些情况的。

"我当然了解。"伊丽莎白红着脸回答道，"那天我跟你说过他对达西先生的无耻行径，人家待他那么宽宏大量，可你上次在朗伯恩亲耳听到他是怎么议论人家的。还有些事情我不便于说，也不值得说。他对彭伯利一家编造的谣言，真是数不胜数。他那样编派达西小姐，我满心以为她是一位高傲、冷漠、令人讨厌的小姐。然而他自己也知道，事实恰恰相反。他心里一定明白，达西小姐就像我们看到的那样和蔼可亲，一点也不装模作样。"

"难道莉迪亚就不知道这些情况？你和简好像很了解内情，她怎么会一无所知呢？"

"哦，是呀！糟就糟在这里。我自己也是到了肯特，跟达西先生和他的亲戚菲茨威廉上校接触多了，才知道真相的。等我回到家里，某郡民兵团准备在一两周内离开梅里顿。我对简讲述了全部真情，但在那种情况下，简和我都觉得不必向外声张，因为威克姆在附近一带深受好评，如果推翻众议，这会对谁有好处呢？即便决定让莉迪亚跟福斯特夫人一起走的时候，我也没有想到应该叫莉迪亚了解一下他的为人。我从没想到莉迪亚会上他的当。你可以相信，我万万没有想到会造成这种后果。"

"这么说，民兵团调防到布赖顿的时候，你还不知道他们在相好呢。"

"压根儿不知道。我记得，他们俩谁也没有流露出相爱的迹象。你应该知道，在我们这样一个家庭里，只要能看出一点点迹象，那是绝不会视若无睹的。威克姆刚加入民兵团的时候，莉迪亚就很爱慕他了，不过我们大家都是那样。在那头两个月里，梅里顿一带的姑娘个个都神魂颠倒地迷上了他，不过他对莉迪亚倒没有青眼相加。因此，经过一阵疯疯癫癫的狂恋之后，莉迪亚终于对他死了心，倒是民兵团里的其他军官比较青睐她，于是她又喜欢上了他们。"

人们不难想象，他们一路上翻来覆去地谈论着这个令人关切的话题，然而除了忧虑、希望和猜测之外，却又实在谈不出什么新花样来，因此难免扯到别的话题上，但是没说几句便又扯回到原来的话题上。伊丽莎白脑子里总是摆脱不开这件事。她为这事痛心入骨，自怨自艾，一刻也安不下心来，一刻也忘却不了。

他们只管火速赶路，途中宿了一夜，第二天吃晚饭时，便赶到了朗伯恩。伊丽莎白感到欣慰的是，简不用焦灼不安地左等右等了。

他们进了围场。加德纳舅父的孩子们一见来了一辆马车，便赶到台阶上站着。等马车驶到门口，孩子们一个个惊喜交集，眉开眼笑，情不自禁地又蹦又跳，这是几位游客归来，最先受到的热诚而令人愉悦的欢迎。

伊丽莎白跳下马车，匆匆忙忙地吻了一下每个孩子，便赶忙奔进门厅，简恰好从母亲房里跑下楼梯，在那里迎接她。

伊丽莎白亲热地拥抱简，姐妹俩热泪盈眶。伊丽莎白迫不及待地问姐姐，有没有打听到私奔者的下落。

"还没有。"简答道，"不过舅舅来了，我想事情就好办了。"

"爸爸进城去了吗？"

"是的，他是星期二走的，我信里告诉过你了。"

"常收到他来信吗？"

"只收到一次。他星期三给我写来一封短信，说他已经平安抵达，并把他的地址告诉了我，这是我特意要求他写的。除此之外，他只说等有了重要消息，再写信来。"

"妈好吗？家里人都好吗？"

"我看妈还算好，不过精神上受到很大打击。她在楼上，看到你们大家，一定会非常高兴。她还不肯走出梳妆室。谢天谢地，玛丽和基蒂都挺好。"

"可你呢——你好吗?"伊丽莎白大声问道,"你脸色苍白。你可担了多少心啊!"

　　姐姐告诉她,她安然无恙。姐妹俩趁加德纳夫妇跟孩子们亲热的当儿,刚刚谈了这几句话,只见众人都走过来了,便只得就此打住。简跑到舅父母跟前,表示欢迎和感谢,忽而喜笑颜开,忽而潸然泪下。

　　大家都走进客厅以后,舅父母又把伊丽莎白刚才问过的话重新问了一遍,立即发现简没有什么消息可以奉告。然而,简心肠仁慈,生性乐观,遇事总往好里想,至今还没有心灰意冷。她依然指望事情会有个圆满的结局,认为每天早晨都会收到一封信,不是莉迪亚写来的,就是父亲写来的,报告一下他们的动态,也许还会宣布那两个人结婚的消息。

　　大家谈了一阵之后,都来到贝内特太太房里。贝内特太太一看到众人,那副样子果然不出所料,只见她哭天抹泪,懊丧不已,痛骂威克姆的卑劣行径,抱怨自己受苦受屈,几乎把每个人都责怪到了,唯独有一个人没责怪到,而女儿之所以铸成今天的大错,主要因为这个人的恣意纵容。

　　"当初要是依了我的意思,"她说,"我们全家都跟到布赖顿,那就不会出这件事。亲爱的莉迪亚真可怜,落得个没人照应。福斯特夫妇怎么能放心让她离开他们?我敢说,他们没有好好照料她。像她那样的姑娘,只要有人好好照料,是绝不会做出那种事的。我早就觉得他们不配照管她,可人家总是不听我的。可怜的好孩子啊!如今贝内特先生又走了,我知道,他一碰到威克姆,非跟他决斗不可。那样一来,他准会被打死,我们母女可怎么办呀？他尸骨未寒，柯林斯夫妇就要把我们撵出去。兄弟呀，你要是不帮帮我们的忙，我真不知道我们该怎么办。”

众人一听都惊叫起来，说她不该把事情想象得这么可怕。加德纳先生先是表白了一番他对她和她一家人的深情厚谊，然后告诉她，他准备明天就去伦敦，尽力协助贝内特先生找到莉迪亚。

“不要过分惊慌，”他接着说道，“虽说应该做好最坏的打算，但是也不见得就是最坏的下场。他们离开布赖顿还不到一个星期。再过几天可能会有他们的消息。除非得知他们还没结婚，而且也不打算结婚，否则就别认为没有指望了。我一进城就到姐夫那里，请他跟我一起回家，住到格雷斯丘奇街。那时候我们再商量怎么办。”

“哦！我的好兄弟，”贝内特太太答道，“这真让我求之不得啊。你到了城里，不管他们躲在哪里，千万要把他们找到。要是他们还没结婚，就逼着他们结。至于结婚礼服，就叫他们别等了，告诉莉迪亚，等他们结婚以后，她要多少钱买衣服，我就给多少钱。最要紧的是，别让贝内特先生去决斗。告诉他，我给折腾得一塌糊涂，吓得神经错乱，浑身发抖，坐立不安，腰部抽搐，头痛心跳，白天黑夜都不得安息。请告诉我的宝贝莉迪亚，叫她不要自作主张买衣服，等见了我以后再说，因为她不知道哪家商店最好。哦，兄弟，你太好心啦！我知道你有办法处理好这件事。”

加德纳先生虽然再次让她放心，说他一定竭力效劳，但是又叫她不要过于乐观，也不要过于担忧。大家就这样跟她谈了一会儿，到吃晚饭时便走开了，反正女儿们不在跟前的时候，有女管家侍候她，可以让她向女管家发牢骚。

虽然她弟弟和弟媳都认为她大可不必和家里人分开吃饭，但是他们也不想反对这样做，因为他们知道她说话不谨慎，如果吃饭的时候让几个用人一起服侍，她会在他们面前无话不说，因此最好只让一个用人，一个靠得住的用人来侍候她，只让这个用人了解她对这件事的满腹忧虑和牵挂。

大家走进餐厅不久，玛丽和基蒂也来了。原来，这姐妹俩都在自己房里忙自己的事，因此先前没有出来。她们一个在看书，一个在梳妆。不过，两人的脸色都相当平静，看不出什么变化，只是基蒂讲话的语调比平常显得烦躁一些，这或许因为她少了个心爱的妹妹，或许因为这件事也激起了她的气愤。至于玛丽，她倒是沉得住气，等大家坐定以后，她便摆出一副俨然深思熟虑的神气，对伊丽莎白小声说道：

"这件事真是不幸至极，很可能引起议论纷纷。不过，我们一定要顶住邪恶的逆流，用姐妹之情来安慰彼此受到伤害的心灵。"

她看出伊丽莎白不想答话，便接着说道："这件事对莉迪亚虽属不幸，但我们也可由此引以为鉴：女人一旦失去贞操，便永远无可挽回；真可谓一失足成千古恨；美貌固然不会永驻，名誉又何尝容易保全；对于那些轻薄男子，万万不可掉以轻心。"

伊丽莎白惊异地抬起眼睛，但是由于心情过于沉重，一句话也答不上来。然而玛丽还在抓住这桩坏事借题发挥，进行道德说教，以便聊以自慰。

到了下午，贝内特家大小姐、二小姐终于可以单独待上半个钟头。伊丽莎白连忙抓住时机，向姐姐问这问那，简也急忙一一作答。两人先对这件事的后果一起哀叹了一番，伊丽莎白认为势必产生可怕的后果，简也无法完全排除这种可能性。随后，伊丽莎白又继续说道："有些情况我还不了解，请你统统讲给我听听。请你讲得详细些。福斯特上校是怎么说的？那两人私奔以前，他们难道没有看出苗头？他们总该发现他们俩老在一起呀。"

"福斯特上校倒承认，他曾怀疑他们之间有点情意，特别是莉迪亚更为可疑，不过这都没有引起他的警惕。我真替他难受！他对人体贴入微，和蔼至极。当初还不知道他们俩没去苏格兰的时候，他就打算来这里安慰我们。等大家刚开始担心那两人没去苏格兰的时候，他便急急忙忙赶来了。"

"丹尼确信威克姆不想结婚吗？他是否知道他们打算私奔？福斯特上校有没有见到丹尼本人？"

"见到过。不过他问到丹尼的时候，丹尼拒不承认知道他们的打算，也不肯说出他对这件事的真实看法。丹尼也没有重提他们不会结婚之类的话——照此看来，我倒希望先前是别人误解了他的意思。"

"我想，福斯特上校没有到来之前，你们谁都不怀疑他们真会结婚吧？"

"我们脑子里怎么会产生这种念头呢！我只是有点不安，有点担心，怕妹妹嫁给他不会幸福，因为我知道他有些行为不轨。父母亲不了解这个情况，他们只觉得这门亲事太轻率。基蒂因为比我们大家更了解内情，便带着扬扬得意的神气坦白说，莉迪亚在最后写给她的那封信中，就向她示意准备采取这一招。看样子，她好像早在几周以前，就知道他们两个在相爱。"

"她总不会早在他们去布赖顿之前就知道吧？"

"不会的，我想不会的。"

"当时福斯特上校是不是把威克姆看得很坏？他了解威克姆的真面目吗？"

"说实话，他不像以前那样称赞威克姆了。他认为他冒昧无礼，穷奢极侈，这件伤心事发生以后，据说他离开梅里顿的时候，背了一身债，不过我希望这是谣言。"

"哦，简，我们当初要是别那么遮遮掩掩的，而是把我们了解的情况说出来，那就不会出这件事了！"

"兴许会好一些。"姐姐答道，"不过，不管对什么人，也不考虑人家目前的情绪，就去揭露人家以前的过失，这未免有些不近人情。我们那样做，完全出于好心。"

"福斯特上校能说出莉迪亚留给他妻子的那封信的内容吗？"

"他把信带给我们看了。"

简说着从小包里取出那封信，递给伊丽莎白，其内容如下：

亲爱的哈丽特：

明天早晨你发现我失踪了，一定会大吃一惊。等你明白了我的去向以后，你一定会发笑。我想到你的惊奇样子，也禁不住会笑出来。我要去格雷特纳格林，你若是猜不出我要跟谁一起去，那我真要把你看成一个大傻瓜，因为我心爱的男人世界上只有一个，他真是个天使。我离了他绝不会幸福，因此觉得不妨走了为好。如果你不愿意把我出走的消息告诉朗伯恩，那你不告诉也罢，到时候我给他们写信，署名"莉迪亚·威克姆"，准会让他们感到更为惊奇。这个玩笑开得多有意思啊！我笑得简直写不下去了。请替我向普拉特道个歉，我今晚不能赴约，不能和他跳舞了。请告诉他，我希望他了解了这一切之后，能够原谅我。还请告诉他，下次在舞会上相见的时候，我将十分乐意同他跳舞。我到了朗伯恩就派人来取衣服，不过希望你对萨利说一声，我那件细纱长礼服上裂了一条大缝，让她替我收拾行李时先把它补一补。再见。请代我问候福斯特上校。希望你能为我们一路顺风而干杯。

你的挚友

莉迪亚·贝内特

"哦！莉迪亚好没头脑啊！"伊丽莎白读完信后嚷道，"在这种时候写出这样一封信。不过这至少表明，她倒是认真对待这次出走的。不管威克姆以后把她诱惑到哪步田地，她可没有存心要干出什么丑事来。可怜的父亲！他心里会是个什么滋味啊！"

"我从没见到有谁这么震惊过！他整整十分钟说不出一句话来。母亲当下就病倒了，家里全部乱了套！"

"哦！简，"伊丽莎白嚷道，"家里的用人岂不是全在当天就知道了事情的底细吗？"

"我不清楚，但愿并非全知道。不过在这种时候，你也很难提防。母亲的歇斯底里又发作了，我虽然竭尽全力照应她，恐怕做得还不够周到！我只怕会出什么意外，吓得不知如何是好。"

"你这样侍奉母亲，也真够你受的。你气色不大好。唉！我跟你在一起就好了，操心烦神的事全让你一个人承担了。"

"玛丽和基蒂都挺好，很想替我分劳担累，可我觉得不宜劳驾她们。基蒂身体单薄虚弱；玛丽学习那么用功，不该再去打扰她的休息。星期二那天，父亲走了以后，菲利普斯姨妈来到朗伯恩，承蒙她好心，陪着我住到星期四。她给了我们很大的帮助和安慰。卢卡斯太太待我们也很好。她星期三上午跑来安慰我们，说什么如果我们需要帮忙，她和女儿们都愿意效劳。"

"她还是老老实实待在家里吧，"伊丽莎白大声说道，"她也许出于好意，但是遇到这样的不幸，街坊邻里还是少见为妙。她们不可能帮什么忙，她们的安慰令人无法忍受。让她们待在一边去幸灾乐祸吧。"

接着她又问起父亲到了城里，打算采取什么办法找到莉迪亚。

"我想，"简答道，"他打算到埃普瑟姆去，那是他们最后换马的地方，他想找找那些驿递马车夫，看看能不能从他们嘴里探听点消息。他的主要目的，是要查出他们在克拉帕姆搭乘的那辆出租马车的号码。那辆马车先是拉着旅客从伦敦驶来，父亲在想，一男一女从一辆马车换乘到另一辆马车上，可能会引起别人的注意，因此他准备到克拉帕姆打探一下。他只要查明马车夫让乘客在哪家门口下的车，便决定在那里查问一下，也许能够查出马车的车号和停车的地点。我不知道他还有什么别的打算。他急急忙忙要走，心绪非常紊乱，我能了解到这些情况，已经是不容易了。"

第六章

第二天早晨，大家都指望会收到贝内特先生的来信，但是等到邮差来了，却没带来他的片纸只字。家里人知道他一向拖拖拉拉，懒得写信，不过在这种时候，还是期望他会勤勉一些。怎奈不见来信，大家只得断定，他没有好消息可以报告，但即便如此，她们也希望能有个确信。加德纳先生也只想等他来信后再动身。

加德纳先生去了以后，大家觉得至少可以随时了解事态的进展。临别的时候，他答应劝说贝内特先生尽快回到朗伯恩，做姐姐的听了大为释然，她认为只有这样，才能确保丈夫不会在决斗中丧生。

加德纳太太还要和孩子们在赫特福德再待几天，因为她觉得，她待在这里或许能帮帮外甥女们的忙。她帮助她们侍奉贝内特太太，等她们闲下来的时候，又可以安慰安慰她们。姨妈也屡次三番地来看望她们，而且用她的话说，都是为了给她们解解闷，打打气，不过每次来都要报告一点威克姆骄奢淫逸的新事例，每次走后总让她们比她没来之前更加沮丧。

三个月之前，威克姆简直是个光明天使；三个月之后，仿佛全梅里顿的人都在黑他。大家都说他在当地每个商人那里都欠了一笔债，还给他加上了勾引妇女的罪名，说他偷香窃玉殃及了每个商人家。人人都说他是天下最邪恶的青年；人人都发觉，自己向来就不相信他那副伪善的面孔。伊丽莎白虽然对这些话只是半信半疑，但她早就认为妹妹会毁在他手里，现在更是深信不疑了。就连更不大相信那些话的简，也几乎感到绝望了，因为时到如今，即使他们两人真到了苏格兰（她从未对此完全失去信心），现在也应该有消息了。

加德纳先生是星期日离开朗伯恩的。他太太于星期二接到他的一封信。信上说，他一到城里就找到了姐夫，劝说他来到了格雷斯丘奇街。又说他没到达伦敦之前，贝内特先生曾经去过埃普瑟姆和克拉帕姆，可惜没有打听到令人满意的消息。还说他决定到城里各大旅馆去打听一下，因为贝内特先生认为，他们两人一到伦敦，可能先住旅馆，然后再找房子。加德纳先生并不指望这样做会有什么成效，但是姐夫既然如此热衷，他也有心助他一臂之力。他还说，贝内特先生眼下全然不想离开伦敦，他答应不久再写信来，信上还有这样一段附言：

> 我已写信给福斯特上校，请他尽可能向威克姆在民兵团的一些好友打听一下，看他是否有什么亲友知道他躲在城里的哪个区域。如果能找到这样一个人，获得一点这样的线索，那将是至关重要的。我们眼下心里一点没谱。也许福斯特上校会尽力找到他们的下落。但仔细一想，也许莉齐比谁都了

解情况，能告诉我们他还有些什么亲友。

伊丽莎白心里明白她怎么会受到这样的推崇，可惜她担当不起这样的恭维，根本提供不出什么令人满意的消息。

她从没听说威克姆除了父母之外还有什么亲友，况且他父母都已去世多年。不过，某郡民兵团的某些朋友可能提供点情况，她虽然对此并不抱有多大希望，但是觉得打听一下也无妨。

朗伯恩一家人每天都在焦虑中度过，但是最焦灼的还是等待邮差的那段时间。大家每天早晨企盼的头一件大事，就是等着来信。信里消息不管是好是坏，大家都要互相转告，而且期待第二天会有重要的消息传来。

谁想还没收到加德纳先生的第二封信，却先接到另外一个人的信，那是柯林斯先生写给她们父亲的。简事先受到嘱托，父亲外出期间由她代为拆阅一切信件，因此她便遵嘱读信。伊丽莎白知道柯林斯尽写些稀奇古怪的信，于是便挨在姐姐身旁一起拜读。信是这样写的：

亲爱的先生：

　　昨接赫特福德来信，获悉先生忧心惨切，在下看在自身名分和彼此戚谊的情分，谨向先生聊申悼惜之意。乞请先生放心，在下与内人对先生与尊府老少深表同情。此次不幸起因于永无清洗之耻辱，实在令人痛心疾首。先生遭此大难，定感忧心如煎，在下唯有多方开解，始可聊宽尊怀。早知如此，令爱不如早夭为幸。据内人夏洛特所言，令爱此次恣意妄为，实系平日过分纵容所致，此乃尤为可悲。然在下以为，先生与令闺堪可自慰的是，令爱本身天性恶劣，否则小小年纪绝不会铸成这般大错。尽管如此，先生与令闺实在令人可悲，对此岂但内人颇有同感，凯瑟琳夫人及其千金小姐获悉后，亦引起共鸣。多蒙夫人小姐与愚见不谋而合，认为令爱此次失足势必殃及其姐氏终生幸福：恰如凯瑟琳夫人所言，谁敢再与这般家庭攀亲？考虑至此，不禁忆起去年十一月间一件事，倍感庆幸，否则在下势必自取其辱，不胜哀伤。敬祈先生善自宽慰，舍弃父女情长，任其自我作践，自食其果。

您的……

加德纳先生直等接到福斯特上校的答复，才写来第二封信，而且信里没有报告一点喜讯。谁也不知道威克姆是否还有什么亲戚跟他来往，不过他确实没有至亲在世。他以前交游甚广，但自从进了民兵团之后，看来与朋友们全都疏远了，因此找不出一个人可以提供点他的消息。他手头十分拮据，又怕让莉迪亚的亲友发现实情，于是便竭力想要加以隐瞒，只是最近刚刚披露出来，他临走时拖欠了一大笔赌债。福斯特上校认为，他需要一千多镑才能清还他在布赖顿的欠债。他在布赖顿虽然负债累累，但是赌债则更加可观。加德纳先生并不打算向朗伯恩一家隐匿这些情况。简听得大为惊骇。"一个赌棍！"她大声叫道，"真是出乎意料。我想也没想到。"

加德纳先生信上还说，她们的父亲明天（星期六）便可回到家里。原来他们两人再三努力，毫无结果，贝内特先生给搞得垂头丧气，只好答应内弟的要求，立即回家，而让内弟留在那里相机行事，继续查寻。女儿们本以为母亲生怕父亲会被人打死，听到这个消息一定会显得十分高兴，谁知并非如此。

"什么，他还没找到可怜的莉迪亚，就要回来了？"她嚷道，"他没找到他们之前，当然不该离开伦敦。他一走，谁去跟威克姆决斗，逼着他和莉迪亚结婚？"

这时加德纳太太也提出想要回家了，于是大家商定，就在贝内特先生离开伦敦的同一天，她带着孩子们启程回伦敦。马车把他们送到旅途的第一站，然后把主人接回朗伯恩。

加德纳太太临走时，对伊丽莎白和她德比郡那位朋友的事，还是感到困惑不解。其实，从当初在德比郡的时候起，她就一直为之茫然。外甥女从未主动在舅父母面前提起过他的名字。舅妈原指望回来后会收到那位先生的来信，结果化为泡影。伊丽莎白回家后，一直没有收到从彭伯利寄来的信。

眼下家里出了这种不幸，伊丽莎白纵使情绪低落，也就情有可原，用不着去另找借口。因此，任凭外甥女再怎么消沉，舅妈也猜不出个名堂。不过，伊丽莎白这时倒明白了自己的心思，她知道得一清二楚，假若她不认识达西，莉迪亚这件丑事也许会叫她好受一些，也许会使她减少几个不眠之夜。

贝内特先生回到家里，仍然摆出一副满不在乎的样子。他像往常一样少言寡语，绝口不提他这次为之奔走的那件事，女儿们也是过了好久才敢提起。

直到下午，他跟女儿们一道喝茶的时候，伊丽莎白才敢贸然谈起这件事；她先是简单地表示说，父亲这次一定吃了不少苦，真叫她感到难过，只听父亲回答说："这话就别提啦。除了我之外，还有谁应该受罪呢？事情是我一手造成的，当然应该由我来承受。"

"你不必过分苛责自己。"伊丽莎白应道。

"你完全有理由这样告诫我。人的本性就是喜欢自责嘛！不，莉齐，我这辈子还从没自责过，这次就让我体验一下我有多大的过失。我倒不怕忧郁成疾。事情很快就会过去的。"

"你认为他们在伦敦吗？"

"是的。他们搞得这么隐蔽，还能躲在什么地方呢？"

"而且莉迪亚总想去伦敦。"基蒂加了一句。

"那她这下该得意啦，"父亲冷冷地说，"她或许要在那里住上一阵子呢。"

沉默片刻之后，他又接着说："莉齐，你五月份那样劝我是有道理的，我一点也不怨你。从眼下这件事看来，你还真有远见卓识呢。"

这时贝内特小姐过来给母亲端茶，打断了他们的谈话。

"还真会摆架子呢，"贝内特先生大声叫道，"这也不无好处，倒为不幸增添了几分风雅！我哪天也要效仿此法，坐在书房里，头戴睡帽，身穿晨衣，尽量找人麻烦。要不就等基蒂私奔了以后再说。"

"我可不会私奔，爸爸。"基蒂气恼地说，"我要是去布赖顿，一定比莉迪亚规矩。"

"你去布赖顿！即使给我五十镑，就连伊斯特本那么近的地方，我也不敢放你去！算啦，基蒂，我至少学得谨慎了，你会尝到我的厉害的。今后哪个军官也休想再进我的家门，甚至休想从我们村里走过。绝不允许你再去参加舞会，除非你和哪位姐姐跳跳。也不允许你走出家门，除非你能证明，你每天能在家里规规矩矩地待上十分钟。"

基蒂把这些威吓看得很认真，不由得哭了起来。

"好啦，好啦，"贝内特先生说，"不要伤心啦，假如你今后十年能做个乖孩子，等十年期满的时候，我带你去看阅兵式。"

第七章

贝内特先生回来两天后，简和伊丽莎白正在屋后的矮树林里散步，只见女管家朝她们走来，她们还以为母亲有事要找她们，便连忙迎上前去。但是，到了女管家跟前，才发现并非母亲要找她们，只听女管家对贝内特小姐说："小姐，请原谅我打扰了你们，我想你们兴许听到了从城里来的好消息，所以便冒昧地来问一问。"

"你这话怎讲，希尔？我们没听到城里有什么消息。"

"亲爱的小姐，"希尔太太十分惊奇地嚷道，"难道你们不知道加德纳先生派来一个专差？他来了半个钟头啦，给主人送来一封信。"

两位小姐急火火地也顾不上答话，拔腿便往回跑。她们穿过门厅，跑进早餐厅，再从早餐厅跑到书房，结果都没见到父亲。正要上楼到母亲那里去找他，却又碰到了男管家，只听他说：

"小姐，你们是在找主人吧，他朝小树林那边走去了。"

两人一听这话，赶忙又穿过门厅，跑过草场，去找父亲，只见父亲正悠然自得地朝围场旁边的小树林走去。

简不像伊丽莎白那么轻盈，也不像她那么爱跑，因此很快落到了后头，这时妹妹上气不接下气地追上了父亲，迫不及待地嚷道：

"哦，爸爸，什么消息？什么消息？你接到舅舅来信啦？"

"是的，我接到他一封信，是专差送来的。"

"唔，信里有什么消息？好消息还是坏消息？"

"哪里会有好消息？"他说着从口袋里掏出信，"不过你也许想要看看。"

伊丽莎白急不可待地从他手里接过信。这时简也赶来了。

"念大声些，"父亲说，"我也闹不清里面写了些什么。"

格雷斯丘奇街

8月2日，星期一

亲爱的姐夫：

我终于能告诉你一些外甥女的消息了，希望大体上能让你满意。你星期六走后不久，我便侥幸地查明了他们在伦敦的住址。详细情况留待以后面谈，你只要知道我已经找到他们就足够了。我已经见到了他们俩——

"事情正像我盼望的那样，"简大声嚷道，"他们可结婚啦！"

伊丽莎白接着念下去：

我已经见到了他们俩。他们并没有结婚，我也看不出他们有什么结婚的打算。不过我冒昧地代你做出了承诺，如果你愿意履行的话，我想他们不久就会结婚。对你的要求只是：你本来为女儿们安排好五千镑遗产，准备在你和姐姐过世后分给她们，你应向莉迪亚依法做出保证，她将得到均等的一份；另外，你还必须保证，你在世时每年再贴她一百镑。经过通盘考虑，我自以为有权代你做主，便毫不迟疑地答应了这些条件。我将派遣专差给你送去这封信，以便尽早得到你的回音。你了解了这些详情之后，便不难看出，威克姆先生并不像大家料想的那样山穷水尽。大家把这件事搞错了。我要高兴地说明，外甥女除了自己那份钱之外，等威克姆还清债务以后，还会有点余额交给她。如果你愿意照我料想的那样，让我全权代表你处理这件事，那我就立即吩咐哈格斯顿去办理财产授予手续。你大可不必再进城，尽管安心地待在朗伯恩，相信我会不辞辛劳，谨慎从事。请你尽快给我回信，而且务必写得明确一些。我们以为最好让外甥女就从敝舍出嫁，希望你会同意。她今天要来我们这里。若有其他情况，我将随时奉告。

你的……

爱德华·加德纳

"这可能吗？"伊丽莎白读完信以后嚷道，"威克姆会跟她结婚吗？"

"这么看来，威克姆并不像我们想象的那样不成器啦。"姐姐说道，"亲爱的爸爸，恭喜你啦。"

"你回信了没有？"伊丽莎白问。

"没有，不过还得快回。"

伊丽莎白一听，极其恳切地请求父亲赶紧写信，别再耽搁。

"哦！亲爱的爸爸，"她嚷道，"马上就回去写吧。你想想，这种事情是一分一秒也耽搁不得的。"

"你要是不愿意动笔，"简说，"那就让我代你写吧。"

"我是很不愿意动笔，"父亲答道，"可是不写又不行啊。"

他一边说，一边随她们转过身，朝家里走去。

"我是否可以请问——"伊丽莎白说道，"我想，那些条款总该答应下来吧。"

"答应下来！他要求得这么少，我只觉得不好意思呢。"

"他们俩非得结婚不可！然而他又是那样一个人！"

"是的，是的，他们非得结婚不可。没有其他办法。不过有两件事我很想弄个明白：第一，你舅舅究竟出了多少钱，才促成了这个局面；第二，我以后怎么来偿还他。"

"钱！舅舅！"简嚷道，"你这是什么意思，爸爸？"

"我的意思是说，一个头脑健全的人是不会跟莉迪亚结婚的，因为她实在没有什么诱惑力，我在世时每年给她一百镑，死后总共也只有五千镑。"

"那倒的确不假，"伊丽莎白说道，"不过我以前倒没想到这一点。他清还了债务以后，居然还会余下钱来！哦！一定是舅舅解囊相助的！这么慷慨善良的人，恐怕他苦了自己啦。这一切，钱少了是解决不了问题的。"

"是呀，"父亲说道，"威克姆拿不到一万镑就答应娶莉迪亚，那他岂不成了个大傻瓜。我们刚刚做上亲戚，我照理不该把他想得这么坏。"

"一万镑！万万使不得，即使半数，又怎么还得起？"

贝内特先生没有回答，大家都在沉思默想，直至回到家里。这时父亲去书房写信，两位小姐走进早餐厅。

"他们真要结婚了！"两人一离开父亲，伊丽莎白便嚷道，"这太不可思议啦！我们还要为此而谢天谢地。尽管他们不大可能获得幸福，尽管他的品格又那样恶劣，他们居然要结婚了，而我们还不得不为之高兴！哦，莉迪亚！"

"我觉得有一点可以放心，"简答道，"他要不是真心喜爱莉迪亚，是绝不肯跟她结婚的。好心的舅舅帮他还清了债务，但我不相信会支付了一万镑那么大的数目。舅舅自己有那么多孩子，以后可能还会增多。就是五千镑，他又怎么拿得出来呢？"

"假如能弄清威克姆究竟欠了多少债，"伊丽莎白说，"他决定给莉迪亚多少钱，那我们就会知道加德纳先生为他们出了多少钱，因为威克姆自己一个子儿也没有。舅父母的恩惠今生今世也报答不了。他们把莉迪亚接回家去，亲自保护她，开导她，为她费尽了心血，真让她一辈子也感恩不尽。莉迪亚现在已经跟舅父母在一起了！假如这样一片好心还不能使她感到愧痛，那她永远都不配享受幸福！她一见到舅妈，该是个什么滋味呀！"

"我们应该尽量忘掉他们过去的事情，"简说道，"我希望，而且也相信，他们还是会幸福的。我认为，威克姆答应跟莉迪亚结婚这件事，就证明他开始往正道上想了。两人互亲互爱，自然也会稳重起来。我相信，他们一定会安安稳稳、规规矩矩地过日子，到时候人们也就会忘掉他们以前的荒唐行为。"

"他们的行为也太荒唐了，"伊丽莎白答道，"无论你我，还是其他人，一辈子也忘不掉。用不着去谈这种事。"

两位小姐这时想起，母亲很可能对这件事还一无所知。于是，两人便来到书房，请示父亲想不想让她们告诉母亲。父亲正在写信，头也没抬，只是冷冷地答道：

"随你们便吧。"

"可以把舅舅的信拿去念给她听吗？"

"爱拿什么就拿什么，快给我走开。"

伊丽莎白从写字台上拿起那封信，姐妹俩一道上了楼。玛丽和基蒂都在贝内特太太那里，因此只要传达一次，大家也就都知道了。她们稍微透露了一声有好消息，接着便念起信来。贝内特太太简直喜不自禁。简一读完加德纳先生料想莉迪亚不久就要结婚那句话，她顿时心花怒放，以后每读一句话，她就越发欣喜若狂。她前些时候是那样烦忧惊恐，坐立不安，现在却是这样大喜过望，激动不已。只要听说女儿即将结婚，她就心满意足了。她并没有因为担心女儿得不到幸福而感到不安，也没有因为想起她行为不端而觉得丢脸。

"我的宝贝心肝莉迪亚！"她嚷起来了，"这太叫人开心啦！她要结婚了！我又要见到她了！她才十六岁就要结婚了！我那好心好意的兄弟呀！我早就知道会有今天——我知道他没有办不成的事。我多想见到莉迪亚，见到亲爱的威克姆！不过还有衣服、结婚礼服呢！我要立即写信跟弟媳妇谈谈。莉齐，乖孩子，快下楼去，问问你爸爸愿给她多少陪嫁。等一等，等一等，还是我自己去吧。基蒂，摇铃叫希尔来。我马上穿好衣服。我的宝贝心肝莉迪亚！等我们见面的时候，大家该有多开心啊！"

大女儿见母亲如此得意忘形，便想让她收敛一点，于是提醒她别忘了加德纳先生对她们全家的恩惠。

"这件事多亏了舅舅一片好心，"她接下去又说，"才会有这样圆满的结局。我们都认为，是舅舅答应拿钱资助威克姆先生。"

"哦，"母亲嚷道，"这是理所应当的。除了自己的舅舅，谁还会帮这种忙？你要知道，他要是没有妻小的话，他的钱就全归我和我的孩子们所有了。他以前只送过我们几件礼物，这回是我们头一次受惠于他。哦！我真高兴啊。我很快就有一个女儿出嫁了。威克姆夫人！叫起来多动听啊！她六月份才满十六岁。我的宝贝简，我太激动了，肯定写不成信，索性我来讲，你替我写吧。关于钱的事，以后再跟你爸爸商量。但是衣物嫁妆应该马上订好。"

接着，她又不厌其详地说起了白布、细纱布和麻纱，而且马上就要吩咐去多订购一些各式各样的东西，简好不容易才劝住了她，叫她等父亲有空的时候再做商计。简还说，晚一天也没有关系。母亲因为太高兴了，所以也不像往常那样固执。再说，她脑子里又想起了别的花招。

"我一穿好衣服，"她说，"就去梅里顿，把这大好消息告诉我妹妹菲利普斯太太。回来的时候，可以去看看卢卡斯夫人和朗太太。基蒂，快下楼去，吩咐仆人给我套车。出去透透气，肯定会对我大有好处。姑娘们，有什么事要我替你们在梅里顿办吗？哦！希尔来了。亲爱的希尔，你听到好消息没有？莉迪亚小姐要结婚了。她结婚那天，你们大家都可以喝上一碗潘趣酒[1]，高兴

---

1 潘趣酒：系用葡萄酒与热水或牛奶、糖、柠檬、香料等配制而成的一种饮料。

339

高兴。"

希尔太太当即表示十分高兴。她向太太小姐们挨个道喜，伊丽莎白当然也不例外。后来，伊丽莎白实在看腻了这种愚蠢的把戏，便躲进自己房里，好自由自在地思忖一番。

莉迪亚真是可怜，她的处境充其量也够糟糕了，但总算没有糟到不可收拾的地步，因此，她还得表示庆幸。她也从心眼里感到庆幸。虽然一想到今后，就觉得妹妹既难得到应有的幸福，又难享受到世俗的荣华富贵，但是回顾一下过去，就在两个钟头以前她还那么忧虑重重，相比之下，她觉得现在能得到这个结局，也算是不幸中之大幸了。

第八章

贝内特先生早在这之前，就常常希望不要花光全部进项，每年都能储蓄一笔款子，以便使女儿们将来不愁吃穿，如果太太比他命长，衣食也能有个着落。现在，他这个愿望比以往来得更加强烈。假若他在这方面早就尽到了责任，莉迪亚也用不着仰仗舅舅出钱，替她挽回脸面名声。那样一来，也用不着劳驾别人去说服全英国最不成器的一个青年娶她为妻。

贝内特先生觉得，这件事本来对谁也没有什么好处，而今却要由他内弟独自出钱加以成全，这真叫他过意不去。他心想，要是可能的话，一定要打听出内弟究竟帮了多大忙，并且尽快报答这份人情。

贝内特先生刚结婚的时候，完全不必省吃俭用，因为他们夫妇自然会生个儿子，等到儿子一成年，也就随之消除了限定继承权的问题，寡母孤女也就有了生活保障。五个女儿接连出世了，但是儿子却没有降生。莉迪亚出生以后的多年间，贝内特太太还一直以为会生个儿子。后来终于死了这条心，省吃俭用也来不及了。贝内特太太不会精打细算，好在丈夫喜欢自己做主，才没有搞得入不敷出。

这夫妇俩当年的婚约上规定，贝内特太太及其子女们可享有五千镑遗产。但子女们究竟怎样分享，却要取决于父母遗嘱上如何规定。这个问题，至少莉迪亚应该享有的部分，必须立即解决，贝内特先生毫不犹豫地接受了内弟提出的那个建议。他给内弟回信，尽管措辞极其简洁，还是感谢了他的一片好心，接着表示完全赞同内弟所做的一切努力，愿意履行内弟代他做出的承诺。他万万没有料到，这次劝说威克姆与他女儿结婚，居然安排得这样妥善，简直没给他带来什么麻烦。他虽说每年要付给他们小夫妻俩一百镑，但一年下来还损失不了十镑，因为莉迪亚待在家里也要吃用开销，另外母亲还要不断贴钱给她，计算起来也差不多有一百镑。

这件事还有一个让他喜出望外的地方，那就是他自己简直没费什么力气。他眼下就希望，这件事引起的麻烦越小越好。他开头因为心头火起，亲自去找女儿，如今已经气平怒消，自然又变得像往常一样懒散。他立即把信发走了，因为他虽说做事拖拉，但只要动起手来，倒也十分快当。他恳请内弟详细告知他的蒙恩之处，但对莉迪亚实在太气恼，连问候也不问候她一声。

好消息迅速传遍了全家，而且也很快传遍了左邻右舍。邻居们听说之后，都摆出一副贤明世故的面孔。当然，假若莉迪亚·贝内特小姐踏进那烟花世界，或者能万幸地远离尘嚣，躲进一座偏僻的乡舍里，那就更会让人说三道四。不过，她要出嫁还是让人家议论纷纷。梅里顿那些恶毒的老太婆，先前倒是好心地祝她嫁个如意郎君，如今虽然看见事态发生了这番变化，却还是起劲地谈个不休，因为大家都觉得，她跟着这样一个丈夫，肯定要吃不少苦。

贝内特太太已经有两个星期没有下楼了。不过，遇到今天这么个喜幸日子，她又坐上了首席，那副兴高采烈的样子，实在令人难以忍受。她只顾得意，丝毫没有一点羞耻感。自从简十六岁那年起，嫁女儿就成了她的最大心愿，如今眼看要如愿以偿了，她心里想的、嘴上说的，全都离不开婚嫁时的阔绰排场，诸如上好的细纹纱、崭新的马车，以及男仆女佣之类。她脑子转来转去，想在附近给女儿找一处适当的住宅。她不知道，也不考虑他们俩会有多少收入，愣把许多房子给否决了，不是嫌开间太小，就是嫌不够气派。

"要是古尔丁家能搬走，"她说，"海耶庄园倒也合适。斯托克大厦要是客厅再大些，也还可以。但是阿什沃思太远了！让莉迪亚离开我十英里，我可受不了。说到珀维斯小楼，那顶楼实在太糟了。"

用人在跟前的时候，丈夫任她讲下去，也不去打断她。但等用人一出去，他便对她说道："贝内特太太，你给女婿女儿随便租哪一座房子，哪怕全租下来也好，我们先得把话说个明白。这一带有一幢房子，永远不许他们来住。我决不在朗伯恩接待他们，那只会助长他们胡来。"

这话引得两人争吵了半天，但贝内特先生硬是不肯松口。顿时，两人又为另一件事吵了起来，贝内特太太大为惊骇地发现，丈夫不肯拿出分文来给女儿添置衣服。贝内特先生坚决表示，莉迪亚这次休想得到他半点疼爱。贝内特太太一听，简直无法理解。丈夫居然气愤到如此深恶痛绝的地步，连女儿出嫁也不肯对她开开恩，简直要把婚礼搞得不成体统，这实在太出乎她的意料。她只知道女儿出嫁时没有新衣服是件丢脸的事，而对于她的私奔，对于她婚前跟威克姆同居了两个星期，却丝毫也不感到羞耻。

伊丽莎白现在十分懊悔，当初不该因为一时痛苦，而让达西先生知道她们家里为妹妹担忧的事。既然妹妹一结婚就会彻底了结这场私奔，那么开头那段不体面的事情，当然也可望瞒住局外人。

她并不担心达西会把事情张扬出去。说到保守秘密，简直没有什么人使她更可信任的了。然而，这次如果是别人知道了她妹妹的丑行，她绝不会像现在这样伤心。她这倒不是担心事情对她本人有什么不利，因为不管怎么说，她和达西之间隔着一条不可逾越的鸿沟。即使莉迪亚能够十分体面地结了婚，也休想达西先生会跟这样一家人家结亲，因为这家人家除了其他种种缺陷之外，如今又增添了一个为他所不齿的人做至亲。

达西先生对这门亲事望而却步，她觉得并不足奇。她在德比郡就看出他想要博得她的欢心，但是遭受了这次打击之后，他当然不可能不改变初衷。她觉得丢脸，觉得伤心，也觉得懊悔，尽管不知道懊悔什么。她唯恐失去达西对她的器重，尽管已经不再指望这种器重还会给她带来什么益处。如今她已经没有可能再得到他的消息了，可她偏偏又想听到他的音讯。如今他们已经不可能再见面了，可她偏偏认为他们在一起会多么幸福。

她常常在想：才不过四个月以前，她高傲地拒绝了他的求婚，倘若他知道，他要是现在向她求婚，她一定会感到欣喜和庆幸，

344

那他该多么得意啊！她毫不怀疑，他是个极其宽宏大量的男人；但他既然是个凡人，免不了是要得意的。

她开始领悟到，达西无论在性情还是才能方面，都是一个最适合她的男人。他的见解和脾气虽然与她不同，但一定会让她称心如意。这个结合对双方都有好处：女方大方活泼，可以把男方陶冶得心性柔和，举止优雅；男方精明通达，见多识广，定会使女方得到更大裨益。

可惜这桩良缘已经不可能实现，天下千千万万的有情人也便无法领教什么是真正的美满姻缘。她们家很快就要缔结一门不同性质的亲事，正是这门亲事葬送了那另一门亲事。

她无法想象，威克姆和莉迪亚怎样维持闲居生活。但她不难想象，那种只顾情欲不顾美德的结合，很难得到久远的幸福。

加德纳先生不久又给姐夫写来一封信。他对贝内特先生那些感激的话简单应酬了几句，说他殷切希望能促成他合家男女老幼的幸福，末了还恳求贝内特先生再也不要提起这件事。他写这封信的主要目的，是告诉他们威克姆先生决定脱离民兵团。

他信里接着写道：

> 我真心希望他婚事一安排妥当，就立即这么办。我认为，无论对他还是对外甥女来说，离开民兵团都是上策，我想你一定会同意我的看法。威克姆先生想参加正规军，他还有几个老朋友能帮他的忙，也愿意帮他的忙。某将军麾下有个团，现驻扎在北方，已经答应让他当个少尉。他离开这一带远一

些，反而会更有利。他很有前途，但愿他们到了人生地疏的地方，能够顾全面子，举止检点一些。我已给福斯特上校写了信，把我们目前的安排告诉了他，还请他通知一下威克姆先生在布赖顿一带的所有债主，就说我保证迅即偿还他们的债务。是否也烦劳你通知一下他在梅里顿的债主，随信附上一份债主名单，这是威克姆自己透露的。他交代了全部欠债，希望他至少没有欺骗我们。我们已经委托哈格斯顿，一切将在一周之内料理妥当。到时候你若不请他们去朗伯恩，他们可以直接到部队里。听内人说，外甥女很想在离开南方之前，见见你们大家。她近况很好，还请我代她向你和她母亲问好。

你的……

爱·加德纳

贝内特先生和女儿们都像加德纳先生一样看得明白，威克姆离开某郡民兵团有许多好处。但是，贝内特太太却不大乐意他这么做。她正盼望要跟莉迪亚无比快活、无比得意地过上一阵，因为她还是要让女儿女婿住到赫特福德郡，不料女儿却要到北方定居，这真叫她大失所望。再说，莉迪亚在民兵团里跟大家都处熟了，又有那么多她喜欢的人，如今离开了也实在可惜。

"她那么喜欢福斯特夫人，"她说，"把她送走可太糟糕了！还有几个小伙子，她也很喜欢。某某将军那个团里的军官，就未必这么讨人喜欢。"

女儿要求（这或许应该算作要求吧）在去北方之前，再回家看一次，不想劈头遭到了父亲的断然拒绝。幸亏简和伊丽莎白顾及到妹妹的情绪和身份，都希望能得到父母亲的认可，于是便恳求父亲，让妹妹妹夫一结婚就来朗伯恩。两人要求得既合理，又婉转，父亲终于给说动了心，接受了她们的想法，同意照她们的意思办。母亲这下子可得意了，她可以趁女儿出嫁还没发配到北方之前，向四邻八舍好好炫耀一番。于是，贝内特先生给内弟回信时，便提到许可他们俩回来一趟，并且说定，要他们婚礼一结束，就立刻动身到朗伯恩来。不过，伊丽莎白感到惊奇，威克姆居然会同意这样的安排。如果单从她自己的意愿来说，她绝不想再见到威克姆。

第九章

妹妹的婚期来临了。简和伊丽莎白都为她担心,兴许比她自己担心得还厉害。家里派出马车到某地去接新婚夫妇,两人吃晚饭时乘车到达。两位姐姐都害怕他们到来,尤其是简更为害怕。她设身处地地在想,假若这次出丑的不是莉迪亚,而是她自己,她心里会是什么滋味。一想到妹妹的痛苦心情,她也觉得非常难过。

新婚夫妇来了。全家人都聚集在早餐厅迎接他们。当马车停在门前的时候,贝内特太太脸上堆满笑容,她丈夫却铁板着面孔,女儿们则又是惊奇,又是焦急,心里忐忑不安。

从门厅里传来了莉迪亚的声音。忽地一下门给推开了,莉迪亚跑进屋来。母亲连忙走上前去,欣喜若狂地拥抱她,欢迎她,一面又带着亲切的笑容,把手伸给跟在新娘后面的威克姆,祝他们夫妇快活。她那副乐滋滋的神态表明,她毫不怀疑他们俩一定会幸福。

新婚夫妇随即走到父亲跟前,贝内特先生待他们可不那么热情。他的面孔显得异常严厉，简直连口也不开。这对年轻夫妇摆出一副安然自信的样子，实在叫他恼火。伊丽莎白觉得厌恶，就连贝内特小姐也感到惊愕。莉迪亚还依然如故——胆大妄为，没羞没臊，疯疯癫癫，唧唧喳喳。她从这个姐姐跟前走到那个姐姐跟前，要她们个个恭喜她。最后她见众人都坐下了，连忙环视了一下屋子，发现里面有点微小的变化，便笑着说，好久没回家了。

跟莉迪亚一样，威克姆丝毫也不难为情。他的仪态总是那样亲切动人，假若他品行端正一些，婚事合乎规矩一些，那么这次来拜见岳家，就凭着他那副笑容可掬、谈吐自若的样子，定会讨得大家欢喜。伊丽莎白以前还不相信他会这么厚颜无耻。不过她还是坐下了，心想以后对不要脸的人，绝不能低估了其不要脸的程度。结果她红了脸，简也红了脸，而引得她们心慌意乱的那两个人，却面不改色。

这里不愁没有话谈。新娘和她母亲只觉得有话来不及说。威克姆碰巧坐在伊丽莎白身旁，便向她问起了他在当地一些熟人的情况，那个和悦从容劲儿，伊丽莎白回话时，觉得实在无法比拟。那小两口似乎都有些最美好的往事铭记在心。他们想起过去，心里丝毫也不觉得难受。莉迪亚主动谈到一些事情，若是换成几个姐姐，她们说什么也不会提起这些事。

"你只要想一想，"她大声说道，"我都走了三个月啦！依我说，好像只有两个星期。可是这期间却发生了多少事情。天哪！我走的时候，真没想到会结了婚再回来！不过我倒想过，要是真能结婚，那倒会挺有趣的。"

父亲抬起眼睛。简感到不安。伊丽莎白向莉迪亚使了个眼色，但是莉迪亚对她不愿理会的事，一向听而不闻、视而不见，只听她乐陶陶地继续说道："哦！妈妈，附近的人们知道我今天结婚了吗？我怕他们不见得知道。我们路上追上了威廉·古尔丁的轻便马车，我一心想让他知道我结婚了，便放下了临近他那边的一扇玻璃窗，又摘下手套，把手放在窗口，好让他看见我手上的戒指。然后我又对他点点头，笑得嘴都合不拢了。"

伊丽莎白实在忍无可忍了。她站起身跑出屋去，直至听见他们穿过走廊，走进饭厅，才又回来。她来得不早不晚，恰好看见莉迪亚急急匆匆而又大模大样地走到母亲右手边，听她对大姐说道："啊！简，现在我取代你的位置了，你得坐到下手去，因为我已经是个出了嫁的女人。"

莉迪亚既然从一开头就毫无愧色，现在当然也不会难为情。她反而更加落落大方，更加兴高采烈。她真想去看看菲利普斯太太，看看卢卡斯一家，看看所有的邻居，听听他们都称呼她"威克姆夫人"。她一吃过饭，就跑到希尔太太和两个用人那里，炫耀一下她的戒指，夸耀自己已经结了婚。

"妈妈，"大家回到早餐厅以后，她又说道，"你觉得我丈夫怎么样？他不是挺可爱吗？姐姐们一定都在羡慕我。我只希望她们有我的一半运气。她们应该都到布赖顿去。那可是个找女婿的好地方。真可惜，妈妈，我们没有全都去！"

"一点不假。要是依着我，我们早就都去了。不过，我的宝贝莉迪亚，我真不愿意你到那么远的地方去。难道非去不可吗？"

"哦，天哪！是的。这算不了什么。我还就喜欢这样呢。你和爸爸，还有姐姐们，一定要来看我们。我们整个冬天都住在纽卡斯尔[1]，那里一定有不少舞会，我管保给姐姐们找到好舞伴。"

"那敢情再好也不过了！"母亲说。

"等你们回家的时候，可以留下一两个姐姐，不等冬天过去，我准能替你们找到女婿。"

"谢谢你对我的那份心意，"伊丽莎白说，"可惜我不大喜欢你这种找女婿的方式。"

新婚夫妇只能在家逗留十天。威克姆先生离开伦敦之前就接受了委任，必须在两周内到团里报到。

只有贝内特太太嫌他们在家待的时间太短。她尽量抓紧时间，带着女儿到处走亲访友，还常常在家宴客。这种宴客倒是人人欢迎：没有心思的人固然喜欢凑热闹，有心思的人更愿意出来解解闷。

正如伊丽莎白所料，威克姆爱莉迪亚，并不像莉迪亚爱他爱得那么深。伊丽莎白用不着多加观察，仅从情理便可断定，他们两人之所以私奔，主要因为莉迪亚热恋威克姆，而不是因为威克姆喜爱莉迪亚。威克姆既然并不十分喜爱莉迪亚，为什么还要跟她私奔，对此伊丽莎白也不感到奇怪，因为她觉得威克姆肯定因为债务所逼，不得不逃跑。假如真是这样，像他这样一个青年，路上能有个女人陪伴他，当然不肯错过机会。

莉迪亚太喜爱他了。她无时无刻不把亲爱的威克姆挂在嘴上，谁也休想与他相比。他无论做什么事都是天下无双，她相信到了

---

1 纽卡斯尔：英格兰东北部港口城市，位于泰恩河畔，英国所产的煤大都由此运往世界各地。

351

九月一日那天，他打到的鸟一定比全国任何人都多。

两人到来不久的一天早晨，莉迪亚正跟两位姐姐坐在一起，只听她对伊丽莎白说：

"莉齐，我想我还从没向你讲讲我结婚的情形呢。我向妈妈和其他人介绍的时候，你都不在场。难道你不想听听喜事是怎么操办的吗？"

"不想，真不想。"伊丽莎白答道，"我看这桩事谈得越少越好。"

"哎哟！你这个人真怪！不过，我一定要把事情的经过讲给你听听。你知道，我们是在圣克利门教堂结婚的，因为威克姆就住在那个教区。我们约定都在十一点钟以前赶到那里。舅父母跟我一道去，其他人跟我们在教堂里碰头。唔，到了星期一早上，可真把我紧张死了！你知道，我真怕发生什么意外，把婚礼耽搁了，那样一来，我可真要发疯了。我梳妆的时候，舅妈一直在喋喋不休地进行说教，好像是在布道似的。不过，她十句话我顶多听进一句，你可以想象得到，我当时一心惦记着我亲爱的威克姆。我就想知道，他会不会穿着那件蓝衣服结婚。

"像往常一样，我们那天十点钟吃早饭。我觉得好像永远吃不完似的，因为，我得顺便告诉你，我待在舅父母家的时候，他们俩可真不像话。说来你也许不信，我虽说在那里待了两个星期，却一次也没出过家门。没有参加过一次宴会，没有一丁点消遣，过得十分无聊。伦敦真够冷清的，不过小剧院[1]还开放。好了，言

1　小剧院：建于1720年，地址就在现在的海马克剧院北面。1821年，海马克剧院建成后，小剧院即被拆除。

归正传。等马车一驶到门口，舅舅就让那个讨厌的斯通先生叫去了，说是有事。你知道，这两个人一碰到一起，那就没完没了。我给吓坏了，真不知道怎么办。舅舅要给我送嫁，要是误了钟点[1]，那天就结不成婚啦。不过，还算幸运，他不到十分钟就回来了，于是我们大家便动身了。其实，我事后一想，即使他真给缠住了不能分身，婚礼也不用延迟，因为达西先生也能代办。"

"达西先生！"伊丽莎白万分惊愕地重复了一声。

"哦，是呀！你知道，他要陪着威克姆上教堂。天哪！我全给忘了！我不该透露这件事。我向他们保证守口如瓶的！威克姆会怎么说呢？这事应该严守秘密呀！"

"如果要严守秘密，"简说，"这事你就别再说下去了。你放心，我绝不会再追问你。"

"哦！当然，"伊丽莎白嘴上这么说，心里却十分好奇，"我们绝不会追问你。"

"谢谢你们，"莉迪亚说，"你们要是追问下去，我肯定会把实情全讲出来，那就会惹威克姆大为生气。"

这话分明是怂恿姐姐们问下去，伊丽莎白一听只得连忙跑开了，让自己想问也问不成。

但是，这件事怎么能让她蒙在鼓里，至少也得打听一下。达西先生竟然参加了她妹妹的婚礼。那样一个场面，那样一些人，显然与他毫不相干，他也丝毫无心去参加。她胡思乱想，猜来猜去，可就是猜不出个所以然来。她很想往好里想，认为他那是宽

1　当时，教堂在早晨8点和中午12点之间举行婚礼。

353

宏大量的表现，但是又觉得根本不可能。心里琢磨不透，实在耐不住了，连忙抓来一张纸，给舅妈写了封短信，请她在并不违背保密原则的前提下，对莉迪亚无意中说漏的那句话做一点解释。

她在信中接着写道："你不难理解，他跟我们非亲非故，而且跟我们家还相当生疏，竟会跟你们一道参加这次婚礼，怎么能叫我不感到莫名其妙。请你立即回信，向我说明内中底细——除非确如莉迪亚所说，事情必须严守秘密，那样我只得蒙在鼓里。"

"不过，我才不会善罢甘休呢。"她写完信以后，又自言自语地说道，"亲爱的舅妈，你若是不正大光明地告诉我，我出于无奈，当然只有不择手段地去查个明白。"

简是个很讲情面的人，不会向伊丽莎白私下提莉迪亚说漏嘴的那句话，伊丽莎白为此感到很高兴。她已写信去问舅妈，不管回信能否使她满意，至少在没接到回信前，最好不要向任何人透露心事。

第十章

伊丽莎白果然如愿以偿，很快就收到了回信。她一接到信，便赶忙跑到那片小树林里，在一条长凳上坐下来，准备清清静静地读个痛快，因为从信的长度看得出来，舅妈没有拒绝她的要求。

格雷斯丘奇街，9月6日

亲爱的外甥女：

刚刚收到你的来信，我准备将整个上午都用来给你写回信，因为我预计三言两语写不完我要对你讲的话。我应该承认，你的要求使我感到惊奇，我没有料到你竟会提出这个要求。不过，请不要以为我在讲气话，我只不过想让你知道，我实在没有料到你还用问这样的问题。你若是硬要曲解我的意思，那就请原谅我失礼了。你舅舅也跟我一样惊奇，他只是认为牵涉到你的缘故，才会同意那样处理这件事的。如果你当真一无所知，那我就得说个明白。就在我从朗伯恩回家的那天，有一位意想不到的客人来找你舅舅。那人就是达西先生，他跟你舅舅闭门密谈了好几个钟头。等我到家时，事情已经谈完了，所以我倒没像你那样好奇得不行。他是来告诉加德纳先生，他找到了你妹妹和威克姆先生的下落，说他见过他们，还跟他们谈过话——跟威克姆谈过多次，跟莉迪亚谈过一次。据我推断，他只比我们迟一天离开德比郡，赶到城里去找他们。他说他之所以这样做，是因为这事都怪他不好，没有及早揭露威克姆为人卑鄙，否则绝不会有哪位正经姑娘能爱上他，把他当成知心人。他慨然把整个事情归罪于自己太傲慢，说他以前认为公开揭露威克姆的隐私，会有失自己的尊严。他的品格自会让人看穿。因此，达西先生认为他有义务出面调停，补救由他引起的不幸。如果他当真别有用心，那也绝不会使他丢脸。他到了城里好多天才找到他们。不过，他寻找起来倒有点线索，我们可没有。他也是因为自信有这点门路，才决定紧跟着我们而来的。好像有一位扬格太太，她以前做过达西小姐的家庭教师，后来因为犯了点过错而被解雇了，不过达西先生没有说明什么过错。扬格太太在爱德华街弄了一幢大宅，一直靠出租房间维生。达西先生知道，这位扬格太太与威克姆关系密切，于是一到城里便去找她打听他的消息。他花了两三天工夫，才从她那里探听到实情。我想扬格太太不受贿赂是不会背信弃义的，因为她确实知道她那位朋友的下落。威克姆一到伦敦便跑到她那里，假如她能收留他们，他们早就住在她那里了。最后，我们好心的朋友终于查到了两人的住址。他们住在某某街。他先见到了威克姆，然后非要见到莉迪亚不可。据他说，他的

356

第一个目标，就是劝说莉迪亚抛弃眼下的不光彩处境，一等和亲友们说通，便赶忙回去，并答应帮忙到底。但他发觉莉迪亚矢志不移。家里人她一个也不放在心上，她不要达西帮忙，绝不肯丢下威克姆。她深信他们迟早是要结婚的，早一天迟一天并无关系。莉迪亚既然这样想，他觉得他只有赶快促成他们结婚，因为他第一次跟威克姆谈话时，不难发现他可毫无结婚的打算。威克姆亲口供认，他当初之所以要脱离民兵团，完全是由于赌债所迫，他还厚颜无耻地把莉迪亚这次私奔引起的恶果，完全归罪于莉迪亚的愚蠢。他打算马上辞职，对于将来的前途，很难设想。他总得找个去处，但又不知道往哪里去，他知道他快要无法维生了。达西先生问他为什么没有立即与你妹妹结婚。贝内特先生虽然不能算是很有钱，不过也能帮他一些忙，他若是结了婚，境况势必会好些。但他发觉威克姆回答这话的时候，仍然指望到别处另攀一门亲，以便趁机大发一笔财。不过，在目前这种情况下，如果有个应急措施，他也未必不会动心。他们见了好几次面，因为有好多事情要商讨。威克姆当然漫天要价，但后来出于无奈，只得通情达理一些。他们两人把一切商谈好了，达西先生下一步是把这件事告诉你舅舅，于是就在我回家的头天晚上，头一次来到格雷斯丘奇街。可惜加德纳先生不在家，达西先生再一打听，发现你父亲还在这里，不过第二天早晨就要走。他认为你父亲不像你舅舅那么好说话，因此当即决定，等你父亲走后再来找你舅舅。他没有留下姓名，直到第二天，我们还只知道有位先生来过，说是有事。星期六他又来了。你父亲已经走了，你舅舅在家，正如我刚才说过的，他们在一起谈了很久。他们星期天又见面了，当时我也见到了他。事情直到星期一才完全谈妥，一谈妥之后，便立即派专差去朗伯恩。但是我们这位客人实在太固执了。依我看，莉齐，固执才是他性格的真正缺点。人们对他指责来指责去，今天说他有这个缺点，明天说他有那个短处，其实这才是他真正的不足。他什么事都要亲自操办，尽管你舅舅十分愿意一手包办（我这样说并不是为了讨你的好，因此请你不要对别人提起）。他们为这件事争执了好久，尽管对那两个当事的男女来说，他们这样做实在有些不值得。最后你舅舅不得不做出让步，结果非但不能替外甥女尽点薄力，反而还可能无劳居功，这就完全违背了他的心愿。我相信他今天早晨接到你的信一定感到非常高兴，因为你信里要求我说明实情，这就使他不用再掠人之美，让该受到赞扬的人受到赞扬。不过，莉齐，这件事只能让你知道，顶多再告诉简。我想，你一定深知他为这两个年轻人尽了多大力。我相信，他替威克姆偿还的债务远远超过一千镑，而且还在莉迪亚名下的钱之外，又给了她一千镑，并给威克姆买了个官职。至于这些钱为什么全由他一个人支付，我已在上面说明了理由。这事都怪他不好，怪他不声不响，考虑欠妥，致使大家不明了威克姆的人品，结果上了当，把他当作好人。这话或许真有几分道理，不过依我看，这件事很难怪他不声不响，也很难怪别人不声不响。亲爱的莉齐，你应当相信，尽管他这话说得非常动听，若不是考虑他别有苦心，你舅舅绝不会依允。一切都定妥之后，他又回到了彭伯利的亲朋那里。不过大家说定，等到举行婚礼的时候，他还要再到伦敦来，办理钱财方面的最后手续。我想我把事情原原本本地全告诉你了。我这样讲述，正如你说的，会使你大吃一惊；我希望至少不会叫你听了不痛快。莉迪亚来我们这里住过，威克姆也经常登门。他完全还是我上次在赫特福德见到的那副老样子。莉迪亚住在我们这里时，她的言谈举止让我深感不满，我本来不打算告诉你，不过星期三接到简的来信，得知她回到家里依然如故，因此告诉了你也不会给你带来新的痛苦。我极其严肃地跟她谈过多次，说她这件事做得太不道德，害得全家人都为之伤心。我的话她即使听到一点，那也是碰巧听到的，因为我知道，她根本不想听。我有时候真气坏了，但马上又想起了亲爱的伊丽莎白和简，看在她们分上，我还是容忍着她。达西先生准时回来了，而且正如莉迪亚告诉你的，参加了婚礼。他第二天跟我们一起吃饭，星期三或星期四又要离开城里。亲爱的莉齐，如果我借此机会说一声我多么喜欢他（我以前一直没敢这样说），你会生我的气吗？他对我们的态度跟我们在德比郡的时候一样，处处都很讨人喜欢。我很欣赏他的见识和见解，他没有任何缺点，只是稍欠活泼，不过他只要慎重选择，娶个好太太，这个缺陷太太会教他克服的。我认为他十分狡黠，因为他几乎从不提起你的名字。不过，狡黠似乎成了时下的风尚。如果我说得太冒昧了，还得请你原谅，至少不要对我惩罚得太过分，将来连彭伯利也不让我去。我要游遍那座庄园，才会心满意足。我只求能乘上一辆矮矮的四轮轻便马车，驾上一对漂亮的小马就行了。我无法再写下去了。孩子们嚷着要我已有半个钟头了。

你的舅妈

M·加德纳

伊丽莎白读了这封信，真是心潮激荡。不过，她心里主要是喜悦还是痛苦，却难以断定。她本来也曾隐隐约约、疑疑惑惑地想到，达西先生也许想要促成妹妹的亲事，但是又不敢往这方面多想，唯恐他不会好心到这个地步；同时她又顾虑到，如果事情当真如此，那又未免情义太重，担心报答不了人家，因而她又感到痛苦。然而，这些猜疑如今却变成了千真万确的事实！他特意跟随他们来到城里，不辞辛劳、不顾体面地探索解决办法。他不得不向一个他所深恶痛绝、鄙夷不屑的女人去求情，不得不同一个他极力想要回避，甚至连名字也不屑提起的人去相见，而且多次相见，跟他说理，规劝他，最后还得贿赂他。他如此仁至义尽，都是为着一个他既无好感又不器重的姑娘。她心里确实在嘀咕，他是为了她才这样做的。往别的方面一考虑，她又马上打消了这个念头。她当即感到，她即使有些虚荣心，认为他确实喜欢她，但她哪能不知深浅，指望他会爱上一个曾经拒绝过他的女人。更何况，他讨厌跟威克姆沾亲带故，这本来是十分自然的，又哪能指望他消除这种情绪。跟威克姆做连襟！但凡有点自尊心的人，谁也容忍不了这种亲戚关系。毫无疑问，他出了很大的力。她不好意思去想他究竟出了多少力。不过，他倒为自己过问这件事提出了一条理由，这条理由并不令人难以置信。他责怪自己做错了事，这是合情合理的。他为人慷慨，也有条件慷慨。伊丽莎白虽然不肯承认达西主要看在她的分上，但她也许可以相信，达西对她依旧未能忘情，因此遇到这样一件与她心境攸关的事情，还会尽心竭力。一想到有个人对她们情深义重，而她们却永远不能报答他，真让她感到痛苦，而且痛苦至极。莉迪亚能够回来，能够保全名声，这都归功于他。哦！她以前对他那样怀恨在心，那样出言不逊，想起来真叫她万分伤心。她为自己感到羞愧，但却为他感到骄傲。骄傲的是，在这样一件事情上，他能出于同情，不念前嫌，仗义行事。她把舅妈赞赏他的话读了一遍又一遍，只觉说得还不够，不过倒也使她十分高兴。她发觉舅父母坚信她和达西先生情深意厚，披心相见，她虽然觉得有些懊恼，却也颇为得意。

她正坐在那里沉思，忽见有人走过来，便赶忙从座位上站起来。她刚要走上另一条小径，不料威克姆赶了上来。

"我恐怕打扰了你的独自散步吧，亲爱的姐姐？"他走到跟前，说道。

"的确是这样的，"伊丽莎白笑着答道，"不过，打扰未必不受欢迎。"

"要是不受欢迎，那我就不胜遗憾了。我们过去一直是好朋友，现在则更亲近了。"

"确实如此。其他人也出来了吗？"

"不知道。贝内特太太和莉迪亚要乘车去梅里顿。亲爱的姐姐，我听舅父母说，你真去过彭伯利了。"

伊丽莎白回答说是的。

"你这福分真有点让我羡慕，不过我可消受不起，不然，我去纽卡斯尔的途中，倒可以顺道一访。我想你见到那位管家老妈妈了吧？可怜的雷诺兹，她总是那么喜欢我。不过，她当然没在你面前提起我的名字。"

"她提到你了。"

"她怎么说的？"

"说你进了军队，恐怕——恐怕变得不咋样了。你知道，相距那么远，传出来的话难免走样。"

"那当然。"威克姆咬着嘴唇答道。伊丽莎白希望这下子可以让他住嘴了，不料他随后又说道：

"真没想到，上个月在城里碰见了达西。我们遇见了好几次。不知道他进城有什么事。"

"也许是筹备与德布尔小姐结婚吧，"伊丽莎白说道，"他在这个季节进城，一定有什么要紧事。"

"毫无疑问。你在兰顿看见他没有？听加德纳夫妇说，你看见他了。"

"看见了。他还把我们介绍给他妹妹。"

"你喜欢她吗？"

"非常喜欢。"

"我听说，她这一两年大有长进。我上次见到她的时候，她还不是很有出息。我很高兴你喜欢她。但愿她能变好。"

"她肯定会的。她已经度过了最让人操心的年纪。"

"你们有没有经过金普顿村？"

"我记得好像没有。"

"我之所以提起那里，就是因为我本该在那儿供职当牧师。那地方多迷人啊！那座牧师住宅棒极了！我要是去了，各方面都会称心如意的。"

"你当初居然还会喜欢布道吗？"

"非常喜欢。当初事成了，我会把它视为自己的本分，虽说要费点力气，但很快就无所谓了。人不应该怨天尤人，不过，要是事成了，那对我该是多好的一份差事啊！那么安闲清静的生活，完全符合我的幸福理想！可惜未能如愿。你在肯特的时候，有没有听到达西谈起过这件事？"

"我倒是听说了，是知情人说的，我想也靠得住：那个职位给你是有条件的，而且要由现在这位主人来决定。"

"你听说了！不错，那话也有些道理。你可能记得，我从一开始就对你这么说过。"

"我还听说，你当初并不像现在显得这么喜欢布道，你曾经郑重宣布绝不当牧师，因此事情就照你的意思处理了。"

"你真听说过！这话倒并非完全没有根据。你也许还记得，我们头一次谈起这件事的时候，我就跟你说起过。"

这时两人快走到家门口了，因为伊丽莎白为了摆脱他，一直走得很快。不过看在妹妹的分上，她又不愿意惹恼他，只是和颜悦色地笑了笑，回答道：

"算了，威克姆先生，你知道，我们现在是姐弟了。不要为过去的事争吵啦。希望将来我们能同心同德。"

说着她伸出手来，威克姆亲切而殷勤地吻了一下，不过神情有些尴尬。随即两人便走进屋里。

第十一章

威克姆先生对这次谈话感到十分满意，从此便不再提起这件事，免得自寻烦恼，也免得惹亲爱的妻姐伊丽莎白生气。伊丽莎白见他给说老实了，也觉得很高兴。

转眼间，威克姆和莉迪亚的行期来到了，贝内特太太不得不和他们分离，而且至少要分离一年，因为贝内特先生绝不赞成她的主张，不肯让全家都去纽卡斯尔。

"哦！我的宝贝莉迪亚，"她大声说道，"我们什么时候才能再见面啊？"

"天哪！我也不知道。也许两三年都见不着。"

"常给我写信啊，好孩子。"

"我尽可能常写。不过你知道，女人结了婚是没有多少工夫写信的。姐姐们倒可以写信给我呀。她们别无他事可做。"

威克姆先生道起别来，显得比妻子亲热得多，他笑容满面，风度翩翩，说了许多动听的话。

"他是我见到的最出众的一个人，"他们一走出门，贝内特先生便说道，"他既会假笑，又会傻笑，对我们大家都很亲热。我为他感到无比自豪。即使威廉·卢卡斯爵士，我谅他也拿不出一个更宝贝的女婿来。"

女儿走了以后，贝内特太太忧郁了好多天。

"我常想，"她说，"跟亲人离别是最难受不过的事了。人离开亲人，真像丢了魂儿似的。"

"妈妈，你要明白，这是你嫁女儿的结果，"伊丽莎白说道，"好在你另外四个女儿还没有出嫁，这定会叫你好受些。"

"根本不是那么回事。莉迪亚并不是因为结了婚就要离开我，而是因为她丈夫所在的部队碰巧离我们太远。要是离得近一点，她就不会走得这么急。"

贝内特太太虽说让这件事搅得垂头丧气，但是没过多久就好了，因为这时传来一条消息，使她心里又激起了希望。据说，内瑟菲尔德的女管家接到命令，准备迎接主人，他一两天内就要回来，在这里打几个星期猎。贝内特太太感到坐立不安。她忽而望望简，忽而笑笑，忽而摇摇头。

"哦，这么说宾利先生要回来了，妹妹。"（因为菲利普斯太太首先告诉了她这条消息。）"哦，这实在太好了。不过我倒不在乎。你知道，我们压根儿不把他放在眼里，我可再也不想见到他了。不过，他想回到内瑟菲尔德，我们还是非常欢迎他的。谁知道会怎么样呢？不过这与我们无关。你知道吧，妹妹，我们早就讲好，再也不提这件事。这么说，他真的要来啦？"

"你放心好啦，"妹妹答道，"尼科利斯太太[1]昨天晚上来到梅

1　内瑟菲尔德庄园的女管家。

365

里顿，我看见她走过，特地跑出去问她是否真有其事，她告诉我说，确有其事。宾利先生最迟星期四到，很可能星期三就到。她说她去肉店买点肉，准备星期三做菜，她还有六只鸭子，刚好到了可以宰杀的时候。"

贝内特小姐听说宾利要来，不禁变了脸色。她已经有好几个月没在伊丽莎白面前提起他的名字了，但是这一次，一等到两人单独在一起的时候，她便说道：

"莉齐，今天姨妈告诉我这消息的时候，我看见你直瞅着我。我知道我看上去心慌意乱。但你千万别以为我有什么傻念头。我只不过一时有些心乱，因为我觉得大家一定会盯着我看。老实告诉你，这消息既不使我感到高兴，也不使我感到痛苦。有一点使我感到高兴，他这次是一个人来的，因此我们可以少看见他一些。我并不担心自己，只怕别人说闲话。"

伊丽莎白也琢磨不透这件事。假如她上次没在德比郡见到宾利，她也许会以为他来此并非别有用心，不过她仍然认为他还倾心于简。至于他这次究竟是得到朋友的允许才来的，还是大胆擅自跑来的，这可让她无从断定。

"这个人也真可怜，"她有时这样想，"回到自己正大光明租来的房子，却引起人家纷纷猜测，实在令人难受。我还是别去管他吧。"

姐姐听说宾利要来，不管她嘴上怎么说，心里怎么想，伊丽莎白却不难看出她情绪受到了影响，比往常更加心烦意乱，更加忐忑不安。

大约一年以前，贝内特夫妇曾热烈地争论过这个问题，如今又把它端了出来。

"亲爱的，等宾利先生一来，"贝内特太太说，"你当然会去拜访他啦。"

"不，不。你去年逼着我去拜访他，说什么我只要去看望他，他就会娶我们的一个女儿做太太，不想落了个一场空，再也不要让我去干那种傻事了。"

太太对他说，宾利先生一回到内瑟菲尔德，本地的先生们少不了都得去拜望他。

"我讨厌这样的礼仪。"贝内特先生说，"他要是想跟我们交往，那就让他来找我们。他知道我们的住处。邻居们每次来来往往都要我去迎送，我可没有这个闲工夫。"

"唔，我只知道，你不去拜访他可就太不知礼了。不过我已经打定主意，说什么也要请他来吃饭。我们马上就该请朗太太和古尔丁一家人来做客了，加上我们自己家里的人，一共是十三个，正好可以再请上他。"

她打定了主意，心里觉得宽慰了一些，任凭丈夫怎么无礼，她都能够容忍。不过令人懊恼的是：这样一来，邻居们可能比他们先见到宾利先生。这时，宾利先生到来的日子临近了。

"我觉得他还是索性不来的好，"简对妹妹说道，"其实也无所谓。我见到他倒可以满不在乎，但是听见人家没完没了地议论这件事，我可简直受不了。妈妈是一片好心，可她不知道——谁也不会知道——她说那些话让我听了多难受。他离开内瑟菲尔德的时候，我该有多高兴啊！"

"我真想说几句话安慰安慰你，"伊丽莎白答道，"可惜一句也说不出来。这你一定感觉得到。我不愿意像一般人那样，见你心里难过，就劝你要有耐心，因为你一向很有耐心。"

宾利先生到来了。贝内特太太有用人相助，得到风声最早，因此操心烦神的时间也最长。既然没有希望早些去拜访他，她便屈指掐算着日子，看看还得隔多少天才能送请帖。不想就在他来到赫特福德郡的第三天，贝内特太太便从梳妆室窗口看见他骑着马走进围场，朝她家里走来。

贝内特太太急忙召唤女儿们来分享她的喜悦。简坐在桌前一动不动，伊丽莎白为了引母亲高兴，便走到窗口望了望，只见达西先生也跟着一起来了，于是又坐回到姐姐身旁。

"妈妈，还有一位先生跟他一起来了，"基蒂说道，"那是谁呢？"

"大概是他的朋友吧，宝贝，我的确不知道。"

"啊！"基蒂又说，"就像以前老跟他在一起的那个人，我记不得他的名字了。就是那个傲慢的高个子啊。"

"天哪！达西先生！肯定是他。老实说，只要是宾利先生的朋友，我们总是欢迎的。要不然，我才讨厌见到这个人呢。"

简惊奇而关切地望着伊丽莎白。她不知道他们两人曾在德比郡见过面，因此觉得妹妹自从收到他那封解释信以来，这回差不多是第一次跟他见面，一定会觉得很窘迫。姐妹俩都觉得不大好受。两人互相体恤，当然也各有隐衷。母亲还在唠叨不休，说她真不喜欢达西先生，只是念着他是宾利先生的朋友，才决定对他以礼相待，不过她这些话姐妹俩都没听见。其实，伊丽莎白之所以心神不安，有些根由是简意想不到的。伊丽莎白始终没有勇气

达西先生也跟着一起来了

把加德纳太太那封信拿给姐姐看，也没有勇气说明自己已经改变了对达西的看法。简只知道妹妹拒绝过他的求婚，而且小看了他的优点。但是伊丽莎白了解更多的底细，她认为达西对她们全家恩重如山，她对他的情意即使不像简对宾利那样深切，至少也同样入情入理，同样恰到好处。达西这次回到内瑟菲尔德，并且又主动跑到朗伯恩来找她，真使她感到惊奇，几乎像她上次在德比郡发现他态度大变时一样感到惊奇。

约有半分钟光景，伊丽莎白一想到达西对她仍然未能忘情，原先那苍白的面孔重又恢复了血色，而且显得容光焕发，喜笑颜开，两眼炯炯有神。只是她心里还不很踏实。

"让我先看看他的态度如何，"她心里想道，"然后再抱期望也不迟。"

她坐在那里专心做针线，极力装作镇静自若的样子，连眼睛也不抬一下，等到仆人走近门口时，她实在按捺不住，才抬起头来望望姐姐的脸。简看上去比平常苍白一点，但却比她意料的显得沉静一些。两位先生露面的时候，她的面颊涨红了。不过，她还是从容不迫地接待他们，举止恰如其分，既没流露出丝毫的怨恨，也不显得过分殷勤。

伊丽莎白没有跟他们两人攀谈什么，只是出于礼貌应酬了几句，便重新坐下来做针线，而且显得异常认真。她鼓起勇气瞟了达西一眼，只见他神情像往常一样严肃，不像她在彭伯利见到的那副神情，而倒像他在赫特福德郡的那副神情。这或许因为他当着她母亲的面，不可能像在她舅父母面前那样自在。这个揣测虽然令人难受，但也未必不近情理。

她也望了宾利一眼，只见他既高兴又尴尬。贝内特太太待他那样客客气气，相比之下，对他的朋友却是冷冷淡淡，刻板地行了个屈膝礼，勉强地敷衍了几句，真让两个女儿觉得难为情。

特别是伊丽莎白，她知道母亲幸亏达西先生从中斡旋，她那个宝贝女儿才没有落得身败名裂，不想眼下母亲却厚薄颠倒，她觉得万分痛心。

达西向她问起了加德纳夫妇的情况，她回答起来不免有些慌张，随后达西便没再说什么。他没有坐在伊丽莎白身边，也许正是因此而默不作声，但他在德比郡却不是这样。那一次，他不便跟伊丽莎白谈话的时候，就跟她舅父母交谈。这一次却好，接连好几十分钟都听不见他开口。伊丽莎白有时再也抑制不住好奇心，便抬起头来望望他的脸，只见他时而看看简，时而看看她自己，但是更多的是望着地面发呆。显而易见，比起他们两上次见面的时候，达西心思更重了，并不那么急着想要博得人家的好感。伊丽莎白感到失望，同时又气自己不该失望。

"难道我还能有别的什么奢望吗！"她心想，"不过，他为什么要来呢？"

除了他以外，她没有兴致跟别人谈话，但她又没有勇气去跟他攀谈。

她问候了他妹妹，然后便无话可说了。

"宾利先生，你走了好久啦。"贝内特太太说。

宾利先生连忙表示的确如此。

"我担心你一去不复返了呢。人们的确在说，你打算等到米迦勒节就退掉那幢房子。不过，我希望并非如此。你走了以后，这一带发生了好多变化。卢卡斯小姐结了婚，有了归宿，我有个女儿也出了嫁。我想你听说这件事了吧。你一定在报纸上看到了。我知道，消息登在《泰晤士报》[1]和《信使晚报》[2]上，不过写得很不像样。上面只说：'乔治·威克姆先生最近与莉迪亚·贝内特小姐结婚。'只字没提她的父亲，她的住处，以及诸如此类的事。这还是我兄弟加德纳拟的稿呢，不知道他怎么搞得这么糟糕。你见到没有？"

宾利回答说见到了，并且向她道了喜。伊丽莎白不敢抬眼，因此也不知道达西先生此刻表情如何。

"说真的，女儿嫁个好男人，这真是桩开心的事。"贝内特太太继续说道，"不过，宾利先生，把她从我身边拽走，我又觉得很难受。他们到纽卡斯尔去了，好像在北面很远的地方，我也不知道他们要在那里待多久。威克姆所在的军队驻在那里。你大概已经听说他脱离了某郡民兵团，加入了正规军。谢天谢地！他总算还有几个朋友，尽管还没达到应得的那么多。"

伊丽莎白知道这话是影射达西先生的，真是羞愧难当，简直坐不住了。不过，她这番话比什么都灵验，居然逗着女儿说话了。她问宾利是否打算在乡下住一阵。宾利说，要住几个星期。

"宾利先生，等你把自己庄园里的鸟打光以后，"贝内特太太说道，"请你到贝内特先生的庄园里来，你爱打多少就打多少。我

想他一定非常乐意让你来，还会把最好的鹧鸪都留给你。"

伊丽莎白见母亲多此一举地乱献殷勤，不禁越发寒心！一年以前，她们得意扬扬地以为好事在望，如今，即使再出现那样的希望，她相信马上也会万事落空，让人徒自悲伤。她当即感到，她和简即使今后能获得终身幸福，也无法补偿眼下这短暂的惶恐与悲痛。

"我的最大心愿，"她心里想，"就是永远不要再跟这两个人来往。跟他们交往纵使令人愉快，但却补偿不了这种难堪的局面！但愿我不要再见到他们！"

然而，过了一会儿工夫，她那终身幸福也难以补偿的痛苦却大大减轻了，因为她发现，姐姐的美貌又重新激起她先前那位恋人的倾慕之情。宾利刚进来的时候，简直不大跟简说话，但是很快便对她越来越关注了。他发觉简还像去年一样漂亮，一样和蔼，一样真挚，只是不像去年那样爱说话。简殷切希望别人看不出她跟以前有什么两样，还真以为自己像往常一样健谈。其实，她只顾得左思右想，即使默不作声的时候，自己也觉察不到。

当两位先生起身告辞的时候，贝内特太太想起了以前曾经打算宴请他们那件事，于是便邀请客人过几天到朗伯恩来吃饭。

"宾利先生，你还欠我一次回访呢。"她接着说道，"你去年冬天到城里去的时候，答应一回来就到我们这里吃顿便饭。你瞧，我可一直没忘记呀。不瞒你说，你没有回来赴约，真叫我大失所望。"

提起这件事，宾利有点犯傻，说什么有事耽搁了，实在抱歉。然后两人便告辞了。

贝内特太太本来很想当天就请他们留在家里吃饭，然而她心里又想，虽说她家的饭菜一向不错，但是对于一个她一心想要高攀的先生来说，少于两道菜是绝对不行的，还有那个每年有一万镑进项的先生，也满足不了他的胃口和自尊。

第十二章

客人刚一离去，伊丽莎白便走到外面，想松松神，或者换句话说，想不停地思考一下那些只能使她心情越发沉重的问题。达西先生的举止使她惊奇，也使她烦恼。

"要是他来了只想板着面孔，冷冷漠漠，不声不响，"她想，"那他何必要来呢？"

她想来想去，总找不到个满意的答案。

"他在城里的时候，对我舅父母倒还挺和气，倒还挺可爱，怎么对我就两样了呢？他要是怕我，又何必来呢？他要是不喜欢我，又何必默不作声呢？他倒真会作弄人！我再也不去想他了。"

恰在这时，姐姐走来了，她情不由己地倒真把达西先生忘却了一会儿。简神色愉悦，表明她对两位客人，比伊丽莎白感到满意。

"这头一次会面结束了，"她说，"我觉得心里十分踏实。我心中有数了，等他下次再来，我绝不会发窘。我很高兴，他星期二来吃饭。到时候大家都会看出，我们两人只不过是很一般的普通朋友。"

"是呀，好一个很一般哟，"伊丽莎白笑着说道，"哦，简，还是当心点。"

"亲爱的莉齐，你别以为我就那么脆弱，现在还会有什么危险。"

"我看你面临着极大的危险，会让他一如既往地爱着你。"

直到星期二，她们才又见到两位先生。贝内特太太见宾利先生在半小时的拜访中，显得兴致勃勃，礼貌周全，这时便又打起了如意算盘。

星期二那天，朗伯恩来了许多客人。主人家最渴盼的那两位，真不愧是严守时刻的游猎家，到得十分准时。两人走进饭厅以后，伊丽莎白殷切地注视着宾利，看他是否像以前来赴宴时那样，依然坐在姐姐身旁。她那位细心的母亲脑子里转着同样的念头，因此没有请他坐在自己身边。宾利一进屋，似乎犹豫了一番。这时简恰巧回过头来，脸上笑盈盈的，于是他便当机立断，在她身边坐下了。

伊丽莎白心里觉得十分得意，便朝他那位朋友望去，只见达西先生落落大方，若无其事。若不是瞧见宾利也带着笑也不是不笑也不是的慌张神情望着达西先生，她还会以为他之所以能欣然坐到简身旁，事先一定得到了他朋友的恩准。

席间，宾利的举动流露出了对她姐姐的爱慕之情。虽说这爱慕之情不像以前表现得那么露骨，但伊丽莎白相信，宾利只要能自己做主，他和简马上就会获得幸福。她尽管不敢抱此奢望，然而纵观宾利的态度，又觉得颇为高兴。她本来心中闷闷不乐，这

这时简恰巧回过头来，脸上笑盈盈的

一来却变得相当兴奋了。达西先生的座位与她相隔甚远。他坐在贝内特太太旁边。伊丽莎白知道，这种局面对达西和她母亲是多么乏味，使他们觉得多么别扭。因为隔得远，伊丽莎白听不清他们两人讲些什么。不过她看得出来，他们俩很少谈话，偶尔谈几句，也是十分拘谨，十分冷漠。眼见着母亲那样怠慢他，再想想他对她们家那样恩深义重，伊丽莎白心里觉得格外难受。她有时真恨不得能告诉他，并非她们全家人都不知道他的恩泽，也并非她们全家人都那么忘恩负义。

她希望这一晚上他们彼此能亲近一些，希望趁他来访多跟他谈谈话，而不光是进门时跟他寒暄客套两句。由于焦灼不安的缘故，两位先生没有进来之前，她待在客厅里烦闷得快要失礼了。她盼望他们进来，因为她这一晚能否过得愉快，完全在此一着。

"他要是到时候不来接近我，"她心想，"我就永远舍弃他。"

两位先生来了。她觉得，达西看样子像是要满足她的愿望。可是天哪！太太小姐们围坐在饭桌四周，贝内特小姐沏茶，伊丽莎白在斟咖啡，大家都挤得紧紧的，她旁边连摆把椅子的空隙也没有。两位先生来了之后，有位姑娘朝她挨得更近了，对她小声说道：

"我绝不让男人来把我们分开。我们一个也不要他们，你说呢？"

达西走到屋子另一边。伊丽莎白两眼盯着他，羡慕跟他说话的每个人，简直没有心思给客人斟咖啡，随后又气自己怎么这样愚蠢！

"一个被我拒绝过的男人！我怎么能蠢到这个地步，居然指望他再来爱我？哪个男人会这样没有骨气，居然向一个女人第二次求婚？谁也忍受不了这种耻辱！"

这时达西亲自送回了咖啡杯，伊丽莎白觉得有点兴奋，于是便趁机说道：

"你妹妹还在彭伯利吗？"

"是的，她要在那里待到圣诞节。"

"就她一个人吗？她的朋友们都走了没有？"

"安妮斯利太太陪着她。其他人都在三个星期以前到斯卡伯勒[1]去了。"

伊丽莎白想不出别的话可说了。不过，只要达西愿意跟她攀谈，他总会有办法。不想他却默默无声地在她身旁站了一会儿。后来，见那位年轻小姐又跟伊丽莎白窃窃私语，他便走开了。

等收走茶具，摆好牌桌之后，太太小姐们都立起身来，这时伊丽莎白满心希望达西马上会来找她，但是事与愿违，只见母亲四处拉人打惠斯特，达西情面难却，转眼间便同众人一道坐了下来。她满怀的喜幸已经完全化作泡影。一整个晚上，他们只得坐在各自的牌桌上，她觉得毫无指望，只是达西两眼频频朝她这边张望，结果两人都打输了牌。

贝内特太太本来打算留内瑟菲尔德的两位先生吃夜宵，但不巧的是，他们吩咐套车比谁来得都早，使她没有机会挽留他们。

"女儿们啊，"等客人们一走，贝内特太太便说，"你们觉得今天过得怎么样？告诉你们吧，我觉得一切顺利极了。我从没见

1　斯卡伯勒：英格兰东北部港口城市，避暑胜地。

过烧得这么好的饭菜。鹿肉烤得恰到好处，大家都说，从没见过这么肥实的腿肉。那汤比起我们上星期在卢卡斯家喝的，不知要强几十倍。连达西先生也承认，山鹑烧得美极了。我想他至少用了两三个法国厨子。亲爱的简，我从没见你像今天这么美。朗太太也这么说，因为我问她你美不美。你们知道她还说什么了吗？'啊！贝内特太太，简终究是要嫁到内瑟菲尔德的。'她真是这么说的。我觉得朗太太这个人真是太好了，她的侄女们都是些规规矩矩的好姑娘，可惜长得一点不好看。我太喜欢她们了。"

总而言之，贝内特太太高兴极了。她把宾利对简的一举一动全看在眼里，心想简最终一定会把他弄到手。她心里一高兴，便又想入非非起来，指望这门亲事会给她家带来不少好处，等到第二天不见宾利来求婚，便又大失所望。

"今天过得真愉快，"贝内特小姐对伊丽莎白说道，"客人选得好，大家都很融洽。希望以后多聚聚。"

伊丽莎白笑了笑。

"莉齐，你千万别笑，千万别疑心我。那会让我伤心的。老实告诉你，我之所以喜欢和他交谈，仅仅因为他是个和蔼可亲、通情达理的年轻人，并无其他非分之想。我从他的言谈举止看得出来，他从没想要博得我的欢心。只不过他的谈吐比别人来得动听，他也比别人更想讨人喜欢。"

"你真狠心，"妹妹说道，"你不让我笑，却又时时刻刻逗我笑。"

"有些事真让人难以相信！"

"还有些事真让人无法相信！"

"那你为什么要让我承认，我没把心里话全说出来？"

"这个问题简直让我无法回答。我们人人都喜欢指指点点的，然而指点的东西又不值得一听。恕我直言，你要是执意说你对他没有什么意思，可休想让我相信。"

第十三章

这次拜访之后没过几天，宾利先生又来了，而且是单独来的。他的朋友已于当天早晨动身到伦敦去了，不过十天内就要回来。他在主人家坐了一个多钟头，显得异常高兴。贝内特太太留他吃饭，他一再表示歉意，说他已经另有约会。

"你下次来的时候，"贝内特太太说，"希望能赏赏脸。"

宾利说他随时都乐意登门拜访，只要她肯恩准，他一有机会就来拜望她们。

"明天能来吗？"

能来，他明天没有约会。于是，他欣然接受了邀请。

他果然来了，而且来得非常早，太太小姐们都还没有穿戴梳妆好。贝内特太太身穿晨衣，头发才梳好一半，连忙跑进女儿房里，大声嚷道：

"亲爱的简，快，快下楼去。他来了——宾利先生来了。他真来了。快，快点。萨拉，马上到大小姐这儿来，帮她穿好衣服。别去管莉齐小姐的头发啦。"

"我们一定尽快下来，"简说，"基蒂可能比我们两个都快，因为她上楼有半个钟头了。"

"哦！别去管基蒂！关她什么事？快点，快点！好孩子，你的腰带哪儿去啦？"

等母亲走后，简说什么也不肯一个人下楼，非要一个妹妹陪着她不可。

到了晚上，贝内特太太显然又急于想让他们两人单独待在一起。用完茶以后，贝内特先生照常回到了书房，玛丽上楼弹琴去了。贝内特太太一看五个障碍除掉了两个，便坐在那里冲着伊丽莎白和凯瑟琳挤了半天眼，可惜两个女儿毫无反应。伊丽莎白故意不去看她，基蒂终于看了她一眼，却十分天真地说道："怎么啦，妈妈？你为什么老对我挤眼？你要我干什么？"

"没什么，孩子，没什么。我没对你挤眼。"说罢，她又静静地坐了五分钟。但是，实在不愿错过这大好的时机，她忽地站起身来，对基蒂说道：

"来，宝贝，我有话跟你说。"说着便把她拉了出去。简当即对伊丽莎白望了一眼，意思是说，她实在忍受不了这种把戏，恳请伊丽莎白不要跟着胡闹。过了不一会儿，贝内特太太又推开门，喊道：

"莉齐，好孩子，我有话跟你说。"

伊丽莎白只得走出去。

"你知道，我们最好让他们单独在一起，"她一走进走廊，母亲便说道，"基蒂和我要到楼上我的梳妆室里。"

伊丽莎白也不跟母亲争辩，只是一声不响地待在走廊里，等母亲和基蒂走得看不见了，才又回到了客厅。

贝内特太太这天的招数并不灵验。宾利样样都讨人喜欢，只可惜没有向她女儿求爱。他落落大方，兴致勃勃，这一晚上有了他，真叫大家不胜高兴。他看着贝内特太太乱献殷勤，听着她满口蠢话，倒能捺住性子，不露声色，使她女儿感到异常欣慰。

他几乎用不着主人邀请，便留下吃夜宵。告辞之前，主要由他和贝内特太太商定，第二天上午他来跟贝内特先生打鸟。

从这天起，简再也不说她无所谓了。姐妹俩绝口不提宾利，但是伊丽莎白上床的时候，心里倒很快活，觉得只要达西先生不提前回来，这件事很快便会有个眉目。不过，她倒真心认为，这一切一定得到了达西先生的同意。

宾利准时来赴约了。依照事先约定，他一上午都和贝内特先生在一起。贝内特先生比他料想的和蔼得多。其实，宾利没有什么傲慢或愚蠢的地方，既不会惹他嘲笑，也不会使他厌恶得一声不吭。跟他以前见到的情形相比，贝内特先生爱说话了，不那么古怪了。当然，宾利跟他一道回来吃了饭。到了晚上，贝内特太太又设法把别人支使开，让他和简待在一起。伊丽莎白有封信要写，一吃过茶点便钻进早餐厅写信去了。况且别人都要坐下打牌，她也用不着抵制母亲耍花招了。

她写好信回到客厅，一看不禁大吃一惊，心想母亲还真比她有心计。原来，她一打开门，便见姐姐和宾利一起站在壁炉跟前，似乎谈得正热火。如果说这个情景还没有什么好疑心的，你只要看看他们急忙扭身分开时的那副神气，心里便有数了。他们俩的处境够尴尬了，但她觉得她自己更尴尬。他们两人一声不响地坐了下来，伊丽莎白正待走开，宾利突然立起身来，跟简悄悄说了几句话，便跑出屋去。

简心里有了高兴的事，是从不向伊丽莎白隐瞒的。她当即抱住妹妹，欣喜若狂地承认说，她是天下最幸福的人了。

"太幸福了！"她接着又说，"幸福极了。我实在不配，哦！为什么不能人人都这样幸福呢？"

伊丽莎白连忙向她道喜，那个真诚、热烈、欣喜劲儿，实非言语所能形容。她每恭贺一句，都给简增添一分甜蜜感。但是简眼下不可能跟妹妹多蘑菇了，她要说的话连一半也来不及说。

"我得马上去见妈妈，"她大声说道，"我绝不能辜负了她的亲切关怀，绝不能让她从别人嘴里得知这件事。宾利找爸爸去了。哦！莉齐，家里人听到这消息该有多高兴啊！我怎么受得了这满怀的幸福！"

说罢，她便急急忙忙跑到母亲那里，只见她早已解散了牌场，正和基蒂在楼上坐着。

伊丽莎白一个人待在那里，想到几个月来家里人一直在为这桩事烦神担心，而如今事情终于一下子迎刃而解了，便禁不住笑了。

"这，"她心想，"就是他那位朋友煞费心机的结局！也是他那位妹妹自欺欺人的结局！这是个最幸福、最完满、最合理的结局！"

不一会儿工夫，宾利来到她这里，因为他与贝内特先生谈得既简短，又卓有成效。

"你姐姐哪去了？"他一打开门，便急忙问道。

"在楼上我妈妈那里。可能马上就会下来。"

宾利随即关上门，走到她跟前，以便接受姨妹的亲切祝贺。伊丽莎白真心诚意地表示，她对他们的姻缘感到欣喜。两人十分热烈地握了握手。随后，伊丽莎白只得听他讲起他如何幸福，简如何十全十美，一直讲到简下楼为止。虽然他是从恋人的角度说这些话的，但是伊丽莎白深信，他的幸福期望完全是合情合理的。因为简聪颖绝伦，脾气更是好得无与伦比，而且两人也情趣相投，这都是幸福的基础。

这天晚上，大家都异常高兴。贝内特小姐因为心里得意，脸上也显得越发艳丽夺目，看上去比往常更加漂亮。基蒂痴笑不已，希望这样的幸运赶快轮到自己头上。贝内特太太同宾利谈了半个钟头之久，尽管一再首肯，连声赞许，但是仍然觉得不能尽意。贝内特先生跟大家一道吃夜宵的时候，他的言谈举止表明，他还真感到高兴。

不过，客人告辞之前，他却只字未提这件事。等客人一走，他连忙转向女儿，说道：

"简，恭喜你。你将成为一个十分幸福的女人。"

简立即走到他跟前，吻了吻他，感谢他的好意。

"你是一个好孩子，"父亲答道，"我想起来真感到高兴，你这么美满地解决了终身大事。我相信你们一定会相亲相爱。你们的性格十分相近。你们两个都很随和，因此什么事也拿不定主意。你们那么宽容，个个用人都要欺负你们。你们又那么慷慨，总要落得入不敷出。"

"但愿不会如此。我可不能容忍自己在钱财上大手大脚，或是漫不经心。"

"入不敷出！亲爱的贝内特先生，"太太说道，"你这是什么话？他每年有四五千镑的收入，兴许还不止呢。"接着又对女儿说，"哦！亲爱的简，我太高兴了，今天晚上休想合眼。我早就知道会这样。我总说，迟早会有这一天。我一向认为，你不会白白长得这么美！我记得，他去年刚到赫特福德郡的时候，我一看见他，就觉得你们可能会结成一对。哦！真没见过像他这么漂亮的小伙子！"

贝内特太太早把威克姆和莉迪亚忘了个精光。简成为她最宠爱的女儿。眼下，别人她一个也不放在心上。几个妹妹马上向姐姐提出要求，希望将来能给她们点好处。

玛丽请求享用内瑟菲尔德的书房。基蒂再三恳求，每年冬天能在那里举办几次舞会。

从此以后，宾利自然每天都要来朗伯恩做客。他往往是早饭前赶来，总要待到吃过夜宵再走，除非哪家邻居实在太不识相，也不怕惹人家讨厌，硬要请他去吃饭，他才不得不去应酬一下。

伊丽莎白现在简直没有机会跟姐姐谈话了，因为只要宾利在场，简压根儿就不理会别人。不过，伊丽莎白发现，当他们不得不分离的时候，她对这两人还是大有用处的。简不在的时候，宾利老爱跟伊丽莎白谈论她；而宾利走了以后，简也总是找她来谈论他，好一吐为快。

"他告诉我说，"有天晚上，简说道，"他今年春天压根儿不知道我就在城里，我听了有多高兴啊！我原来真不相信会有这种事。"

"我早就疑心是这么回事，"伊丽莎白答道，"不过，他是怎么说明这件事的？"

"一准是他姐姐妹妹干的好事。她们肯定不赞成他和我亲近，我觉得这也难怪，因为他可以找一个各方面都比我强得多的人。不过我相信，当她们发觉她们的兄弟和我在一起有多幸福时，她们就会回心转意，我们也会再度友好相处，不过绝不可能像以前那样亲密了。"

"这是我平生听你说出的最没有气量的一句话，"伊丽莎白说道，"好心的姑娘！说真的，要是看到你再去受宾利小姐虚情假意的骗，那可真要把我气死了！"

"莉齐，你能相信吗，他去年十一月到城里去的时候，的确很爱我，后来只是听人家说我不喜欢他，居然就再也不回来了！"

"当然，他犯了个小错误。不过，那是因为他太谦虚了。"

简听了这话，自然又赞美起他的谦虚，赞美他虽然具有许多优秀品质，却从不自以为了不起。

伊丽莎白欣喜地发现，宾利并没有泄露他的朋友从中作梗这件事，因为简虽然为人最宽宏大量，可是这件事假若让她知道了，她一定会对达西抱有成见。

"我真是有史以来最幸福的一个人！"简大声说道，"哦！莉齐，家里这么多人，怎么偏偏选中了我，偏偏数我最有福气！但愿能看见你同样幸福！但愿你也能找到这样一个人！"

"你即使给我四十个这样的人，我也绝不会像你这样幸福。除非我有你这样的脾气，你这样的好心，否则我绝不会像你这样幸福。算啦，还是让我自力更生吧。要是我运气好，也许到时候会碰上又一个柯林斯先生那样的男人。"

朗伯恩这家人的事态是隐瞒不了多久的。贝内特太太获许悄悄告诉了菲利普斯太太,而菲利普斯太太则未经任何人许可,便贸然告诉了梅里顿的左邻右舍。

霎时之间,贝内特家被公认为天下最有福气的一家人了,殊不知就在几个星期之前,莉迪亚刚刚私奔的时候,大家都认定贝内特府上倒尽了霉。

第十四章

大约在宾利和简订婚后一个星期，有天上午，宾利正和太太小姐们坐在餐厅里，忽然听到一阵马车声，大家都赶忙凑到窗口，只见一辆四轮马车驶进草场。一大清早，照理不会有客人来，再看看那车马装备，又不像是哪家邻居的。马是驿站上的马。还有那马车和车前侍从所穿的号衣，大家也不熟悉。不过肯定有人来访，宾利立即劝说贝内特小姐不要让不速之客缠住，快跟他一起跑到矮树林里。于是，他们两人走开了，另外三个人则依然在那里猜来猜去，尽管猜不出个端倪。霍然门给推开了，客人走进来了，原来是凯瑟琳·德布尔夫人。

当然，大家都做好了惊讶的准备，但是没有料想会惊讶到这个地步。贝内特太太和基蒂虽说与来客素昧平生，却比伊丽莎白还要惊愕。

客人摆出一副很不礼貌的神气走进屋来，伊丽莎白向她打招呼，她只微微点了一下头，便一声不响地坐了下来。夫人进来以后，虽然没有要求介绍，伊丽莎白还是把她的姓名告诉了母亲。

贝内特太太大为愕然，不过有这样一位贵客登门，她又感到十分荣幸，因此，便万分客气地加以接待。凯瑟琳夫人默默坐了一会儿，然后便冷冰冰地对伊丽莎白说：

"我想你挺好吧，贝内特小姐。这位太太大概是你母亲吧。"

伊丽莎白简单说了声正是。

"那一位大概是你妹妹吧。"

"是的，夫人。"贝内特太太答道，她很乐意跟凯瑟琳这样的贵妇人攀谈，"她是我的四女儿，我的小女儿最近刚刚出嫁，大女儿正跟一个小伙子在园里散步，我想那小伙子不久也要跟我们成为一家人了。"

"你们这座庄园可真小呀。"沉默了片刻之后，凯瑟琳夫人说道。

"当然比不上罗辛斯庄园，夫人。不过我敢说，比起威廉·卢卡斯爵士的庄园来，却要大得多。"

"夏天晚上坐在这间起居室里一定很不舒服，窗子全部正朝西。"

贝内特太太告诉她说，她们吃过晚饭以后从来不坐在那里，接着又说："我是否可以冒昧地问夫人一声，您来的时候柯林斯夫妇都还好吧？"

"他们都很好。我前天晚上还看见他们的。"

这时，伊丽莎白满以为她会拿出夏洛特写给自己的一封信，因为看样子，这可能是她来访的唯一动机。可是夫人并没拿出信来，这真叫她大惑不解。

贝内特太太客客气气地恳请夫人随意用些点心，不想凯瑟琳

391

夫人非常坚决而又很不客气地回绝了，说她什么也不要吃。接着她又站起来，对伊丽莎白说道：

"贝内特小姐，你们这块草场的一端好像颇有几分荒野的景致，倒也相当好看。我很想到那里转转，是否请你陪我走一走。"

"去吧，乖孩子，"她母亲大声说道，"陪着夫人到各条小径上转转。我想她一定会喜欢我们这个僻静的地方。"

伊丽莎白只好从命，跑进自己房里取来阳伞，陪着贵客走下楼。穿过走廊的时候，凯瑟琳夫人打开餐厅和客厅的门，稍微审视了一下，说是这两厅看上去还不错，然后继续往前走。

她的马车还停在门口，伊丽莎白看见她的侍女坐在车里。她们两人沿着通往矮树林的石子路，默默无声地向前走着。伊丽莎白觉得这个女人异常傲慢，异常令人讨厌，因此打定主意，决不主动跟她搭腔。

她仔细瞧了瞧她的脸，心想："她哪里像她外甥呀？"

两人一走进小树林，凯瑟琳夫人便这样说道：

"贝内特小姐，你不会不知道我为什么要来这里。你心里有数，你的良心会告诉你我为什么要来。"

伊丽莎白露出毫不做作的惊异神情。

"夫人，你实在是想错了。我压根儿不明白怎么会有幸在这里见到你。"

"贝内特小姐，"夫人怒声怒气地答道，"你应该知道，谁也休想来戏弄我。不过，不管你怎么不老实，我可不会那样。我一向以真诚坦率著称，如今遇到这样一件大事，当然不会违背自己的个性。两天以前，我听到一条极其惊人的消息。我听说不光是你

凯瑟琳夫人打开餐厅和客厅的门，稍微审视了一下

姐姐就要攀上一门阔亲，就连你，伊丽莎白·贝内特小姐，马上也要攀上我的外甥——我的亲外甥——达西先生。虽然我知道这是无稽之谈，虽然我不想那样小看达西，认为真会有这种事，我还是当机立断，立即动身赶到这里，向你表明我的态度。"

"你既然认为不会真有这种事，"伊丽莎白又是惊讶，又是鄙夷，满脸涨得通红，"那你何必自找麻烦，跑到这么远的地方来？你老人家究竟有何来意？"

"要你针对这种传闻，立即向大家去辟谣。"

"要是真有这种传闻，"伊丽莎白冷冷地说，"那你赶到朗伯恩来看我和我家里人，反而会弄假成真。"

"要是！难道你想故意装糊涂？你们不是一直在起劲地传播吗？你难道不知道已经传扬开了吗？"

"我从来没有听说过。"

"那你能不能说，这话毫无根据？"

"我并不想跟你老人家一样坦率。你尽管问好了，我可不想回答。"

"不要放肆！贝内特小姐，我非要听你说个明白。我外甥向你求过婚没有？"

"你老人家说过这不可能。"

"理应不可能。他只要头脑清醒，那就绝不可能。可是，你会不择手段地诱惑他，他一时中了邪，忘记了他对自己和家人所担负的责任。你可能把他迷住了。"

"我即使把他迷住了，也绝不会说给你听。"

"贝内特小姐，你知道我是谁吗？我可听不惯你这种言词。我差不多是他最亲近的亲戚，有权利过问他的切身大事。"

"可你没有权利过问我的事。你这种态度也休想逼我招认。"

"让我把话说明白，你不知天高地厚，妄想高攀这门亲事，那是绝不会得逞的。是的，绝不会得逞。达西先生早跟我女儿订过婚了。好啦，你有什么话要说？"

"只有这句话：要是他真订婚了，那你就没有理由认为他会向我求婚。"

凯瑟琳夫人踌躇片刻，然后答道：

"他们的订婚非同寻常。他们从小就给许定了终身。这是双方母亲的最大心愿。他们还在摇篮里，我们就给他们定了亲。现在，眼见姐妹俩就要如愿以偿，那小两口就要成亲，却冒出了个出身卑贱、门户低微、跟他非亲非眷的小妮子从中作梗！难道你完全无视他亲人的心愿，无视他与德布尔小姐默许的婚约？难道你一点不讲体统，一点不知廉耻吗？难道你没听我说过，他从小就跟他表妹许定终身了吗？"

"不错，我以前听说过。可是那关我什么事？要是没有别的理由妨碍我嫁给你外甥，我决不会因为他母亲和姨妈要他娶德布尔小姐，而就此却步。你们姐妹俩费尽心机筹划了这桩姻缘，能否得逞却要取决于别人。要是达西先生既没有义务，也不愿意跟他表妹结婚，那他为什么不能另做选择？要是他选中了我，我为什么不能答应他呢？"

"为了维护尊严，顾全体面，谨慎从事，而且从利害关系着想，也不允许这么做。是的，贝内特小姐，从利害关系着想。如果你硬要一意孤行，那就休想他的亲友会对你客气。凡是与他沾亲带故的人，都会指责你，轻视你，厌恶你。你们的联姻成了一桩耻辱，我们甚至谁都不愿提起你的名字。"

"这真是天大的不幸，"伊丽莎白答道，"不过，做了达西先生的太太，势必会享受到莫大的幸福，因此，总的说来，完全用不着懊恼。"

"你这个丫头真是顽固不化！我都替你害臊！今年春天我那么厚待你，你就这样报答我？难道你对此就没有一点感恩之心？我们还是坐下谈谈。你应该明白，贝内特小姐，我是抱着不达目的誓不罢休的决心来到这里的，谁也休想劝阻我。我从不听从任何人的怪念头。我从不让自己失望。"

"那只能使你目前的处境更加可怜，而对我却毫无影响。"

"我说话不许你插嘴！你给我老实听着。我女儿和我外甥是天生的一对。他们的母亲出身于同一贵族世家。他们的父亲家虽然没有爵位，可都是很有地位的名门世家。他们两家都有巨额资产。两家亲人都一致认定，他们是天造地设的一对，谁能拆散他们？你这个小妮子，一无门第，二无贵亲，三无财产，却要痴心妄想。这像什么话！真让人忍无可忍。你要是有点自知之明，就不会想要背弃自己的出身。"

"我认为，我跟你外甥结婚，并不会背弃自己的出身。他是个绅士，我是绅士的女儿，我们正是门当户对。"

"不错。你的确是绅士的女儿。可你妈妈是个什么人？你舅父母和姨父母又是些什么人？别以为我不了解他们的底细。"

"不管我的亲戚是些什么人，"伊丽莎白说道，"只要你外甥不计较，便与你毫不相干。"

"你明言直语地告诉我，你究竟跟他订婚了没有？"

伊丽莎白本想不买凯瑟琳夫人的账，索性不回答这个问题，可是细想了想之后，又不得不说：

"没有。"

凯瑟琳夫人显得很高兴。

"你肯答应我永远不跟他订婚吗？"

"我不能答应这种事。"

"贝内特小姐，你真让我感到震惊。我原以为你会通情达理一些。你可不要打错了算盘，认为我会退让。你不答应我的要求，我就决不走开。"

"我决不会答应你的要求。你休想恐吓我去干那种荒唐透顶的事情。你想让达西先生跟你女儿结婚，可是就算我答应了你的要求，难道就能促成他们俩的婚事吗？要是他看中了我，就算我拒绝他，难道他会因此而去向他表妹求婚吗？恕我直言，凯瑟琳夫人，你这种异想天开的要求实在有些荒唐，你的论点也实在无聊。你要是以为你能拿这些话说动我，那你就完全看错了人。你外甥是否会让你干涉他的事，这我说不上，可你绝对没有权力干涉我的事。因此，我请求你不要为这件事再来纠缠我了。"

"请你不要这么性急。我还远远没有说完呢。我之所以坚决反对你和我外甥结婚，理由除了上面提到的那些之外，还得补充一条。别以为我不知道你小妹妹私奔的丑事。这件事我全知道。那个年轻人跟她结婚，只是你父亲和舅父收拾残局，花钱买来的。这样一个臭丫头，也配做我外甥的小姨子吗？她的丈夫是他先父管家的儿子，也配做他的连襟吗？天哪！你究竟打的什么主意？

彭伯利的祖荫能给人这样糟蹋吗？"

"你现在应该说完了吧，"伊丽莎白愤懑地答道，"你已经把我侮辱够了。我可要回家去啦。"

她说着站起身来。凯瑟琳夫人也站了起来，两人扭身往回走。老夫人真给气坏了。

"这么说，你毫不顾全我外甥的体面和名声啦！你这个无情无义、自私自利的丫头！你难道不知道，他一跟你结了婚，大家都要看不起他吗？"

"凯瑟琳夫人，我不想再讲了。你已经知道了我的意思。"

"那你非要把他弄到手不可啦？"

"我没说这种话。我只不过拿定主意，觉得怎么做会使我幸福，我就怎么做，你管不着，与我无关的人都管不着。"

"好啊。这么说，你拒不答应我的要求啦。你真是不守本分，不知廉耻，忘恩负义。你非要让他的亲友看不起他，让天下人都耻笑他。"

"目前这件事根本谈不到什么本分、廉耻和恩义，"伊丽莎白答道，"我与达西先生结婚，并不触犯这些原则。要是说他娶我真会引起家里人厌恶他，那我也毫不在乎。至于说天下人会因此感到气愤，我认为世人大多数都很通情达理，不见得个个都会耻笑他。"

"这就是你的真实思想！这就是你坚定不移的决心！好极啦，我现在可知道怎么办了。贝内特小姐，别以为你的痴心妄想会得逞。我是来探探你的。我原指望你会通情达理一些。不过，你等着瞧吧，我非要达到目的不可。"

凯瑟琳夫人就这样一直喋喋不休，等走到马车门口，又急忙掉过头来，接着说道：

"我不向你告辞，贝内特小姐。我也不问候你母亲。你们不配受到这样的礼遇。我感到扫兴透了。"

伊丽莎白没去理她，也没请她回屋坐坐，便只身不声不响地走进屋里。她上楼的时候，听到马车驶走的声音。母亲心急地待在梳妆室门口迎候她，问她凯瑟琳夫人为什么不再进屋歇歇脚。

"她不愿意进来，"女儿说，"她要走。"

"她是个好俊俏的女人啊！她能光临我们这里，真是太客气了！我想，她只是来告诉我们，柯林斯夫妇过得很好。她大概是到什么地方去，路过梅里顿，心想不妨来看看你。她大概没有特别跟你说什么话吧，莉齐？"

伊丽莎白不得不撒了个小谎，因为她实在没法说出她们谈话的内容。

第十五章

伊丽莎白给那位不速之客搅得心神不宁，一下子很难恢复平静，接连好几个钟头都在不断思索这件事。看来，凯瑟琳夫人这次不辞辛劳，专程从罗辛斯赶来，只是以为伊丽莎白和达西先生已经订婚，便特地跑来要把他们拆散。这一招倒确有来由！不过，伊丽莎白无法想象，怎么会出现他们订婚的传闻。后来她才想起，达西是宾利的好朋友，而她又是简的妹妹，如今人们都巴望着喜事一件接一件，自然要生出这种念头。她自己也早就想到，姐姐结婚以后，她和达西先生见面的机会也就更多了。本来，她只是期待将来可能出现这种情况，不想卢卡斯一家仅凭这一点（她断定，一准是他们和柯林斯夫妇通信时说起这件事，凯瑟琳夫人才听到传闻的），就把事情看成十拿九稳，而且就在眼前。

然而，仔细想想凯瑟琳夫人那一番话，她心里不禁有些不安：如果她硬要干涉下去，不知会产生什么后果。她说过要坚决制止他们的亲事，伊丽莎白从这话断定，她一定会去劝说她外甥。至于达西是否也会认为跟她结婚有那么多害处，她就不敢说了，她不知道达西对他姨妈感情如何，也不知道他是否听她的话，但是理所当然，他要比她伊丽莎白看得起那位老夫人，可以肯定，老夫人只要向他说明他们两家门不当户不对，跟这样一个人结婚定要吃尽苦头，那就势必击中他的要害。在伊丽莎白看来，这些论点尽管荒唐可笑，不值一驳，但达西是个讲究尊严的人，他也许会觉得合情合理，无懈可击。

如果说他先前还有些犹豫不决，打不定主意该怎么办的话，那么，经过这样一位至亲一规劝一恳求，他就会打消一切疑虑，并且立即打定主意，要在不失尊严的前提下追求幸福。如果真是这样，他就不会再回来了。凯瑟琳夫人路过城里时可能会去找他，那样一来，他虽然和宾利有约在先，答应要回到内瑟菲尔德，现在只好作罢。

"要是宾利几天内接到他的来信，推托不能践约，"她心里又想，"我便一切都明白了。那样我就不抱任何指望了，不再祈求他忠贞不贰了。现在他本来可以赢得我的爱，让我嫁给他，但他要是想舍弃我，只是对我感到惋惜，那我马上连惋惜也不去惋惜他。"

她家里其他人一听说这位贵客是何许人，都不禁大为惊奇。不过，她们也都采用贝内特太太那样的假想，满足了自己的好奇心。因此，她们也没有拿这件事去取笑伊丽莎白。

第二天早晨，伊丽莎白下楼的时候，遇见父亲从书房里走出来，手里拿着一封信。

"莉齐，"父亲说道，"我正要去找你。请到我书房里来一下。"

她跟着父亲走到房里。她不知道父亲要跟她讲什么，心想可能跟他手里那封信有关，因此觉得越发好奇。她突然想到，那封信可能是凯瑟琳夫人写来的，于是料想又要向父亲解释一番，心里不免有些沮丧。

她随父亲走到壁炉边，两人都坐下了，父亲随即说道：

"今天早上我收到一封信，使我大吃一惊，因为信上主要是讲你的事，所以你应该知道里面写了些什么。在这之前，我还不知道我有两个女儿快要结婚了。让我恭喜你情场得意。"

伊丽莎白即刻断定，这封信不是那位姨妈写来的，而是她外甥写来的，于是便涨红了脸。她心里狐疑不决，不知道究竟应该为他亲自写信来解释而感到高兴，还是应该为他没有直接给她写信而生气，这时只听父亲接着说道：

"你好像心里有数似的。年轻小姐对这种事最有洞察力，可是就连你这么机灵的人，我看还是猜不出来你那位爱慕者姓甚名谁。告诉你，这封信是柯林斯先生寄来的。"

"柯林斯先生寄来的！他能有什么话可说？"

"当然是有很要紧的话啦。他开头恭喜我大女儿即将出嫁，这消息大概是卢卡斯家哪位爱说闲话的好心人告诉他的。他这些话我就不念了，免得让你不耐烦。与你有关的在下面：'在下与内人为尊府此次喜事竭诚道贺之后，容就另一事略缀数语。吾等从同一来源获悉此事。据云，尊府大小姐出阁之后，二小姐伊丽莎白亦将出阁，所择玉郎乃系天下大富大贵之人。'

"莉齐，你猜得着这指的是谁吗？'此人年轻福洪，举凡人间希冀之物，莫不样样俱全：家财雄厚，门第高贵，布施提携，权力无边。此生虽有这百般诱人之处，且容在下告诫先生与表妹伊

丽莎白：彼若向尊府求亲，纵使府上迫不及待求之不得，也不可率尔应承，否则难免后患无穷。'

"莉齐，你知道这位贵人是谁了吗？不过，下面就提到了。

"'在下之所以告诫先生，实因虑及贵人之姨母凯瑟琳·德布尔夫人万难恩准此次联姻。'

"你瞧，此人就是达西先生！莉齐，我想我的确让你吃惊了吧。他柯林斯也好，卢卡斯一家人也好，怎么偏偏在我们的熟人当中挑出这个人来撒谎，这岂不是太容易给人家戳穿了吗？达西先生看女人只是为了吹毛求疵，他也许还从没看过你一眼呢！真令人钦佩！"

伊丽莎白本想跟父亲一起打趣，无奈只能极其勉强地微微一笑。父亲的戏谑打趣从没像今天这样不讨她喜欢。

"难道你不觉得滑稽吗？"

"哦！当然。请你读下去。"

"'昨夜在下向夫人提及这门婚事可能成功，夫人本其平日错爱之忱，当即以其隐衷相告。显而易见，盖因表妹家门缺憾太多，夫人谓此事实在有失体统，万万不会赞同。在下自觉责无旁贷，应将此事及早奉告表妹，以便表妹及其高贵的恋人皆能深明大体，免得未经夫人恩准，便草率成亲。'柯林斯先生还说：'在下甚感欣慰，莉迪亚之可悲事件终于平息，只怕两人婚前同居之秽闻已广为人知。在下绝不敢玩忽职守，听说那对男女一经结婚，先生即迎之入府，诚令人骇异。先生此举实系助长伤风败俗之恶习。设若在下为朗伯恩牧师，势必坚决反对。先生身为基督教徒，理应宽恕为怀，然当拒见其人，拒闻其名。'这就是他所谓的基督教宽

403

恕为怀，下面写的都是他心爱的夏洛特的情况，说她快生孩子了。怎么，莉齐，你好像不愿听似的。但愿不要小姐气十足，听到点闲话就要假装生气。人生在世，除了让人家开开玩笑，回过头又取笑一下别人，还有什么意思呢？"

"哦！"伊丽莎白大声叫道，"我觉得有趣极了，不过这事真怪！"

"是怪——有趣的也正是这一点。假如他们说的是另一个人，那倒也无所谓。可那位贵人完全不把你放在心上，而你对他又那样深恶痛绝，这是多么荒唐可笑！我虽然讨厌写信，可我说什么也不能和柯林斯先生断绝书信来往。唔，我每次讲到他的信，总觉得他比威克姆还要讨我喜欢，尽管我很器重我那位女婿的厚颜和虚伪。请问，莉齐，凯瑟琳夫人对这事怎么说的？她是不是特地来表示反对的？"

女儿听到这句问话，只是付之一笑。其实，父亲问这句话时，丝毫也不疑心女儿和达西之间会有什么情意，因此他没有重复这个问题，女儿也就用不着感到为难。伊丽莎白从来没有像今天这么困惑，非要心里想一套，表面上却要装出另一套。她本来真想哭，可是又不得不强颜欢笑。父亲说达西先生并不把她放在心上，这话真叫她伤心透顶。她只能奇怪父亲怎么这样没有眼力，要不就只能担心：也许不是父亲太不明察，而是她自己太想入非非。

第十六章

出乎伊丽莎白的意料，宾利先生非但没有接到他朋友不能践约的道歉信，而且在凯瑟琳夫人来访后不几天，就带着达西一同来到朗伯恩。两位先生来得很早。伊丽莎白坐在那里无时无刻不在担心，唯恐母亲向达西提起他姨妈来访的事，幸好贝内特太太还没来得及说这件事，宾利就提议大家出去散散步，因为他想和简单独待在一起。众人都表示同意。贝内特太太没有散步的习惯，玛丽又总是抽不出时间，于是其余五个人便一道出去了。宾利和简随即让人走到前面，自己落在后面，让伊丽莎白、基蒂和达西去相互应酬。他们三人都不大说话：基蒂很怕达西，因此不敢说话；伊丽莎白正在暗自痛下决心，准备孤注一掷；达西或许也是如此。

他们朝卢卡斯家走去，因为基蒂想去看看玛丽亚。伊丽莎白觉得用不着大家都去，于是等基蒂离开他们之后，她就大着胆子跟达西继续往前走。现在是她拿出决心的时候了。等她一鼓起勇气，便立即说道：

"达西先生，我是个非常自私的人，只图自己心里痛快，也不管是否会伤害你的感情。你对我那可怜的妹妹恩深义重，我再也不能不感激你了。我自从得知这件事以后，心里急巴巴地就想向你表示我的感激之情。假如我家里人全知道这件事的话，我就不会只表示我个人的谢意了。"

"我感到很抱歉，万分抱歉，"达西答道，声调既惊奇又激动，"你居然知道了这件事，因为搞不好会引起误解，使你觉得不安。我没想到加德纳太太这么不可信赖。"

"你不应该责怪我舅妈。只因莉迪亚不留意说漏了嘴，我才知道你也牵涉在这件事里。当然，我不打听清楚是不会罢休的。请允许我代表我们全家，再三向你表示感谢，感谢你怀着一片慷慨、怜悯之心，不辞辛劳，受尽委屈，去寻找他们。"

"如果你非要感谢我，"达西答道，"那就只为你自己表示谢意吧。我不想否认，我之所以要那样做，除了别的原因之外，也是为了想要讨你喜欢。你家里人不用感谢我。我虽然尊敬他们，可我当时只想到你一个人。"

伊丽莎白窘得一声不响。隔了一会儿，她的朋友又说道："你是个有度量的人，不会耍弄我。要是你的态度还和四月份一样，就请你立即告诉我。我的感情和心愿还依然如故。不过，你只要发一句话，我就永远不提这件事。"

伊丽莎白一听这话，越发感到窘迫，也越发感到焦急，便不得不开口说话。她虽然说得吞吞吐吐，但对方立即领会到，自从他提到的那个时候起，她的心情已经发生了巨大变化，现在听到他如此表露心迹，她不由得非常感激，非常高兴。这个回答使他感到从未有过的快乐，他当即抓住时机，向她倾诉衷曲，那个慧黠热烈劲儿，恰似一个陷入热恋的人。假如伊丽莎白能够抬起头来看看他那双眼睛，她就会发现，他满脸喜气洋洋，使他显得越发英俊。不过，她虽然看不见他的神情，却能听见他的声音。他一个劲地向她倾吐衷肠，表明她在他心目中是多么重要，使她越听越珍惜他的一片衷情。

两人不管什么方向，只顾往前走。他们有多少事情要思索，要体味，要谈论，哪还有心思去注意别的事情。伊丽莎白很快就认识到，他们这次之所以能取得这样的谅解，还要归功于达西姨妈的一番努力。原来，这位夫人回家路过伦敦的时候，果真去找过达西，把她去朗伯恩的经过、动机，以及她与伊丽莎白的谈话内容，都一五一十地告诉了他，特别着重叙说了伊丽莎白的一言一语，因为照老夫人看来，这些言语尤其能表明伊丽莎白的狂妄任性。她以为经她这样一说，纵使伊丽莎白不肯答应放弃这门亲事，她外甥一定会满口答应。不过，活该老夫人倒霉，结果却适得其反。

"我以前简直不敢抱有希望，"达西说道，"这一次倒觉得有了指望。我了解你的脾气，因此相信：假如你真对我深恶痛绝，而且毫无挽回的余地，那你一定会直言不讳地向凯瑟琳夫人如实供认。"

伊丽莎白涨红了脸，一边笑一边答道："是呀，你知道我为人直爽，因此，相信我会那样做。我既然能当着你的面把你痛骂一顿，自然也会在你亲戚面前责骂你。"

"你骂我的话，哪一句不是我咎由应得？你的指责虽然站不住脚，建立在错误的前提上，可我当时对你的那副态度，真该受到最严厉的指责。那是不可原谅的。我想起那件事来，就悔恨不已。"

"那天晚上主要应该怪谁，我们也不要争论了，"伊丽莎白说，"严格说来，双方的态度都有问题。不过，从那以后，我觉得我们两人都变客气了。"

"我可不能这么轻易地原谅自己。几个月来，一想起我当时说的那些话，想起我前前后后的行为、言谈和举止，我就觉得说不出的难过。你责怪我的话，确实说得好，叫我一辈子也忘不了：'假如你表现得有礼貌一些。'这是你的原话。你不知道这话使我多么痛苦，你简直无法想象。不过，不瞒你说，我也是过了好久才明白过来，承认你指责得对。"

"我万万没有想到，那句话会有那么大的威力。我丝毫没有料到，那句话竟会让你那么难受。"

"这我倒不难以相信。你认为我当时没有一丁点高尚的情感，你一定是这么认为的。我永远忘不了你翻脸的情景，你说不管我怎么向你求婚，你也不会答应我。"

"哦！我那些话可别再提了，想起来真不像话。告诉你吧，我早为那件事深感难为情了。"

达西提起了他那封信。"你一见到那封信，"他说，"是不是马上对我改变了看法？你看完信以后，是不是相信上面写的那些事？"

伊丽莎白解释说，那封信对她影响很大，她以前的偏见从此便渐渐消失了。

"我知道，"达西说，"我那样写一定会使你感到伤心，可我实在迫不得已。但愿你早把那封信毁了。信中有些话，特别是开头那段话，我真怕你再去看它。我记得有些话，你读了真该恨我。"

"如果你认为非要烧掉那封信，才能确保我对你的爱，那我一定把它烧掉。不过，纵使你我都有理由认为我的思想并非一成不变，可我也不会像你说的那样容易变卦吧。"

"我当初写那封信的时候，"达西答道，"还自以为十分镇定，十分冷静呢。可事后我才明白，我是带着一肚子怨气写信的。"

"那封信开头也许有些怨气，结尾却并非如此。最后那句话真是慈悲为怀[1]。不过，还是不要再去想那封信吧。无论是写信人，还是收信人，他们的心情已和当初大不相同，因此，应该把一切不愉快的事情忘掉，你应该学点我的哲理，只去回顾那些使你愉快的往事。"

"我可不相信你有这样的哲理。你回顾起往事来，绝不会有什么自责的地方，你之所以感到心安理得，与其说是哲理问题，不如说是问心无愧。可我的情况就不同了。我免不了要想起一些苦恼的事情，这些事情不能不想，也不该不想。我虽然不主张自私，可事实上却自私了一辈子。小时候，大人只教我如何做人，却不教我改正脾气。他们教给我这样那样的道义，可又放任我高傲自大地去尊奉这些道义。不幸的是，我是个独生子（有好多年，我还是家里唯一的孩子），从小给父母宠坏了。我父母虽然都是善良

1　指第二卷第十二章达西写给伊丽莎白那封信的最后一句："我只想再加一句：愿上帝保佑你。"话里本来含有几分怨气，故而伊丽莎白在有意嘲弄达西。

人（特别是我父亲，非常仁慈，非常和蔼），却容许我，怂恿我，甚至教我自私自利，高傲自大，除了自家人以外，不要关心任何人，看不起天下所有的人，至少要把他们看得不如我聪明，不如我高贵。我从八岁到二十八岁，就是这样一个人。要不是多亏了你，最亲爱、最可爱的伊丽莎白，我可能到现在还是那个样子！我真是多亏了你！你教训了我一顿，开头真让我有些受不了，但我却受益匪浅。你把我恰如其分地羞辱了一番。我当初向你求婚，满以为你一定会答应我。你使我明白过来，我既然认定有位姑娘值得我去博得她的欢心，那就绝不应该自命不凡地去取悦她。"

"你当时真认为会博得我的欢心吗？"

"我的确是那样认为的。你看我有多么自负？我当时还以为你指望我、期待我来求婚呢。"

"那一定是我的举止有问题，不过我告诉你，我那不是故意的。我绝不是有意欺骗你，不过我往往兴致一来，就会犯错误。从那天晚上起，你一定非常恨我吧？"

"恨你！起初我也许很气你，可是过了不久，我就知道我应该气谁了。"

"我简直不敢问你，我们那次在彭伯利见面的时候，你究竟是怎么看我的。你怪我不该来吧？"

"才没有呢，我只是觉得惊奇。"

"你不可能比我更惊奇，因为我没料到你会待我那么客气。我的良心告诉我，我不配受到特别款待。说老实话，我没有料到会受到分外的待遇。"

"我当时的用意，"达西答道，"是想尽量做到礼貌周到，向你表明我很有气量，不计旧怨。我想让你看出我改正了你指责我的那些缺点，以求得你的谅解，减轻你对我的偏见。至于什么时候又起了别的念头，我实在说不上，不过我想，是在看见你大约半个钟头之后。"

他随后又告诉伊丽莎白说，乔治亚娜为能结识她感到高兴，不料交往突然中断，她又觉得十分扫兴。接着又自然而然地谈到交往中断的原因，伊丽莎白这才明白，他还没离开那家旅店之前，就已下定了决心，要跟着她从德比郡出发，去寻找她妹妹，而他当时之所以神情忧郁，思虑重重，并不是为了别的缘故，而是在为这件事冥思苦索。

伊丽莎白再次向他表示感谢。但这件事太令人伤心，两人没有再谈下去。

他们悠闲自在地溜达了几英里，因为光顾得谈话，对此竟浑然不觉，最后看看表，才发觉应该回家了。

"宾利先生和简怎么啦！"随着一声惊叹，两人又谈起了那两人的事情。达西为他们的订婚感到高兴，他的朋友早把这消息告诉了他。

"我要问问你，是否感到意外？"伊丽莎白说道。

"一点也不意外。我临来的时候，便觉得事情马上就会成功。"

"这么说，你早就应许他了，真让我猜着了。"尽管达西极力分辩，说是不能那么说，伊丽莎白发觉事实确是如此。

"我去伦敦的头天晚上，"达西说，"便向他做了坦白，其实我早该这样做了。我把过去的事全对他说了，表明我当初阻拦他那件事，真是既荒唐又冒失。他大吃一惊。他丝毫没有想到会有这种事。我还告诉他，我从前以为你姐姐对他没有意思，现在看来也错了。我看得出来，他对简依然一往情深，因此相信他们会幸福地结合在一起。"

伊丽莎白听到他能如此轻易地指挥他的朋友，禁不住笑了。

"你跟他说我姐姐爱他，"她说，"你说这话是自己观察的结果，还是春天听我说的？"

"是我自己观察的。我最近两次来你家，仔细观察了她一番，发现她对宾利一片衷情。"

"我想，经你这么一讲，宾利先生也立即相信了吧。"

"是的。宾利为人极其诚挚谦虚。他缺乏自信，遇到如此急迫的事情，自己便拿不定主意，好在他相信我的话，因此事情也就好办了。有一件事我不得不招认，他一时听了有些不高兴，不过这也难怪他。我不能不告诉他，去年冬天你姐姐在城里住了三个月，我当时知道这件事，却故意瞒住了他。他听了很气。可我相信，他一听说你姐姐对他仍有情意，便立即消了气。他现在已经真心实意地宽恕了我。"

伊丽莎白很想说，宾利先生是个可爱的朋友，这么容易让人牵着鼻子走，真是难能可贵，但她还是没有说出口。她记起了现在还不便跟达西开玩笑，那还为时过早。达西继续跟她谈下去，预言宾利会如何幸福——当然只是比不上他自己幸福。两人谈着谈着，走进了家门，随即便在走廊里分手了。

第 十 七 章

"亲爱的莉齐，你们散步散到什么地方去了？"伊丽莎白一进屋，简便这样问她；等大家坐下吃饭的时候，家里其他人也都这样问她。她只得回答说，他们随便闲逛，她也不知道走到什么地方去了。她说着说着，脸便红了。但是，不管是她那神色，还是什么别的迹象，都没引起大家怀疑到实情上去。

晚上平平静静地过去了，并没出现什么特别情况。那一对公开了的情人有说有笑，那对没有公开的恋人却不声不响。达西性情稳重，从不喜形于色。伊丽莎白心慌意乱，只知道自己幸福，却体会不到幸福的滋味，因为除了眼前的别扭之外，她还面临着其他种种麻烦。她预料事情公开之后，家里人会怎么想。她知道，家里人除了简以外，谁也不喜欢达西。她甚至担心，别人都会讨厌他，任凭他再有钱有势，也于事无补。

夜晚，她向简敞开了心扉。虽说贝内特小姐一向并不多疑，这次却断然不肯相信。

"你在开玩笑，莉齐，这不可能！答应嫁给达西先生！不，不，你休想骗我。我知道这不可能。"

"一开头就这么不幸！你是我唯一可信赖的，要是你不相信我，那就没有人会相信我了。可我真不是开玩笑。我说的都是实话。他仍然爱着我，我们已经许定了终身。"

简拿怀疑的目光看着她。"哦，莉齐！这不可能。我知道你十分讨厌他。"

"你一点也不了解这件事。你那话就别提了。也许我以前不像现在这样爱他。可是这一类事切不可记得太牢。这一次之后，我要把它忘个一干二净。"

贝内特小姐仍然显得十分惊异。伊丽莎白又一次更加郑重其事地对她说，这是事实。

"天哪！真会有这种事！不过我现在应该相信你了。"简大声说道，"亲爱的莉齐，我想——我要恭喜你——可你肯定——请原谅我这样问你——你十分肯定你嫁给他会幸福吗？"

"那毫无疑问。我们两个都认为，我们将成为世界上最幸福的一对。不过你高兴吗，简？你愿意要这样一位妹夫吗？"

"非常愿意。没有比这使我和宾利更高兴的事啦。不过，这件事我们以前考虑过，谈论过，认为不可能。你当真非常爱他吗？哦，莉齐！人怎么都可以，没有爱情可不能结婚。你确实觉得你应该这样做吗？"

"哦，是的！等我统统告诉了你之后，你只会认为，比起我的感觉来，我做得还不够呢。"

"你这是什么意思？"

"唔，我应该承认，我爱他比爱宾利来得深切一些。恐怕你要生气了吧。"

"好妹妹，请你严肃一些。我想严肃地跟你谈谈。凡是可以告诉我的事，请你赶快统统告诉我。你能告诉我你爱他多久了吗？"

"那是慢慢发展起来的，我也不知道是什么时候开始的。不过我想，应该从我最初看到他彭伯利的美丽庭园算起。"

简又一次恳求妹妹严肃些，这一次总算产生了效果，伊丽莎白马上一本正经地对简说，她真爱达西。贝内特小姐对这一点确信不疑之后，便也心满意足了。

"我感到十分高兴，"她说，"因为你会和我一样幸福。我一向很器重他。不说别的，光凭他爱你，我也该始终敬重他。现在他既是宾利的朋友，又要做你的丈夫，因此除了宾利和你之外，我最喜爱的就是他啦。不过，莉齐，你真狡猾，还对我保守秘密呢。你去彭伯利和兰顿的事，一点也不对我说！我所了解的一些情形，全是别人告诉我的，而不是你讲的。"

伊丽莎白把保守秘密的原因告诉了姐姐。她一直不愿意提起宾利，由于心绪不定的缘故，又总是避而不提达西。可是现在，她不再向姐姐隐瞒达西如何为莉迪亚的婚事奔波了。她把事情和盘托出，姐妹俩一直谈到半夜。

"天哪！"第二天早晨，贝内特太太站在窗口嚷道，"那位达西先生真讨厌，又跟着亲爱的宾利到这里来了！他怎么这么不知趣，老往这里跑？我还以为他会去打鸟，或者随便去干点别的什么，而别来打扰我们。我们拿他怎么办呢？莉齐，你还得陪他出去走走，免得他妨碍宾利。"

伊丽莎白一听这个主意，正中下怀，禁不住笑了。但是母亲总说他讨厌，又真叫她气恼。

两位先生一走进门，宾利便意味深长地望着她，跟她热烈握手，她一看便知道，他得到了确凿的消息。过了不一会儿，他大声说道："贝内特太太，附近有没有别的曲径小道，好让莉齐今天再去迷迷路？"

"我建议，"贝内特太太说，"达西先生、莉齐和基蒂今天上午都去奥克姆山。这段路又长又宜人，达西先生从没见过那里的景色。"

"这对他们两人是再好不过了，"宾利先生答道，"可是基蒂一定吃不消。是吧，基蒂？"

基蒂承认，她宁可待在家里。达西声称，他很想到山上观观景致，伊丽莎白则默然表示同意。她正上楼去准备，贝内特太太跟在后面说道：

"实在抱歉，莉齐，害得你单独陪着那个讨厌鬼，不过，希望你不要介意。你知道，这都是为了简。你犯不着跟他攀谈，偶尔敷衍两句就行了。因此，你也不要多费心思。"

散步的时候，两人决定晚上就去请求贝内特先生同意。母亲那里则由伊丽莎白自己去说。她拿不定母亲会做何反应。她有时在想：达西尽管有财有势，这未必能消除母亲对他的憎恶。但是，母亲对这门婚事不管是极力反对，还是极为满意，她的言谈举止都不会得体，总要让人觉得她毫无见识。让达西先生听见母亲气势汹汹地表示反对也好，欢天喜地地表示赞成也好，她都觉得忍受不了。

到了晚上，贝内特先生刚回到书房，她便看见达西先生也起身跟了进去。顿时，她心里感到万分焦灼。她并不害怕父亲反对，而是怕他给弄得不愉快。她想，她本是父亲最宠爱的女儿，如果因为选择对象而给父亲带来痛苦，让父亲为她的终身大事担忧遗憾，那未免太不像话了。她伤心地坐在那里，直到达西先生又回来了，一见他面带笑容，她才松了口气。过了一会儿，达西走到她和基蒂就座的桌前，假装欣赏她手里的活计，轻声说道："快去你父亲那里，他在书房里等你。"伊丽莎白马上去了。

父亲正在书房里踱来踱去，样子既严肃，又焦急。"莉齐，"他说，"你在搞什么名堂？你是不是疯了，怎么会答应这个人？你不是一直都在恨他吗？"

她这时真巴不得自己当初的看法能理智一些，言词能温和一些！那样一来，她也就用不着无比尴尬地去解释，去剖白了。可现在既然非得费些口舌，她只得心慌意乱地对父亲说，她爱达西先生。

"换句话说，你是打定主意要嫁给他啦。他当然有的是钱，你可以比简有更多的漂亮衣服，漂亮马车。可这些东西会使你幸福吗？"

"你除了认为我不爱他以外，"伊丽莎白说，"还有别的什么反对意见吗？"

"丝毫没有。我们都知道他是个高傲、讨嫌的人。不过，只要你真喜欢他，这也无关紧要。"

"我喜欢他，我真喜欢他，"伊丽莎白眼里噙着泪花答道，"我爱他。他并不是傲慢得不合道理。他可爱极了。你不了解他的真正为人。因此，我求你不要用那样的言词谈论他，免得让我伤心。"

"莉齐，"父亲说道，"我已经应允他了。像他这样的人，只要蒙他不弃，有所要求，我当然绝不敢拒绝。如果你已经决定要嫁给他，我现在也应允你了。不过，我还是劝你重新考虑一下。我了解你的脾气，莉齐。我知道，除非你真正敬重你的丈夫，除非你认为他高你一筹，否则你就不会觉得幸福，也不会觉得体面。你是那样活泼聪慧，要是嫁个不般配的丈夫，那是极其危险的。你很难逃脱丢脸和悲惨的下场。孩子，别让我伤心地看着你瞧不起你的终身伴侣。你可不要稀里糊涂的。"

伊丽莎白变得更加激动，回答得也非常认真，非常严肃。她再三表明达西先生确实是她选择的对象，说她是渐渐对他敬重起来的，说她确信达西对她的感情也不是一朝一夕形成的，而是经受了好多个月悬而未决的考验，后来还津津乐道地列数了达西的种种优良品质，最后终于打消了父亲的疑虑，心甘情愿地赞成了这门婚事。

"好孩子，"等女儿讲完了，他便说道，"我没有意见了。如果真是这样，他倒配得上你。莉齐，我可不愿意让你嫁给一个与你不相配的人。"

为了使父亲对达西先生有个完满的印象，伊丽莎白又说起了他自告奋勇搭救莉迪亚的事。父亲一听大为惊奇。

"今天晚上真是奇迹迭出啊！这么说来，全靠达西先生鼎力相助啦——捏合了这门亲事，拿出钱来，替那家伙还债，给他找了个差事！这再好也没有了！这就省了我好多麻烦，好多钱。假如事情是你舅舅干的，我就一定非要还他不可。不过，这些陷入狂恋的年轻人总是自行其是。我明天就提出还他钱,他会慷慨激昂地大吹大擂,声称他如何爱你,这样事情就了结了。"

他随即记起,几天前他念柯林斯先生的那封信时,伊丽莎白有多么局促不安。他取笑了她一阵之后,终于放她走了,她刚要走出屋,他又说:"要是有年轻人来向玛丽或基蒂求婚,就让他们进来好了,我正闲着呢。"

伊丽莎白心里一块大石头,这才算落了地。她在自己房里沉思了半个钟头之后,倒能比较镇定地来到众人中间。事情来得太突兀,一时还高兴不起来,不过这个夜晚还是平平静静地过去了。再也没有什么大不了的事情需要担忧了,她终究会产生一种安然自得、亲密无间的适意感。

晚上母亲去梳妆室的时候,伊丽莎白也跟了进去,她把这条重大新闻告诉了她。结果大大出乎意料。贝内特太太乍听到这个消息,只是静静地坐着,一句话也说不出。虽说她遇到对家里有好处的事,或者有人来向女儿求爱之类的事,反应向来都不迟钝,但这次硬是迟疑了半天,才听懂了女儿的话。她最后终于清醒过来,在椅子上坐立不安,忽而站起来,忽而又坐下,忽而诧异,忽而又为自己祝福。

"天哪!老天保佑!只要想一想!天哪!达西先生!谁会想到啊!真有这回事吗?哦!我的心肝莉齐!你就要大富大贵了!你会有多少零用钱,多少珠宝,多少马车啊!简就差远了——简直是天上地下。我真高兴——真快活!多么可爱的一个人!那么英俊!那么魁梧!哦,亲爱的莉齐!我以前那么讨厌他,请代我向他赔罪,但愿他不计较。亲爱的莉齐!城里有座住宅!家里琳琅

贝内特太太乍听到这个消息，一句话也说不出

满目！三个女儿出嫁啦！每年有一万镑的收入！哦，天哪！我会怎么样啊，我要发狂了。"

这番话足以证明，她完全赞成这门婚事。伊丽莎白庆幸的是，母亲这些信口开河的话，只有她一个人听见。过了不久，她便走开了。但她回到自己房里还不到三分钟，母亲又赶来了。

"我的宝贝，"母亲大声叫道，"我脑子里光想着这件事！每年有一万镑的收入，可能还要更多！阔得像王公一般！还有特许结婚证！你当然应该凭特许结婚证结婚[1]！不过，我的宝贝，快告诉我达西先生最爱吃什么菜，我明天就做给他吃。"

这是个不祥之兆，看来母亲又要在那位先生面前出丑了。伊丽莎白觉得，她虽然确信自己已经赢得了达西最热烈的爱，而且也得到了家人的同意，但事情还有不尽人意的地方。不过，出乎她的意料，第二天进展得倒挺顺利。原来，多亏贝内特太太对未来的女婿还有些敬而远之，不敢贸然跟他说话，只能向他献点殷勤，恭维一下他的远见卓识。

伊丽莎白高兴地发现，父亲也在尽力跟达西先生亲近。过了不久，贝内特先生便对她说，他越来越器重达西了。

"我非常器重我的三个女婿，"他说，"威克姆也许最受我宠爱。不过我想，你的丈夫也像简的丈夫一样讨我喜欢。"

---

1 按英国当时的法律，结婚多采用结婚通告，由牧师在星期日做早祷时，读完第二遍《圣经》经文之后当众宣布，并连续宣布三个礼拜。其间，如果男女双方家长或保护人有人出来反对，结婚通告便不生效。为避免这种情况，可采用特许结婚证。显然，贝内特太太唯恐遭到凯瑟琳夫人的阻拦，于是便建议女儿领取特许结婚证，尽快操办婚事。

第十八章

伊丽莎白一来精神，马上又变得调皮起来了，她要达西先生讲一讲他当初是怎么爱上她的。"你是怎么开头的?"她说，"我知道你一旦开了头，就会一帆风顺地进行下去。可是，你当初是怎么开头的呢?"

"我也说不准是在什么时间，什么地点，看见你的什么神情，听见你的什么言语，便开始爱上了你。那是很久以前的事。我是到了不能自拔的时候，才发现爱上了你。"

"我的美貌起初并没使你动心，至于我的举止——我对你的态度至少不是很有礼貌，每次跟你说话总想让你痛苦一番。请你说句老实话，你是不是喜爱我的唐突无礼?"

"我喜爱你头脑机灵。"

"你还是称之为唐突吧。不折不扣的唐突。事实上，你讨厌恭恭谨谨、虔虔敬敬和殷勤多礼那一套。有些女人从说话，到神态，到思想，总想博得你的欢心，你厌恶这种女人。我引起了你的注意，打动了你的心，因为我跟她们截然不同。假如你不是实在和蔼可亲的话，你一定会因此而恨我。不过，尽管你想尽办法来掩饰自己，你的情感却总是高尚的、公正的。你从心里憎恶那些拼命向你献殷勤的人。瞧，我这么一说，就省得你费神解释了。说真的，通盘考虑一下，我觉得你这样做完全合情合理。当然，你并不了解我有什么实在的优点——不过人在谈恋爱的时候，谁也不去考虑这个问题。"

"当初简在内瑟菲尔德病倒了，你对她那样温柔体贴，这难道不是优点吗？"

"简实在太可爱了！谁能不关心她呢？不过，就权当这是我的一个优点吧。我的优点全靠你夸奖啦，你就尽量夸张吧。作为报答，我要经常寻找机会嘲笑你，跟你争论。我这就开始：请问你为什么总不愿意直截了当地谈到正题？你第一次来访，以及后来在这儿吃饭的时候，为什么要躲避我？尤其是你来拜访的那一次，为什么摆出那副神气，好像全然不把我放在心上？"

"因为你板着个脸，一言不发，我不敢贸然行事。"

"可我觉得难为情呀。"

"我也一样。"

"你来吃饭那次本来可以跟我多谈谈的。"

"假如不是那么爱你，或许倒可以多谈谈。"

"真不凑巧，你做出了一个合情合理的回答，而我偏偏又合情合理地接受了你这个回答！假如我不来理会你，说不定你要拖到哪年哪月！假如不是我问起你，不知道你什么时候才肯开口！我决定感谢你挽救了莉迪亚，这当然产生了巨大的作用——恐怕太大了。如果说我们因为违背了当初的诺言，才获得了目前的快慰，那在道义上怎么说得过去？我实在不该提起这件事。万万不该。"

"你用不着难过。道义上完全说得过去。凯瑟琳夫人蛮横无理，想要拆散我们，反而使我彻底打消了疑虑。我并非承蒙你急于想感谢我，才获得了目前的幸福。我可等不及让你先开口。我听姨妈一说，心里便产生了希望，于是便打定主意，立即把事情弄个水落石出。"

"凯瑟琳夫人帮了大忙，她应该为此感到高兴，因为她就乐意帮忙。不过，请告诉我，你这次来内瑟菲尔德究竟为什么？难道就是为了骑着马到朗伯恩来难为情一番？还是准备做点正经事？"

"我的真正目的，是想看看你，如果可能的话，想断定是否有希望使你爱上我。我对别人、对自己都声称，我是来看你姐姐是否依然爱着宾利，如果她还爱着他，那我就向宾利认错，这一点我已经做到了。"

"你有没有勇气向凯瑟琳夫人宣布我们这件事？"

"我需要的不是勇气，而是时间，伊丽莎白。不过，这件事是应该做的。你要是给我一张纸，我马上就做。"

"要不是我自己有封信要写，我一定会像另一位年轻小姐那样，坐在你身旁，欣赏你那工整的书法[1]。可惜我也有一位舅妈，再也不能不给她回信了。"

原来，伊丽莎白不愿挑明舅妈过高估计了她与达西先生的关系，因此一直没有回复加德纳太太写来的那封长信。现在有了这条消息告诉她，她一定会感到万分高兴。不过伊丽莎白又觉得，

---

[1] 指宾利小姐看达西写信那件事，见第一卷第十章。

让舅父母迟了三天才知道这条喜讯，真有些不好意思，于是她马上写道：

亲爱的舅妈，承蒙你一片好心，给我写来那封长信，令人欣慰地说明了种种详情细节。我本当早日回信道谢，但是说实话，我有点生气，因此没有回信。你当时想象得有些言过其实。可是现在，你尽可爱怎么想象就怎么想象吧。张开想象的翅膀，任你怎么异想天开，只要不认为我已经结婚，你绝不会有很大出入。你得马上再写封信，把他再赞美一番，而且要赞美得大大超过你上一封信。我要多谢你没带我到湖区去。我怎么那样傻，居然想去那里！你说要驾上两匹小马去游园，这个主意可真有意思。我们可以每天绕着彭伯利庄园兜一圈。我现在成了天下最幸福的人。也许别人以前也说过这句话。可是谁也不像我这样名副其实。我甚至比简还要幸福，她只是莞尔而笑，我却是开怀大笑。达西先生分出一部分爱我之心，向你表示问候。请你合家到彭伯利来过圣诞节。

您的外甥女

达西先生写给凯瑟琳夫人的信，格调和这封信大为不同，而贝内特先生写给柯林斯先生的回信，则又和这两封信截然不同。

亲爱的先生：

我要烦请你再恭贺我一次。伊丽莎白马上要做达西夫人了。请多多劝慰凯瑟琳夫人。不过，假若我是你，我将站在她外甥一边，他可以给你更多的好处。

你的真诚的……

宾利小姐祝贺哥哥即将结婚，虽说不胜亲切，但却毫无诚意。她甚至写信给简，表示恭喜，并把她那一套虚情假意重新倾诉了一番。简没有受蒙骗，不过倒有些感动。她虽说并不信赖她，可还是回了她一封信，措辞十分亲切，实在让她受之有愧。

达西小姐一接到喜讯，便表示了由衷的欣喜之情，正如哥哥发出喜讯时一样情真意切。她写了四面信纸，还不足以表达她内心的喜悦，不足以表明她多么渴望嫂嫂会疼爱她。

贝内特先生还没收到柯林斯先生的回信，伊丽莎白也没接到柯林斯夫人的祝贺，但是朗伯恩这家人却听说，柯林斯夫妇跑到了卢卡斯家。他们之所以突然赶来，原因很快就弄清楚了。原来，凯瑟琳夫人接到外甥的来信，不禁勃然大怒，夏洛特偏偏要为这门婚事感到欣喜，因此便急火火地想躲避一下，等到这场风暴平息了再说。伊丽莎白觉得，她的朋友能在这种时候赶来，真让她从心坎里感到高兴。不过在会面的过程中，她有时又难免认为，她为这种乐趣付出了高昂的代价，因为她眼看着柯林斯先生极尽阿谀奉承之能事，对达西先生大献殷勤。不过，达西先生倒镇定自若地容忍着。他甚至还能听得进威廉·卢卡斯爵士的絮叨，只听他恭维说，他撷取了当地最绚丽的明珠，并且大大落落地表示，希望今后能常在宫里见面。直到威廉爵士走开之后，他才无奈地耸耸肩。

还有菲利普斯太太，她为人粗俗，也许会叫达西更难忍受。菲利普斯太太像她姐姐一样，见宾利和颜悦色，说起话来很随便，但对达西敬畏有加，不敢造次，不过她每次一开口，总是俗不可耐。虽说她因为敬重达西而显得比较安静，但她没有因此而变得文雅一些。伊丽莎白千方百计不让达西受到这两个人的一再纠缠，总是竭力让他跟她自己谈话，跟她家里那些不会使他难堪的人谈话。虽说这些应酬使她心里觉得不是滋味，大大减少了恋爱的乐趣，但是却给未来增添了希望。她乐滋滋地期待着尽快离开这些讨厌的人们，到彭伯利去享受他们舒适而优雅的家庭生活。

第十九章

贝内特太太把两个最争脸的女儿打发出去的那一天，也是她做母亲的心里最快活的一天。她以后如何得意而自豪地去探访宾利夫人，跟人家谈论达西夫人，这是可想而知的。看在她一家人的分上，我倒希望能顺便说一句：她称心如意地为这么多女儿找到归宿之后，说来可喜，她后半辈子居然变成一个通情达理、和蔼可亲、见多识广的女人。不过她时而还有些神经质，而且始终笨头笨脑，这也许倒是她丈夫的幸运，不然他就无法享受那异乎寻常的家庭乐趣了。

贝内特先生极为惦念二女儿。他很少为别的事出门，只因疼爱伊丽莎白，便经常跑去看望她。他喜欢到彭伯利去，而且专爱选择别人意料不到的时候。

宾利先生和简在内瑟菲尔德只住了一年。尽管宾利先生脾气随和，简性情温柔，这夫妇俩也还不大愿意和贝内特太太，以及梅里顿的亲友们住得太近。于是宾利先生满足了姐姐妹妹的殷切愿望，在德比郡邻近的一个郡买了一幢房子。这就为简和伊丽莎白又增添了一道幸福的源泉：两人相距不足三十英里。

基蒂大部分时间都住在两个姐姐那里，这对她来说大有裨益。因为接触的都是些比往常高尚的人，她本身也跟着大有长进。她生性不像莉迪亚那样放荡不羁，现在摆脱了莉迪亚的影响，又受到妥善的关照，她也就不像以前那样轻狂，那样无知，那样寡趣，当然家里总是小心翼翼，不让她再跟莉迪亚接触，免得她又要学坏。虽然威克姆夫人接二连三请她去住，扬言那里有多少舞会，多少好小伙，父亲总也不许她去。

玛丽成为守在家里的唯一女儿。贝内特太太一个人坐不住，自然也搅得女儿无法探求学问。玛丽不得不和外界应酬，不过仍能对早晨的每次拜友接客高谈阔论一番。她不再因为比不过姐妹们的美貌而自惭形秽了，于是她父亲不禁怀疑，她是否甘愿出现这种变更。

说到威克姆和莉迪亚，他们的性格并没有因为两个姐姐结婚而有所改变。威克姆心想，伊丽莎白本来并不了解他的忘恩负义和虚伪欺诈，现在却了如指掌了，不过他还是处之泰然，并且指望说服达西给他找个差事。伊丽莎白结婚时接到莉迪亚的一封贺信，从信中可以看出，即使威克姆本人没抱这种指望，至少莉迪亚也有这个意思。那封信是这样写的：

亲爱的莉齐：

　　祝你幸福。要是你爱达西抵得上我爱威克姆的一半，那你一定会十分幸福了。你能这样富有，真让人不胜欣慰。当你闲着无事的时候，希望能想到我们。我相信，威克姆一定很想在宫廷里找份差事做做。要是没有人帮帮忙的话，我们实在没有多少钱维持生计了。随便什么差事都行，只要每年能有三四百镑的收入。不过，要是你不愿意跟达西先生讲，那就不必提起。

你的……

伊丽莎白果然不愿意讲，便回信劝说妹妹别提这种要求，别抱这种念头。不过，她还是尽量从自己的用项中节省一些，经常寄去接济他们两人。她一向看得清楚，他们只有那么点收入，两口子又那样挥霍无度，只顾眼前，不顾今后，当然不够维持生活。两人每次搬家，总要写信向简或伊丽莎白求援，要求接济他们一些钱，好去还账。即使天下太平威克姆退伍还乡了，他们的生活也极不安定。两人老是东迁西徙，寻求便宜房子住，结果总要多花不少钱。威克姆不久便情淡爱弛，莉迪亚对他稍许持久一些，尽管她年纪轻轻，行为放纵，还是顾全了婚后应有的名声。

达西虽然始终不让威克姆到彭伯利来，但是看在伊丽莎白的面上，依旧帮他谋求职业。莉迪亚趁丈夫去伦敦或巴思寻欢作乐的时候，偶尔跑到彭伯利做做客。不过，这夫妇俩倒常去宾利家，而且一住下来就不想走，结果连宾利那样好脾气的人，也给惹得不高兴，居然说起，要暗示他们快走。

宾利小姐见达西结婚了，不由得万分伤心。但是，为了保持到彭伯利做客的权利，她还是打消了满腹怨恨。她比以前更喜爱乔治亚娜，对达西几乎像以前一样情意绵绵，并把以前对伊丽莎白的失礼之处尽加补偿。

彭伯利现在成了乔治亚娜的家。姑嫂之间正如达西期待的那样情投意合。她们甚至能完全遵照自己的意愿，做到互疼互爱。乔治亚娜对伊丽莎白推崇备至，不过，起初听见嫂嫂用那种活泼调皮的口气跟哥哥讲话，不禁大为惊异，甚至有些惊愕。她一向敬重哥哥，其程度几乎超过手足之情，现在居然发现他变成公开打趣的对象。她见识到了以前闻所未闻的事情。经过伊丽莎白的诱导，她开始懂得：妻子可以对丈夫放肆，做哥哥的却不许比自己小十多岁的妹妹调皮。

凯瑟琳夫人对她外甥这门婚事极为气愤。外甥写信向她报喜时，她不由得原形毕露，百无禁忌，写了封信把达西痛骂了一顿，而对伊丽莎白骂得尤其厉害，于是双方一度断绝了来往。后来，达西终于让伊丽莎白给说服了，决定宽恕姨妈的无礼，力求与她和解。姨妈稍许强拗了一下，心里的怨恨便冰消冻释了，这或许是由于疼爱外甥的缘故，也可能是出于好奇，想看看外甥媳妇表现如何。尽管彭伯利添了这样一位主妇，而且主妇在城里的舅父母也多次来访，致使这里的树林受到了玷污，但凯瑟琳夫人还是屈尊来探望这夫妇俩。

这夫妇俩跟加德纳夫妇一直保持着极其密切的关系。达西和伊丽莎白都真心喜爱他们。两人也十分感激他们，因为正是多亏他们把伊丽莎白带到德比郡，才促成两人结为伉俪。

简·奥斯丁年表

1764年	4月26日：乔治·奥斯丁牧师与卡桑德拉·李结婚。
1765年	2月13日：大哥詹姆斯·奥斯丁出生于迪恩。
1766年	8月26日：二哥乔治·奥斯丁出生于迪恩。
1767年	10月7日：三哥爱德华·奥斯丁出生于迪恩。
1768年	7月/8月：奥斯丁家搬至斯蒂文顿。
1771年	6月8日：四哥亨利-托马斯·奥斯丁出生于斯蒂文顿。
1773年	1月9日：姐姐卡桑德拉-伊丽莎白·奥斯丁出生于斯蒂文顿。
	3月23日：奥斯丁先生成为斯蒂文顿和迪恩两个教区的教区长，并在斯蒂文顿招收寄宿生，补贴家庭开支。
1774年	4月23日：五哥弗朗西斯-威廉·奥斯丁出生于斯蒂文顿。
1775年	12月16日：简·奥斯丁出生于斯蒂文顿。
1779年	6月23日：弟弟查尔斯-约翰·奥斯丁出生于斯蒂文顿。
1782—1788年	奥斯丁家在斯蒂文顿举行了一些业余演出。
1783年	春：与卡桑德拉随表姐简·库珀离家去牛津考里太太的女子寄宿学校念书。
	夏：考里太太将学校迁至南安普敦，姊妹俩患传染病被接回家。
1785年	春：与卡桑德拉被送到雷丁的修道院学校念书。
1786年	12月：与卡桑德拉辍学回家，接受父亲的教育。

1787—1793年　　　开始其少年习作，完成并誊清《第一册》《第二册》《第三册》。

1788年　　夏：奥斯丁夫妇带简和卡桑德拉去肯特和伦敦。

1794年　　秋（？）：写作书信体小说《苏珊夫人》。

1795年　　（？）：写作书信体小说《埃丽诺与玛丽安》（《理智与情感》的前身）。

　　　　　该年12月至次年1月：与同龄青年汤姆·勒弗罗伊情意甚密。

1796年　　简·奥斯丁存世的信件开始于1月9日。

　　　　　完成《埃丽诺与玛丽安》。

　　　　　10月：开始写《初次印象》（《傲慢与偏见》的前身）。

1797年　　8月：完成《初次印象》。

　　　　　11月1日：父亲为《初次印象》向出版人卡德尔寻求出版机会，对方未见作品即予否决。

　　　　　同月：将《埃丽诺与玛丽安》改写成《理智与情感》。

　　　　　冬：拒绝了塞缪尔·布莱科尔牧师的求爱。

1798年　　开始写作《苏珊》（《诺桑觉寺》的前身）。

1799年　　约在6月完成《苏珊》。

1800年　　12月：父亲决定退休。

1801年　　随父母和姐姐搬到巴思。

　　　　　夏：随家人外出期间与一牧师坠入爱河，约定来年夏天再相聚，后接到青年突然死去的噩耗。

1802年　　12月2日晚：21岁的牧师哈里斯·比格-威瑟向简求婚，简当即答应了。

　　　　　12月3日早晨：简改变主意，收回了自己头天晚上的许诺。

　　　　　冬：修订《苏珊》。

1803年　　春：将《苏珊》的版权卖给伦敦出版人克劳斯比，但对方并未出版此书。

1804年　　约在这一年写作《沃森一家》。

1805年　　1月21日：父亲在巴思病逝。

　　　　　夏：32岁的牧师爱德华·布里奇斯向简求婚，遭到拒绝；秋天又转而向简的姐姐求婚。

　　　　　誊清《苏珊夫人》，并放弃《沃森一家》。

1806年　　7月2日：跟随母亲、姐姐离开巴思，10月移居南安普敦。

1809年	4月5日：试图争取《苏珊》出版未果。
	7月7日：跟随母亲、姐姐搬到乔顿，结束了不安定的生活。
	8月：焕发了写作的兴致。
1810年	冬：出版人埃杰顿接受《理智与情感》。
1811年	2月：开始构思《曼斯菲尔德庄园》。
	3月：在伦敦看《理智与情感》的校样。
	10月30日：《理智与情感》出版，封面注明："一部三卷小说／一位女士著／1811年。"
	冬（？）：修改《初次印象》，改写成《傲慢与偏见》。
1812年	秋：将《傲慢与偏见》的版权以110英镑卖给出版人埃杰顿。
1813年	1月28日：《傲慢与偏见》出版，封面注明："一部三卷小说／《理智与情感》作者著／1813年。"
	7月（？）：完成《曼斯菲尔德庄园》；《理智与情感》和《傲慢与偏见》发行第二版。
	大约这年11、12月间（或次年1月）：将《曼斯菲尔德庄园》版权再次卖给出版人埃杰顿。
1814年	1月21日：开始写《爱玛》。
	5月9日：《曼斯菲尔德庄园》出版，封面注明："一部三卷小说／《理智与情感》与《傲慢与偏见》作者著／1814年。"
1815年	3月29日：完成《爱玛》。
	8月8日：开始写《劝导》。
	11月13日：参观卡尔顿宫，应邀将下一部作品赠给摄政王。
	12月底：《爱玛》由出版人约翰·默里出版，封面注明："一部三卷小说／《傲慢与偏见》作者著／1816年"，并将一精装本赠给摄政王。
1816年	春：开始感到身体不适。
	亨利·奥斯丁买回《苏珊》旧稿，让作者重新修订。
	7月18日：完成《劝导》初稿；8月6日：定稿。
	《曼斯菲尔德庄园》由约翰·默里再版；发行《曼斯菲尔德庄园》及《爱玛》的法文版。

1817年　1月27日：开始写《桑迪顿》；3月18日：停笔。

4月27日：立遗嘱。

5月24日：由卡桑德拉带着去温切斯特就医。

7月18日清晨：病逝。

24日：葬于温切斯特主教堂。

秋（？）：亨利与约翰·默里安排《诺桑觉寺》（即《苏珊》的修订本）和《劝导》出版事宜。

12月底：《诺桑觉寺》与《劝导》结集出版，封面注明："《傲慢与偏见》《曼斯菲尔德庄园》作者奥斯丁小姐著／附有作者生平传略／合计四卷／1818年。"